JAMIE BRENNER

Unser Sommer in Cape Cod

GOLDMANN

Buch

Ruth Cooperman will in Provincetown auf der Halbinsel Cape Cod ein neues Leben anfangen und hat für die Sommermonate ein wunderschönes Strandhaus gemietet. Für die achtundfünfzigjährige Ruth, die seit vielen Jahren geschieden ist, stand die Karriere immer an erster Stelle. Nun aber hat sie ihre erfolgreiche Kosmetikfirma verkauft und sich zur Ruhe gesetzt. Doch aus den ruhigen Tagen am Meer mit ausgedehnten Strandspaziergängen wird nichts, denn an ihrem ersten Morgen in Provincetown findet Ruth ein Baby auf der Türschwelle. Und bald bringt die kleine Mira nicht nur Ruths Leben gehörig durcheinander, sondern stellt die ganze Kleinstadt auf den Kopf. Bis am Ende eines turbulenten Sommers nichts mehr ist, wie es war …

Autorin

Jamie Brenner entdeckte schon als Kind ihre Liebe zu Büchern. Später studierte sie Literaturwissenschaften und ging nach New York, um in der Verlagsbranche zu arbeiten. Heute ist sie selbst Autorin und kann sich keinen schöneren Beruf vorstellen. Jamie Brenner lebt mit ihrer Familie in New York.

2,50/o
14

Jamie Brenner

Unser Sommer in Cape Cod

Roman

Aus dem amerikanischen Englisch
von Sylvia Strasser

GOLDMANN

Die amerikanische Originalausgabe erschien 2020
unter dem Titel »Summer Longing« bei Little,
Brown and Company, Hachette Book Group, New York.

FSC
www.fsc.org
MIX
Papier aus verantwortungsvollen Quellen
FSC® C014496

Penguin Random House Verlagsgruppe FSC® N001967

1. Auflage
Deutsche Erstveröffentlichung Juni 2022

Umschlaggestaltung: UNO Werbeagentur, München
Umschlagmotiv: FinePic®, München
Redaktion: Regina Carstensen
An · Herstellung: ik
Satz: Buch-Werkstatt GmbH, Bad Aibling
Druck und Bindung: GGP Media GmbH, Pößneck
Printed in Germany
ISBN: 978-3-442-49015-8

www.goldmann-verlag.de

Für meine Freunde in Provincetown.
Danke für eure Gastfreundschaft
und die großzügigen Einblicke in euer Leben.

Kapitel eins

Sie hatte seit dreißig Jahren keinen Sommerurlaub mehr gemacht. Genau genommen konnte man eine Reise jedoch nicht als Urlaub bezeichnen, wenn man nicht die Absicht hatte, nach Hause zurückzukehren. Aber wie auch immer – sie würde nie wieder an Besprechungen teilnehmen, Termine wahrnehmen oder Pannen beheben müssen. Sie war frei.

Sie war aber auch nervös. Die Überfahrt auf der Fähre von Boston nach Cape Cod war rauer als erwartet. Eigentlich hatte sie die eineinhalb Stunden an Deck an der frischen Luft verbringen wollen, aber dann hatte sie es nur fünf Minuten ausgehalten: Die Sonne brannte, der Fahrtwind war beachtlich, und sie war es schlicht nicht gewohnt, mit dem Schiff zu reisen. Während ihrer Suche nach einem Ferienhaus für den Sommer war sie monatelang mit dem Auto zwischen Philadelphia und Provincetown gependelt. Doch jetzt, wo sie alles zusammengepackt und in die Stadt hatte transportieren oder einlagern lassen, brauchte sie das Auto nicht mehr. Sie wollte nach Cape Cod fahren, wie die Einheimischen es taten: per Schiff.

Sie hatte nur einige wenige Freunde in ihren Entschluss eingeweiht, ihre Firma und ihr Haus zu verkaufen und sich in Provincetown zur Ruhe zu setzen. »Gibt es nicht einen Strand in der Nähe?«, hatten die einen gefragt, und die anderen hatten erwidert: »Denk doch nur an die Winter!«, worauf sie gekontert hatte: »Denkt doch nur an die *Sommer*!« Und wieso fühlte sie sich überhaupt genötigt, sich zu rechtfertigen?

Die Fähre würde bald in Cape Cod anlegen. Ruth erkannte es daran, dass die Schlange an der Snackbar sich auflöste, Laptops zugeklappt und Gepäckstücke aus den Metallgestellen gezogen wurden. Sie warf einen Blick auf die Uhr. In weniger als einer Stunde würde sie ihr absolut perfektes Strandhaus betreten. Der Beginn ihres neuen Lebens.

Sie klappte den Roman zu, den sie gelesen hatte, und schaute aus dem Fenster des Fahrgastraums, über das sich Spritzwasserschlieren zogen. Das Pilgrim Monument, ein gut siebenundsiebzig Meter hoher Turm mitten in Provincetown, kam in Sicht. Ruth wurde fast ein bisschen schwindlig bei dem Anblick, sie war aufgeregt wie ein Teenager. Ihren Freunden konnte sie die Gefühle, die sie in Provincetown überfielen, nur schwer vermitteln. Das hatte nichts mit der geografischen Lage der Stadt oder mit dem Wetter oder mit Logik zu tun. Es war, wie wenn man sich verliebte.

Neben ihr war ein Pärchen damit beschäftigt, ein Kleinkind in seinen Buggy zu packen. Das Baby quengelte und greinte und strampelte. Die Eltern holten Rasseln und Schnuller hervor, um es zu beruhigen, aber nichts half. Ruth war ja so froh, dass dieser pflegeintensive Lebensabschnitt hinter ihr lag.

Sie blickte nach vorn und erkannte die Umrisse der kleinen Läden auf dem MacMillan Wharf und in der Ferne den Turm der Center Methodist Church, in der die Stadtbücherei untergebracht war. Kormorane, genauer gesagt Ohrenscharben, hockten in Reih und Glied auf der langen Mole rechts von ihr und hatten ihre Flügel ausgebreitet, damit sie trockneten. Ja, inzwischen wusste sie, wie die schwarzen Vögel hießen. Bei jedem ihrer Besuche lernte sie etwas dazu. Provincetown zeigte sich Fremden gegenüber nicht abweisend wie so manche Kleinstadt, sondern einladend: Seine Schönheit breitete sich vor dem Besucher aus wie ein Strandtuch, das in der Sonne ausgeschüttelt wurde.

Wie viele Sommer war sie zu beschäftigt gewesen, als dass sie das herrliche Wetter hätte genießen können? Sie hatte endlose Wochenenden in fensterlosen Räumen damit zugebracht, Produkte zu testen oder falsch verpackte Ware umzupacken oder Kalkulationsbögen auszufüllen. Jahrzehntelang war sie im August genauso blass gewesen wie im Februar. Damit war nun Schluss.

Das Kleinkind neben ihr fing an zu schreien. Okay, Zeit, an Deck zu gehen.

Ruth griff nach ihrem Koffer und stieg die Treppe hinauf, wobei sie sich mit der freien Hand an dem nassen, schlüpfrigen Handlauf festhielt. Draußen wehte ihr der Wind einen feinen Sprühnebel ins Gesicht. Sie zuckte unwillkürlich zurück und schnappte nach Luft, aber die frische Seeluft in ihrer Lunge verlieh ihr einen regelrechten Adrenalinschub. Sie lehnte sich über die Reling und ließ ihren Blick über die Segelboote, den Betrieb im Hafen und den Pier gleiten, auf dem sich bereits Kunsthändler eingefunden hatten und Urlauber für Whale-watching-Touren anstanden. Zu ihrer Linken konnte sie das Bootshaus mit seinen gut dreieinhalb Meter großen

Schwarz-Weiß-Fotos von einheimischen portugiesischen Seniorinnen sehen. Früher war die Stadt hauptsächlich von portugiesischen Fischern bewohnt gewesen.

Der Motor erstarb, als die Fähre anlegte. Menschen strömten herbei; einige winkten Freunden oder Angehörigen zu, die mit der Fähre gekommen waren.

Ruth war am Ziel angelangt.

Den Rollkoffer hinter sich herziehend folgte sie ihren Mitreisenden den metallenen Landungssteg zum Kai hinunter. Während die anderen mit herzlichen Umarmungen und aufgeregten Rufen begrüßt wurden, wandte sich Ruth nach links und machte sich allein auf den Weg zur Commercial Street.

Ihr Rollkoffer holperte über die Holzplanken des Gehwegs, als sie in gleichmäßigem Tempo an den kleinen Häusern mit Kunstgewerbeläden und Anbietern von Walbeobachtungstouren und Schiffsausflügen bei Nacht vorbeiging. Ein Verkehrspolizist regelte den Verkehr Richtung Westen. Am Straßenrand stand ein Taxi, und Ruth schlüpfte auf die Rückbank.

Der Fahrer bog nach links in die Commercial ein, eine Einbahnstraße. Ihr Haus befand sich in der dem East End entgegengesetzten Richtung. Er würde irgendwo abbiegen und über die Bradford zurückfahren müssen, aber der Umweg machte ihr nichts aus. Sie ließ das Fenster herunter und schaute hinaus. Rechts von ihr Cabot's Candy, auf der anderen Straßenseite der originelle Laden Marine Specialties, daneben die Post, ein imposanter roter Backsteinbau. Mit jedem Besuch wurde ihr der Anblick ein bisschen vertrauter.

Bloß dass sie keine Besucherin mehr war, sondern seit

heute ganz offiziell zu den Einwohnern von Provincetown zählte. Sie hatte gehofft, sofort dauerhaft eine neue Bleibe zu finden, um ihrem alten Leben in Philadelphia endgültig den Rücken zukehren zu können. Aber auf der nur drei Meilen langen und zwei Straßen breiten Halbinsel ein zum Verkauf stehendes Haus zu entdecken, hatte sich als äußerst schwierig erwiesen.

»Haben Sie Geduld und mieten erst einmal etwas«, hatte Clifford Henry, der Immobilienmakler, geraten.

Geduld zählte nicht zu Ruths Stärken. Mit ihren achtundfünfzig Jahren preschte sie nach wie vor ungestüm drauflos. So war sie sämtlichen Herausforderungen des Lebens entgegengetreten, und meistens hatte sich diese Taktik bewährt. Provincetown allerdings zwang sie zu einer langsameren Gangart. Sie würde den Sommer über in dem gemieteten Ferienhaus leben und sich unterdessen weiter nach einem endgültigen Zuhause umsehen.

Obwohl sie sich nicht vorstellen konnte, etwas so Perfektes wie Shell Haven zu finden.

Das dreigeschossige, mit weißen Schindeln verkleidete Haus im georgianischen Stil war ein echter Hingucker. Eine Veranda führte ringsherum, das Dach mit dem Giebeldreieck hatte einen »Witwengang«, und auf dem Rasen blühten üppige blaue und weiße Hortensien. Die Küche besaß einen wunderschönen eingebauten Geschirrschrank, und vom Hauptschlafzimmer aus hatte man einen herrlichen Blick auf die Bucht. Für Ruth war es Liebe auf den ersten Blick gewesen.

»Ich nehme es«, hatte sie bei ihrer allerersten Besichtigung zu Clifford Henry gesagt. »Und damit das klar ist: Genau so ein Haus suche ich zum Kauf.«

»Da sind Sie nicht die Einzige, meine Liebe«, hatte er erwidert.

Der Taxifahrer bog von der Bradford nach rechts in die schmale Bangs Street ein und fuhr zurück auf die Commercial. Ein aufgeregtes Kribbeln erfasste sie. Eine Querstraße noch, und dann, auf der rechten Seite, konnte sie ihr Traumhaus schon sehen.

Sie bezahlte den Taxifahrer, stieg aus und blieb einen Moment auf dem Bürgersteig stehen. Als sie ihre Handtasche umgehängt und die Hand fest um den Griff ihres Koffers geschlossen hatte, schritt sie über den von blauen Hortensien eingefassten roten Ziegelsteinweg zur Veranda. *Gleich zu Hause*, dachte sie.

Eine der Eigentümerinnen, Fern Douglas, hatte ihr mitgeteilt, sie werde die Hausschlüssel im Briefkasten hinterlegen. Ruth fand das merkwürdig, vor allem aus Sicherheitsgründen, aber dann war ihr bewusst geworden, dass sie sich den hiesigen Gepflogenheiten würde anpassen müssen. Was machte es für einen Sinn, in einen Ort wie Provincetown zu ziehen, wenn sie nicht imstande war, sich zu entspannen?

Der schmale, schwarze Metallbriefkasten war seitlich am Haus angebracht. Ruth stellte ihre Tasche auf eine Bank und griff in den Briefkasten. Nichts.

Sie bückte sich und spähte hinein. Keine Schlüssel.

Soll das ein Witz sein? Erschöpfung überkam sie. Sie ging mit schweren Schritten zur Haustür. Vielleicht war sie ja gar nicht abgeschlossen. Doch.

Ruth drückte auf den Klingelknopf. Hatte sie da etwas verwechselt? Nein, natürlich nicht. Sie hatten vereinbart, dass sie heute, und zwar genau um diese Uhrzeit, einziehen würde. Sie kramte ihr Handy aus ihrer Handtasche und wählte die Nummer von Fern Douglas. Der Anruf wurde auf die Mailbox umgeleitet.

Wie unprofessionell war das denn?

Nach kurzem Zögern klopfte sie kräftig an den Türrahmen. Die Tür hinter dem Fliegengitter wurde einen Spalt geöffnet. Aber nicht von Fern Douglas. Die Frau, vielleicht Ende dreißig, mit grünen Augen und knapp schulterlangen rotblonden Haaren, musterte sie und fragte:

»Mrs Cooperman?«

»Ganz recht«, erwiderte Ruth in einem Ton irgendwo zwischen betont munter und äußerst gereizt. »Ist Fern Douglas da? Sie hat gesagt, dass sie die Schlüssel im Briefkasten hinterlegt …«

»Ja, ich weiß, Entschuldigung, aber Sie können erst morgen einziehen. Sie hat ein Zimmer im Beach Rose Inn für Sie reserviert.«

Wie bitte? »Ich möchte mit Fern sprechen. Ist sie da?«

»Nein«, antwortete die Frau.

»Wissen Sie, wie ich sie erreichen oder wo ich sie finden kann?«

»Nein«, wiederholte die Frau. »Aber ich kann Ihnen sagen, wie Sie zum Hotel kommen.«

Kapitel zwei

Elise Douglas hielt sich für eine Teamplayerin. In einer Ehe war das eine unerlässliche Eigenschaft. Und wäre sie an diesem Spätfrühlingsmorgen gefragt worden, was das Wichtigste in ihrem Leben sei, hätte sie ohne zu zögern geantwortet: »Meine Ehe.«

Wäre sie allerdings nach dem Zweitwichtigsten in ihrem Leben gefragt worden, hätte sie vermutlich geantwortet: »Mein Zuhause.« Und genau da lag das Problem. Mit viel Glück hatten sie nach langem Suchen ein wunderschönes Haus aus dem achtzehnten Jahrhundert gefunden, Shell Haven. Sie hatten drei Jahre in Provincetown gelebt, als sie eingezogen waren und angefangen hatten, es mit viel Liebe zu renovieren. Sie hatten vorgehabt, hier eine Familie zu gründen. Und jetzt, zwei Sommer später, würden sie wieder ausziehen.

»Nur vorübergehend«, hatte Fern sie getröstet.

»Für den ganzen Sommer!«

»Und wenn schon! Dafür bekommen wir eine hübsche Summe als Miete.«

Fern hatte natürlich recht. Sie war in jeder Situation geradezu unglaublich pragmatisch. Elise empfand die Vermietung ihres Hauses als persönlichen Verlust, so als würden sie sich für ein paar Monate von einem Teil ihres Lebens trennen. Für Fern hingegen handelte es sich um eine rein geschäftliche Angelegenheit.

Wenn sie sich etwas in den Kopf gesetzt hatte, war ihr mit Argumenten nur schwer beizukommen. Und deshalb hatte Elise die Sache mit der Hausvermietung schlichtweg verdrängt, seit der Plan vor ein paar Monaten gefasst worden war. Anstatt auch nur eine Sekunde darüber nachzudenken, tat sie so, als wäre alles in bester Ordnung.

Aber jetzt war der Tag des Auszugs gekommen.

Eigentlich hätten sie das Haus schon am Vortag räumen und ihrer Mieterin in tadellosem Zustand hinterlassen sollen. Aber Elise hatte unbedingt noch eine Nacht in ihrem Heim verbringen wollen, und Fern hatte eingewilligt. Sie hatten im Gästezimmer geschlafen und waren früh aufgestanden, damit sie das Bett frisch beziehen und einen letzten Blick in jedes Zimmer werfen konnten, ob sie nicht etwas vergessen hatten. Elise musste zugeben, dass es überaus großzügig von Fern gewesen war, ihr ihren Wunsch zu erfüllen. Und sie musste zugeben, dass *Fern* die Teamplayerin war.

Es war Zeit loszulassen, keine Frage. Aber als sie an diesem Morgen beobachtet hatte, wie Fern die Ersatzschlüssel holte und für ihre Mieterin im Briefkasten hinterlegte, war das Fass übergelaufen. Sie hatte in den vergangenen zwölf Monaten auf so viel verzichtet. Auf sehr viel sogar. Sie wollte nicht auch noch ihr Zuhause verlieren.

Also hatte sie gewartet, bis Fern zur Arbeit gegangen war. Dann war sie auf die Veranda hinausgetreten, wo sie einen Moment blinzelnd in der Sonne stand. Nach kurzem Zögern war sie zum Briefkasten an der Seite des Hauses gegangen, hatte hineingegriffen, nach den Schlüsseln getastet, sie herausgenommen und in die Tasche ihres Kleids fallen lassen.

Sie war nicht stolz auf das, was sie getan hatte. Als sie sich auf den Weg zu ihrem Teeladen machte, wurde ihr klar, dass sie vielleicht zu weit gegangen war. Aber das ließ sich jetzt nicht mehr ändern, sie musste zur Arbeit und war ohnehin schon zu spät dran.

Sie stieg die Stufen zum Eingang des zweigeschossigen Hauses im Kolonialstil in der Commercial Street hinauf. Vor genau einer Woche hatte Tea by the Sea eröffnet.

Seit mehr als zehn Jahren hatte Elise von einem eigenen Teeladen geträumt. In ihren Zwanzigern hatte sie als Bedienung in verschiedenen Restaurants in Boston Seaport, einem trendigen Viertel, gearbeitet, von denen eines eine kleine Auswahl an Teespezialitäten anbot. Da war ihr zum ersten Mal bewusst geworden, dass Tee genauso wenig gleichbedeutend mit Lipton war wie Kaffee mit Folgers. Sie begann, Teepausen in ihren langen Arbeitstag einzubauen. Das Teetrinken zwang sie zu Achtsamkeit und half ihr, sich zu entspannen. Sie lernte alles über die vielen unterschiedlichen Teesorten – den samtigen weißen Tee, den erdigen Geschmack von grünem Tee, die komplexen Aromen des Oolong-Tees.

Sie hätte nie gedacht, dass der Traum von einem eigenen Teeladen Wirklichkeit werden würde. Es war Fern, die es möglich gemacht hatte.

Alle Wände des Ladens waren weiß gestrichen, an den mit gehämmertem Blech verkleideten Decken hingen Ventilatoren, die Regale waren gefüllt mit ihren eigenen Rezepturen von naturbelassenen, handgemachten Tees, und ganz hinten befand sich ein langer, weißer Ladentisch. Auf der einen Seite standen zwei große Sessel vor den Panoramafenstern mit freiem Blick auf die

Bucht. Und im ganzen Raum duftete es fruchtig nach Tee.

Beim Anblick dessen, was sie da gemeinsam auf die Beine gestellt hatten, wurde Elise erst richtig bewusst, wie schäbig ihr Verhalten gewesen war. Sie konnte förmlich spüren, wie die Hausschlüssel in ihrer Tasche glühten.

Sie hatte aus einem Impuls heraus gehandelt, und jetzt musste sie die Angelegenheit in Ordnung bringen. Sie musste Fern alles beichten.

Aber Fern war beschäftigt. Sie saß am Fenster, einen Notizblock auf dem Schoß, und interviewte eine weitere Bewerberin für den Teilzeitjob, den sie ausgeschrieben hatten. Die junge Frau war mit eleganter Bluse, pastellfarbenem, bedrucktem Rock und passenden Ballerinas für einen Nachmittag in P'town, wie die Einheimischen ihre Stadt nannten, viel zu schick angezogen, auch wenn es sich um ein Vorstellungsgespräch handelte.

Es war jedes Jahr um diese Zeit das Gleiche: Junge Leute fluteten in die Stadt, um den Sommer hier zu verbringen, und viele von ihnen suchten einen Job in den kleinen Geschäften oder Restaurants, die in den langen Wintermonaten von den Inhabern und deren Angehörigen geführt wurden. Fern hatte in den vergangenen zwei Wochen Gespräche mit fast zwei Dutzend Frauen um die zwanzig geführt. Ein paar waren darunter gewesen, die sie genommen hätte, aber die Bewerberinnen hatten sich letztlich für eine Stelle in einem der Lokale entschieden, weil sie dort bessere Trinkgelder erhielten.

Fern stand auf und verabschiedete die Bewerberin mit einem Händedruck. Die junge Frau lächelte Elise im Hinausgehen schüchtern zu.

»Und, wie ist es gelaufen?«, fragte Elise. »Sie kommt mir irgendwie bekannt vor.«

»Wir haben sie vergangenes Jahr getroffen, als wir einen Stand auf dem Bauernmarkt hatten. Sie heißt Cynthia. Ihre Familie wohnt in Chatham, aber sie will den Sommer hier verbringen. Das mit dem Trinkgeld stört sie nicht, wenn sie auf genug Stunden kommt.« Sie sah Elise lächelnd an. »Mal sehen.«

Fern stieg auf einen Stuhl und schrieb den Eistee des Tages auf die Tafel über dem Ladentisch: *Chai Tide*. Das war eine Mischung aus Schwarztee und Gewürzen wie Kardamom, Zimt, Fenchel, Ingwer, schwarzem Pfeffer und Nelken.

Elise runzelte die Stirn. »Ich dachte, heute soll es den Pfirsich-Ingwer-Tee als Tagesangebot geben.«

»Davon haben wir nicht mehr genug.«

»Hör mal, ich muss dir was sagen«, begann Elise. Sie kletterte auf den Ladentisch, sodass sie sich in Augenhöhe mit Fern auf dem Stuhl befand. Sie nahm ihr die Kreide aus der Hand und malte ein großes Herz auf die Tafel. »Ich liebe dich.«

Fern lächelte. »Ich liebe dich auch. Und jetzt wisch das wieder weg, damit Platz für das Tagesmenü ist.«

»Weißt du, ich habe wirklich geglaubt, ich wär so weit, dass ich das Haus heute an unsere Mieterin übergeben kann. Aber ich habe das Gefühl, ich brauche noch ein bisschen mehr Zeit. Das ist eine große Umstellung. Und da, na ja, da habe ich etwas gemacht, das …«

»Elise, mir ist klar, dass das ein hartes Jahr war. Aber versuch doch, ein bisschen positiver zu sein. Sieh dir nur diesen wunderschönen Laden an! Lass es gut sein. Bitte.«

Elise nickte und musste kräftig schlucken. Mit einer raschen Handbewegung wischte sie das Herz von der Tafel. Bevor sie noch etwas sagen konnte, klingelte die Ladenglocke, und herein kam Clifford Henry, der Immobilienmakler. Er war ein jugendlicher Mann in den Vierzigern, mit strahlend blauen Augen und braunen, nach hinten gegelten Haaren mit vielen hellen Strähnchen.

Clifford Henry, der die Vermietung ihres Hauses an Ruth Cooperman vermittelt hatte.

Elise brach der Schweiß aus.

»Meine Tee-Diven! Was duftet hier denn so köstlich?«

»Das ist unser Erdbeertraum. Ein grüner Sencha mit kleinen, getrockneten Erdbeerstückchen darin«, antwortete Fern. »Möchten Sie eine Tasse?«

»Sehr gern. Gekühlt, bitte. Nun, meine Damen, wir haben ein Problem, nicht wahr?«

»Was für ein Problem?« Fern stieg vom Stuhl herunter.

»Ich hatte gerade eine unerfreuliche Unterhaltung mit Ruth Cooperman«, sagte Clifford. »Sie ist im Hotel und wartet darauf, dass ich die Angelegenheit kläre. Ich denke, das sollten wir tun, was meinen Sie?«

Fern wandte sich Elise zu. Clifford sah Elise an.

Elise kletterte vom Ladentisch herunter, nahm die Hausschlüssel aus ihrer Tasche und schob sie Clifford hin.

Ruth schleppte ihren Koffer eine weitere Treppe zu einer weiteren Veranda hinauf. Sie musste zugeben, dass das Beach Rose Inn, ein dreigeschossiges, mit grauen Schindeln verkleidetes Haus, dessen breite Treppe zu einer ringsherum führenden Veranda führte, ganz bezaubernd war, aber *sie war definitiv nicht in der Stimmung.*

Ihrer Meinung nach hatte ihr Makler die Angelegenheit verharmlost, anstatt sich angemessen empört zu zeigen.

»Da liegt sicher nur ein Missverständnis vor«, hatte er gemeint, als sie ihn in seinem Büro aufgesucht hatte. »Die Saison fängt gerade an, und da geht es manchmal ein bisschen chaotisch zu. Kein Grund zur Besorgnis. Ich kümmere mich darum.«

Das wollte sie auch hoffen, bei der Miete, die sie für das Haus zahlte.

Als sie die Tür öffnete, wäre sie fast über einen schokoladebraunen Labrador gestolpert, der sich zum Schlafen unmittelbar hinter den Eingang gelegt hatte. Auf der anderen Seite der Lobby stand eine junge Frau barfuß auf einem Tritthocker und hängte einen Spiegel mit Mosaikrahmen auf.

»Das ist zu hoch, Rach«, sagte der Mann neben ihr.

Die Frau drehte sich um. Ihre langen, goldbraunen Haare schwangen ihr über die Schulter. Sie streckte die Hand aus, und der Mann reichte ihr einen Nagel.

»Nein, das ist genau in Augenhöhe«, sagte sie.

»In welchem Universum ist das Augenhöhe? Du stehst auf einem Hocker.«

Der Blick der Frau fiel auf Ruth. »Oh, hallo! Kann ich Ihnen helfen?« Sie stieg von dem Tritthocker.

Ruth, die mittlerweile völlig erschöpft war, ließ den Griff ihres Koffers los und sank auf eine Ottomane. Die Lobby war gemütlich und einladend eingerichtet: weiße Wände und viel Holz, gerahmte Schwarz-Weiß-Drucke mit Ansichten des historischen Provincetown, hellgraue Sofas an einem weißen Korbtisch, dazu dekorative Akzente wie kupferne Kerzenständer, mit Muscheln gefüllte Glasgefäße, ein großes Bücherregal mit abgegriffenen Hardcover-Bänden und Taschenbüchern, deren Ecken ganz verbogen waren. Das Erstaunlichste aber waren die Mosaiken aus Fliesen, Steinen oder Muscheln. An einer Wand hing ein großer Seestern aus Buntglasstückchen. Eine wunderschöne Arbeit. »Man hat mich hierhergeschickt. Ich soll nach Amelia fragen«, sagte sie mit matter Stimme.

Die Frau und der Mann wechselten einen Blick.

»Ich bin Rachel Duncan, Amelias Enkelin. Sie hat mir gar nicht gesagt, dass heute ein Gast ankommt.« Mit einer Handbewegung zu dem Mann hin, der es übernommen hatte, den Spiegel aufzuhängen, fügte sie hinzu: »Das ist mein Mann Luke.«

Er stieg von dem Tritthocker und lächelte Ruth zu. Er war ungefähr Mitte dreißig, hatte rötlich-braune Haare und funkelnde blaugrüne Augen.

Er gab Ruth die Hand. »Freut mich.«

»Äh, ja, aber ich werde nicht hier wohnen«, erwiderte Ruth. »Ich habe ein Haus gemietet, aber da gibt es offenbar ein Missverständnis.«

Wieder wechselten die Frau und ihr Mann Blicke.

»Ich glaube, da sprechen Sie lieber mit …«, begann Rachel.

»Komme schon, komme schon«, rief eine Stimme von irgendwoher. Und dann trat eine alte Frau in die Lobby. Obwohl sie wirklich sehr alt war, ging sie mit energischen Schritten auf Ruth zu. Sie hatte lange weiße Haare und zahllose Runzeln und Falten und trug ein Sommerkleid, das grün und lila gebatikt war. Als sie Ruth zulächelte, blitzte der Schalk aus ihren dunklen Augen. »Sie sind sicher Ruth. Ich bin Amelia.«

»Ich habe gerade gesagt, dass hier ein Missverständnis vorliegt.«

»Ja, ja, das wird sich alles aufklären«, beschwichtigte Amelia. »Aber jetzt kommen Sie erst einmal, ich habe eine Kleinigkeit zu essen gerichtet.«

Ruth akzeptierte die Tatsache, dass ihr die Kontrolle über diesen Tag vollständig entglitten war. Resigniert folgte sie Amelia in den Garten hinter dem Haus. Eigentlich hätte sie sich nicht über diese unerwartete Entwicklung wundern dürfen. Provincetown war eine eigenwillige, ungewöhnliche Stadt. Hier waren nicht nur die Pilgerväter an Land gegangen, hier tummelten sich auch Künstler und Exzentriker. Im Lauf der Jahrzehnte hatte die Stadt ihren eigenen, einzigartigen Rhythmus, ihre eigenen Regeln entwickelt. Es herrschte eine friedliche, herzliche Atmosphäre, die gleichzeitig durchdrungen war von dem Gefühl, dass alles passieren konnte.

Vor ihnen erstreckte sich die sonnengesprenkelte Bucht. Da und dort konnte man Segelboote sehen. Der Garten, in dessen Mitte ein langer Holztisch stand, grenzte an den Strand. Auf dem Tisch standen ein Krug Eistee, eine Kaffeekanne, einige kleine Döschen, ein paar Kaffeebecher, Gläser in hellen, durchsichtigen Farben und ein Brotkorb.

Ruth setzte sich mit Blick aufs Wasser an den Tisch und schenkte sich Kaffee ein. Sie brauchte dringend eine kleine Stärkung, deshalb bediente sie sich ganz ungeniert. Amelia reichte ihr den mit einer Stoffserviette abgedeckten Brotkorb. Der gelbe Brotlaib unter der Serviette war zur Hälfte in dicke Scheiben aufgeschnitten.

»Broa«, erklärte Amelia. »Portugiesisches Maisbrot. In

den Döschen sind Butter und Marmelade, aber ich finde, ohne alles schmeckt es am besten.«

Ruth nahm sich eine Scheibe heraus und biss hinein. Das Brot hatte einen vollen, buttrigen Geschmack, war aber nicht zu süß. »Ich danke Ihnen für Ihre Gastfreundschaft«, sagte sie, »aber ich werde nicht hierbleiben. Ich habe ein Ferienhaus gemietet, in das ich heute einziehen werde. Das heißt, eigentlich bin ich schon eingezogen. Ich habe meine Sachen hierherschicken lassen, aber als ich heute Morgen ins Haus wollte, waren die Schlüssel nicht am vereinbarten Platz. Ich warte nur, bis mein Makler die Angelegenheit geklärt hat.«

»Das Haus von Fern und Elise. Hab's schon gehört. Ein wunderschönes Anwesen.«

»Da bist du ja«, rief ein Mann von der Veranda her. Eine große blaue Kühlbox in der Hand, durchquerte er den Garten. Ruth straffte sich unwillkürlich. Der Mann war um die dreißig, hatte volles, dunkles Haar, scharf geschnittene Züge und ausdrucksvolle dunkle Augen. »Zwei Dutzend Austern frisch aus dem Wasser. Wie gewünscht.«

»Du bist ein Schatz, Marco«, sagte Amelia.

»Gern geschehen.« Er gab ihr einen Kuss auf die Wange, stellte die Kühlbox ab und streckte Ruth die Hand hin. »Marco Barros.«

Ruth ergriff seine Hand und bemühte sich, nicht wie ein Teenager zu strahlen. »Ruth Cooperman.«

»Sie hat das Haus von Fern und Elise den Sommer über gemietet«, sagte Amelia.

»Freut mich, Sie kennenzulernen. Ich muss weiter, Amelia. Mein Vater hat mir gerade geholfen, ein paar

Käfige raufzuziehen. Du kannst dir nicht vorstellen, wie die aussehen.«

»Schlimmes Frühjahr?«

»Ideal war's nicht gerade. Aber ich komm schon klar.«

»Davon bin ich überzeugt. Grüß deine Mutter von mir.«

Als er fort war, sagte Amelia: »Marcos Familie gehört die Werft. Vor ein paar Jahren hat er mit der Austernzucht angefangen. Seine Schwester hat gerade das erste Jahr in Princeton absolviert. Es sind gute Kinder.«

Ruth nickte.

»Haben Sie Kinder?«

Die Frage brachte Ruth aus der Fassung. Sie blickte auf ihren Kaffeebecher und drehte ihn in den Händen. »Ja. Eine Tochter. Olivia.«

»Wird sie Sie besuchen kommen?«

»Nein«, antwortete sie knapp. Sie brachte es nicht über sich, Amelia zu gestehen, dass sie seit Monaten nicht mehr mit ihrer Tochter gesprochen hatte und dass ihre letzte Unterhaltung kurz und oberflächlich gewesen war. Olivia wusste nicht einmal, dass ihre Mutter nach Provincetown gezogen war.

Ruths Handy piepte. Eine SMS von Clifford Henry war eingegangen:

Ich habe die Hausschlüssel. Wir treffen uns vor Shell Haven.

Wunderbar. Keine Zeit für Sentimentalitäten. Oder weitere Gespräche. Sie stand auf und verabschiedete sich.

Ihr Haus wartete auf sie.

Kapitel drei

Es war kurz nach acht Uhr morgens, als Olivia Cooperman durch die schweren Türen des Art-déco-Bürogebäudes in Tribeca trat. Sie schob ihren Ausweis in den Schlitz am Drehkreuz und lächelte dem Mann vom Sicherheitsdienst zu.

In den letzten acht Jahren hatte sie mehr Zeit in der Sixth Avenue 32 verbracht als in ihrer Wohnung. Und immer noch verspürte sie ein erregendes Prickeln, wenn sie die imposante Eingangshalle mit der aus Fliesen bestehenden Weltkarte betrat, den Mosaikdecken, den vielen hastenden Menschen, die in eins der siebenundzwanzig Stockwerke voller Firmen, Radiosendern, Modelabels, PR-Agenturen unterwegs waren oder von dort kamen. Olivia fuhr in den zweiundzwanzigsten Stock hinauf, wo HotFeed, eines der landesweit größten Unternehmen im Bereich Promi-Social-Media-Management, seine Geschäftsräume hatte. Sie leitete ein Team von zwanzig Leuten, die die Accounts von Filmstars, Sportlern, Reality-TV-Stars und Musikern managten.

Letzte Woche hatte HotFeed den Shootingstar aus einer Netflix-Serie als Kunden gewonnen. Die blutjunge Schauspielerin war ein einziges Mal mitsamt ihrem Gefolge von Agenten und Publicity-Managern im Büro erschienen. Jetzt warteten Olivia und ihre Kollegen gespannt darauf, welcher Account-Manager die Zusage erhalten würde.

Olivia wünschte sich sehnlichst, dass sie den Traum-Auftrag bekommen würde.

Während viele ihrer Freunde Hochzeiten, Umzüge in einen Vorort und die Gründung einer Familie planten, lebte Olivia mit ihren dreißig Jahren ausschließlich für ihre Arbeit.

»Man kann berufstätig sein und trotzdem ein Privatleben haben, weißt du«, hatte eine Freundin neulich bei einem Drink zu ihr gesagt. Eine Freundin, die seit Kurzem einen Diamantring am linken Ringfinger trug.

»Der Mythos, dass man alles haben kann, ist meines Wissens widerlegt worden«, hatte Olivia erwidert. Jedenfalls galt das uneingeschränkt für ihr eigenes Leben. Das jüngste Opfer ihrer Karriere war ihre Beziehung zu einem Banker namens Ian Brooks. Nach zwei Jahren hatte er ihr letzte Woche beim Abendessen im Blue Hill den Laufpass gegeben.

»Ich hoffe, du und dein Handy werdet sehr glücklich miteinander«, hatte er gemeint und war gegangen.

Beruf- und Privatleben in ein gesundes Gleichgewicht zu bringen war praktisch unmöglich – das war ihr schon als Kind schmerzlich klar geworden. Sie hatte es ihrer Mutter immer übel genommen, dass ihr das Geschäft über alles ging. Ruth Cooperman hatte von früh bis spät gearbeitet. Sie hatte nie die Zeit gehabt, eine von Olivias Schulaufführungen zu besuchen oder einen Kuchen für eine Spendenaktion zu backen. Sie hatte sich meistens nicht einmal Gedanken gemacht, was sie zum Abendessen kochen sollte. Um all diese Dinge hatte sich ihr Vater gekümmert. Olivia hatte sich geschworen, nicht den gleichen Fehler zu begehen: Falls sie einen Beruf hätte, der sie stark in Anspruch nahm, würde sie auf Kinder verzichten. Für Olivia stand die Karriere nicht an erster Stelle, sondern an einziger.

Sie hatte gedacht, sie habe das Ian von Anfang an klargemacht.

»Guten Morgen, Dakota«, grüßte sie ihre Assistentin, die bereits an ihrem Platz vor Olivias mit Glaswänden abgeteiltem Büro saß. Olivia hatte sie vor einem guten Jahr eingestellt, als sie frisch von der NYU gekommen war. Dakota hatte einen Abschluss in Kommunikationswissenschaft, ein Tattoo von Dorothy Parker auf der linken Schulter und das Talent, am laufenden Band kreative Hashtags zu erstellen.

»Hey«, sagte Dakota. Sie kaute auf der Kappe ihres Stifts herum. »Die sind für Sie abgegeben worden.«

Olivia hatte die Blumen bereits entdeckt. In einer langen, rechteckigen Vase waren exotische Blumen so arrangiert worden, dass die Blütenblätter gleichsam auf der Wasseroberfläche schwebten. Sie begann, einen Popsong, den sie in der U-Bahn auf dem Weg ins Büro gehört hatte, leise vor sich hin zu summen. Da musste jemand erfahren haben, dass sie das Account ergattert hatte und wollte ihr gratulieren. Oder aber die Glückwünsche kamen von demjenigen, der das Account vergeben hatte.

Endlich! Endlich machte sich die harte Arbeit, machten sich die vielen persönlichen Opfer bezahlt. Es hatte sich gelohnt, ganz egal, was andere dachten.

Sie schloss die Tür zu ihrem Büro und öffnete lächelnd den beigefügten kleinen weißen Umschlag.

Nicht böse sein! Xoxo Jessica

Wie bitte? Sie hob den Blick und schaute auf die Bürowaben hinaus. Neben Dakota hatte eine weitere Assistentin ihren Platz, Jessica. Jessica war jung, Jessica war cool, Jessica … kriegte das neue Account?

Olivia hatte Herzklopfen. Sie schrieb Dakota eine Nachricht.

Kommen Sie bitte mal zu mir?

Ihr Telefon und einen firmeneigenen, rasierklingendünnen Laptop in den Händen huschte Dakota herein.

»Machen Sie die Tür zu. Was haben Sie über Jessica gehört?«

»Sie ist befördert worden. Und man hat ihr das neue Account zugesprochen. Ich dachte, Sie wüssten das.«

Olivia schüttelte den Kopf. »Das ergibt doch keinen Sinn«, murmelte sie.

»Na, irgendwie schon«, sagte Dakota zögernd.

»Wie meinen Sie das?« Olivia hatte einen trockenen Mund. Sie arbeitete seit acht Jahren in der Firma; Jessica war gerade einmal achtzehn Monate hier.

»Na ja, sie hat die meisten Instagram-Follower in der ganzen Firma«, erwiderte Dakota in einem Ton, als hätte ihre Chefin da von selbst draufkommen müssen.

»Richtig«, stieß Olivia hervor, während sich ihre Gedanken überschlugen. *Alles in Ordnung*, sagte sie sich im Stillen. *Du schaffst das schon.* Probleme im Job? Da gab es nur eine Lösung: noch härter arbeiten.

*

Elise und Fern schlossen den Laden um sechs, zogen sich nach oben zurück und gingen früh zu Bett.

Die Einzimmerwohnung über dem Teeladen hatte im Gegensatz zu den Geschäftsräumen mit ihren wunderschönen Stuckarbeiten und der filigranen Decke aufwendig renoviert werden müssen. Im Winter hatten sie die elektrischen Leitungen und sämtliche Rohre erneuern, die Wände frisch verputzen und die Böden abschleifen lassen. Aber die Schlafzimmermöbel waren erst vor ein paar Tagen angeliefert worden.

Es war ihre erste Nacht in ihrer Sommerunterkunft, und das Bett fühlte sich ungewohnt an.

Elise klappte den Essayband zu und legte ihn auf das Nachttischchen neben die blaue Kerze, die sie passend zum Farbton der Wände – saphirbeerenblau – gekauft hatte. Im Laden hatte man ihr erklärt, die Kerze begünstige Heilung, Vergebung, Treue, Glück sowie eine bessere Kommunikation.

Heute wird es mehr brauchen als eine Kerze, dachte Elise.

Sie zündete sie trotzdem an.

Auf ihrer Seite des Betts blätterte Fern in einer Kurzgeschichtensammlung. Aber sie konnte sich genauso wenig auf das Gelesene konzentrieren wie sie selbst. Seit dem Nachmittag hatten sie kein Wort miteinander gesprochen.

»Findest du, das Blau ist zu blau?«, fragte Elise, um das Eis zu brechen. Sie hatte die Farbe ausgesucht, und obwohl Fern in Sachen Inneneinrichtung eher konservativ war, hatte sie nicht widersprochen. Sie hatte Elise weitgehend freie Hand bei der Gestaltung der Wohnung gelassen, weil sie hoffte, das werde ihr über die Vermietung ihres Hauses hinweghelfen.

Fern schlug ihr Buch zu und sah sie an. »Wollen wir nicht mal darüber reden, was heute passiert ist?«

Elise seufzte. »Es tut mir leid. Das hab ich schon eine Million Mal gesagt. Das war ein Anfall geistiger Umnachtung.« Sie griff nach Ferns Hand, und Fern ließ es zu. Das war ein gutes Zeichen.

»Wir haben einen Mietvertrag abgeschlossen. Der ist bindend«, sagte Fern. »Mit dem, was du getan hast, hast du gegen alle unsere Vereinbarungen verstoßen.«

Elise nickte. Die Eröffnung des Teeladens war ein finanzielles Wagnis, und die Einnahmen aus der Vermietung des Hauses stellten eine Art Rückversicherung dar, zumal ihnen das Gebäude, in dem sich der Laden befand, nicht gehörte, sondern sie Miete zahlen mussten. Ihr Haus Feriengästen zu überlassen war eine geschäftlich kluge Entscheidung.

Aber Shell Haven war kein Renditeobjekt. Es war ein Stück Heimat. Es war nie einfach nur ein Haus gewesen. Es war für sie beide der erste Schritt auf dem Weg zur Gründung einer Familie.

Ihr Entschluss, nach Provincetown zu ziehen, hatte nichts mit der wunderschönen landschaftlichen Lage zu tun gehabt oder mit der Tatsache, dass die Stadt zu den ältesten Künstlerkolonien des Landes gehörte. Auch nichts damit, dass es auf der Commercial Street eine einzige Verkehrsampel gab (wenn man das Blinklicht an der Kreuzung Commercial und Bradford nicht mitzählte). Und es hatte weder mit dem Literatur- noch mit dem Filmfestival zu tun gehabt, weder mit dem Naturschutzgebiet noch mit den Hummerbrötchen im Restaurant The Canteen.

Der Grund für ihren Entschluss war ein ganz anderer: Hier konnten sie als lesbisches Paar leben, ohne dass jemand sie jemals schief ansah.

Ihr Traumhaus hatten sie also gefunden, aber in einem anderen Punkt hatten sie nicht so viel Glück. Die erste In-vitro-Behandlung schlug fehl. Die zweite endete in einer Fehlgeburt, die dritte ebenfalls.

Ihre Ärztin, eine Spezialistin in Boston namens Dr. Sparrow, deren schmächtige, vogelähnliche Gestalt ihrem Namen – »Spatz« – alle Ehre machte, sprach ihnen immer wieder Mut zu. Für Elise waren ihre Worte das Evangelium. Doch es wollte einfach nicht klappen.

Die hormonelle Achterbahnfahrt nahm Elise so sehr mit, dass sie sich selbst nicht wiedererkannte. Sie fühlte sich von ihrem Körper im Stich gelassen, weil er nicht imstande war, ein Kind auszutragen. Und ihre Beziehung zu Fern glich immer mehr einer Geschäftsbeziehung, in der die Partner sich abmühten, ein zum Scheitern verurteiltes Unternehmen auf den Weg zu bringen. Sie waren beide unglücklich.

»Das reicht jetzt«, sagte Fern nach der zweiten Fehlgeburt.

»Ja, machen wir eine Pause«, pflichtete Elise ihr bei.

»Nein, keine Pause. Jetzt ist Schluss.«

Sie wollte es nicht einmal mehr versuchen. Anfangs empfand Elise diese Entschlossenheit als Erleichterung. Sie selbst war psychisch viel zu ausgelaugt, um rationale Entscheidungen zu treffen.

Nach ein paar Monaten, als sie wieder klarer denken

konnte, schlug sie vor, dass Fern sich künstlich befruchten lassen solle.

»Elise, ich hab's ernst gemeint. Wir können nicht so weitermachen, sonst sind wir bald am Ende, sowohl finanziell als auch körperlich. Wir haben es versucht, es hat nicht geklappt. Wir müssen lernen, mit dem zu leben und glücklich zu sein, was wir haben. Uns.«

»Aber wir wollten doch immer ein Kind!«

»Das liegt nicht in unserer Macht.«

»Wie kannst du einfach so aufgeben! Und was ich will, zählt gar nicht?«

Fern wollte nichts mehr davon hören. Am Valentinstag hatten sie beim Abendessen in Napi's Restaurant das letzte Mal darüber gesprochen. Der Abend endete im Streit, und sie waren in eisigem Schweigen zu Bett gegangen. Es gab eine Zeit, da stand ihre Beziehung deswegen auf der Kippe. Aber sie überwanden die Krise. Und jetzt schliefen sie in ihrem neuen Schlafzimmer über dem Teeladen. Umgeben von leuchtend blauen Wänden.

»Es tut mir leid«, sagte Elise noch einmal.

Fern legte den Arm um sie und drückte sie. »Und nur damit du's weißt: Die Farbe gefällt mir. Ich meine, wie kann einem eine Farbe, die Saphirbeerenblau heißt, nicht gefallen? Und wenn wir uns einen Hund anschaffen, bin ich dafür, dass wir ihn Saphirberry nennen!«

Vergangenes Jahr hatten sie auch darüber gesprochen, einen Hund ins Haus zu holen. Noch so ein Trostpflästerchen.

Du musst positiv denken, sagte sich Elise. Sie beugte sich zur Seite und blies die Kerze aus. »Weißt du, was hier noch fehlt? Ein Mosaik. Wir sollten Amelia eins abkaufen.« Das war der Beweis, dass sie die Veränderung akzeptierte. Sie machte sich Gedanken. Sie steuerte Ideen bei.

Fern lächelte. »Ich weiß was Besseres. Du besuchst ihren Kurs und machst dann selbst eins. Das wäre doch ein schöner Zeitvertreib für dich.«

Amelia Cabral gab Mosaikkurse in ihrem Atelier im dritten Stock des Beach Rose Inn. Sie hatte vor drei Jahren damit angefangen, kurz nachdem ihr Mann gestorben war.

Ja, Elise würde im Teeladen arbeiten und einen Mosaikkurs besuchen. Sie würde ihre neue Bleibe dekorieren und als vorübergehende Lösung akzeptieren. Sie würde nach vorn schauen und nicht zurück.

Sie würde es Fern zuliebe machen.

Kapitel vier

Ruth hatte die erste Nacht in Shell Haven bei offenen Vorhängen geschlafen, weil sie den Tag mit einem Blick auf die Bucht begrüßen wollte.

Sie war bei Tagesanbruch aufgestanden, in ihren Morgenmantel geschlüpft und ans Fenster getreten. Der Himmel war blau, und die Häuser auf der anderen Straßenseite wurden blassrosa angestrahlt. Dieses spektakuläre, beinah überirdische Licht hatte sie erst in Provincetown kennengelernt.

Aber die Szenerie vermochte sie nicht lange zu fesseln. Sie musste immer in Bewegung sein – das war Fluch und Segen zugleich. Sie ging nach unten in die Küche.

Nach ihrer holprigen Ankunft gestern hatte sie die wichtigsten Lebensmittel besorgt (vor allem Kaffee) und ein paar der Kartons, die sie vorausgeschickt hatte, ausgepackt.

Das Haus mit seiner einmaligen Aussicht befand sich in erstklassiger Lage, aber die Küche war ausschlaggebend für ihre Entscheidung gewesen, es zu nehmen. Mit den langen Regalen aus unbehandeltem Holz, auf denen ein buntes Sammelsurium von Schüsseln stand, dem weißen Fliesenboden, dem weißen Geschirrschrank mit seinen Blechtellern, den Schränken mit den Glasfronten und dem rustikalen Holztisch, der Platz für sechs bis acht Personen bot, war sie einer französischen Landhausküche nachempfunden. Clifford Henry hatte ihr erzählt, dass sie in der Provence angefertigt worden war. Die großen Fenster mit Blick auf die hintere Terrasse und den Garten waren aber erst in jüngerer Zeit eingesetzt worden.

Ruth machte sich einen Kaffee, setzte sich an den Tisch und dachte über den vor ihr liegenden Tag nach. Obwohl sie ihre Firma schon vor sechs Monaten verkauft hatte, überkam sie gelegentlich immer noch Panik bei dem Gedanken an die scheinbar endlose freie Zeit, die sie vor sich hatte. *Denk positiv*, ermahnte sie sich. Ruhestand bedeutete nicht das Ende von etwas, es war ein Neuanfang.

Im letzten Winter war ihr allerdings klar geworden, dass es nicht ganz so einfach war. Der Besuch in einem Nagelstudio hatte sich zu einer echten Zerreißprobe entwickelt.

Zunächst war alles wunderbar gewesen. Im Salon wurde sie vom vertrauten – und befriedigenden – Anblick der in schmalen weißen Regalen aufgereihten Nagellackfläschchen empfangen. Sie selbst hatte diesen Nagellack vor dreißig Jahren kreiert und die Marke Liv, nach ihrer Tochter Olivia, genannt.

Als kleines Mädchen hatte sich Olivia über diesen Kosenamen gefreut. Als Teenager bestand sie darauf, dass Ruth sie mit ihrem vollen Vornamen anredete. Und jetzt erinnerte nur noch das Label einer der führenden Nagellackprodukte im Land an das niedliche Kleinkind.

Ruth überflog die nach Farben und Nuancen sortierten Fläschchen. Sie suchte ein ganz bestimmtes Rot, »Cherry Hill«, die erste Farbe, die sie auf den Markt gebracht hatte und für die sie unverkennbar stand. Als sie die bei den reinen Rottönen nicht fand, suchte sie »Cherry Hill« bei den blauroten, weil sie dachte, sie sei vielleicht versehentlich falsch eingeordnet worden. Nichts.

Als sie sich schließlich an eine Angestellte wandte, erfuhr sie, dass die Farbe aus dem Sortiment genommen worden war.

Wie bitte? Das war unmöglich! »Cherry Hill« war ein Klassiker. Da müsse es sich um ein Missverständnis handeln, beharrte sie. Sie sei nicht die Erste, die nach der Farbe frage, erklärte die Angestellte, deshalb hätten sie sich mit ihrem Lieferanten in Verbindung gesetzt, und der habe ihnen mitgeteilt, dass diese Farbe nicht mehr hergestellt werde.

»Cherry Hill« war das perfekte Rot, ein leuchtendes Rot, das weder ins Orange noch ins Rosa spielte. Es schmeichelte jedem Hautton. Es war ein Bestseller, ein Dauerbrenner. Und, was noch viel wichtiger war, es war, aus sentimentalen Gründen, ihr persönlicher Favorit. Wie konnten die neuen Firmeneigner die Farbe einfach aus dem Sortiment nehmen?

Diese Entdeckung verstärkte in ihr das Gefühl, dass es ein gewaltiger Fehler gewesen war, die Firma zu verkaufen. Als sie den Vertrag unterschrieben hatte, gaben die Käufer ihr die Zusicherung, dass sie künftig eine Beraterrolle übernehmen werde. Sie hatte nie wieder etwas von ihnen gehört.

Sie versuchte, nicht darüber nachzudenken, die Dinge zu akzeptieren, wie sie waren. Aber wenn die neuen Eigentümer so weit gingen, die Produktion von »Cherry Hill« einzustellen, würde möglicherweise irgendwann der Tag kommen, an dem ihre Kosmetikmarke, ihr Baby, seine Identität verlieren würde. Und sie konnte nichts dagegen tun.

Diese Erkenntnis war der Auslöser für ihre Suche nach einem neuen Betätigungsfeld gewesen. Sie hatte sich mit großer Energie dem nächsten Abschnitt ihres Lebens zugewandt. Und jetzt, sechs Monate später, war sie in Provincetown. Und dennoch …

Sie stand auf, ohne ihren Kaffee auszutrinken, und ging wieder nach oben, wo immer noch volle Kartons herumstanden. Sie wusste, in einem davon hatte sie die letzten Fläschchen »Cherry Hill« untergebracht. Sie musste sich unbedingt davon überzeugen, dass sie den Umzug unbeschadet überstanden hatten.

Da sie beim Packen genauso methodisch vorgegangen war wie in allen anderen Lebensbereichen, war der Karton mit dem Vermerk KOSMETIKA/VORRÄTE schnell gefunden. Sie durchtrennte das Klebeband.

Obenauf lag ein in Luftpolsterfolie gewickelter Kosmetikspiegel, wie man ihn in jedem besseren Drogeriemarkt bekommen konnte: ein in Metall gefasster Standspiegel mit Drehmechanismus und Vergrößerungsglas. Doch dieses spezielle Modell war fast fünfzig Jahre alt. Es hatte ihrer Mutter gehört.

Ruth konnte sie noch vor sich sehen, wie sie morgens im Schlafzimmer vor ihrem Frisiertisch saß und ihr »Gesicht auflegte«, wie sie es nannte. Das bedeutete in den Sechzigerjahren, dass man sich die Augen mithilfe von balkendickem schwarzem Eyeliner, hellblauem Lidschatten und falschen Wimpern, die obendrein dick getuscht wurden, so groß wie möglich malte. Ganz fasziniert hatte sie dabei zugeschaut. Ihre Mutter war in ihrer damaligen Vorstellung die schönste Frau der Welt gewesen.

Joan Goldberg war eine liebevolle Mutter, aber eine sehr unglückliche Frau gewesen. Was sie Ruth mit auf den Weg gegeben hatte? »Fang nicht an, jeden Abend ein Essen auf den Tisch zu stellen. Sonst erwartet man von dir, dass du das immer machst.«

Ihre Mutter bekam in der Woche zehn Dollar Taschengeld von ihrem Mann; sie musste warten, bis sie das Geld zusammenhatte, wenn sie etwas kaufen musste. So wollte Ruth nicht leben. Sie schwor sich, dass sie finanziell unabhängig von ihrem Mann sein würde – sofern sie überhaupt heiratete.

Und dann lernte sie Ben Cooperman kennen. Da war sie gerade einmal achtzehn. Vier Wochen nach seinem Collegeabschluss verlobten sie sich.

Ruth legte den Spiegel beiseite und wühlte weiter in dem Karton, bis sie die kleine Schachtel mit dem Sechserpack »Cherry Hill« gefunden hatte. Sie öffnete sie und schüttelte eins der Fläschchen heraus. Was für eine grausame Ironie des Schicksals, dass ausgerechnet das Produkt, das ihr ganzes Leben verändert hatte, als Erstes vom Markt genommen wurde. Als ob das Universum ihr damit sagen wollte: *Das war's. Es gibt kein Zurück mehr.*

Da saß sie nun in diesem wunderschönen Haus, das nicht ihr gehörte, umgeben von Kartons, die ihr ganzes Leben enthielten. Wie konnte man da nicht zurückblicken? Was einem in ihrem Alter blieb, war das Ergebnis jahrzehntelanger Entscheidungen, großer wie kleiner.

Es klingelte. Ruth blickte erschrocken auf. Sie schloss die Schachtel, rieb die Hände aneinander, um den Staub loszuwerden, und ging nach unten zur Haustür. Sie spähte aus dem Fenster. Niemand da. Sie entriegelte die Tür und öffnete sie. Eine Babyschale stand auf der Veranda.

Mit einem schlafenden Baby darin.

Die kleinen Glöckchen an der Schnur über der Ladentür von Tea by the Sea bimmelten. Eine Familie, offensichtlich Touristen, trat ein. Während die Eltern zu dem Regal mit den Teedosen schlenderten, stellten sich die beiden Mädchen im Teenageralter vor das Fenster, um Selfies mit der Bucht im Hintergrund zu machen.

Elise tat tiefe Atemzüge, als sie beobachtete, wie Fern die verschiedenen Teemischungen erklärte und ein paar Dosen öffnete, damit die Kunden das Aroma schnuppern konnten. Tiefe Dankbarkeit erfüllte Elise, Dankbarkeit für ihre Ehe und für diesen Laden, der ihr größter Wunsch gewesen war. Es war besser, nicht mehr an allem anderen zu rühren.

Die wichtigste Entscheidung im Moment war die, ob sie eine Teilzeitkraft einstellen sollten. Einerseits hatten sie das Gefühl, dass sie es allein schafften, andererseits wäre es eine Beruhigung, im Notfall Hilfe zu haben.

»Ich finde, wir sollten diese Cynthia Wesson nehmen«, sagte Elise, als die Touristen fort waren, und schaute kurz von der Dose auf, die sie mit knapp sechzig Gramm einer Blatttee-Fertigmischung füllte. Dann schraubte sie die Dose zu, klebte drei Zettelchen darauf – den Namen der Mischung auf die Vorderseite und den Deckel, die Ziehdauer und die Wassertemperatur auf den Boden – und band zum Schluss eine marineblaue Schleife drum herum. Das war eine zeitraubende, aber herrlich meditative Arbeit. Das erinnerte sie wieder daran, was sie am Teetrinken am meisten schätzte: Man musste sich dafür Zeit nehmen. »Sie scheint sich ernsthaft für Tee zu interessieren, und sie kennt P'town von unzähligen Besuchen.«

Die Ladenglocke bimmelte erneut. Eine zierliche Frau mittleren Alters trat ein. Sie hatte volle dunkle Haare mit einer weißen Strähne auf einer Seite und glühende schwarze Augen.

»Die böse Hexe vom West End«, brummte Fern. »Seit wann ist die wieder in der Stadt?«

»Sei nicht so gehässig!«, flüsterte Elise. Dann, lauter: »Hi, Bianca.«

Die Frau blickte blinzelnd zu ihnen auf. »Meine Schwägerin hat mir von dem Laden erzählt. Es hat sich viel verändert in dieser Straße. Und nicht zum Besseren!«

»Willkommen zurück. Immerhin hast du den Winter in Florida verbringen können, anstatt hier in der Kälte zu bibbern. Wo wohnst du denn jetzt?«, fragte Elise freundlich.

»Auf der Werft. Wo soll ich denn sonst hin? In das Haus meiner Tochter kann ich ja nicht mehr, das habt ihr beide euch ja unter den Nagel gerissen.«

Elise und Fern wechselten einen Blick. »Pilar hat uns das Haus gern verkauft«, erwiderte Fern.

Nach ihrem Umzug von Boston hierher hatten sie nicht viel Hoffnung gehabt, ein Einfamilienhaus zum Kauf zu finden. Es gab kaum Immobilien, die zu erwerben waren, und wenn, dann handelte es sich um Eigentumswohnungen.

Und so hatten sie in ihrem ersten Sommer zunächst einmal die Erdgeschosswohnung in einem viktorianischen Haus nahe der Conant Street gemietet. So schlimm konnte es doch nicht sein, mit anderen Parteien zusammenzuwohnen, oder?

Wie sich herausstellte, war es sogar sehr schlimm. Die Mitbewohner über ihnen kamen regelmäßig mitten in der Nacht nach Hause, hörten Musik in voller Lautstärke und trampelten über den Parkettboden wie eine Elefantenherde. Die Nachmittage waren auch nicht viel leiser.

Fern und Elise flüchteten auf ein Segelboot, das sie ebenso wie den Liegeplatz bei Barros Boatyard mieteten. Dank Marco wurde das Boot ihr zweites Zuhause. Manny Barros, sein Vater, hatte die Werft von seinem Vater übernommen und fünfzig Jahre lang geleitet. Marco hatte zudem seine Austernzucht auf einer über achttausend Quadratmeter großen Fläche im Gezeitenbereich begonnen. Das Nutzungsrecht dafür hatte er von Tito bekommen, seinem Onkel väterlicherseits und seinem Paten.

Fern und Elise verbrachten so viel Zeit auf der Werft, dass sie sich mit der Familie Barros anfreundeten. Man lud sie zur Party anlässlich des Unabhängigkeitstags und bald auch zu ein paar Grillfesten an Sonntagabenden ein. Sie lernten Lidia, Mannys Frau, kennen und seine Schwester Bianca. Und Pilar, Bianca Barros' Tochter, suchte in jenem Sommer einen Käufer für ihr Haus.

Bei Austern und Gin auf Mannys Veranda waren Fern und Pilar sich handelseinig geworden. So kam man in Provincetown an ein Haus – durch den Freund eines Freundes eines Freundes. Man musste zur richtigen Zeit am richtigen Ort sein.

»Ihr habt ihr das Haus abgeluchst!«, sagte Bianca jetzt und funkelte Fern zornig an. »Für einen Spottpreis!«

Fern schüttelte den Kopf. »Darf ich dir einen Eistee anbieten? Geht selbstverständlich aufs Haus«, fügte sie hinzu, wobei sie Elise zuzwinkerte.

Bianca ging nicht darauf ein. »Mir ist da ein beunruhigendes Gerücht zu Ohren gekommen. Ihr habt das Haus doch nicht wirklich an eine Touristin vermietet, oder?«

Elise und Fern sahen sich an. »Doch, das haben wir«, antwortete Fern.

»Das ist der Gipfel der Unverschämtheit! Eine Beleidigung für mich und für meine Familie und für alles, wofür dieses Haus steht! Mein Ururgroßvater hat dieses Haus gebaut!«

»Bei allem Respekt, Bianca, aber jetzt gehört das Haus uns, und es ist nichts Schlimmes dabei, es als Ferienhaus zu vermieten.«

»Von euch habe ich nichts anderes erwartet – ihr seid ja praktisch auch bloß Touristen.« Sie warf einen Blick auf die Getränkekarte und schnalzte missbilligend mit der Zunge. »Glaubt ihr im Ernst, dass jemand diesen Wucherpreis für einen Eistee bezahlt?« Damit rauschte sie hinaus.

»Siehst du«, bemerkte Fern mit einem vielsagenden Blick zu Elise hin, »das kommt davon, wenn man nicht loslassen kann. Man verwandelt sich in eine Bianca.«

»Sehr witzig.«

Das Telefon läutete. Elise nahm ab. »Tea by the Sea, Sie sprechen mit Elise.«

»Hier ist Ruth Cooperman. Ich habe keine Ahnung,

was hier vor sich geht, aber sagen Sie Fern, dass sie sofort zum Haus kommen soll.«

»Gibt es ein Problem?« Elise hatte nicht die geringste Lust, an Ruth Cooperman in Shell Haven zu denken. Sie seufzte ungeduldig. »Kriegen Sie die Hintertür nicht auf? Sie verzieht sich manchmal in der Hitze und klemmt dann.«

»Die Türen sind nicht das Problem. Das Problem ist, dass jemand ein Baby auf Ihrer Veranda ausgesetzt hat.«

Kapitel fünf

Ruth hatte seit fast dreißig Jahren kein Baby mehr in den Armen gehalten.

Das Kleine – dem rosaroten Mützchen nach zu urteilen ein Mädchen – musste etwa zwei Wochen alt sein. Es war in eine Standardkrankenhausdecke gewickelt und schien nicht größer als Ruths Unterarm. Daher traute sie sich nicht, das winzige Wesen aus der Babyschale zu nehmen.

Derjenige, der es hierhergebracht hatte, hatte auch eine Windeltasche voller Pampers abgestellt, zwei Fläschchen, ein paar Büchsen Enfamil-Milchpulver und ein rosafarbenes Tragetuch. Das Baby schlief zum Glück, und Ruth hoffte, das würde so bleiben, bis Fern Douglas kam.

Sie trug die Babyschale ins Wohnzimmer, schaltete die Klimaanlage ein und setzte sich auf die Sofakante. Im Gegensatz zu demjenigen, der das Baby einfach sich selbst überlassen hatte, brachte Ruth es nicht über sich, es allein im Zimmer zu lassen. Vielleicht hatte sie sich mit dem Umzug hierher doch ein bisschen zu viel zugemutet. Diese Stadt schien sie an ihre Grenzen zu bringen. Es war eine Sache, Hausschlüssel im Briefkasten zu hinterlegen, aber eine ganz andere, ein Baby auf einer Veranda abzustellen.

Sie stand auf, ging nervös auf und ab und starrte ihr Telefon an. Fern müsste doch längst hier sein.

Das Baby bewegte sich. *Oh nein! Nicht aufwachen! Schlaf weiter!*

Die winzigen Lippen spitzten sich, entspannten sich, spitzten sich aufs Neue, bereit zum Nuckeln. Ruth musste unwillkürlich an ihr eigenes Neugeborenes denken, wie es, noch halb schlafend, nach ihrer Brust gesucht hatte. Dieser Urinstinkt ließ sich weder bezwingen noch einplanen. Er hatte Ruth völlig aus der Fassung gebracht. Sie hatte geglaubt, dass es sich mit ihrer Mutterrolle genauso verhalten würde wie mit ihrer Karriere: Es brauchte nur genug Disziplin und harte Arbeit, dann würde das schon klappen. Sie würde alles im Griff haben. Niemand hatte sie darauf vorbereitet, dass Mutter sein bedeutete, loszulassen und die Kontrolle abzugeben.

Die Hintertür wurde geöffnet. Jemand durchquerte die Küche. Endlich!

Aber es war nicht Fern Douglas, sondern die unfreundliche Rotblonde von gestern. Die Haare klebten ihr in feuchten Strähnen an Stirn und Hals. »Ich bin so schnell gekommen, wie ich konnte«, sagte sie atemlos. Sie streifte Ruth mit einem flüchtigen Blick und starrte dann die Babyschale an. Langsam, fast ehrfürchtig ging sie darauf zu und kniete sich hin.

»Und Sie sind?«, fragte Ruth.

»Elise Douglas. Ferns Frau. Es tut mir leid. Wir hatten gestern keinen guten Start.«

Das war eine glatte Untertreibung. Aber Ruth verzichtete angesichts der Umstände darauf, näher darauf einzugehen. »Stimmt, ja, aber im Moment gibt es Wichtigeres. Ihre Freundin, oder wer auch immer das Baby hier zurückgelassen hat, scheint offensichtlich nicht zu wissen, dass Sie das Haus den Sommer über vermietet haben.«

Elise antwortete nicht. Sie nahm Ruth gar nicht wahr.

Das Baby regte sich. Elise hob das kleine Bündel aus der Schale, drückte es behutsam an sich und murmelte etwas, das Ruth nicht verstand.

Sie trat ungeduldig von einem Fuß auf den anderen.

»Tja, äh, es ist wohl das Beste, wenn Sie die Kleine wieder zurückbringen. Ich will nicht unhöflich sein, aber ich muss noch auspacken und meine Sachen einräumen.«

Elise sah sie an. »Ich weiß nicht, wem das Baby gehört.«

Was?

Der Säugling begann zu weinen. Zuerst war es nur ein quäkender Laut wie von einem Vogel, aber das steigerte sich schnell zu einem anhaltenden Schreien. Wie konnte ein so kleines Wesen einen solchen Lärm machen? Aber es war unmöglich, das Weinen eines Babys zu ignorieren. Ruth, selbst Mutter, konnte es jedenfalls nicht.

»Wollen Sie nicht Fern anrufen und fragen, ob sie weiß, wer die Mutter ist? Oder nehmen Sie das Baby doch sinnvollerweise gleich mit in den Teeladen, dann können Sie es dort besprechen.«

Elise schüttelte den Kopf. »Es tut mir leid, Mrs Cooperman, ich kann das Baby nicht mitnehmen.«

»Hierlassen können Sie es auch nicht.«

»Aber wenn derjenige, der es hergebracht hat, zurückkommt und es abholen will? Geben Sie mir ein bisschen Zeit, damit ich in Ruhe darüber nachdenken kann.« Sie sah erst das Baby an, dann Ruth. »Und bitte sprechen Sie mit niemandem darüber.«

Mit wem sollte sie denn darüber sprechen? Und was sollte diese Geheimnistuerei? Ruth seufzte und schaute aus dem Fenster. Es war ein herrlicher Tag.

»Ich geh ein bisschen an die frische Luft«, sagte sie. »Wenn ich zurückkomme, erwarte ich, dass das Haus leer ist.«

Olivia hatte die Grippe. Zum denkbar ungünstigsten Zeitpunkt. Sie hatte sich noch nie krankgemeldet, und jetzt – *peng*! Drei Tage hatte sie das Bett gehütet. In der Firma würde das den Eindruck erwecken, dass sie wegen des Accounts, das sie nicht bekommen hatte, schmollte.

In Wirklichkeit handelte es sich um einen Zusammenbruch, weil sie achtzehn Stunden täglich gearbeitet hatte, um sich über die Trennung von Ian hinwegzutrösten. Es war eine Ironie des Schicksals, dass sie im Bereich Social Media arbeitete. Da tat sie alles, um Ian zu vergessen, und dann stieß sie auf ein Foto einer ihrer äußerst attraktiven Klientinnen, die sich auf einer Wohltätigkeitsgala strahlend an seinem Arm zeigte.

Olivia hatte sich in den letzten Nächten unruhig hin und her gewälzt. Es schien, als sei ihr Körper unfähig, seine Temperatur zu regeln. Ihr war abwechselnd heiß und kalt, sodass sie das Fenster erst aufriss und dann wieder zumachte, während ihre Gedanken in einer Endlosschleife kreisten: War es ein schrecklicher Fehler gewesen, ihrer Beziehung zu wenig Aufmerksamkeit geschenkt zu haben? Wenn sie ehrlich war, musste sie zugeben, dass sie Ian wahrscheinlich nicht einmal geliebt hatte – und keinen anderen vor ihm. Vielleicht war es ihr bestimmt, allein zu bleiben.

Blieb noch die Sache mit ihrem Job. Sie hatte gerade viel Zeit, darüber nachzudenken, deshalb wurde ihr jetzt erst so richtig bewusst, was es bedeutete, dass sie übergangen worden war. Wenn ihr die wirklich großen Klienten nicht mehr anvertraut wurden, war es nur noch eine Frage der Zeit, bis man sie ausmusterte.

Vielleicht war der Zeitpunkt gekommen, sich auf eigene Füße zu stellen.

Sie spielte seit Längerem mit dem Gedanken, eine eigene Firma zu gründen, hatte das Für und Wider sorgfältig abgewogen. Sie würde die Sicherheit eines regelmäßigen Gehalts und ihren Kundenstamm verlieren, aber sie hatte bereits ihre Fühler ausgestreckt und wusste, dass mindestens eine Klientin ihr folgen würde. April Hollis, Reality-TV-Star und Schuhdesignerin irgendwo jenseits der dreißig, hatte achtzehn Millionen Follower in den Social Media. Als Olivia sie vor sechs Jahren kennengelernt hatte, war sie Immobilienmaklerin in Hoboken gewesen und hatte an ihren freien Tagen an Castingshows teilgenommen.

Olivia hatte sie bereits kontaktiert.

»Was immer du brauchst, Schätzchen«, hatte April gesagt.

Die logistische Herausforderung war allerdings beachtlich. Bei HotFeed hatte sie einen Texter und jemand, der die Posts terminlich verwaltete, dafür sorgte, dass sie live gingen und korrekt getaggt wurden. Sie hatte jemand, der das Internet nach Hinweisen auf Klienten durchforstete und den Verfassern der Kommentare antwortete. Und die Firma verfügte über ein Team von Analytikern, die untersuchten, welche Inhalte die besten Ergebnisse erzielten. Als Einfraubetrieb würde sie auf diese Unterstützung verzichten müssen. Es würde dauern, ein eigenes Mitarbeiterteam zusammenzustellen. Aber bis dahin würde sie es irgendwie im Alleingang schaffen.

Der Portier rief über das Haustelefon an.

»Hallo?« Das Wörtchen genügte, einen Hustenanfall auszulösen.

»Mrs Cooperman? Ihr Vater ist hier.«

Das hätte sie sich ja denken können! Sie hatte ihm versichert, dass es ihr gut gehe, aber er wollte sich lieber selbst davon überzeugen. Früher war er es gewesen, der ihre zerschrammten Knie verpflastert, ihre Mückenstiche behandelt, sie bei Liebeskummer getröstet hatte. Ihre Mutter war immer auf irgendeiner Geschäftsreise gewesen.

Als sie die Eingangstür öffnete, stand ihr Vater da und hielt zwei Tüten vom Second Avenue Deli hoch.

»Ach, Dad, das wär doch nicht nötig gewesen«, sagte sie und war unglaublich froh, ihn zu sehen und Gesellschaft zu haben. Natürlich hatte sie Freunde, aber mit denen ging sie aus, vernetzte sie sich, hatte sie Spaß. Das waren keine Leute, die sich zu ihr aufs Sofa setzten und Netflix-Serien mit ihr schauten.

»Ich wünschte, du würdest jemanden finden«, sagte er ein paar Minuten später, als sie sich ihre Matzeknödelsuppe schmecken ließen. »Ich will nicht, dass du dein Leben allein verbringst.«

»Und ich wünschte, *du* würdest jemanden kennenlernen. Ich will nicht, dass *du* dein Leben allein verbringst.«

Als ihre Eltern sich scheiden ließen, war sie auf der Mittelschule gewesen. Während es für Olivia und ihren

Vater eine schwere Zeit gewesen war, hatte Ruth ihr Leben scheinbar unbekümmert weitergelebt. Anders als die meisten ihrer Freunde mit geschiedenen Eltern wohnte Olivia bei ihrem Vater, der das Haus in Cherry Hill, New Jersey, behalten hatte. Ihre Mutter zog in eine Eigentumswohnung in Center City, Philadelphia, genau auf der anderen Seite der Ben Franklin Bridge.

Ihr Dad hatte im Lauf der Jahre die eine oder andere Freundin gehabt, aber nichts Dauerhaftes. Olivia fürchtete, dass er seit der Scheidung ein gebranntes Kind war und vor jeder weiteren emotionalen Bindung zurückscheute. Wie sonst ließe sich erklären, dass er immer noch Single war? Sie war natürlich voreingenommen, aber selbst bei objektiver Betrachtung war ihr Dad ein guter Fang: ein angesehener Anästhesist mit unglaublich vollem, silbergrauem Haar und einer Figur, der man ansah, dass er das ganze Jahr über Tennis spielte. Sein einziges Laster war gutes Essen.

Wieder einmal versuchte sie, ihn in diese Richtung zu bugsieren, aber er drehte den Spieß um.

»Ich war schon mal verheiratet, und ich habe dich. Was ist deine Ausrede?«

»Ist dir schon mal der Gedanke gekommen, dass ich meine Freiheit liebe?« Teilweise stimmte das sogar. Sie fand es aufregend, jemanden kennenzulernen, zu umwerben und umworben zu werden, und dann das Prickeln der ersten Nacht, der ersten Berührung. Aber danach ging es ihrer Meinung nach nur noch bergab. So wie ihre Trennungen verlaufen waren, hatte sie schlichtweg nicht genug zu geben. Vielleicht würde sich das auch nicht ändern.

Ihre Unterhaltung stockte, und so aßen sie schweigend auf. Es war ein behagliches Schweigen, kein bedrückendes. Als sie fertig waren, packte ihr Vater den Abfall in die leeren Tüten und trug alles zum Müllraum im Flur.

Olivia holte unterdessen eine Familienpackung Emack-&-Bolio's-Himbeer-Schokosplitter-Eiscreme aus der Tiefkühltruhe. Die Fernbedienung in der Hand, eine Decke über ihren ausgestreckten Beinen, machte sie es sich in einer Ecke des Sofas bequem, ihr Vater in der anderen.

»Wir sind vielleicht ein Paar«, sagte sie lächelnd.

»Ich bin jedenfalls froh, dass es dir besser geht.«

Sie nickte. »Ich glaub, ich bin über den Berg. Montag geh ich wieder ins Büro.«

»Eine Grippe im Mai ist vielleicht ein Warnsignal, dass du kürzertreten solltest.«

»Geht nicht.« Sie machte eine kleine Pause. »Ich werde kündigen und meine eigene Firma gründen.«

Wie sie geahnt hatte, machte ihr Vater ein zweifelndes Gesicht. Als Arzt verstand Ben Cooperman nichts von den Gesetzmäßigkeiten der Geschäftswelt. Sicher, auch die Medizin war von Strukturen durchdrungen, die politischer Art waren. Aber der richtige Ansprechpartner wäre ihre Mutter gewesen. Olivia hatte einfach keine Lust, mit ihr zu reden. Sie war sehr stolz darauf, dass sie ihre Mutter nicht brauchte. Sie war in jeder Beziehung unabhängig, finanziell ebenso wie emotional.

»Meinst du, du bist schon so weit?«

Sie nickte. »Auf jeden Fall.« Er musste nicht wissen, dass sie das Gefühl hatte, man wolle sie hinausekeln.

»Du bist jung, du solltest dich ein bisschen mehr amüsieren. Du kannst doch nicht immer nur arbeiten.«

»Das ist schon in Ordnung«, erwiderte sie zuversichtlich.

»Olivia, ich bewundere deinen Ehrgeiz.« Ihr Vater tätschelte ihr zugedecktes Bein. »Ich bin stolz auf dich. Aber ich sehe die Dinge aus einer anderen Perspektive, die dir fehlt. Das Leben geht so schnell vorbei. Und ehe du dich versiehst … Na ja, ich mach mir Sorgen, dass du die Dinge im Leben versäumst, die dich glücklich machen. Die wirklich zählen. Ich will nicht, dass du …«

»Was? Dass ich irgendwann ganz allein dastehe wie meine Mutter? Ich bin nicht wie sie, das kannst du mir glauben.« Sie griff nach dem Fieberthermometer.

Nur ein einziger fieberfreier Tag, und sie würde wieder ins Büro gehen.

Kapitel sechs

Über alle Maßen frustriert stapfte Ruth durch die Commercial Street. Dass ein so wunderschönes Anwesen wie Shell Haven als Sommerferienhaus zu haben war, war ihr schon eine ganze Weile verdächtig vorgekommen, und jetzt wusste sie, dass sie recht gehabt hatte. Die Eigentümerinnen schleppten offensichtlich eine Menge Ballast mit sich herum. Aber vielleicht war das in dieser Stadt überall so. Das Positive an Provincetown waren seine unkonventionelle, liebenswert schrullige Lebensart und die Tatsache, dass die Menschen einen mit offenen Armen empfingen und eine hohe Toleranzschwelle hatten. Das Negative an P'town waren seine unkonventionelle, liebenswert schrullige Lebensart und die Tatsache, dass die Menschen einen mit offenen Armen empfingen und eine hohe Toleranzschwelle hatten. »Klar, ich dreh einfach eine kleine Runde, während du dir überlegst, wer sein Baby auf deiner Veranda abgestellt hat«, grummelte sie vor sich hin.

Sie überquerte die Straße und steuerte auf die Buchhandlung zu. In der drei Meilen langen Commercial Street gab es zwei Buchhandlungen. Ruth fand, mehr müsse man über diese Gegend nicht wissen. Den mitten in der Stadt gelegenen Provincetown Bookshop gab es seit 1932. Als Teenager hatte Ruth hier ihre Bücher gekauft, und ein Verkäufer hatte ihr Mary Heaton Vorses

Klassiker über Provincetown empfohlen: *Time and the Town*. East End Books hatte erst vor Kurzem eröffnet. Der Inhaber, ein engagierter Bücher- und Filmfan, organisierte das ganze Jahr über Autorenveranstaltungen. Während ihres letzten Besuchs in der Stadt hatte sie eine Lesung des Pulitzer-Preisträgers Michael Cunningham besucht. Ruth nahm sich vor, künftig an mehr derartigen Veranstaltungen teilzunehmen. Sie war nicht in eine Stadt mit einer pulsierenden Kunstszene gezogen, um ein Einsiedlerdasein zu führen.

»Ruth! Ruth Cooperman!«

Als sie auf die andere Straßenseite blickte, sah sie Clifford Henry, den Makler. Er winkte und rief: »Wenn das nicht unsere Hausjägerin ist!«

Er trug ein pinkfarbenes Button-down-Hemd zu einer weißen Hose und befand sich in Begleitung eines gut aussehenden, etwas jüngeren Mannes mit olivbrauner Haut, der ein schwarzes T-Shirt und Jeans anhatte. Als Ruth über die Straße auf die beiden Männer zuging, sagte Clifford augenzwinkernd:

»Komisch, Sie in freier Wildbahn anzutreffen. Das ist übrigens mein Mann Santiago.«

»Freut mich.« Sie schüttelte ihm die Hand.

»Wohin des Weges? Gehen Sie shoppen? Oder zu einem späten Brunch?«

»Oh, ich …« *Bin mal wieder aus meinem Haus vertrieben worden.* »Möchte nur ein bisschen frische Luft schnappen.«

»Du kennst doch LivCosmetics«, sagte Clifford zu Santiago. »Die Firma gehört Ruth. Sie hat sie gegründet.«

Ruth schüttelte den Kopf. »Sie gehört mir nicht mehr.«

Dennoch zeigte sich Santiago beeindruckt.

»Wir sind auf dem Weg zu Napi's. Wir haben eine zweistündige Radtour gemacht und sterben fast vor Hunger. Wollen Sie nicht mit uns zu Mittag essen?«

»Oh, ich weiß nicht …«

»Ein Nein werde ich nicht akzeptieren. Sie kennen bestimmt eine Menge glamouröse Geschichten über die Kosmetikindustrie. Die müssen Sie uns unbedingt erzählen.«

Warum eigentlich nicht?, dachte Ruth. Geschichten waren alles, was ihr geblieben war.

*

Für Elise war die Zeit stehen geblieben.

Nachdem es sein Fläschchen bekommen und ein Bäuerchen gemacht hatte, lag das Baby zufrieden in ihrer Armbeuge. Seine grauen, erstaunlich lebhaften Augen waren auf Elise gerichtet.

»Wer bist du, meine Kleine, hm?« Elise beugte den Kopf tiefer und atmete den süßen, unverkennbar milchigen und für Säuglinge typischen Duft ein.

Wenn dieser Moment doch nur bis in alle Ewigkeit so bleiben könnte, das Kind in den Armen, fern der wirklichen Welt außerhalb von Shell Haven. Aber ihr Handy hatte schon ein paarmal geklingelt, irgendwann würde sie rangehen müssen. Fern fragte sich bestimmt schon, wo sie blieb.

Aber dieses Baby …

Seit Ruth Cooperman angerufen und den magischen Satz: »Jemand hat ein Baby auf Ihrer Veranda ausgesetzt«

gesagt hatte, war Elise immer und immer wieder alle Möglichkeiten durchgegangen.

Eine war, dass jemand wollte, dass Fern oder Elise das Kind fand, jemand, der nicht wusste, dass sie das Haus den Sommer über vermietet hatten. Eine andere Option war, dass es sich um eine Verwechslung handelte: Wer auch immer die Babyschale abgestellt hatte, hatte sich im Haus geirrt. Aber wer würde einen hilflosen Säugling sich selbst überlassen, ganz egal, ob es sich um das richtige oder das falsche Haus handelte? Doch nur jemand, der nicht in der Lage war, sich um ihn zu kümmern. Aber wer? Und warum hatte derjenige das Baby dann nicht zur Feuerwehr oder zur Polizei gebracht, wo es in Sicherheit wäre? Dann allerdings wäre das Kind in ein Heim gekommen. Vielleicht wollte der oder die Unbekannte das verhindern. Womit Elise wieder bei Möglichkeit Nummer eins war: Die Kleine war bewusst nach Shell Haven zu Fern und Elise gebracht worden.

Um den rechten Knöchel trug das Mädchen ein Gummiband mit Plastikperlen, alle rosarot bis auf vier weiße mit dem schwarzen Datum »6. Mai«. Ihr Geburtsdatum? Elise streifte das Gummiband herunter und steckte es in die Windeltasche. Das Baby konnte es sich nicht selbst vom Fuß ziehen, und es stellte daher auch nicht wirklich eine Gefahr dar, aber es machte sie trotzdem nervös.

Erneut klingelte ihr Handy. Sie stand langsam auf, lächelnd, das Baby in den Armen, und durchquerte das Zimmer. Sie kniete sich neben ihre Handtasche, die sie auf dem Fußboden abgestellt hatte, und kramte ihr Telefon heraus. Vier entgangene Anrufe. Der jetzige kam von Fern.

»Hallo?«, meldete sie sich und wappnete sich innerlich gegen Ferns Verärgerung.

»Wo steckst du denn?«

Sie sei gleich wieder da, hatte sie Fern zugerufen, als sie aus dem Laden gestürmt war. Das war vor ein paar Stunden gewesen. »In Shell Haven. Ruth hat Hilfe gebraucht.«

Fern seufzte. »Ich hab mehrmals versucht, dich zu erreichen. Wann kommst du wieder in den Laden?«

»Es wär besser, du würdest herkommen.«

»Ist was passiert?«

Elise zögerte. »Nein, nicht direkt. Ich möchte das nicht am Telefon besprechen.«

Schweigen am anderen Ende der Leitung. Fern hätte gern gefragt, ob das nicht bis später, bis nach Ladenschluss warten könne, das wusste Elise. Sie ergänzten sich wie Yin und Yang – Elise, die Spontane, Leichtfertige, Fern, die praktisch Veranlagte, Disziplinierte.

»Also gut«, sagte Fern schließlich. »Ich bin gleich da.«

Die Dynamik ihrer Beziehung war praktisch vom ersten Moment an festgelegt. Das Schicksal hatte sie zusammengeführt. Aber jene erste Begegnung vor acht Jahren war auch ein typisches Beispiel für ihre Gedankenlosigkeit und Ferns Besonnenheit.

Sie, damals in ihren Zwanzigern, hatte in einem Restaurant gekellnert. Es war keine besonders gute Zeit. Ihre Mutter drängte sie ständig, »etwas aus ihrem Leben zu machen«. Was so viel heißen sollte wie: sich einen Mann suchen und heiraten. Sie hatte noch nicht den Mut aufgebracht, ihren konservativen Eltern zu gestehen, dass sie sich nichts aus Männern machte. Dass es weder einen

Ehemann noch eine Hochzeitsfeier im Country Club und vielleicht auch keine Enkelkinder geben würde (obwohl sie den Gedanken schön fand, würde sie irgendwann welche haben).

Da ihre Mutter die Geduld verlor, kontaktierte sie ihre Freunde und arrangierte Treffen mit deren Söhnen und Freunden der Söhne. Sie kam mit allen erdenklichen Ausreden, um diese Verkupplungsversuche zu torpedieren. Meistens schützte sie Arbeit vor.

»Es gibt Wichtigeres als kellnern«, sagte ihr Vater eines Abends. »Wenn es um Geld geht, werden wir dir aushelfen. Aber deine Mutter hat recht – du musst an deine Zukunft denken. Willst du nicht irgendwann einmal eine Familie haben?«

In der Hoffnung, eine Weile ihre Ruhe zu haben, willigte sie schließlich ein, sich mit dem Sohn eines Anwalts aus der Kanzlei ihres Vaters zum Abendessen zu verabreden. Es war im Frühling, und er führte sie in Boston ins Eastern Standard aus. Sie kam sich richtig mies vor, zumal der junge Mann attraktiv und nett und ein guter Gesellschafter war. Bei der Vorspeise saß sie niedergeschlagen da und wünschte sich, sie wäre jemand anderes, wäre so, wie ihre Eltern sie gern hätten. Als der Hauptgang serviert wurde, war sie so verstört, dass sie sich mit dem Steakmesser in den Finger schnitt.

Sie wickelte eine Serviette um die Wunde und eilte mit hochrotem Kopf auf die Toilette, wo sie an einem der Waschbecken das kalte Wasser aufdrehte und ihren blutenden Finger unter den Strahl hielt. Sie verwünschte sich im Stillen für ihre Dummheit. Wieso hatte sie sich bloß auf dieses Date eingelassen?

»Sie sollten die Wunde verbinden«, sagte eine Frau, die am Waschbecken neben ihr stand. »Am besten mit einem Druckverband.«

Sie streifte sie mit einem Blick. Auf einmal wurde alles bedeutungslos: ihr katastrophales Date, ihr Versagen als Tochter, ihr schmerzhaft pochender Finger. Die Frau sah sie besorgt an mit ihren wunderschönen braunen Augen. Sie hatte hohe Wangenknochen und lange Haare, die zu dünnen Zöpfchen geflochten waren.

»Lassen Sie mal sehen«, sagte sie mit samtiger Stimme und griff nach ihrer Hand. »Ich war mal Rettungssanitäterin.«

»Sind Sie jetzt Ärztin?«

»Nein.« Sie duftete nach Vanille und Honig. »Investmentbankerin. Aber ich habe ein gutes Gedächtnis. Und ich kann Ihnen sagen, das muss genäht werden, Schätzchen.«

In diesem Moment wurde ihr klar, dass ihr Vater völlig recht hatte – sie musste Prioritäten setzen.

»Könnten Sie mich vielleicht in die Notaufnahme fahren?«, fragte sie.

Zwei Monate später teilte sie ihren Eltern mit, dass sie eine Frau liebe, eine Investmentbankerin namens Fern Douglas, die zwei Jahre älter sei. Ihre Eltern nahmen die Neuigkeit gar nicht gut auf, und als sie herausfanden, dass Fern Jamaikanerin war, wurde ihre Haltung noch abweisender.

Sie hatte seit Jahren nicht mehr mit ihnen gesprochen.

Es war nicht leicht, ein lesbisches, interkulturelles Paar zu sein. Konflikte hatte es viele gegeben, aber alle waren aus ihrem Umfeld gekommen. Jedenfalls bis letztes Jahr.

Jetzt schien es allerdings, dass sie dank des Teeladens und aufgrund ihres Verzichts auf ihren Kinderwunsch die Krise bewältigt hatten.

Und jetzt das.

Das Baby wurde unruhig. Sie stand auf, ging hin und her und wiegte es in ihren Armen. Sie wollte nicht, dass es schrie, wenn Fern kam. Sie wollte, dass Fern es genauso wahrnahm, wie sie selbst es gesehen hatte – wie eine Traumerscheinung, wie ein Geschenk des Himmels.

»Du musst mit mir zusammenarbeiten«, wisperte sie und gab dem Baby einen Kuss auf die Stirn. »Schsch!«

Die winzigen Lider flatterten und schlossen sich schließlich. Sollte sie das Kleine in die Babyschale zurücklegen? Aber dann würde es vielleicht wieder aufwachen, und es wäre vorbei mit der Ruhe.

»Hallo?«, rief Fern, die durch den Hintereingang gekommen war.

Elise holte tief Luft und ging entschlossen Richtung Küche. Fern hatte den Riemen einer Tea-by-the-Sea-Canvas-Tasche in Marineblau und Weiß über die Schulter geschlungen – davon hatten sie ein paar Dutzend als Werbegeschenk bestellt –, in der anderen Hand hielt sie einen Becher mit Eistee. Kondensiertes Wasser lief an dem Becher herunter und tropfte auf den Boden. Fern stellte ihn ab, bückte sich und begann, die Tropfen mit einem Papiertuch aufzuwischen.

»Hey«, sagte Elise.

Fern blickte flüchtig auf, warf das Papiertuch in den Mülleimer und fragte: »Ist Ruth nicht da?«

»Sie ist weggegangen.«

Jetzt sah Fern sie richtig an, aber es dauerte noch ein

paar Sekunden, bis sie registrierte, was Elise in ihren Armen hielt. Sie riss den Mund auf.

»Wessen Baby ist das?«, fragte sie schließlich.

»Ich weiß es nicht.«

Fern verschränkte die Arme. »Elise, ich hab keine Lust auf Spielchen. Hat Ruth Cooperman Verwandte in der Stadt?«

Elise schüttelte den Kopf. »Ruth hat angerufen und gesagt, jemand habe ein Baby auf der Veranda ausgesetzt. Da bin ich hergelaufen, um nachzusehen, was los ist.«

Fern trat näher und betrachtete den Säugling. »Ein Neugeborenes.«

»Höchstens ein, zwei Wochen alt, ja.«

»Man hat es einfach auf der Veranda ausgesetzt? Vor ein paar Stunden?«

»Ja.«

»Hast du die Polizei schon informiert?«

Elise schluckte schwer. »Nein.«

Fern angelte ihr Handy aus ihrer Tasche.

»Bitte nicht!«, sagte Elise. »Wir könnten jemanden in Schwierigkeiten bringen. Jemanden, den wir kennen.«

Fern ließ ihr Handy sinken. »Wie meinst du das?«

»Überleg doch mal. Das ist eine kleine Stadt. Derjenige, der das Baby hier abgelegt hat, kennt uns vermutlich und hat es aus einem bestimmten Grund zu uns gebracht. Vielleicht war es eine Kurzschlusshandlung. Die Mutter bereut es möglicherweise und will es zurück. Wir sollten abwarten. Wenigstens eine Nacht.«

Fern dachte darüber nach. »Wir kennen niemanden, der kurz vor der Entbindung stand. Das ergibt keinen Sinn.«

Elises Mund fühlte sich trocken an. Natürlich ergab das keinen Sinn. Aber sie wollte das Baby nicht hergeben. Jedenfalls noch nicht. »Du hast die ganze letzte Woche mit so vielen jungen Frauen von außerhalb Bewerbungsgespräche geführt. Einige waren noch halbe Teenager. Vielleicht ist eine von ihnen Mutter geworden, kann das Kind nicht behalten, und weil sie dich für eine nette Person gehalten hat, da …«

Fern schüttelte den Kopf. »Ich weiß nicht, selbst wenn es so wäre, müssen wir die Behörden informieren.«

»Die Behörden informieren? Wie kannst du so etwas sagen? In dieser Stadt regelt man die Dinge nicht über Behörden. Hier kümmert man sich umeinander.«

»Du hast doch gerade selbst gesagt, dass es wahrscheinlich jemand von außerhalb ist.«

»Aber jetzt ist derjenige hier.«

»Das gefällt mir nicht, Elise. Das gefällt mir ganz und gar nicht.«

»Nur eine Nacht«, bettelte Elise. »Morgen sehen wir weiter. Bitte!«

Fern, unter deren harter, pragmatischer, zweckorientierter Schale sich ein weicher Kern verbarg, betrachtete den schlafenden Säugling und blickte dann in die tränenfeuchten Augen ihrer Frau.

»Wir können das Baby nicht mit in den Laden nehmen. Wenn uns jemand sieht? Und wenn es schreit, werden die Kunden es hören. Dann braucht nur noch eine Person wie Bianca hereinzukommen und …«

»Wir können doch hierbleiben.«

»Nein, können wir nicht. Wir haben das Haus vermietet, schon vergessen?«

»Ruth ist einverstanden«, schwindelte Elise. »Wir können im Gästezimmer schlafen. Und das Zimmer am Ende des Flurs ist ja auch noch da.« Das Zimmer, das eigentlich das Kinderzimmer hätte werden sollen.

Sie sahen sich an. Das ganze Leid der letzten drei Jahre lag in diesem Blick.

»Eine Nacht«, sagte Fern schließlich. »Aber damit hat es sich, Elise. Morgen regeln wir die Angelegenheit.«

Napi's Restaurant lag versteckt an der Freeman Street zwischen der Commercial und der Bradford. Wären die Leuchtreklame mit dem übergroßen roten Pfeil und die vielen Ketten bunter Glühlämpchen nicht gewesen, wäre Ruth vielleicht daran vorbeigelaufen.

Drinnen war es ein wenig schummrig, aber sehr gemütlich. Der Gastraum hatte eine Sichtbalkendecke, Backsteinwände und, vor dem Hintergrund imposanter Buntglasscheiben, eine lange Bar, die mit weiteren Glühlämpchenketten geschmückt war. Hunderte Gemälde hingen an den Wänden. Napi Van Dereck, der Besitzer des Restaurants, hatte sie alle selbst gesammelt.

»Alle von einheimischen Künstlern«, erläuterte Clifford.

Das 1975 eröffnete Lokal war eine Institution. »Norman Mailer wollte einmal einen Film hier drehen«, fügte Clifford hinzu, der eine Unmenge Anekdoten zum Besten gab.

Ein Kellner kam, begrüßte sie, zündete Duftkerzen an und reichte jedem eine Speisekarte. Clifford bestellte eine Flasche Wein.

»Es ist richtig romantisch hier«, bemerkte Ruth. »Ehrlich gesagt fühle ich mich wie das fünfte Rad am Wagen.«

»Unsinn!«, widersprach Santiago. »Je mehr, desto besser.«

»Gibt es eigentlich einen Mr Cooperman?« Clifford sah sie an. »Ich frage nur aus Neugier.«

Sie sei seit vielen Jahren geschieden, antwortete sie.

»Sie sind geschieden, nicht tot, Schätzchen. Ich sag's Ihnen nicht gern, aber in dieser Stadt gibt es nicht gerade einen Überschuss an ledigen Hetero-Männern.«

Ruth griff nach ihrem Wasserglas. Da hatte er allerdings recht. Möglicherweise hatte das ihren Entschluss hierherzuziehen unbewusst beeinflusst.

Sie hatte sich nach ihrer Scheidung immer wieder mit Männern getroffen, mal mehr, mal weniger erfolgreich. Der Restaurantbesitzer, den sie auf einem JetBlue-Flug nach L.A. kennenlernte, hatte die Hoffnung aufkeimen lassen, vielleicht jemanden für eine dauerhafte Beziehung gefunden zu haben. Jemanden, der ihr einen Ersatz für das bieten konnte, was sie aufgegeben hatte. Aber auch diese letzte Beziehung war gescheitert.

Als sie jetzt in diesem behaglichen Restaurant dem glücklichen Paar gegenübersaß, wurde ihr bewusst, dass sie nicht mehr damit rechnete, sich noch einmal zu verlieben.

»Und, ist mit dem Haus alles in Ordnung?«, fragte Clifford.

Das Haus. Sie hätte ihm gern von der jüngsten Entwicklung erzählt, aber sie respektierte Elises Bitte, mit niemandem darüber zu sprechen.

»O ja, alles bestens. Ein wunderschönes Haus.«

»Nicht wahr? Die Terrasse hat übrigens Santiago angebaut.«

»Wirklich? Ein ganz bezauberndes Fleckchen.«

»Santiago plant viele der Anbauten, die man hier sehen kann. Ich will Ihnen etwas sagen, Ruth: So schnell wie in diesem Jahr sind die Häuser noch nie vermietet worden. Wären Sie nicht schon im Februar auf mich zugekommen, würden Sie jetzt in Truro wohnen.«

Der Kellner brachte den Wein. Als er allen eingeschenkt hatte, erhob Clifford sein Glas. »Auf den Sommer!«

»Auf den Sommer!«, wiederholten Ruth und Santiago.

Sie nahm einen kleinen Schluck Rotwein. Der erdige Geschmack war köstlich. Sie leerte ihr Glas, und Clifford schenkte nach.

Kapitel sieben

Es hatte die ganze Nacht geregnet. Ein kräftiger Wind hatte den Regen gegen die Fensterscheiben von Shell Haven gepeitscht, sodass sie bei Sonnenaufgang immer noch nass waren. Elise hatte gehofft, es würde den ganzen Tag weiterregnen und so heftig stürmen, dass sie das Haus nicht verlassen konnte, um das Baby zur Polizei zu bringen.

Aber ihr Wunsch erfüllte sich nicht.

»Ich kann mich darauf verlassen, dass du das regelst, nicht wahr?«, flüsterte Fern und schob sich den Riemen der Tea-by-the-Sea-Tasche über die Schulter. Sie warf einen Blick zu dem Baby hin, das in seiner Schale auf dem Küchentisch schlief, aber sich zu bewegen begann. »Ich muss los.«

Elise nickte. Sie goss heißes Wasser in eine Schüssel, damit sie das Fläschchen darin erwärmen konnte. Sie wollte nicht, dass der Säugling aufwachte und schrie und Ruth Cooperman oben in ihrem Schlafzimmer aufweckte. Elise hatte sie spätnachts heimkommen hören. Sie war nicht gerade leise gewesen, im Wohnzimmer hatte sie irgendetwas umgeworfen. Ob sie einen über den Durst getrunken hatte?

Ihre Mieterin hatte keine Ahnung, dass sie und Fern hier übernachtet hatten. Das war vermutlich auch besser so.

Fern gab ihr einen Kuss auf die Wange. »Sei stark!«

Sei stark? War sie das nicht immer? Elise hatte es satt, immer stark zu sein. Vom Schicksal immer ein Nein zur Antwort zu bekommen.

Diesmal war es allerdings nicht das Schicksal, das Nein sagte. Diesmal hatte das Schicksal sie mit einem Geschenk bedacht. Es war ihre Partnerin, die Nein sagte.

Elise hatte die ganze Nacht fast kein Auge zugetan. Sie und Fern hatten sich im Kreis gedreht: Elise plädierte dafür, das Kind zu behalten, wenigstens für eine kleine Weile; Fern bestand darauf, die Behörden einzuschalten.

»Inzwischen sind Stunden vergangen, und die Mutter ist immer noch nicht zurückgekommen«, hatte Fern argumentiert. »Du hast ihr ein Zeitfenster gegeben, und dieses Fenster schließt sich morgen. Wir haben kein Recht, dieses Baby zu behalten, Elise. Und du bist viel zu gefühlsbetont, um klar denken zu können.«

In einem Punkt hatte Fern recht – Elise war tatsächlich gefühlsbetont. Es hatte seinen Grund, dass das Baby ausgerechnet zu ihr gebracht worden war, davon war sie fest überzeugt. Ganz egal, wie man es nannte, ob Schicksal oder göttliche Vorsehung – es konnte doch kein Zufall sein, dass ein Kind auf ihrer Türschwelle abgelegt worden war, wo sie sich seit drei Jahren sehnlichst eins wünschte.

Und was hieß, *nicht klar denken können*? Warum musste alles immer sofort analysiert werden? Wozu die Eile?

»Ich brauche dich im Laden«, hatte Fern noch gesagt. »Wir haben ein Geschäft, und das muss laufen, Elise. Verlier den Fokus nicht. Wir müssen tun, was richtig ist. Das Baby muss den Behörden übergeben werden, damit sich die zuständigen Stellen darum kümmern und alles korrekt gehandhabt wird.«

Als ob es sich um eine geschäftliche Transaktion handele. Irgendwann gegen zehn hatte sie unter dem Vorwand, dem Baby das Fläschchen geben zu müssen, die Diskussion abgebrochen. Als sie ins Gästezimmer zurückkehrte, war Fern eingenickt.

Wie konnte sie jetzt schlafen? Elise machte kehrt und schlich auf Zehenspitzen zurück in das Zimmer, das ihnen als Büro diente. Das geheimnisvolle Baby in den Armen setzte sie sich auf den Aeron-Bürostuhl und betrachtete das Mädchen mit dem schwarzen Haarbüschel und den Augen wie graue Murmeln. Obwohl sie ihr Fläschchen bekommen, gut aufgestoßen und Elise die Windeln gewechselt hatte, wollte die Kleine nicht wieder einschlafen. Den Säugling an die Brust gepresst, wanderte Elise über eine Stunde im Zimmer auf und ab. Doch das machte ihr nichts aus.

Sie war noch lange wach, nachdem das Baby endlich schlummerte.

In der Commercial Street reihte sich Lieferwagen an Lieferwagen, Jogger trabten über die Gehwege, Radfahrer kurvten um Autos herum. Niemand achtete auf Elise. Sie war einfach nur eine Frau, die mit einem Baby in einem Tragetuch die Straße entlangging. Mit einer süßen Französischen Bulldogge an der Leine hätte sie vermutlich mehr Aufmerksamkeit erregt.

Der Säugling regte sich, drehte sein Köpfchen von einer Seite zur anderen und gab ein Piepen von sich, das Elise veranlasste, ihre Arme um ihn zu legen. Jede Zelle ihres Körpers, so schien es, stellte eine Verbindung zu dem Kind her. Und als sie etwa auf halbem Weg zum Polizeirevier war, verkrampfte sich ihr Magen vor Anspannung.

Wie konnte sie dieses Kind Fremden anvertrauen, die es in staatliche Obhut geben würden? Sie könne nicht klar denken, hatte Fern gesagt, aber in diesem Punkt gab es ihrer Meinung nach nur Schwarz und Weiß.

Vor ihr kam die Veranda des Beach Rose Inn in Sicht.

Elise steuerte darauf zu. Die Stimme in ihrem Kopf, die ihr davon abriet, zur Polizei zu gehen, sagte ihr aber auch, dass sie mit jemandem darüber sprechen müsse. Sie war sicher nicht objektiv in dieser Angelegenheit, Fern aber auch nicht.

Doch sie kannte eine Person, die es möglicherweise war.

Sie ging die Stufen zur Veranda hinauf, trat ein, schloss leise die Tür hinter sich und tätschelte Molly den Kopf. Zum Glück fing der Hund nicht an zu bellen.

Rachel Duncan deckte die Tische fürs Frühstück ein.

»Hey du!«, sagte sie. »Mit einem Baby?«, fügte sie stirnrunzelnd hinzu.

»Hi. Ich pass auf das Kleine auf.«

»Cool. Kenn ich die Mutter?«

»Eine Freundin von mir«, erwiderte Elise ausweichend und folgte damit der dürftigen Strategie, die sie sich in den langen, schlaflosen Stunden zurechtgelegt hatte. »Ist deine Großmutter da?«

»Hinten in der Küche, wie üblich. Geh nur durch.«

Amelias Küche – heller Holzboden, knochenfarbene Schränke, eine große, rechteckige Spüle, Schneebesen und Schöpfkellen, die an einer Wand an Kupferrohren aufgehängt waren – strahlte Wärme und eine originelle Eigenwilligkeit aus, genau wie Amelia selbst.

»Elise! Das ist aber eine Überraschung. Was führt dich denn hierher?« Amelia hatte eine Schüssel vor sich stehen und rührte Eier mit einem Schneebesen. Ihr scharfer Blick heftete sich auf das Baby.

Elise wusste nicht, wo oder wie anfangen. Ihr kamen die Tränen. Amelia drängte sie nicht. »Ich hab noch was von eurem Erdbeertraum. Wie wär's, wenn ich uns eine Kanne aufbrühe?«

Elise nickte. Und gerade als Amelias gelber Porzellanteekessel zu pfeifen anfing, sprudelten die Worte nur so aus ihr heraus.

Amelia hörte schweigend zu. Sie unterbrach sie nicht ein einziges Mal. Und als Elise geendet hatte, sagte sie: »Es war richtig, dass du zu mir gekommen bist.« Sie stellte zwei dampfende Teebecher auf den Tisch.

Erleichterung flutete durch Elise wie ein Adrenalinstoß. »Was soll ich denn jetzt machen?«

»Du kannst das Baby nicht zur Polizei bringen. Nichts gegen Gerry und Brian und all die anderen dort, aber sie werden das Kind dem Jugendamt übergeben. Sie haben gar keine andere Wahl. Aber das Baby ist von hier, und wir kümmern uns selbst um die Unsrigen.«

Elise nickte. »Das hab ich Fern auch gesagt. Aber sie meinte, es müsse das Baby einer Auswärtigen sein, weil keine der Ortsansässigen in den letzten Wochen hier eins zur Welt gebracht hat.«

»Es sind immer schon Leute in diese Stadt gekommen, weil sie neu anfangen oder einen Fehler wiedergutmachen wollten. Du und Fern, ihr seid zwar Zugereiste, aber ihr wohnt lange genug hier, um die Lebensweise dieser Stadt zu verstehen und zu respektieren.« Das war ein Kompliment, das wusste Elise. Die Menschen in Provincetown unterschieden sehr genau zwischen den Einheimischen, also jenen, die hier geboren waren, und den Zugezogenen. Aus einem Zugezogenen konnte niemals ein Einheimischer werden, gleichgültig, wie lange er schon hier wohnte oder wie angesehen er war. Manche allerdings galten zumindest von ihrer Einstellung her als Einheimische. »Hier kümmern sich die Menschen umeinander, und wir als Gemeinschaft werden uns um dieses Kind kümmern.«

Elise fühlte sich vor Erleichterung regelrecht benommen. »Ich weiß gar nicht, wie ich das Fern erklären soll. Sie wird ganz schön wütend sein.«

Amelia tätschelte ihr die Hand. »Fern liebt dich. Mehr brauchst du gar nicht zu wissen.«

Elise hoffte, dass sie recht hatte.

»Kommen wir zu den praktischen Dingen«, fuhr Amelia fort. »Oben habe ich noch die komplette Babyausstattung von meinem Urenkel. Die Babyschale kannst du auf das Unterteil eines Buggys montieren, und einen ganz entzückenden Stubenwagen habe ich auch noch!«

Sie lächelte, und Elise erwiderte ihr Lächeln, entschlossen, diesen Augenblick auszukosten, so vergänglich er auch sein mochte.

Kapitel acht

Das laute Weinen eines Babys riss Ruth aus dem Schlaf.

Sie tastete nach dem Glas Wasser auf ihrem Nachttisch. Ihr Kopf pochte. Nach dem Essen bei Napi's waren sie noch auf ein paar Drinks ins A-House gegangen und völlig versumpft. Sie war erst nach Mitternacht nach Hause gekommen.

Ein kapitaler Fehler. Aber sie musste zugeben, dass sie sich prächtig amüsiert hatte. Sie hatte sich ganz entspannt zurückgelehnt und Clifford das Reden überlassen. Da er seit dreißig Jahren in Provincetown lebte, war sein Vorrat an Geschichten aus der Vergangenheit und pikantem Klatsch aus der Gegenwart schier unerschöpflich.

»Gegen Regeln zu verstoßen hat in Provincetown eine lange Tradition«, hatte er gesagt.

Er zitierte einen Satz von Henry David Thoreau, den dieser über Cape Cod geschrieben hatte: »Ein Mensch mag dort stehen und ganz Amerika hinter sich lassen.« Und da gestand Ruth in ihrem angeheiterten Zustand: »Ich bin auch hergekommen, um alles hinter mir zu lassen.«

Clifford langte über den Tisch und tätschelte ihre Hand. »Wer nicht, Schätzchen, wer nicht.«

Wieder das laute Krähen eines Babys. Ruth setzte sich auf, schwang die Beine aus dem Bett und spähte, gegen die hereinscheinende Sonne blinzelnd, aus dem Fenster.

Wo kam das Geschrei her? Und dann fiel ihr schlagartig die Begegnung mit Elise Douglas ein.

War sie mit dem Baby etwa immer noch hier im Haus? Das war doch nicht möglich! Das wäre völlig inakzeptabel. Damit würde sie eindeutig zu weit gehen.

Sie warf sich ihren Morgenmantel über, schlüpfte in ihre Hausschuhe und öffnete die Schlafzimmertür. Der Lärm kam tatsächlich von unten. Sie ging die Treppe hinunter.

Elise saß am Küchentisch, den schreienden Säugling in den Armen.

Ruth konnte es nicht fassen. »Darf ich fragen, was Sie hier machen?«

»Es tut mir leid, aber ich weiß nicht, wo ich die Kleine sonst hinbringen soll.«

Ruths Puls beschleunigte sich. »Elise, ich verstehe ja, dass diese Stadt eher unkonventionell ist, und ich respektiere das. Wirklich. Aber damit überspannen Sie den Bogen. Ich bezahle gutes Geld für dieses Haus. Sie können nicht einfach hier hereinspazieren, wenn Ihnen danach zumute ist. Ehrlich gesagt möchte ich nicht einmal, dass Sie hier klingeln. Tun Sie die nächsten drei Monate einfach so, als würde dieses Haus nicht existieren, okay?«

Elise schüttelte den Kopf. »Es tut mir wirklich leid, Ruth, aber hier geht's um mehr als das Haus. Es geht um mehr als das Geld, das wir durch die Vermietung einnehmen würden.«

Die Frau war anscheinend nicht ganz richtig im Kopf. »Elise, ich habe keine Ahnung, was hier vor sich geht, und deshalb werde ich jetzt Fern anrufen.«

»Nein! Bitte nicht. Bitte tun Sie das nicht. Haben Sie eine Minute Zeit? Ich … Wenn sie doch nur mal aufhören würde zu schreien!«

Der Säugling hatte ein hochrotes Gesicht und brüllte wie am Spieß. Ruth musste daran denken, wie sie mit der weinenden Olivia auf dem Schoß in der Küche in Cherry Hill gesessen und nicht mehr aus noch ein gewusst hatte. Wie oft hatte sie ihre Mutter angerufen und um Rat gefragt! Obwohl sie eine Ewigkeit nicht mehr daran gedacht hatte, fielen ihr ihre klugen Ratschläge sofort wieder ein.

»Wahrscheinlich hat sie Koliken«, sagte sie. »Manchmal hilft es, wenn man das Kleine anders hält oder es herumträgt. Lassen Sie mich es mal versuchen.«

Als sie das Baby hochhob, war sie überrascht, wie federleicht es war. Man vergaß einfach, wie winzig, wie völlig hilflos diese kleinen Wesen waren. Und dann dieser unverwechselbare Duft, der selbst jetzt, wo sie verärgert und gereizt war, an ihre mütterlichen Instinkte appellierte. Sie legte sich das Baby an die Schulter, massierte ihm abwechselnd mit kreisförmigen Bewegungen den Rücken und gab ihm kleine Klapse. Das Geschrei hörte nicht auf, im Gegenteil, es steigerte sich noch. Ohne in ihren Bemühungen nachzulassen, ging Ruth hin und her, hinüber ins Wohnzimmer und zurück in die Küche, wo Elise völlig erschöpft und mit panischem Gesichtsausdruck am Tisch saß.

»Ist das normal?«, fragte sie und fuhr sich durch die Haare.

Und dann rülpste das Baby auf einmal so grotesk laut, dass die beiden Frauen es verdutzt ansahen.

»So, siehst du, jetzt ist es besser«, murmelte Ruth. Wieder stieg ihr dieser einzigartige Duft in die Nase, als sich das Baby in ihre Halsbeuge schmiegte, sprach alle ihre Sinne an, weckte ihre mütterlichen Gefühle. Obwohl sie dieses Kind nicht kannte, war es ihr überaus vertraut. Damals, als sie ihre eigene Tochter in den Armen gehalten hatte, war sie zu abgelenkt gewesen, als dass sie diese Augenblicke hätte genießen können. Sie hatte Olivia zwar in einem Tuch an ihrer Brust getragen, dabei aber Telefonkonferenzen geführt und sich Notizen gemacht. Sie hatte es kaum erwarten können, ein Kindermädchen einzustellen, damit sie wieder in die Firma gehen konnte. Erst später war ihr klar geworden, dass die ersten zwölf Monate im Leben ihres Kindes an ihr vorbeigegangen waren. Und sie würde diese Zeit nie wieder zurückholen können.

»Ich werde sie schlafen legen«, sagte Elise und stand auf.

Ruth reichte ihr den Säugling. »Gut, aber wo wollen Sie sie …«

»Oben im Gästezimmer habe ich einen Stubenwagen.«

Bevor Ruth protestieren konnte, war sie mit dem Kind hinausgeeilt.

So ging das aber nicht! So ging das definitiv nicht.

An die Arbeitsfläche gelehnt, überlegte sie, wie sie Elise beibringen konnte, das Haus nicht mehr zu betreten, ohne herzlos zu wirken. Wieso kümmerten sie und Fern sich nicht in ihren eigenen vier Wänden um das Kind? Das musste doch möglich sein, oder?

Elise kam zurück, griff nach dem Fläschchen, schraubte den Sauger ab und spülte beides unter fließendem Wasser ab. »Danke für Ihre Hilfe. Ob ich es mit einer anderen Nahrung versuchen sollte?«

»Elise, das Baby kann nicht hierbleiben. Sie müssen es mit zu sich nach Hause nehmen, und zwar noch heute.«

Elise schüttelte den Kopf. »Dort ist kein Platz. In der Wohnung über dem Laden haben wir bis jetzt nur unseren Schlafbereich hergerichtet. Es ist viel zu klein dort.« Sie setzte sich wieder an den Tisch.

»Das Kind wurde ausgesetzt. Sie müssen das den Behörden melden.«

Elise war zusammengezuckt. »Ich glaube nicht, dass es ausgesetzt wurde. Ich glaube eher, dass die Mutter nicht für es sorgen kann und deshalb ein neues Zuhause gesucht hat.«

Ruth atmete tief durch. »Elise, Sie sind nicht für das Kind verantwortlich. Ich geh gern mit Ihnen zur Polizei, wenn Sie möchten …«

Zu ihrer Bestürzung brach Elise in Tränen aus. »Ich versuche seit Jahren, ein Kind zu bekommen.«

Ach herrje.

Ruth öffnete einen Schrank, nahm ein Glas heraus und füllte es mit Leitungswasser. Sie war ganz ausgetrocknet. Der Alkoholgenuss der vergangenen Nacht machte sich bemerkbar. Sie fühlte sich den Ereignissen dieses Morgens nicht gewachsen.

»Ruth, Sie müssen mir versprechen, dass Sie niemandem von dem Baby erzählen«, flehte Elise.

»In Ordnung«, erwiderte sie langsam. Sie hatte keine Lust, in die Dramen anderer verwickelt zu werden. »Aber ich wohne jetzt hier. Den ganzen Sommer über. Sie und Fern werden sich etwas einfallen lassen müssen.«

Elise nickte. »Sie haben recht. Ich muss mit Fern reden. Sie wird sich sowieso schon fragen, wo ich bleibe.«

Sie stand auf, schob ihren Stuhl unter den Tisch und wandte sich zum Gehen.

»Halt! Wo wollen Sie hin? Das Baby ist oben!«

»Können Sie noch eine Weile auf die Kleine aufpassen? Ich kann sie nicht mit in den Laden nehmen. Bitte! Sie können das so gut.«

»Nein, Elise. Ich will nicht den ganzen Vormittag ans Haus gefesselt sein. Ich muss einiges erledigen, und …«

»Hinterm Haus steht ein Buggy-Gestell, da kann man die Babyschale draufmontieren. Amelia hat es mir geborgt. Gehen Sie mit der Kleinen spazieren. Ich bin bald wieder da. Danke, Ruth – Sie sind meine Retterin in der Not!«

Oh nein! Ruth war nicht hierhergezogen, um irgendjemandes Retterin in der Not zu werden. Clifford Henry würde was zu hören bekommen. Jetzt hatte sie wirklich genug von diesem Theater. Sie drehte sich auf der Suche nach ihrem Handy um, während sie sich im Stillen schon zurechtlegte, was sie ihm auf die Mailbox sprechen würde, falls sie ihn nicht persönlich erwischte …

Die Hintertür fiel ins Schloss.

Elise war fort.

Obwohl es noch nicht offiziell Sommer war, hielten sich deutlich mehr Menschen als sonst in der Stadt auf: Zu denjenigen, die das ganze Jahr über hier wohnten, hatten sich die Mieter von Ferienunterkünften gesellt, und Tagesausflügler schwärmten durch die Straßen.

Der Laden war voll, sodass Fern nur ein flüchtiges Lächeln erübrigen konnte, als Elise hereinkam. Diese eilte zu ihr hinter den Tresen, wo sie Eiswürfel für den Eistee in Becher füllte oder den Kochendwasserhahn für die warmen Getränke benutzte.

»Hast du die Sache mit dem Baby geregelt?«, fragte Fern leise, als sie sich an ihr vorbei zum Kühlschrank schob. Ihr Vorrat an Zitronenscheiben war bereits aufgebraucht.

»Ja«, antwortete Elise. Fern drückte ihre Hand, und Elise wurde fast schlecht vor Schuldgefühlen.

Die Schlange vor dem Tresen wurde kürzer. Ein paar Kunden von der Buchhandlung auf der anderen Straßenseite kamen noch herein, aber dann wurde es ruhig.

»Den müssen wir auffüllen«, sagte Fern und schraubte den Deckel von einer Dose ab, in der sich nur noch ein Rest Tee befand.

Elise nickte. »Mach ich.«

»Hey.« Fern ging zu ihr. »Ich weiß, es war bestimmt nicht leicht, das Baby herzugeben. Geht es dir gut?«

Okay, keine Ausflüchte mehr. Elise musste Farbe bekennen.

In diesem Moment bimmelte die Ladenglocke.

»Oh, wow! He, Leute, was für ein geiler Laden!« Jaci Barros, Lidias und Mannys Tochter, schaute sich ehrfürchtig staunend um. »Meine Mom hat mir gerade erzählt, dass ihr geöffnet habt. Ich hatte ja keine Ahnung!«

Elise atmete langsam aus. Ihr war eine Gnadenfrist gewährt worden.

»Hey, Kleines! Na, wirst du auch gut behandelt auf deinem Elite-College?« Fern umarmte sie.

Die beiden Kinder der Barros' hatten nicht nur das

hübsche, südländisch-portugiesische Aussehen geerbt, sondern auch die Arbeitsmoral ihrer Eltern, denen sie nacheiferten: Marco als erfolgreicher Austernzüchter und Jaci als erste Frau in der Familie, die das College besuchte. Und nicht irgendein College – Princeton, noch dazu mit einem Stipendium.

»Sagen wir mal so – ich könnte mir was Schöneres vorstellen, als hier zu sein.«

»Das ist nicht dein Ernst«, sagte Fern. »Und erzähl das bloß nicht deiner Mutter. Sie hat dich so vermisst.«

»Mir kommt es gar nicht so vor, als ob ich so lange weg gewesen wäre. Kaum zu glauben, was ihr in der Zwischenzeit auf die Beine gestellt habt! Gratuliere – wirklich wunderschön.« Jaci schlenderte zu den Regalen mit den Teedosen hinüber. »Darf ich eine aufmachen?«

»Klar doch, Schätzchen. Schau dich in aller Ruhe um.«

Jaci schraubte eine Dose auf und spähte hinein. »Mmm! Wie das duftet! Wie Erdbeerkuchen.« Sie blickte zu den beiden Frauen auf. »Braucht ihr zufällig eine Teilzeitkraft?«

»Willst du nicht deinem Bruder helfen?«, fragte Elise.

Jaci rollte mit den Augen. »Bin nicht wild darauf. Mir ist alles lieber als die Austernzucht.«

Elise und Fern wechselten einen Blick. »Das solltest du mit deinen Eltern besprechen«, sagte Fern. »Sie sind sicher nicht begeistert, wenn du Marco hängen lässt.«

Jaci sah sich noch ein bisschen um, bestellte einen grünen Tee, für den die beiden kein Geld nehmen wollten, und sagte, sie werde sich wieder melden wegen des Jobs.

Als sie gegangen war, sagte Fern kopfschüttelnd: »Lidia wird ihre Einstellung gar nicht gefallen.«

Elise hörte nur mit halbem Ohr hin. Das Herz schlug ihr bis zum Hals, während sie nach den richtigen Worten suchte, um die gigantische Kluft zwischen ihnen zu überbrücken – eine Kluft, von der Fern noch gar nichts wusste.

»Fern«, sagte sie langsam, »ich habe das Baby nicht hergegeben.«

Kapitel neun

Ruth und das Baby machten beide ein Nickerchen, beide in etwa gleich lang – fast zwei Stunden. Beide waren hungrig und schlecht gelaunt, als sie aufwachten. Aber nur für einen von beiden war etwas zu essen im Haus.

Nachdem sie den Säugling gefüttert und seine Windeln gewechselt hatte, rief sie Elise an. Ihr Anruf wurde auf die Mailbox umgeleitet. Wenn sie also das Haus verlassen wollte, blieb ihr nichts anderes übrig, als das Baby mitzunehmen.

Und so packte sie es in die Babyschale, trug diese hinters Haus, wo das Buggy-Gestell stand, und befestigte sie darauf. Dann machte sie sich auf den Weg.

Es war eine Ewigkeit her, dass sie einen Kinderwagen geschoben hatte. Sie hatte immer geglaubt, beim nächsten Mal würde ihr Enkelkind darin liegen, doch stattdessen fuhr sie jetzt ein geheimnisvolles Baby spazieren. So hatte sie sich den Start in einen unbeschwerten Sommer nicht vorgestellt. Aber je länger sie unterwegs war, desto mehr grübelte sie darüber nach, wie anders alles gekommen wäre, wenn sie die ersten Monate mit ihrem Kind bewusster genossen hätte. Wie viele Spaziergänge mit der kleinen Olivia hatte sie denn unternommen, ohne mit den Gedanken ständig bei ihrer Firma zu sein?

Es herrschte ein ziemliches Gedränge auf dem schmalen Gehweg, aber sie wollte nicht auf die Straße ausweichen, auch wenn die Autos im Schritttempo fuhren. Sie kam nur langsam voran, entsetzlich langsam. Dabei konnte sie es kaum erwarten, im Canteen zu sitzen, weil sie dringend etwas Kaltes zu trinken und, nachdem sie gestern Abend gesündigt hatte, etwas Gesundes zu essen brauchte, einen Quinoa-Salat vielleicht.

Sie warf einen prüfenden Blick auf ihr Handy. Noch immer keine Nachricht von Elise.

Sie kam an der Bibliothek vorbei, einem ihrer Lieblingsgebäude in der Stadt. Bei dem 1860 errichteten imposanten Bauwerk handelte es sich ursprünglich um eine Methodistenkirche. Ihr stattlicher Turm war über dreißig Meter hoch. Eine vertraute Gestalt trat gerade aus dem Gebäude: Amelia Cabral. Ihr Blick fiel auf Ruth. Sie winkte und gab ihr ein Zeichen, dass sie auf sie warten solle. Einen opulenten Bildband mit einer Ansicht der Bourbon Street in New Orleans auf dem Umschlag in ihren verschränkten Armen haltend eilte sie auf Ruth zu.

»Hallo«, grüßte sie fröhlich und steckte das dicke Buch in ihre Tragetasche. »Ich suche schon mal nach Inspirationen für den Carnival. Dieses Jahr stehen die Veranstaltungen unter dem Motto ›Mardi Gras am Meer‹.«

Der einwöchige Carnival (die Einheimischen betonten das Wort auf der letzten Silbe) war das größte Sommerfest in P'town. In Ruth stiegen Erinnerungen an den Spätsommer 1978 herauf. In der Commercial Street hatte ein unglaubliches Gedränge geherrscht. Die Leute feierten rund um die Uhr. Sie selbst stand eingekeilt in der Menge vor Spiritus Pizza und konnte nicht mehr vor und nicht zurück. Heute würde sie das nervös machen, aber damals hatte sie es lustig gefunden.

»Sie sind in Begleitung, wie ich sehe«, fuhr Amelia fort und schaute lächelnd auf das Baby hinunter.

Ruth wusste nicht, was sie sagen sollte. Sollte sie irgendetwas erfinden? Oh, warum hatte sie sich nur auf diese Geschichte eingelassen! »Ich muss jetzt wirklich weiter«, stammelte sie.

Amelia wedelte dem Baby mit den Fingern vor dem Gesicht herum. »Sie verändern sich so schnell in diesem Alter. Bald wird sie herauskriegen, dass man die Finger in den Mund nehmen kann. Als mein Sohn dahinterkam, hat er andauernd am Daumen gelutscht. Das Gute daran war, dass er im Gegensatz zu einem Schnuller nicht herausfallen oder verloren gehen kann. Andererseits kannst du den Daumen nicht einfach wegnehmen, wenn du ihm das Daumenlutschen abgewöhnen willst. Er war schon in der dritten Klasse, da hat er es immer noch gemacht.« Sie sah Ruth an. »Ich habe die Kleine schon kennengelernt. Elise kam heute Morgen mit ihr zu mir ins Hotel.«

»Aha. Ich bin gerade auf dem Weg ins Canteen, als Zwischenstopp wollte ich noch zu ihr. Ich hoffe, sie ist im Laden. Ich muss noch einiges erledigen, und Babysitten zählt nicht gerade zu meinen Stärken.«

»Wie wär's, wenn ich die Kleine mit ins Hotel nehme? Rachel und ich kümmern uns um sie, bis Elise Zeit hat.«

»Das … Würden Sie das wirklich tun?«

»Aber natürlich«, versicherte Amelia. »Es war sehr nett von Ihnen einzuspringen. Schon merkwürdig, wie das Leben manchmal so spielt, nicht wahr? Es gibt Säuglinge, die brauchen eine Mutter. Es gibt Mütter, die brauchen einen Säugling. Sie sind eine Mutter – Sie verstehen das.«

Sie zog eine farbige Broschüre aus einem ganzen Bündel, das sie in ihrer Tragetasche hatte, und reichte sie Ruth. »Die hab ich gerade am Anschlagbrett angebracht. Ich gebe Mosaikkurse, morgen früh beginnt ein neuer. Kommen Sie doch auch! Da lernen Sie eine Menge Leute kennen.«

Ruth warf einen flüchtigen Blick auf den Flyer. »Äh, danke, aber ich bin künstlerisch nicht so begabt.«

»Anfangs sagen das alle. Sie werden sich wundern!«

»Ich überleg's mir.« Ruth hatte keine Lust, darüber nachzudenken. Sie war einfach nur froh, dass sie das Baby los war. Sie brauchte Stille und Frieden.

Amelia zwinkerte ihr zu, drehte den Buggy dann in die Richtung, in der das Hotel lag, und marschierte los. Einmal drehte sie sich noch um, winkte und rief: »Wir sehen uns morgen im Kurs!«

Ruth blieb allein zurück. Sie fühlte sich seltsam verloren. Es dauerte einen Moment, bis ihr wieder einfiel, was sie eigentlich vorgehabt hatte. Hätte ihr nicht laut und vernehmlich der Magen geknurrt, wäre sie wahrscheinlich nach Hause zurückgegangen. Aber sie musste unbedingt etwas essen. Und ihre Gedanken sortieren.

Im Canteen herrschte Hochbetrieb, und sie musste sich anstellen. Als sie drankam, bestellte sie ein warmes Hummerbrötchen und, um ihr schlechtes Gewissen zu beruhigen, weil sie am Abend vorher über die Stränge geschlagen hatte, als Beilage eine Portion Rosenkohl. Sie nahm den Zettel mit ihrer Nummer entgegen, ging wieder hinaus, schenkte sich Wasser aus dem Trinkwasserspender ein, der auf dem Tisch mit den Gewürzen stand, und setzte sich an einen der öffentlichen Picknicktische mit Blick auf die Bucht. Ein iPod auf einer Dockstation spielte in einer Endlosschleife Popklassiker. Gerade sang Blondie: »The tide is high, but I'm holding on …« Ruth wurde von nostalgischen Gefühlen überwältigt.

Entschlossen schüttelte sie sie ab, schaute aufs Wasser hinaus und konzentrierte sich auf die Gegenwart. Alles war in bester Ordnung. Was für ein Glück, dass sie zufällig Amelia über den Weg gelaufen und nun ihrer Babysitter-Pflichten entledigt war.

Sie sind eine Mutter – Sie verstehen das.

Wirklich? Ruth war seit dreißig Jahren Mutter und verstand nicht das Geringste. Sie war seit dreißig Jahren Mutter, und trotzdem saß sie allein und ohne Familie in dieser Stadt.

Vielleicht war es an der Zeit, etwas dagegen zu unternehmen.

Sie kramte ihr Telefon aus ihrer Handtasche.

Olivia litt immer noch unter einer Enge in der Brust, die das Atmen erschwerte, und ihr Energiepegel war auffallend niedrig. Aber einen weiteren Tag – oder auch nur eine weitere Stunde – zu Hause zu bleiben kam nicht infrage.

»Guten Morgen«, grüßte sie Dakota. Die zwei Wörter genügten, einen Hustenanfall auszulösen. »In mein Büro, bitte.«

Dakota folgte ihr und schloss die Tür. »Himmel, das hört sich aber gar nicht gut an! Wollen Sie sich nicht lieber richtig auskurieren?«

Als Antwort zog Olivia eine Augenbraue hoch. »In einer Stunde werde ich eine Teambesprechung einberufen.

Geben Sie mir doch bitte einen groben Überblick über die wichtigsten Ereignisse der letzten Tage.«

Während Dakota die Updates der verschiedenen Accounts herunterrasselte, klickte sich Olivia durch ein paar Fotos auf ihrem PC, die alle eine fast nackte Frau unter einem tropischen Wasserfall zeigten. Eine Klientin hatte einen Vertrag für einen Bildband mit Selfies an Land gezogen und wollte Olivias Meinung dazu hören. Olivia betrachtete die sorgfältig inszenierten, professionellen Aufnahmen. Die Frau hatte offensichtlich keine Ahnung, was man unter einem Selfie verstand. Aber das würde sie natürlich für sich behalten.

»Äh, Olivia? War das Absicht mit diesen Posts zum Happy National Wine Day?«

Olivia schaute auf. Dakota hatte sich über ihr Smartphone gebeugt und wischte konzentriert auf dem Bildschirm hin und her.

»Ja. Ich habe am Freitag ein wenig gearbeitet und ein paar Posts für Sam erstellt.« Sam Saphire war ein Sänger und Songwriter, dessen Karriere Fahrt aufgenommen hatte, als er im Vorprogramm für John Mayer aufgetreten war. Olivia hatte aus Anlass des National Wine Day eine Reihe von Bildern und Texten wie »Für einen guten Wein gibt es keinen falschen Zeitpunkt« zusammengestellt, die über den Tag verteilt gepostet würden.

»Okay«, murmelte Dakota und schaute sie aus großen Augen an. »Aber die finden sich blöderweise auf Aprils Account wieder.«

Was?

Jeder bei HotFeed benutzte ein bestimmtes Tool, mit dessen Hilfe Posts terminiert und zu festgelegten Zeiten automatisch versendet wurden. Das war kinderleicht; das war eine reine Routineangelegenheit. Aber trotzdem …

Olivia schlug das Herz bis zum Hals, als sie ihr Smartphone schnappte und Instagram und Twitter öffnete. Tatsächlich. Die Posts wurden auf Aprils Feed angezeigt. April, die seit zwei Jahren trocken war und das stolz und lauthals jedem erzählte, der es hören wollte!

Oh mein Gott!

So ein katastrophaler Fehler war ihr noch nie unterlaufen! Wahrscheinlich war sie vom Fieber und dem Schlafmangel und dem Hustensaft so benebelt gewesen, dass sie nicht mehr klar hatte denken können. Natürlich wäre sie gar nicht erst krank geworden, wenn sie die Trennung von Ian nicht derart mitgenommen hätte. Deshalb war es besser, keine Beziehung einzugehen. Man hatte nichts als Probleme!

»Verdammt!« Sie loggte sich in ihren Laptop ein. Ihre Finger flogen über die Tastatur, um die Posts zu löschen. Das dauerte nur wenige Sekunden.

»Na ja, es ist ja noch früh«, sagte Dakota. »Ich glaube nicht, dass jemand …«

Olivias Handy klingelte.

Obwohl sie den Anruf am liebsten auf die Mailbox umgeleitet hätte, war sie erfahren und diszipliniert genug, um zu wissen, dass sie den Stier bei den Hörnern packen musste.

»April«, flüsterte sie.

Dakota schüttelte vehement den Kopf.

»Hi, April«, sagte Olivia und drehte sich auf ihrem Stuhl zum Fenster, damit sie den entsetzten Gesichtsausdruck ihrer Assistentin nicht mehr sah.

»*Hi, April*«, wiederholte die Frau am anderen Ende der Leitung. »Mehr haben Sie mir nicht zu sagen? Haben Sie überhaupt eine Ahnung, wie viele Nachrichten ich schon bekommen habe? Von meinen Freunden, meiner Familie, meinen Werbesponsoren – meinem Betreuer von den AA? Was zum Teufel haben Sie sich dabei gedacht, Olivia?«

»Ich habe die Posts bereits gelöscht. Es tut mir schrecklich leid. Ich habe mich offensichtlich ins falsche Account eingeloggt. Ich hatte letzte Woche eine schlimme Grippe, und …«

»Und wenn Sie die Pest gehabt hätten! Das ist eine absolute Katastrophe!«

»Ich werde die volle Verantwortung für die Posts übernehmen.«

»Oh, großartig! Warum gebe ich nicht gleich eine Pressemitteilung heraus und informiere darüber, dass ich meine Social-Media-Beiträge nicht selbst verfasse? Meine Fans werden begeistert sein, wenn sie hören, dass sie Nachrichten an eine Gruppe Schlipsträger senden!«

Da war was dran. »Ich möchte doch nur …«

»Sie sind gefeuert!« April legte auf.

Olivia war ganz benommen. Sie wusste nicht, ob das an dem Desaster lag, dessen Tragweite sie noch gar nicht ganz einschätzen konnte, oder an dem Grippevirus, das immer noch in ihr war. Aber auf einmal schien es ein fataler Fehler gewesen zu sein, ins Büro zu kommen.

Ihr Handy klingelte erneut. Ihre Mutter. Was wollte die denn von ihr? Dieses Mal leitete sie den Anruf auf die Mailbox um.

Ruth stellte sich vor, wie ihre Tochter ihre Nummer auf dem Display sah und sie wegdrückte. Aber, das musste sie ihr fairerweise zugutehalten, Olivia war vermutlich im Büro. Ruth hinterließ eine Nachricht. Sie würde geduldig auf einen Rückruf warten müssen.

Clifford Henry hatte auch noch nicht geantwortet. Vielleicht hatte sie ihm den Ernst der Lage nicht deutlich genug klargemacht. Sie würde ihm eine zweite Nachricht auf die Mailbox sprechen. So, und was fing sie jetzt mit dem Nachmittag an?

Sollte sie zum Strand hinuntergehen? Einerseits hatte sie keine Lust, zum Haus zurückzukehren und ihren Badeanzug und ein Handtuch zu holen, andererseits lockte sie das Meer.

Vielleicht eine Rundfahrt in der Cape Cod Bay? Diese Bootstouren starteten von Barros Boatyard im West End aus, das war nur ein Katzensprung vom Canteen.

Sie marschierte los, vorbei an einem kleinen Restaurant mit Namen Joon. Ihm gegenüber, auf der anderen Straßenseite, befand sich das Provincia, ein Geschenkartikelladen, wo sie handbemaltes portugiesisches Geschirr gekauft hatte.

Sie bog links in eine Gasse ein und ging an einem Gebäude vorbei, dessen Aluminiumhülle mit pfeilförmigen Hinweisschildern versehen war, auf denen BOOTSVERLEIH stand. Jetzt konnte sie schon die sonnengesprenkelte Bucht sehen. Der Weg führte bis ans Wasser, wo an einem Mast auf einem Holzsteg die amerikanische Flagge wehte. Rechter Hand ein schindelverkleideter Schuppen. Der Bootsverleih. Zwei weiße Fahrräder waren davor abgestellt.

Ruth blieb vor dem Büro stehen. Das Paar vor ihr buchte einen Ausflug. Mit der Hand die Augen beschattend schaute sie sich um. Der dreistöckige Holzrahmenbau hinter ihr hatte ein graues Schindeldach. Balkone führten um den zweiten und dritten Stock herum. In einer Metallkonstruktion neben dem Haus lagerten reparaturbedürftige Boote.

Als das Paar gegangen war, konnte sie den Mann am Schalter erkennen. Er war breitschultrig, hatte kleine dunkle Augen, grobe, durchschnittliche Züge und volles weißes Haar. Er war vielleicht ein paar Jahre älter als sie und strahlte Autorität aus.

»Was kann ich für Sie tun, junge Dame?«

Diese Anrede war natürlich nur eine mechanische Schmeichelei, mit der er vermutlich alle seine Kundinnen bedachte, aber sie schaute trotzdem automatisch auf seinen linken Ringfinger und sah, dass er keinen Ring trug. *Deswegen bist du nicht hergekommen*, schimpfte sie mit sich. »Ich würde gern eine Bootstour machen. Wann startet denn die nächste?«

»Es gibt eine Shuttle-Verbindung nach Long Point. Das Schiff legt in einer Stunde ab. Und eine Ausflugsfahrt zu den Robben. Start in zwanzig Minuten.«

Robben? Sie hatte nicht gewusst, dass in der Bucht so viele Robben lebten, dass man für sie eigens eine Ausflugsfahrt organisiert hatte. Ihr wurde unbehaglich bei dem Gedanken. Wo Robben waren, waren auch Haie. Wie viele ihrer Generation hatte Ruth panische Angst vor Haien, und diese Angst ließ sich auf ein konkretes Datum zurückführen: auf den Sommer 1975. Damals hatte sie sich, fünfzehnjährig, heimlich aus dem Haus geschlichen, um sich den Film *Der weiße Hai* anzuschauen. Ihre Eltern hatten es ihr verboten, weil sie von Freunden erfahren hatten, dass er ein echter Schocker sei. Sie wünschte, sie hätte auf sie gehört.

»Haben Sie hier Probleme mit Haien?«, fragte sie.

Der Mann lächelte belustigt. »Ich versichere Ihnen, Ma'am, dass unsere Bootsführer bereit, willens und in der Lage sind, unsere Passagiere vor etwaigen Haiattacken zu schützen.«

Ruth verschränkte die Arme vor der Brust. »Ich denke, das ist eine berechtigte Frage.«

»Bei allem Respekt, aber Haie halten sich normalerweise draußen auf hoher See auf. Nichts ist unmöglich, aber ich schätze, in der Bucht sind Sie sicher vor ihnen.«

Sein Ton gefiel Ruth gar nicht. »Vielen Dank. Das war ein wirklich aufschlussreiches Gespräch.« Sie ging zurück zur Commercial Street.

Kapitel zehn

Über dem ganzen Babydrama hatte Elise ihr Date mit Fern vergessen.

Sie hatten Karten für eine Twenty-Summers-Nacht. Die preisgekrönte Romanautorin Julia Glass hatte zusammen mit einigen anderen diese gemeinnützige Organisation zum Andenken an die Künstlerkolonie in Provincetown ins Leben gerufen und die historische Hawthorne Barn, ursprünglich eine Scheune, in der die Tradition künstlerischen Schaffens vor über hundert Jahren ihren Anfang genommen hatte, restauriert. Hier wurden Konzerte, Lesungen, Ausstellungen veranstaltet. Gäste des heutigen Abends waren der Schauspieler Alan Cumming und der Modeschöpfer Isaac Mizrahi. Fern und Elise hatten sich seit Wochen darauf gefreut, aber jetzt, wo es endlich so weit war, sprachen sie kaum ein Wort miteinander.

Das einzig Gute war, dass Amelia angeboten hatte, auf das Baby aufzupassen. Als Elise ihr erzählt hatte, was für ein Desaster ihre Unterhaltung mit Fern gewesen war, hatte Amelia ihr geraten, den Abend für ein versöhnliches Gespräch zu nutzen, damit sie einen Kompromiss fanden. Elise war dankbar für Amelias Unterstützung. Es tat gut, sie auf ihrer Seite zu wissen. Andere würden sicher auch noch ihre Hilfe anbieten. Sie und Fern würden das schon irgendwie schaffen.

Aber als sie nebeneinander zu der Scheune gingen, blieben alle diese Dinge ungesagt. Wenn sie nicht bald den Mund aufmachte, würden sie sich den ganzen Abend grimmig anschweigen und dann wütend aufeinander ins Bett gehen, und das war etwas, das sie beide unbedingt vermeiden wollten. Fern hatte viele Male die Hand zur Versöhnung ausgestreckt. Ihr war klar, dass sie heute Abend diejenige sein musste, die den ersten Schritt machte.

Dummerweise hatte sie keine Ahnung, wie sie das anstellen sollte.

Sie kamen zu einem von Bäumen gesäumten, weiß gekiesten Weg. Von hier konnte man die mit braunen Schindeln verkleidete Scheune sehen. Elise blieb stehen. »Fern, es tut mir leid, dass ich mich nicht an unsere Abmachung gehalten habe, aber es tut mir nicht leid, dass ich diese Entscheidung getroffen habe. Im tiefsten Inneren weiß ich, dass ich das Richtige getan habe.«

Fern, die Hände in die Hüften gestemmt, sah sie an, schaute dann zu der Scheune hinauf, als überlege sie, ob sie allein weitergehen solle. Dann wandte sie sich aber Elise zu und sagte kopfschüttelnd: »Komm mir nicht erneut damit, dass die Dinge hier in der Stadt anders geregelt werden. Wir wohnen seit fünf Jahren hier, da kann man sich schon wie in einer Glaskugel vorkommen. Aber die Sache mit dem Baby ist was völlig anderes.«

»Vielleicht, vielleicht auch nicht.«

»Was soll das jetzt wieder heißen?«

»Es könnte doch sein, dass jemand wollte, dass wir dieses Kind bekommen.«

Eine kleine, fröhlich plappernde und lachende Gruppe

ging an ihnen vorbei. Einer zitierte einen Satz von Alan Cummings aus *Cabaret*.

Fern trat ein wenig zur Seite. »Das werden wir nie erfahren. Und ich will mich nicht abermals im Kreis drehen.«

Elise biss sich auf die Unterlippe. Während sie noch nach einem Gegenargument suchte, fuhr Fern fort: »Und selbst wenn dieses Baby zu uns sollte, müssten wir den korrekten, den legalen Weg gehen.«

Zum ersten Mal deutete sie die Möglichkeit an, das Baby zu behalten. »Fern«, sagte Elise mit zitternder Stimme, »du hast immer gesagt, wenn es uns bestimmt ist, ein Kind zu haben, dann wird es auch passieren. Und jetzt ist es passiert. Nicht so, wie wir erwartet haben, *aber es ist passiert*. Alles andere ist unwichtig. Das sind nur die Feinheiten.«

»Na ja, so unwichtig sind diese Feinheiten nicht.«

»Kommt Zeit, kommt Rat.«

Fern schüttelte den Kopf. »Ich will nicht, dass du eine Bindung zu diesem Baby aufbaust. Ich wette, du hast der Kleinen schon einen Namen gegeben.«

Elise lächelte verlegen. »Ich nenne sie Mira. Eine Abkürzung für *miracle*. Sie ist ja auch ein Wunder.«

Fern seufzte. »Elise. Und wenn die Mutter – oder der Vater – nun zurückkommt? Oder wenn wir den legalen Weg gehen und feststellen müssen, dass wir sie nicht behalten können?«

»Das Risiko geh ich ein.«

Fern ging langsam weiter, der Menge hinterher, die zur Scheune strömte. Elise setzte sich in Bewegung.

»Du lässt mich einfach stehen? Hast du keine Lust mehr zum Reden?«, rief sie ihr nach.

Fern drehte sich um. »Du spielst mit dem Feuer. Aber

ich weiß, dass du es mir übel genommen hast, als ich eine weitere IVF abgelehnt habe. Unsere Beziehung wäre fast daran gescheitert. Ich will nicht wieder die Böse sein.«

»Gib uns ein paar Wochen. Mehr verlange ich gar nicht.«

»Wir haben nie eine Adoption in Betracht gezogen, Elise.«

»Dann ist jetzt vielleicht der richtige Zeitpunkt dafür.«

»Ich bin nicht bereit für diese Unterhaltung.«

»Warum nicht? Entscheidest du ganz allein, wann der richtige Zeitpunkt ist?«

Fern rieb sich die Stirn. Als sie wieder aufschaute, wirkte sie völlig erschöpft. »Warten wir noch eine Woche, vielleicht ändert die Mutter bis dahin ihre Meinung und holt die Kleine wieder zu sich. Und wenn nicht, werde ich die Behörden einschalten. Falls – *falls* – wir uns entschließen, sie zu adoptieren, müssen wir uns an das Jugendamt beziehungsweise die Adoptionsbehörde wenden.«

»Aber das kann Monate dauern! Und die lehnen uns womöglich ab. Ich meine, das ist eine staatliche Behörde. Wer weiß, was die für Vorurteile hegen. Wir sind ein gleichgeschlechtliches Paar, hier in der Gegend gibt es nicht allzu viele Schulen, und …«

»Elise, ein Schritt nach dem anderen, okay? Egal wie hoch die Hürden auch sind, wir müssen das richtig angehen. Können wir uns wenigstens darauf einigen?«

Elise nickte.

Fern blickte zu der Scheune am Ende des Wegs. »Wenn wir noch was mitbekommen wollen, sollten wir uns beeilen.«

Elise zögerte eine Sekunde, dann ging sie weiter.

Eine Woche genügte, damit Fern ihre Meinung änderte. So resolut und praktisch veranlagt sie auch war, sie hatte ein großes Herz. Wenn sie ein paar Tage mit dem Baby verbrachte, würde auch sie sich in das kleine Wesen verlieben.

Und wenn sie beide verliebt waren, war alles möglich.

Ruth saß mit einem Glas Wein auf einer der weißen Bänke im Garten vor Shell Haven. Eigentlich hatte sie nur den Sonnenuntergang bewundern wollen, aber jetzt war die Sonne längst untergegangen, und sie saß immer noch da. Ihr gegenüber stand eine zweite Bank, sie sah genau wie die aus, auf der sie Platz genommen hatte – eines der vielen Details, die darauf hindeuteten, dass das Haus für zwei oder mehr geplant war.

Sie wandte sich der Straße zu. Überall in der Stadt gab es Plätze, von denen man ganz wunderbar die Menschen beobachten konnte. Ruth versuchte abzuschalten beim Anblick der Unbekannten, die gut gelaunt am Haus vorbeischlenderten.

Es wollte ihr nicht gelingen. Zum tausendsten Mal warf sie einen Blick auf ihr Handy. Kein Rückruf von Olivia, noch nicht einmal eine SMS. Ungewöhnlich oder überraschend war das nicht, aber jetzt fand sie es inakzeptabel. Lag es an den langen Phasen der Einsamkeit, dem Ortswechsel oder dem Baby, das sie an diesem Morgen auf den Armen gehalten hatte? Sie wusste es nicht, sie wusste nur, dass sie das übermächtige, verzweifelte Bedürfnis verspürte, die Stimme ihrer Tochter zu hören. Als hätte der Säugling etwas mit ihr gemacht, das ihre jahrelang unter permanenter Rastlosigkeit verschütteten mütterlichen Gefühle freigelegt hatte.

Die frostige Beziehung zu ihrer Tochter war Gegenstand unzähliger Sitzungen bei ihrer Therapeutin Dr. Bellow gewesen. Olivia habe das Gefühl gehabt, ihre Mutter habe sie verlassen, hatte sie Ruth erklärt. Das war ihr natürlich klar, und sie hatte immense Schuldgefühle deswegen.

Olivia, damals in der Pubertät, einem Alter, in dem Kinder die Trennung der Eltern als besonders belastend empfanden, hatte sehr unter der Scheidung gelitten. Anfangs hatten sich Ruth und Ben das Sorgerecht geteilt. Olivia blieb bei ihrer Mutter, Ben zog aus dem gemeinsamen Haus aus und in eine nahe gelegene Wohnung. Doch nach ungefähr einem Jahr hatte sich gezeigt, dass Ruths lange Arbeitstage, ihre unkalkulierbaren Terminverschiebungen und ihre häufigen Geschäftsreisen es unmöglich machten, die getroffene Vereinbarung einzuhalten. Ruth zog aus dem Haus aus, Ben wieder ein, und das Leben ging weiter.

Ruth war Jahre in Therapie gewesen, bis sie sich verzeihen und akzeptieren konnte, dass sie zum damaligen Zeitpunkt nicht anders hatte handeln können. Dieser Durchbruch war ihr erst vor Kurzem gelungen.

Sie hatte sich verziehen. Jetzt kam es nur noch darauf an, dass Olivia ihr verzieh.

Sie wählte ihre Nummer und nahm sich vor, eine Nachricht zu hinterlassen, die Olivia nicht einfach ignorieren konnte. Und dann:

»Hallo, Mutter.«

Der Ton war entschieden frostiger, als Ruth es sich gewünscht hätte, aber immerhin war sie ans Telefon gegangen. »Olivia! Wie geht es dir?«

»Gut. Aber im Moment passt es mir gar nicht.«

»Oh, tut mir leid, dass ich störe, aber …« Aber was? In diesem Augenblick wurde Ruth klar, dass sie nicht nur Olivias Stimme hören, sondern ihre Tochter sehen wollte. Was auch immer zwischen ihnen war, hatte lange genug gedauert. Innerhalb weniger Jahrzehnte hatte sie ein erfolgreiches Unternehmen aufgebaut. Wenn sie sich mit der gleichen Energie auf die Beziehung zu ihrer Tochter konzentrierte, musste es doch möglich sein, in der ihr noch verbleibenden Zeit dieses Verhältnis von Grund auf neu zu gestalten. »Aber ich muss dich sehen.«

»Wieso? Ist was passiert?«

»Nicht direkt.«

»Okay, dann werde ich dir ein paar Vorschläge für einen Termin mailen, und wir machen was aus«, sagte Olivia.

»Ich dachte an nächstes Wochenende.«

»Mutter, ich werde nicht an einem Wochenende in der Urlaubszeit nach Philly runterfahren. Auf dem Jersey Turnpike wird die Hölle los sein.«

»Ich bin nicht in Philadelphia. Ich bin in Provincetown.«

»Wo?«

»Provincetown. Cape Cod. Ich bin hierher umgezogen.«

Stille. Dann: »Wieso?« Ihre Stimme klang belegt vor Gereiztheit, als fühle sie sich genötigt, diese Frage zu stellen, obwohl es sie nicht im Geringsten interessierte.

Ruth begriff, dass Olivia sie nicht besuchen würde.

Nicht an diesem Wochenende und auch sonst nicht. Es sei denn, es gab einen Notfall. Sie zögerte nur ein paar Sekunden, bevor sie sagte: »Ich will meine Angelegenheiten in Ordnung bringen.« Theoretisch war das nicht einmal gelogen. Die Suche nach einem Haus zählte zu ihren Angelegenheiten, nicht anders, als der Verkauf ihrer Firma dazugehört hatte. Sie war im Begriff, ihr Leben für den nächsten Abschnitt zu strukturieren, wie auch immer der aussehen mochte.

Anhaltende Stille. Dann endlich fragte Olivia:

»Kann ich dich zurückrufen?«

Kapitel elf

Ruth war ein Morgenmensch, aber seit fast einem Jahr hatte sie keinen Grund mehr gehabt, früh aufzustehen. Als nun Amelias E-Mail eintraf und den Beginn des Mosaikkurses um acht Uhr morgens in Herring Cove ankündigte, war sie froh über ihre Zusage.

Amelia, Molly, die Hündin, und ein halbes Dutzend Frauen hatten sich schon am Sandstrand versammelt, als Ruth eintraf. Eine auffallend große Möwe stakste frech näher und schien sie zum Wasser begleiten zu wollen.

»Ruth! Willkommen! Wir machen uns gerade miteinander bekannt.«

Die Gruppe hatte sich um Amelia geschart. Auch Elise Douglas befand sich darunter, wie Ruth leicht irritiert feststellte. Als alle sich vorgestellt hatten, hielt Amelia ein paar Muschelschalen hoch und sagte:

»Die Schönheit – und die Herausforderung – eines Mosaiks besteht darin, irgendwelche nicht zusammengehörige Teilchen zu einem optisch ansprechenden Muster neu zusammenzusetzen. Ein Mosaik kann aus praktisch allem gebastelt werden. Man kann etwas Kaputtes nehmen und etwas Ganzes daraus machen. In meiner Familie gibt es eine nette Anekdote über einen Ehestreit zwischen meinen Urgroßeltern damals in Lissabon, den die Essteller nicht überlebt haben. Zwei Wochen später hatte der Spiegel im Flur einen neuen Rahmen.«

Alle lachten. Eine der Frauen sagte etwas zu der neben ihr stehenden.

»Glaubt ihr mir nicht? Ihr könnt euch den Spiegel ansehen, er hängt im Hotel. Aber zum Glück braucht es für die meisten Mosaiken keinen Ehestreit. In meinem Atelier werde ich euch Steine, Perlen, Knöpfe zeigen. Es gibt schier endlose Möglichkeiten, was die Materialien und die Farben angeht. Als besonders befriedigend finde ich Arbeiten mit Elementen, die irgendeine persönliche Bedeutung haben. Deshalb sind wir heute Morgen hier. Ich möchte, dass ihr in der nächsten Stunde am Strand entlangspaziert und Muscheln, Steine, geschliffenes Glas sucht – was euch ins Auge sticht. Für euer Mosaik könnt ihr alles verwenden oder aber nur ein einziges symbolisches Element.«

Amelia verteilte engmaschige Einkaufsnetze, und dann setzte sich die Gruppe in Bewegung. Ruth rückte ihren Sonnenhut zurecht und folgte den anderen. Es bildeten sich Paare, ganz offensichtlich Freundinnen, die sich absonderten. Ruth ging allein weiter, bis Amelia und Molly zu ihr aufschlossen.

»Geht sie gern an den Strand?«, fragte Ruth.

»Na ja«, meinte Amelia und strich Molly über den Kopf. »Sie würde lieber daheimbleiben und faul herumliegen, aber ich zwinge sie rauszugehen – so wie ich mich selbst auch dazu zwinge.«

Ruth nickte. »Ich muss zugeben, ich war schon lange nicht mehr so früh draußen, aber es tut richtig gut.«

Amelia lächelte ihr zu. »Ruth, ich weiß, dass Sie in diese Babygeschichte verwickelt sind, und ich möchte mich bei Ihnen bedanken. Das ist eine komplizierte Angelegenheit, wo jede Form der Unterstützung hilft.«

»Darin verwickelt würde ich nicht sagen«, erwiderte Ruth, die im Gegenteil der Meinung war, sich diese Angelegenheit erfolgreich vom Hals geschafft zu haben.

»Im Moment passt Rachel auf die Kleine auf. Aber es ist gut zu wissen, dass jemand da ist, der im Notfall einspringen kann.« Amelia zwinkerte ihr zu.

Was? Ruth hatte nicht das geringste Interesse daran, turnusmäßig als Babysitterin zu fungieren. Einmal, ja, das war keine große Sache. Es hatte sogar ein bisschen Spaß gemacht. Aber das würde kein Sommer werden, in dem sie andere pflegte und umhegte. Darin war sie nicht besonders gut. Deshalb besaß sie nicht einmal eine Zimmerpflanze.

Um das Thema zu wechseln und klarzumachen, dass sie ihr eigenes Leben hatte, sagte sie: »Meine Tochter besucht mich übrigens bald.« Es erschien ihr wie eine Lüge, doch erstaunlicherweise war es das nicht. Sie hatte Olivia eingeladen, und es bestand die Hoffnung – die vage, entfernte Hoffnung –, dass sie kommen würde.

»Das ist aber schön! Ich erinnere mich, dass Sie sagten, sie werde Sie nicht besuchen. Das freut mich, dass sie ihre Meinung geändert hat.«

»Na ja, das ist noch nicht ganz raus. Aber ich geb mir alle Mühe.« Und dann, bevor sie sich bremsen konnte, platzte es plötzlich aus ihr heraus: »Ich hab sie angelogen.«

»Wirklich?«

»Eigentlich war es keine Lüge, sondern eher eine … Halbwahrheit. Ich wollte, dass sie herkommt.« So war das eben, wenn man nach zwanzig Jahren Knall auf Fall seine Therapie beendete: Man lud seinen seelischen Müll bei wildfremden Menschen ab.

Als sie herausgefunden hatte, dass ihr Nagellack nicht mehr hergestellt wurde, hatte sie Ende letzten Jahres ihre Psychiaterin um eine Dringlichkeitssitzung gebeten. »Ich brauche unbedingt eine Ortsveränderung. Aber ich weiß nicht, wohin.«

»Wo waren Sie denn am glücklichsten?«, hatte Dr. Bellow gefragt.

Ruth ging in Gedanken die Stationen ihres Lebens durch. Aufgewachsen in einem Vorort von Philadelphia. College in Illinois. Die Zeit als Ehefrau in New Jersey. Geschäftsreisen nach Europa und Kalifornien.

»In Provincetown«, antwortete sie.

Das war im Sommer gewesen, bevor sie ihr Studium an der Northwestern begonnen hatte. Das Architekturbüro ihres Vaters hatte sechs Monate lang ein großes Projekt in Truro, Massachusetts, betreut, und da hatte er ein Haus in Provincetown gemietet. In jenem Sommer hatten Ruth und ihre Mutter ihn dort besucht.

Komisch, dass ihre glücklichste Zeit eine Phase vor dem eigentlichen Beginn ihres Lebens gewesen war.

Nach dieser Erkenntnis stand für Ruth fest, dass sie ein Haus in P'town haben wollte. Mit dem Ruhestand begann ein neuer Abschnitt, sie musste sich darüber klar werden, wie der Rest ihres Lebens aussehen sollte. Provincetown – dort wollte sie ihre letzten Jahre verbringen. Der Entschluss war gefasst, alles andere nur noch Logistik.

Es entsprach also der Wahrheit, wenn sie sagte, ihre Angelegenheiten in Ordnung bringen zu wollen.

»Sie brauchen mir nichts zu erklären«, sagte Amelia. »Meine Tochter und ich hatten zwanzig Jahre so gut wie keinen Kontakt. Ich hätte zu jeder Lüge gegriffen, wenn ich sie dadurch hätte bewegen können, nach Hause zu kommen.«

Ruth sah sie an. »Ist sie denn irgendwann zurückgekehrt?«

Amelia nickte. »Ja, vor drei Jahren.«

»Ist sie jetzt hier?«

»Zurzeit nicht. Sie lebt in Italien.«

»Ist sie die Mutter von Rachel?«

»Nein, Rachel ist die Tochter meines Sohnes. Sie hat ihren Vater nie kennengelernt. Er starb vor vielen Jahren.«

»Oh, das tut mir leid.«

Amelia blieb stehen. »Sie dürfen sich keine Vorwürfe machen, Ruth. Es gibt nichts Kostbareres als die Beziehung zu unseren Kindern. Tun Sie alles, damit das zwischen Ihnen beiden wieder in Ordnung kommt.« Sie blickte zu Boden. »Schauen Sie mal! Was für eine Schönheit!« Sie bückte sich nach einem trübblauen Stein. »Geschliffenes Glas.«

Sie reichte den Kiesel Ruth, die seine intensive Farbe und glatte Oberfläche bewunderte.

»Es dauert Jahrzehnte, bis eine Scherbe vom Meer so poliert wird. Manche dieser gläsernen Steine sind hundert Jahre vom Wasser bearbeitet worden.«

»Einige Dinge scheinen mit dem Alter tatsächlich besser zu werden«, bemerkte Ruth.

»Trifft das nicht auf uns alle zu? Den werde ich den anderen zeigen.« Sie berührte Ruth an der Schulter. »Denken Sie darüber nach, was ich gesagt habe.«

Als ob sie an etwas anderes denken könnte.

Sie schlenderte weiter, den Blick auf den Sand gerichtet. Etwas Lavendelfarbenes stach ihr ins Auge. Als sie sich danach bückte, sagte eine Stimme hinter ihr:

»Von denen hab ich in Shell Haven eine ganze Schale voll im Schlafzimmer gehabt.«

Ruth richtete sich auf und drehte sich um. »Es wundert mich, dass Sie in Anbetracht der Situation auch hier sind«, sagte sie zu Elise Douglas und ließ die Muschel in das Einkaufsnetz fallen. »Aber wahrscheinlich haben Sie und Fern eine Lösung gefunden. Das freut mich.«

Elise biss sich auf die Lippe. »Na ja, also eigentlich … Ich wollte später mit Ihnen reden, aber wo Sie jetzt schon da sind …«

Die Gelassenheit, die der Spaziergang am Strand mit sich gebracht hatte, fiel schlagartig von Ruth ab. Elise versuchte ganz offensichtlich ihren Mut zusammenzunehmen, um ihr etwas Unerfreuliches mitzuteilen.

Sie machte einen Schritt auf sie zu. »Wir werden für ein paar Wochen wieder ins Haus ziehen.«

Ruth glaubte, sich verhört zu haben. »Wie bitte?«

»In der Wohnung über dem Laden ist nicht genug Platz.«

Amelia winkte der Gruppe weiterzugehen. Elise und Ruth blieben stehen und ließen die anderen vorbei.

»Elise, ich bemühe mich wirklich, Verständnis für Ihre Situation aufzubringen, aber ich habe für dieses Haus bezahlt. Wir haben einen Vertrag!«

»Sie bekommen das Geld für die Zeit, die wir dort wohnen werden, selbstverständlich zurück.«

»Und wo, bitte schön, soll ich hin?«

»Nein, nein, das haben Sie falsch verstanden. Sie können natürlich bleiben. Zusammen mit uns.«

Ruth konnte es nicht fassen. »Jetzt hören Sie mir mal zu. Ich will hier ein neues Kapitel aufschlagen. Und zwar ohne Mitbewohner und ohne einen schreienden Säugling! Kapiert?«

Elise nickte. »Kapiert. Wirklich. Aber könnte das neue Kapitel vielleicht erst im Juli beginnen?«

*

Olivia würde ihrem Vater natürlich von dem Telefonat berichten. Die Worte ihrer Mutter mussten analysiert, geprüft, zerpflückt werden. Die Frage war nur: Sollte sie ihn anrufen oder nach New Jersey hinausfahren?

Ich will meine Angelegenheiten in Ordnung bringen.

Sie würde zu ihm fahren.

Nach dreißig Jahren am Penn Medicine, dem Klinikum der University of Pennsylvania, war ihr Vater vor einem halben Jahr in den Ruhestand gegangen. Olivia war froh, dass er kürzertrat. Im Gegensatz zu ihrer Mutter hatte er immer gearbeitet, um zu leben, und nicht andersherum. Endlich würde er Zeit haben, sein Dasein zu genießen. Pläne hatte er allerdings noch keine geschmiedet. Keine großen Reisen, keinen Umzug. Anscheinend genügte es ihm, morgens aufzuwachen, in der Imbissbude seine Zeitung zu lesen, mit seinen Freunden Karten zu spielen und sich viel zu viele Sorgen um seine Tochter zu machen.

Es war keine ideale Zeit, sich freizunehmen – nicht nachdem sie eine bedeutende Klientin vergrault hatte. Peter Asgaard, Olivias Boss, der zwanzig Jahre bei einer großen Talentagentur in Hollywood gearbeitet hatte, bevor er HotFeed gegründet hatte, war alles andere als glücklich gewesen. Und dennoch: »Fehler passieren nun mal. Das war nicht gut, Olivia, aber es war Ihr erster Fehler in acht Jahren, und bisher haben Sie solide Arbeit geleistet.« Ihr Magen krampfte sich beim bloßen Gedanken an das Gespräch in seinem Büro zusammen.

Als sie endlich in die Zufahrt des roten Backsteinhauses im Kolonialstil einbog, in dem sie ihre Kindheit verbracht hatte, kam eine tiefe Ruhe über sie.

Das Haus blieb unverändert. Eine Zeitkapsel aus den Neunzigerjahren. Nachdem ihre Mutter ausgezogen war, hatte ihr Vater sich nie die Mühe gemacht, es neu einzurichten. Sogar die alten Familienfotos auf dem Kaminsims standen noch da. Sicher, die alten TV-Geräte waren von Flachbildfernsehern ersetzt worden, die Birkenfeige hatte es nicht bis ins neue Jahrtausend geschafft, und die klobige Stereoanlage im Wohnzimmer war einer digitalen Anlage im eleganten Design gewichen. Dennoch fühlte sich das Haus genauso an wie in ihrer Kindheit. Und auch wenn Olivia schrecklich stolz auf ihre Unabhängigkeit, ihre der Zukunft zugewandten Einstellung war, so hatte dieses Verharren in der Vergangenheit doch etwas Tröstliches.

Nichtsdestoweniger sagte sie bei jedem ihrer Besuche: »Du solltest das Haus verkaufen und in Stadtnähe ziehen. Oder sogar in die Stadt. Vielleicht würdest du jemanden kennenlernen …«

Worauf ihr Vater jedes Mal das Gleiche antwortete: »Als deine Mutter und ich das Haus vor dreißig Jahren kauften, wusste ich, dass ich nie mehr von hier fortwill.«

Olivia war einerseits froh, dass er wie ein Fels in der Brandung war, aber manchmal wünschte sie um seiner selbst willen, er wäre nicht ganz so beständig in seiner Art.

»Ich hab dir deine Lieblings-Bagels mitgebracht.« Sie gab ihm einen Kuss auf die Wange und drückte ihm die Tüte von H&H in die Hand.

»Der Kaffee läuft schon durch.«

Über dem Herd hing ein Holzschild mit den grob geschnitzten Worten RUTHS KÜCHE. Sie hatte es im Sommerferienlager gebastelt, als sie zwölf war. Sie hatte keine Ahnung, wie sie auf diese Idee gekommen war, zumal ihre Mutter nie kochte. Und wieso ihr Vater es nicht abgenommen hatte, begriff sie noch viel weniger.

»Wieso hebst du dieses Ding auf?«, hatte sie ihn vor Jahren gefragt.

»Weil du es gemacht hast.«

Da stand sie also in Ruths Küche und zermarterte sich den Kopf über Ruths Anruf.

»Was genau hat sie denn gesagt?«, fragte ihr Vater.

»Sie wollte, dass ich sie am Wochenende besuche. Auf dem Jersey Turnpike sei bestimmt die Hölle los, das wolle ich mir nicht antun, hab ich gesagt. Da hat sie gemeint, sie sei nicht in Philly, sondern in Provincetown.«

»Provincetown? Bist du sicher?«

Olivia nickte. »Und jetzt halt dich fest: Sie ist nicht bloß übers Wochenende dort, sie ist dorthin umgezogen.«

Ihr Vater beugte sich vor, machte den Mund auf, klappte ihn wieder zu.

»Was?«

»Willst du, dass ich sie anrufe?«

»Nein! Ich hab sowieso schon ein schlechtes Gewissen, weil ich dich damit belästige.« Sie fragte sich, ob ihre Eltern noch Kontakt hatten. »Ich versteh das einfach nicht. Du vielleicht? Warum gerade Provincetown? Wie ist sie darauf gekommen? Hat sie mit verbundenen Augen Dartpfeile auf eine Landkarte geworfen?«

Ihr Vater wandte sich ab und räumte die Arbeitsfläche auf. Olivia machte sich Vorwürfe. Sie hätte ihn nicht mit hineinziehen sollen. Was gingen ihn die Launen seiner Exfrau an?

»Hast du sie gefragt?«

»Natürlich. ›Was machst du dort?‹ Sie hat geantwortet: ›Ich will meine Angelegenheiten in Ordnung bringen.‹ Das war alles. ›Ich will meine Angelegenheiten in Ordnung bringen.‹ Was meint sie damit, was glaubst du?«

Ihr Vater drehte sich zu ihr um. »Ich weiß es nicht«, erwiderte er stirnrunzelnd. »Aber das hört sich nicht gut an.«

Sie dachten beide das Gleiche. Vor ein paar Jahren war Cece, Ruths ältere Schwester, an Brustkrebs erkrankt. Sie hatte den Krebs besiegt, aber die Therapie war anstrengend und beängstigend gewesen. Doch ihre Mutter hatte einen Weg gefunden, selbst aus der Krankheit ihrer Schwester Kapital zu schlagen. Noch vor dem Ende von Ceces Chemo hatte Ruth eine neue Nagellackserie namens Liv Free entwickelt und auf den Markt gebracht. Der Lack war frei von Formaldehyd, Toluol und Dibutylphthalat. Die steigende Nachfrage nach Produkten ohne Schadstoffe hatte Ruths Firma in astronomische Höhen katapultiert. Bald klopften Revlon, Estée Lauder und andere große Kosmetikunternehmen an. Ihre Mutter war bis vor einem Jahr standhaft geblieben. Dann hatte sie ihre Firma in aller Stille verkauft, für ein Vermögen, wie Olivia vermutete. Ihre Mutter hatte nicht ein einziges Mal über den Verkauf gesprochen. Olivia hatte es aus dem *Wall Street Journal* erfahren.

»Glaubst du wirklich, Mom ist krank?«

»Ich weiß es nicht. Aber du musst es herausfinden.«

»Du meinst, ich soll nach Provincetown fahren?«

»Sie ist deine Mutter, Olivia.«

Kapitel zwölf

»Ich habe leider nichts für Sie, Schätzchen.« Clifford Henry saß an seinem kleinen, penibel aufgeräumten Schreibtisch in seinem Maklerbüro. »Wie ich Ihnen schon beim Abendessen gesagt habe – der Markt in der Stadt ist restlos leergefegt.«

Ruth hatte seit neun Uhr vor dem Büro von Clifford Henry and Associates auf ihn gewartet. Es war elf, als er endlich aufkreuzte, eine Sonnenbrille auf der Nase, einen großen Becher Kaffee von Wired Puppy in der Hand, eine Zeitung unter den Arm geklemmt.

Sie hatte versucht, sich ihre Ungeduld nicht anmerken zu lassen, während er seinen Laptop hochfuhr, sein Telefon einstöpselte und murrte, weil seine Assistentin noch nicht da war. Ruth fragte sich, wozu er eine Assistentin brauchte, wenn es keine Immobilien zu kaufen oder zu mieten gab.

»Ich zeige den Leuten bereits Objekte für den nächsten Sommer«, fügte er hinzu.

Damit war ihre Frage beantwortet. »Wirklich?«

»Himmel, mir brummt vielleicht der Schädel!«

Ruth hatte am Vorabend auch mehr getrunken, als ihr guttat. Elise und Fern waren mitsamt dem Baby nach dem Essen gekommen und hatten das Haus mit Beschlag belegt. Während Elise sich in einem fort entschuldigte und sichtlich peinlich berührt war, verhielt Fern sich ganz geschäftsmäßig. Sie reichte Ruth einen Scheck über eine Monatsmiete und sagte:

»Spätestens am ersten Juli sind wir draußen.«

Ruth hatte ihr den Scheck wütend und wortlos aus der Hand gerissen und sich in ihr Schlafzimmer zurückgezogen, wo sie mit einem neuen Buch und einer Flasche Wein den Rest des Abends blieb.

»Was gibt es denn für ein Problem?«, fragte Clifford jetzt. Er nahm seine Sonnenbrille ab und musterte Ruth neugierig. »Shell Haven ist doch perfekt.«

Ruth widerstand der Versuchung, ihm die verrückte Geschichte mit dem Baby zu erzählen. Auch wenn sie frustriert, ja zornig war, wollte sie die beiden Frauen nicht in Schwierigkeiten bringen. »Ich glaube, Elise und Fern haben es sich anders überlegt«, erwiderte sie ausweichend.

»Anders überlegt? Ich verstehe nicht. Sie haben für das Haus bezahlt, Sie sind eingezogen – damit ist der Fall erledigt.«

»Clifford, ich wollte von Anfang an nie mieten, sondern kaufen. Das wissen Sie. Ich möchte nur sichergehen, dass Sie sich weiterhin nach einem entsprechenden Kaufobjekt umsehen.«

»Was soll ich nur mit Ihnen machen, Ruth?« Er fächelte sich mit einem japanischen Papierfächer mit Kirschblütenmotiv Luft zu. »Ich kann Ihnen kein Haus verkaufen, das nicht existiert. Ich würde ja gern mit den Fingern schnippen, und – *peng!* – schon haben Sie Ihr Haus. Aber so funktioniert das eben nicht. Es sei denn, Sie schauen sich in den Neubaugebieten ein bisschen außerhalb um …«

Ruth verschränkte die Arme. »Kommt nicht infrage. Ich möchte ein typisches Provincetown-Strandhaus hier in der Stadt, nicht irgendeinen billigen Fertigbauquatsch.«

»Nun, Sie sind hierhergezogen, das ist schon mal ein guter Anfang. Die Leute verkaufen an Leute, die sie kennen. An Leute, die sie *mögen*. Häuser in attraktiver Lage gelangen oft gar nicht erst auf den Markt. Halten Sie die Ohren offen.«

Ruth zog die Brauen hoch. »Ist das nicht Ihre Aufgabe?«

»Sollten Sie ein Flüstern hören, werde ich einen Schrei daraus machen.«

Sie stand kopfschüttelnd auf und ging zur Tür. Clifford folgte ihr.

»Was genau geht eigentlich vor sich?«, fragte er. »Ich kann eine aufregende Geschichte auf eine Meile riechen, Sie können es mir also genauso gut gleich erzählen.«

O nein, ganz bestimmt nicht! Sie würde nicht diejenige sein, die das Babydrama an die große Glocke hängte. Sie wollte lediglich ein wenig Privatsphäre. »Gar nichts geht vor sich. Ich bin einfach ungeduldig. Ich würde lieber ein Haus mieten mit der Option, es irgendwann kaufen zu können. Und Shell Haven werden die beiden nie verkaufen.« Das immerhin war die Wahrheit.

»Ich glaube, da irren Sie sich. Wenn jemand praktisch denkt, dann Fern. Mit Geld geht alles.«

Sie dachte über seine Worte nach. Sollte sie Fern darauf ansprechen? Ihr Handy klingelte. Olivia. »Hallo?«

»Hi, Mutter.« Olivias Ton war deutlich wärmer als beim letzten Telefonat. »Ich wollte dir nur sagen, dass ich dich am Wochenende besuchen werde.«

Ein paar Sekunden machten den Unterschied zwischen einem perfekt aufgebrühten Tee und einem fade schmeckenden. Elise achtete darauf, dass alle Teedosen mit Anweisungen zu Wassertemperatur und Ziehzeit versehen waren, und sie erklärte es den Kunden zusätzlich noch einmal. Mit Kräutertees habe sie ein bisschen mehr Spielraum, sagte sie zu der ersten Kundin an diesem Tag.

»Die können länger ziehen, weil sie nicht aus Teeblättern hergestellt werden.« Sie deutete auf die Tasse in der Hand der Kundin. »Deshalb schmecken sie auch nicht bitter, wenn das Wasser zu heiß ist.«

»Wie meinen Sie das – nicht aus Teeblättern hergestellt?« Die Frau starrte ihren gekühlten Wacholderbeerentee an, als hätte man ihr gerade gesagt, dass sie Diät-Cola trinke.

»Ein Kräutertee setzt sich aus Kräutern, Gewürzen, Früchten und Blüten zusammen. Deshalb ist er auch koffeinfrei.«

Die Frau nickte nachdenklich und kaufte dann eine Dose Kamillentee. Auf der anderen Seite des Ladens war Fern damit beschäftigt, Armbänder aus Materialien, die zugleich als natürliche Stechmückenabwehr dienten, zu arrangieren. Sie wurden von einem Einheimischen gefertigt, der gefragt hatte, ob er sie im Laden ausstellen dürfe.

»Warum nicht?«, hatte Fern gemeint. »Platz genug haben wir ja. Vielleicht können wir noch andere regionale Produkte anbieten. Vielleicht sogar Kunst.«

Elise fand, dass das vom Wesentlichen ablenkte, aber sie sagte nichts. Ein Kompromiss in diesem Punkt war angesichts der Umstände ein kleines Opfer.

Die Ladenglocke bimmelte. Jaci Barros kam herein.

»Hey!«, sagte sie lächelnd. Die langen dunklen Haare hatte sie zu einem hohen Pferdeschwanz zusammengebunden. Sie trug ein weißes T-Shirt mit V-Ausschnitt, kurz abgeschnittene Jeans und Sneakers. »Hier riecht's nach Lakritze.«

»Masala Chai«, sagten Fern und Elise wie aus einem Mund. Sie sahen sich an und lächelten. Das war das erste Mal seit vierundzwanzig Stunden, dass Fern ihr zugelächelt hatte. Elise fasste das als gutes Zeichen auf.

Rachel passte auf Mira auf. Es schien ihr Spaß zu machen. Vielleicht wollte sie bald ein eigenes Kind und schon mal ein bisschen dafür üben. Fern war es gar nicht recht, dass sie andere um Hilfe bitten mussten.

»Die Leute haben selber genug zu tun, Elise. Wir können sie nicht auch noch mit unseren Problemen belästigen.«

Aber Amelia und Rachel schien das überhaupt nichts auszumachen. Sie schafften das spielend. Wenn Fern die Dinge doch nur ein bisschen lockerer sehen könnte!

Jaci schaute zur Karte hinauf. »Ich glaube, heute bleibt mir nichts anderes übrig, als diesen Masala Chai zu probieren. Was genau ist das eigentlich?«

»Schwarztee mit Gewürzen, vor allem Anis und Fenchel«, erklärte Fern, die hinter dem Tresen hantierte.

»Ich hab mit einer Schulfreundin über euren Laden gesprochen. Sie hat einen Sommerjob auf dem Bauernmarkt in Boston Seaport. Ich hab ihr erzählt, dass ich lieber hier bei euch als auf der Austernfarm arbeiten würde …«

»Jaci, deine Familie ist auf deine Hilfe angewiesen.«

»Ja, ja, ich suche noch nach einer Lösung. Ich meine,

sie können ihr Geschäftsmodell doch nicht auf *mir* aufbauen. Ich komme nach dem Studium sowieso nicht hierher zurück.«

Elise und Fern wechselten einen Blick. Dann sagte Fern: »Vielleicht änderst du deine Meinung ja noch. Mach es deiner Mutter nicht so schwer.«

»Provincetown ist ein ganz besonderer Ort«, ergänzte Elise. »Wenn du älter bist, wirst du das zu schätzen wissen.«

»Ich habe mein ganzes Leben hier gelebt! Ihr beide habt schon mal in einer Großstadt gewohnt, ich nicht. Du, Fern, warst eine erfolgreiche Bankerin. Klar, das ist ein guter Platz, um eine Familie zu gründen und sesshaft zu werden. Aber ich will vorher noch etwas erleben! Meine Familie wird sich einfach an den Gedanken gewöhnen müssen. Aber deswegen bin ich nicht hergekommen. Ich hab also meiner Freundin von eurem Laden und euren super Tees erzählt – Mom trinkt ja fast nichts anderes mehr –, und da meinte sie, ihr solltet eure Produkte auf dem Boston Seaport Bauernmarkt verkaufen.« Sie reichte Fern eine Visitenkarte.

»Hey, danke, Jaci. Das ist eine gute Idee. Ich hab mir schon überlegt, wie wir expandieren können. Außerhalb der Saison wird es uns nämlich an Laufkundschaft fehlen.«

Sie diskutierten immer wieder darüber, wie sie das Geschäft über die Wintermonate, wenn die Touristen fort waren und die Einwohnerzahl auf einen Bruchteil zusammenschrumpfte, über Wasser halten konnten. Entweder sie würden ein Großhandelsvertriebsnetz aufbauen, ihre Teesorten über Restaurants und andere Einzelhändler weiterverkaufen, oder aber einen Onlineshop erstellen müssen. In jedem Fall würden sie einen Kundenstamm außerhalb von Provincetown benötigen.

»Gern geschehen.« Jaci strahlte. »Mail ihr einfach. Seht ihr? Schon habe ich einen wertvollen Beitrag geleistet. Stell dir bloß mal vor, wie das erst wäre, wenn ich hier arbeiten würde.«

Fern stemmte die Hände in die Hüften und legte den Kopf schief. Elise wusste, was das bedeutete: Sie dachte nach.

»Ich muss das erst mit deiner Mutter klären«, sagte sie schließlich. »Vielleicht ein paar Stunden in der Woche.«

»Oh, danke!«, jubelte Jaci und umarmte sie. »Ich bin ja so aufgeregt! Ich könnte sofort anfangen. Dann kannst du mich gleich in die Magie der Teezubereitung einweihen.«

Fern wollte abwehren, aber Elise kam ihr zuvor. »Das ist eine ausgezeichnete Idee! Jaci kann dir hier helfen, und ich kann nach Hause und mich … um diese andere Angelegenheit kümmern.«

»Genau! So machen wir's!«, pflichtete Jaci ihr bei.

Ein paar Kunden betraten nacheinander den Laden. Fern erkundigte sich nach ihren Wünschen. Obwohl sie weder Ja noch Nein gesagt hatte, stand Jaci bereits hinter dem Ladentisch, und Elise eilte zur Tür. Im Hinausgehen zwinkerte sie Fern zu. *Siehst du? Das hätten wir schon mal geschafft.*

Fern wandte den Blick ab.

Entschlossen, mit Fern zu reden, stieg Ruth die Stufen des blassgelben, zweigeschossigen Hauses im Kolonialstil hinauf und öffnete die Ladentür von Tea by the Sea.

Sie wurde von dezenter Musik und dem Surren von Deckenventilatoren empfangen. Regale mit silbernen Teedosen reichten vom Boden bis zur Decke. Linker Hand standen zwei Sessel vor einem großen Panoramafenster. Fern Douglas schüttelte einen metallenen Mixbecher, in dem die Zutaten klapperten. Als sie Ruth bemerkte, lächelte sie ihr zu.

»Hallo, Ruth.« Zu dem minzgrünen Leinenkleid trug sie eine Halskette aus schimmernden Jadeperlen. Ihre dunklen Zöpfe, in denen einige Silberfäden zu erkennen waren, hatte sie oben auf dem Kopf mit einer Perlmuttspange festgesteckt.

»Das duftet aber gut hier drin«, sagte Ruth.

»Das ist unser Masala Chai. Möchten Sie eine Tasse?«

»Ja, sehr gern, danke.«

»Warm oder kalt?«

»Was würden Sie empfehlen?«

»Das Aroma kommt besser zur Geltung, wenn er warm ist, aber bei dem Wetter …« Die Ladenglocke bimmelte, und eine kleine, schmächtige, ganz in Schwarz gekleidete Frau trat ein. Sie führte einen Yorkshireterrier an der Leine mit sich und steuerte auf einen der Sessel am Fenster zu. »Der Hund muss draußen bleiben, Bianca. Anordnung des Gesundheitsamts. Draußen steht ein Napf mit Wasser. Du kannst die Leine an einem der Stühle festbinden.«

Die Frau machte eine wegwerfende Handbewegung. »Ich will mich nur einen Moment ausruhen. Das ist vielleicht eine Hitze heute!«

Fern schüttelte den Kopf und machte sich dann daran, den Tee für Ruth zuzubereiten. »Das dauert ungefähr fünf Minuten. Neue Kunden weise ich immer darauf hin. Viele denken, das ist wie in einem Café: Man bestellt und bekommt sofort was eingeschenkt. Aber bei uns wird alles individuell nach den Wünschen des Kunden zubereitet. Das macht den besonderen Reiz aus, finde ich.«

»Ich hab's nicht eilig«, erwiderte Ruth. »Ehrlich gesagt bin ich hier, weil ich mit Ihnen reden wollte.«

»Es geht darum, dass wir wieder eingezogen sind, nicht wahr?«, sagte Fern leise und mit einem flüchtigen Blick zu der schwarz gekleideten Frau.

Ruth holte tief Luft. »Ich habe volles Verständnis für Ihre Situation. Ich weiß, dass Sie beide vor einer Herausforderung stehen. Aber ich bekomme Besuch von meiner Tochter, und ich brauche unbedingt ein wenig Privatsphäre.«

»Ich verstehe«, flüsterte Fern. »Ich werde versuchen, eine Lösung zu finden. Das Ganze tut mir wirklich leid. Ich möchte Ihnen für Ihre Geduld danken. Hoffentlich ist Ihnen der Aufenthalt im Haus nicht vollständig verleidet.«

»Oh, das Haus ist absolut großartig«, sagte Ruth und sprach ebenfalls leise. »Ich liebe es! Sagen Sie, würden Sie es eventuell verkaufen? Ich wäre sehr interessiert. *Sehr.*«

Fern machte ein überraschtes Gesicht. »Oh. Das ist gut zu wissen. Aber ein Verkauf kommt für uns nicht in Betracht, tut mir leid.«

Ruth nickte. Sie hatte nicht erwartet, dass Fern sagte: *Wunderbar, stellen Sie einen Scheck aus, und wir sind im Geschäft.* Aber diese kleine Unterhaltung stellte in ihren Augen bereits einen Fortschritt dar.

Fern drehte ihr den Rücken zu und schenkte den Tee ein. Als sie Ruth den Pappbecher reichte, von dem aus einer Öffnung im Deckel süßer Dampf aufstieg, flüsterte sie: »Nochmals danke für Ihre Geduld.«

Ruth nickte. »Kein Problem«, sagte sie. Obwohl es eines war. Aber sie wollte kein Theater machen. Sie hatte das ganze Bild im Auge. *Die Leute verkaufen an Leute, die sie mögen.*

Sie ging mit ihrem Masala Chai zu den Regalen hinüber und ließ ihren Blick über die Silberdosen schweifen, die alle mit einem Aufkleber und einer marineblauen Schleife versehen waren.

»Ganz schön teuer, finden Sie nicht auch?« Die Frau in Schwarz war neben sie getreten und schüttelte missbilligend den Kopf.

»Nun, Qualität hat eben ihren Preis«, sagte Ruth.

»Na ja, wenn Sie hier in der Gegend ein Haus zum Kauf suchen, spielt Geld vermutlich keine Rolle.«

Ruth antwortete nicht. Die Frau war sicher nur eines der Originale der Stadt. Sie nahm eine Teedose mit der Beschriftung ERDBEERTRAUM aus dem Regal und ging damit zum Ladentisch. »Den nehme ich auch noch.«

Kapitel dreizehn

Elise hatte von befreundeten frischgebackenen Eltern von den schlaflosen Nächten gehört, aber es war etwas völlig anderes, wenn man das selbst durchmachte. Alle paar Stunden geweckt zu werden zermürbte sie in einer Weise, wie sie es nicht einmal von ihren durchwachten Nächten auf dem College kannte. Und dennoch empfand sie ein tiefes, beglückendes Gefühl in jenen Minuten vor Tagesanbruch, wenn sie Mira völlig übermüdet aus ihrem Stubenwagen hob, an ihre Brust legte und sanft schaukelte, bis sie das Fläschchen erwärmt hatte.

Der Schlafmangel machte den Arbeitsalltag zur Hölle. Am Wochenende herrschte ein unglaublicher Betrieb in der Stadt, Massen wälzten sich durch die Straßen. Ausgerechnet jetzt war Fern nicht im Laden. Aber Jacis Angebot, sie mit ihrer Freundin auf dem Bauernmarkt in Boston Seaport bekannt zu machen, war zu verlockend gewesen.

»Ich muss das unbedingt prüfen«, sagte sie. »Das könnte unser zweites Standbein werden.«

Da hatte sie zwar recht, aber die Folge war, dass sich Elise allein sowohl um den Laden als auch um Mira kümmern musste – an Letzterem war sie natürlich selbst schuld, das wusste sie.

Sie packte alles, was sie brauchte, in die Windeltasche, bettete Mira in die Babyschale auf Rädern und ging zur vorderen Haustür hinaus. Rachel, dieser Engel, hatte angeboten, auf die Kleine aufzupassen.

»Hey, Elise – zu dir wollte ich gerade.«

Vor ihr stand Brian Correia, ein Einheimischer, dessen Urgroßvater Fischer gewesen und dessen Vater Polizist wie er selbst war. Beth, Brians Frau, betrieb eine Bäckerei in der Stadtmitte. Fern und Elise hatten die beiden in ihrem ersten Sommer in Provincetown auf einer Party bei den Barros' kennengelernt.

»Oh, hey, Brian. Was gibt's?«

Elise war in Gedanken mit den logistischen Herausforderungen des Tages beschäftigt, daher merkte sie erst nach ein paar Sekunden, dass Brian den Säugling betrachtete – und dass er offenbar nicht privat hier war.

Sie bekam Herzklopfen. Das Atmen fiel ihr auf einmal schwer. Sie zwang sich, sich so natürlich wie möglich zu verhalten. Brian vertrat zwar das Gesetz, aber er war auch ein Freund.

»Können wir reingehen und reden?« Er warf einen Blick auf das Haus hinter ihr.

»Wieso, stimmt etwas nicht?«, fragte sie mit schriller Stimme.

»Um das herauszufinden, bin ich hier. Jemand hat auf dem Revier angerufen und einen Säugling gemeldet, der hier in der Stadt offenbar keine Eltern hat.« Er schaute auf Mira hinunter. »Gehört das Kleine Verwandten von euch?«

Elise schluckte schwer. Es war eine Sache, ein Geheimnis zu bewahren, aber eine ganz andere, eine glatte Lüge zu erzählen. Sie wollte Brian nicht anlügen, aber wenn sie die Wahrheit sagte, würde er ihr Mira wegnehmen.

Er hätte gar keine andere Wahl. Und so entschied sie sich für eine abgewandelte Version der Wahrheit.

»Nein. Wir wollen es adoptieren.«

»Oh! Das sind ja wunderbare Neuigkeiten. Beth und ich wissen, wie sehr ihr beide euch ein Kind gewünscht habt.«

Ihr kamen Tränen vor Erleichterung, dass sich die Unterhaltung jetzt in sicherem Fahrwasser bewegte.

»Ja, das stimmt.«

»Ich wollte dich nicht beunruhigen«, sagte er.

»Nein, nein, schon in Ordnung. Ich verstehe, dass es merkwürdig aussehen muss, wenn wir plötzlich ein Baby im Haus haben. Es ist aber noch nicht offiziell. Wir hoffen, dass es klappt.«

»Wir werden euch alle die Daumen drücken. Tut mir leid, dass ich meine Nase in eure Privatangelegenheiten gesteckt habe, aber die Leute reden, und ich wollte mich vergewissern, dass alles in Ordnung ist.«

»Verständlich, doch alles ist bestens.« Sie versuchte zu lächeln.

»Sehr schön. Dann werde ich mich mal wieder auf den Weg machen. Grüß Fern von mir.«

»Mach ich«, sagte Elise.

Sie würde sich hüten, Fern so schnell etwas von ihrer Unterhaltung mit ihm zu erzählen.

Das Schlafzimmer im dritten Stock von Shell Haven war klein und entzückend mit der Dachschräge, den Shaker-Möbeln und dem herrlichen Blick auf die Bucht.

Da Fern und Elise im Gästezimmer im zweiten Stock schliefen und die Babysachen im Büro untergebracht hatten, blieb für Olivia nur das Zimmer unterm Dach. Das Haus würde ganz schön voll werden.

Aber zumindest heute herrschte eine himmlische Ruhe in Shell Haven. Fern war nach Boston gefahren, Elise arbeitete im Laden, und das Baby befand sich in der Obhut von Rachel Duncan im Beach Rose Inn. Und falls das Gedränge doch zu groß werden würde und sie sich gegenseitig auf die Nerven gehen sollten, konnten sie und Olivia etwas unternehmen. Es gab zahllose Möglichkeiten, und das Wetter sollte sonnig und über fünfundzwanzig Grad warm werden. Ruth dachte an einen Ausflug zum Strand. Oder an eine Bootsrundfahrt von der Werft der Barros' aus. Oder, wenn es was ganz Besonderes sein sollte, an eine Whalewatching-Tour. Außerdem könnten sie shoppen gehen oder Restaurants besuchen … Aber sie machte den zweiten Schritt vor dem ersten. Eine gemeinsame Mahlzeit wäre schon ein gewaltiger Fortschritt.

Olivia sollte spüren, dass sie willkommen war. Das war Ruths größter Wunsch. Deshalb gab sie sich auch besondere Mühe, ihrem Zimmer eine persönliche Note zu verleihen: frische Blumen, das Buch *Land's End. Ein Spaziergang in Provincetown* von Michael Cunningham auf dem Nachttisch, auf der Frisierkommode nach Rosen und schwarzen Johannisbeeren duftende Kerzen von Good Scents in der Commercial Street. Sie hatte exquisiten Käse eingekauft, frisches Obst und Brot aus der portugiesischen Bäckerei.

Olivia würde mit der Ein-Uhr-Fähre kommen. Ruth war nervös. Sie schaute aus dem Fenster im dritten Stock auf die Bucht, im Hinterkopf den Gedanken, dass sie jahrelang kaum mehr als fünf Minuten am Stück miteinander gesprochen hatten. Sie versuchte, sich zu beruhigen. Eine Ferienstimmung schaffte es normalerweise, die Kluft zwischen Angehörigen, so entfremdet sie sich auch sein mochten, zu überbrücken. Der Zauber von Provincetown würde wirken, nicht anders, als er vor so vielen Jahren bei ihr selbst gewirkt hatte.

Um zehn Uhr morgens herrschte noch wenig Betrieb auf der Straße. Von ihrem Fenster hoch oben sah Ruth Radfahrer, ein Paar, das einen Weimaraner ausführte, eine Frau mit einem Kinderwagen. Eine Frau mit einem Kinderwagen, die vor Shell Haven stehen blieb.

Das war Rachel Duncan, wie sie jetzt sah. Ungläubig beobachtete sie, wie Rachel das Gartentor öffnete und den Buggy den Weg zum Haus hinaufschob.

Was wollte sie hier?

Ruth hastete die Treppen hinunter und riss die Haustür auf. Bevor sie dazu kam, Rachel zu sagen, dass das kein günstiger Zeitpunkt sei, rief diese: »Ruth! Ein Glück, dass Sie da sind! Ich habe einen kleinen Notfall im Hotel. Könnten Sie vielleicht eine Stunde oder so auf Mira aufpassen? In den Laden kann ich sie nicht bringen, weil Elise heute allein ist.«

»Tut mir leid, Rachel, aber das passt mir heute gar nicht. Meine Tochter kommt zu Besuch.«

»Wann kommt sie denn an?«

»Gegen eins. Aber …«

»Bis dahin bin ich längst wieder da. Versprochen!« Schon lief sie zur Straße zurück. Ohne sich umzudrehen, winkte sie mit hocherhobener Hand und rief: »Danke, Ruth, Sie sind ein Engel!«

Oh nein – heute ganz sicher nicht!

»Rachel, warten Sie!« Ruth eilte ihr hinterher. »Wenn Sie nicht bis spätestens um eins wieder da sind, werde ich den Buggy mitten in den Teeladen stellen. Das ist mein Ernst! Es ist mir völlig egal, wer dort arbeitet oder nicht arbeitet oder was vor sich geht. Haben Sie mich verstanden?«

»Hab ich. Ich bin zurück, bevor Ihre Tochter kommt. Ganz bestimmt!«

Kapitel vierzehn

Um fünf Uhr morgens war Olivia bereits unterwegs nach Provincetown.

Nachdem sie sich entschlossen hatte, ihre Mutter zu besuchen, hatte sie eine zweite Entscheidung treffen müssen: Sollte sie das Auto nehmen oder den Zug und dann die Fähre? Sie entschied sich für das Auto, weil sie so die Möglichkeit hätte, einfach umzudrehen und zurückzufahren, falls sie es sich noch anders überlegte. Und sie könnte Provincetown jederzeit verlassen.

Sie hatte praktisch während der ganzen Fahrt den Satellitensender SiriusXM auf Talkradio geschaltet. Die Gespräche lenkten sie ab. Doch dann, auf einem schmalen, von üppig grünen Feldern gesäumten Stück Highway, mit sich drehenden Windrädern im Hintergrund, stiegen vor ihrem geistigen Auge plötzlich idyllische Strandszenen auf, mit ihr und ihrer Mutter in den Hauptrollen. Sie hätten von Meryl Streep und Emma Stone verkörpert werden können, und Nancy Meyers hätte die Regie geführt. Das waren gefährliche Gedanken.

Wie oft hatte sie sich im Lauf der Jahre auf ein Zusammentreffen mit ihrer Mutter gefreut, nur um dann jedes Mal bitter enttäuscht zu werden? Abendessen, die von dringenden geschäftlichen Telefonaten unterbrochen wurden. Geplante Shoppingtouren (gemeinsame Zeit zur Vertiefung ihrer Bindung), die damit endeten, dass ihre Mutter ihr eine Kreditkartennummer gab und meinte, sie solle sich online bestellen, was immer sie haben wolle. Die Besuche am College, die abgesagt wurden, weil ihre Mutter geschäftlich nach Manhattan oder L.A. fliegen musste. Irgendwo gab es immer einen Notfall, der ihre Anwesenheit erforderte. Olivia war so oft vertröstet worden, dass sie es schon gar nicht mehr zählen konnte. Sogar den angekündigten Besuch an ihrem einundzwanzigsten Geburtstag hatte ihre Mutter abgesagt, angeblich, weil eine Freundin sie dringend brauche, aber das war natürlich eine Lüge. Es ging wie jedes Mal um das Geschäft. Sich scheiden lassen, das Sorgerecht für ihre Tochter aufgeben, lügen – es gab nichts, das ihre Mutter für ihr Geschäft nicht tun würde.

Der absolute Tiefpunkt war während Olivias Abschlussjahr auf dem Vassar College eingetreten. Elaine, ihre geliebte Großmutter väterlicherseits, starb, und Ruth hielt sich in Mailand auf. Olivia erinnerte sich gut, wie sie schluchzend am Grab gestanden und zugeschaut hatte, wie ihr Vater eine Handvoll Erde auf den Sarg warf. Zu der grenzenlosen Trauer über den Verlust der Großmutter hatte sich der Schmerz über die Abwesenheit ihrer Mutter gesellt.

In ihrer Fantasie malte sie sich immer wieder andere Szenarien aus. Vergangenen Winter hatte sie jedes Wochenende mit ihrer besten Freundin Julie und deren Mutter verbracht. Julies Hochzeit stand bevor, Olivia war Ehrenbrautjungfer, und so suchten sie zu dritt Kleider aus, stellten die Hochzeitsliste zusammen, bestellten die Blumen. Für Olivia war es die Hölle gewesen, nicht, weil sie Julie um die Hochzeit beneidete – sie wollte wirklich nicht heiraten –, sondern weil sie wusste, dass sie, sollte sie eines Tages doch diesen Schritt wagen, einmal mehr eine schreckliche Leere fühlen würde. Sie hatte Freunde, die einen Elternteil verloren hatten, und das hätte die Dinge in die richtige Perspektive rücken sollen. Doch das war nicht der Fall. Eine Mutter zu haben, die stets durch Abwesenheit glänzte, rief einen eigenen Schmerz hervor. Dennoch musste sie zugeben, dass das lange Wochenende wie gerufen kam.

Der katastrophale Fehler mit dem Post für April Hollis hatte ihrem Selbstvertrauen zugesetzt. Sie wachte jede Nacht um vier oder fünf Uhr früh auf, schweißgebadet und mit vor Angst klopfendem Herzen. Missgeschicke hakte sie normalerweise rasch ab: Was passiert war, war passiert. Nach vorne schauen. Sie war stets stolz gewesen auf ihre Entscheidungsfreudigkeit. Doch dieser Rückschlag lähmte sie.

Als sie in Provincetown auf die Hauptstraße einbog, war sie mehr oder weniger entschlossen, die Dinge einfach auf sich zukommen zu lassen. Vor ein paar Jahren hatte sie während einer besonders stressigen Phase im Büro, die zu grausamen Rückenschmerzen geführt hatte, einen Achtsamkeitscoach aufgesucht. Die Frau, eine Weiße mit einem indianischen Namen, legte ihr ans Herz, nicht immer ausschließlich zielorientiert zu handeln. Sie musste auch an die Worte ihres Vaters denken. »Deine Mutter ist einfach nicht der fürsorgliche Typ«, hatte er gesagt. »Aber das heißt nicht, dass sie dich nicht liebt.« Jeder Mensch hatte seine Schwächen. Sie war alt genug, um das zu erkennen. Sie selbst hatte ja auch welche. Ihre Mutter war eine clevere Geschäftsfrau, aber andere zu umsorgen, gehörte nicht zu ihren Stärken. Vielleicht war es an der Zeit, dass Olivia aufhörte, das persönlich zu nehmen.

Ich will meine Angelegenheiten in Ordnung bringen.

Ihre Mutter war noch relativ jung, aber ihre Schwester hatte bereits Brustkrebs gehabt. Wer weiß, wie viel Zeit Olivia noch blieb, das Verhältnis zu ihrer Mutter zu klären. Es war richtig gewesen, dass ihr Vater ihr den nötigen Schubs für die Fahrt hierher gegeben hatte.

Die Stadt jedenfalls war ganz reizend. Trotz Navigationssystem fuhr sie zu weit auf der Commercial Street hinunter und bog zu spät ab. Während sie auf der Suche nach einer Abzweigung durch die schmale Straße rollte, betrachtete sie fasziniert die dicht aneinandergedrängten bunten Geschäfte und Restaurants. Paare bummelten über die Gehwege, viele mit einem Hund, und ein Mann mit nacktem Oberkörper trug eine weite Sternenbanner-Hose und einen dazu passenden Zylinder. Wirklich interessant.

Ein rosarotes Fahrradtaxi überholte sie. Ampeln gab es hier offensichtlich keine, die Autos fuhren alle im Schritttempo. Noch immer keine Möglichkeit zum Abbiegen. Allmählich wurde sie ungeduldig. Aber vielleicht war diese Verzögerung gar nicht schlecht. Sie war nämlich sehr früh dran. Sie hatte ihrer Mutter nicht gesagt, dass sie mit dem Auto und nicht mit der Fähre anreiste, und jetzt kam ihr zum ersten Mal der Gedanke, dass ihre Mutter vielleicht gar nicht zu Hause war, sondern beim Einkaufen oder am Strand oder was die Leute hier um diese Uhrzeit auch immer machten. Na gut, dann würde sie eben an diesen Ort zurückschlendern und irgendwo frühstücken.

Sie folgte der Bradford bis zur Bangs Street, wo sie nach rechts wieder auf die Commercial abbog und dann endlich die richtige Adresse fand. Sie fuhr in die weiß gekieste Einfahrt, die auf einer Seite von einem hohen Zaun und einer Hecke begrenzt wurde, sodass sie nicht einfach quer über den Rasen laufen konnte. Sie schnappte ihre Reisetasche, ging zurück bis zum Gehweg, öffnete das Gartentor und schlenderte über den roten Ziegelweg zum Eingang.

Auf der Veranda blieb sie einen Moment stehen, um sich zu sammeln. Ein Vogel trällerte ganz in der Nähe. Irgendwo in der Ferne tutete ein Nebelhorn. Das Haus lag still da, gleichgültig gegenüber dem bevorstehenden Wiedersehen von Mutter und Tochter.

Olivia klingelte. Es dauerte eine halbe Minute, bis ihre Mutter öffnete.

Sie trug hellgelbe Faltenshorts und ein weißes Poloshirt. Das aschblonde Haar hatte sie mit einem Hermès-Schal gebändigt. Sie wirkte erhitzt, ihr Gesicht glänzte, aber den mattroten Lippenstift (»Joan« hieß die Farbe, nach ihrer Mutter) hatte sie makellos aufgetragen.

Sie sah gut aus. Ihre Mutter sah immer gut aus. Schwer vorstellbar, dass ihr irgendetwas fehlen könnte. Sie begrüßten sich mit gewohnter Unbeholfenheit, und Olivia dachte an den Grund ihres Besuchs. *Ich will meine Angelegenheiten in Ordnung bringen.*

»Willkommen! Ich habe dich erst in ein paar Stunden erwartet …«

»Ich hab's mir anders überlegt und bin mit dem Auto gefahren.« Olivia ging hinein. Die Diele war in einem tiefen Aubergine gestrichen; im Vordergrund eine Wendeltreppe und an der hinteren Wand ein deckenhoher Spiegel, der an der Oberkante mit Buntglas verziert war.

»Ach so! Na, ich freu mich jedenfalls, dass du da bist, Liv.«

So hatte ihre Mutter sie genannt, solange sie denken konnte. Dann, als sie in der siebten Klasse war, hatte ihre mittlerweile in Center City lebende Mom sie in Cherry Hill besucht. Sie war aus ihrem Mercedes gestiegen und hatte gesagt: »Du fehlst mir, Liv.« Und Olivia hatte das Einzige erwidert, das ihrer verletzten Seele in diesem Moment eingefallen war: »Ich heiße Olivia.«

Ruth bemerkte ihren Schnitzer und entschuldigte sich prompt. Olivia erwiderte nichts darauf. Sie folgte ihr in das geräumige, sonnendurchflutete Wohnzimmer. An jeder der weißen Wände hingen Ölgemälde, entweder kräftige Color-Block-Bilder oder Strandszenen. Über dem Kamin ein antiker Spiegel. Lila Kissen und eine Häkeldecke in Lila, Orange und Pink setzten farbliche Akzente auf der steingrauen Couch. Auf einem Korbtisch ein Stapel Bücher und eine Schale voller Muscheln.

»Gehört das Haus dir?«

»Ich habe es nur gemietet. Leider. Ich würde es gern erwerben, aber ich glaube nicht, dass die Eigentümerinnen es verkaufen werden.«

»Dir fällt schon was ein, wie du sie überreden kannst, Mutter. Das schaffst du doch immer.«

Ruth sah sie an. Sie schien etwas sagen zu wollen, beherrschte sich aber und wechselte das Thema. »Wie war die Fahrt?«

»Hat sich länger angefühlt, als sie tatsächlich war. Ich kann mich also nicht beklagen.«

»Soll ich dir dein Zimmer zeigen, damit du auspacken kannst?«

»Ich hab einen Mordshunger. Können wir irgendwo was essen gehen?«

Ihre Mutter zögerte, warf einen Blick auf ihre Uhr. »Sicher, warum nicht. Ich muss nur noch rasch was erledigen.«

»Na schön, dann kann ich auch mein Zeug auf mein Zimmer bringen.«

Sie folgte ihrer Mutter in den obersten Stock. An einem Ende eines schmalen Flurs unter der Dachschräge lag ein kleines Bad, am anderen das Schlafzimmer. Die Decke im Bad hatte niedrige Sichtbalken. Das Ganze kam ihr vor wie ein Bühnenbild. Das Schlafzimmer mit seinen schlichten Möbeln war in Blau und Gelb gehalten und strahlte einen eigentümlichen Charme aus. Duftkerzen auf der Frisierkommode, ein Blumenstrauß auf dem Nachttisch.

»Ich hoffe, du fühlst dich wohl hier oben.«

»Aber natürlich«, antwortete Olivia. Ein peinliches Schweigen entstand. Das plötzlich von einem durchdringenden Schrei durchbrochen wurde. Das hörte sich ja an wie ein Baby!

Ihre Mutter war blass geworden. »Entschuldige mich einen Moment.«

Was war denn jetzt los? Ruth hastete davon, und Olivia starrte ihr fassungslos hinterher. Sie wartete ein paar Sekunden und folgte ihr dann die Treppe hinunter, wo das Schreien sich steigerte.

Sie fand ihre Mutter in einem Büro im zweiten Stock, wo ein Stubenwagen stand. Ruth hielt einen in eine rosarote Decke gewickelten Säugling auf den Armen. »Wem gehört das Baby?«, fragte Olivia.

»Das ist eine lange Geschichte. Ich passe gefälligkeitshalber auf die Kleine auf. Es war vereinbart, dass sie wieder abgeholt wird, bevor du kommst, aber dann bist du früher aufgetaucht …«

»Du passt auf ein *Baby* auf?« Olivia spürte, wie ihre Stimmung in Ärger umschlug. Ihre Mutter hatte immer nur Zeit für sich selbst gehabt, und jetzt auf einmal gab sie die Mary Poppins?

»Wir nehmen sie mit, wenn wir essen gehen, und ich liefere sie dort ab, wo sie hingehört. Keine große Sache.«

Für Olivia schon. Ihre Mutter war in eine fremde Stadt gezogen und passte auf ein kleines Mädchen auf, während sie sich im Grunde nie um ihr eigenes kleines Mädchen gekümmert hatte.

Kapitel fünfzehn

Brian Correias Besuch in seiner Funktion als Polizeibeamter hatte Elise bis ins Innerste aufgewühlt, aber sie hatte keine Zeit, den Aufruhr ihrer Gefühle in den Griff zu bekommen. Als sie mit immer noch zitternden Knien den Laden erreichte, hatte sich bereits eine Schlange vom Eingang bis zur Ladentheke gebildet. Zum Glück hatte Jaci angeboten, in Ferns Abwesenheit auszuhelfen.

Die junge Frau war mit einer solchen Begeisterung bei der Sache, dass Elise unwillkürlich angesteckt wurde. Sie empfand Fern gegenüber eine tiefe Dankbarkeit, weil sie das alles erst möglich gemacht hatte. Sie nahm sich vor, ihr das zu sagen, wenn sie am Abend zurückkehrte.

Die Frage war nur, ob sie ihr auch von Brians Besuch erzählen sollte. Aber hatte sie denn eine andere Wahl?

Jaci nahm sie beiseite, deutete unauffällig auf eine Kundin und flüsterte, sie würde gern wissen, wie man Blatttee zubereite. Die Frau war etwa Mitte dreißig und braun gebrannt. Die blonden Haare hatte sie zu einem Knoten geschlungen und ihre teure Sonnenbrille auf den Kopf geschoben. Beide Handgelenke verschwanden unter Perlenarmbändern. Zu weißen Jeansshorts trug sie ein hauchdünnes Oberteil mit einer Kordel am Ausschnitt.

»Ein ganz entzückender Laden!«, schwärmte sie. »Am liebsten würde ich alles kaufen.« Sie hielt zwei Teedosen hoch. »Wie brühe ich den auf?«

Elise erklärte ihr, dass sie die Blätter in die Kanne geben, mit heißem Wasser übergießen und nach dem Ziehen und vor dem Einschenken abseihen könne. Das sei die klassische Methode. »Oder aber Sie kaufen ein Tee-Ei, legen die Blätter dort hinein und hängen es dann zum Ziehen in die Kanne. Das funktioniert genau wie ein …«

Die Ladentür ging auf, und herein kam Ruth Cooperman mit Mira in ihrem Buggy. Sie bedankte sich bei dem Mann, der ihr offensichtlich geholfen hatte, den Kinderwagen die Stufen hinaufzutragen, und wandte sich dann Elise zu.

»Entschuldigen Sie mich bitte einen Moment«, sagte diese zu ihrer Kundin.

Ruth, die Windeltasche über der Schulter und Miras Fläschchen in der Hand, machte ein bitterböses Gesicht.

»Ruth, was machen Sie denn hier?«, zischte Elise. »Ich hab Mira doch zu Rachel gebracht.«

»Rachel hat irgendwas von einem Notfall gesagt. Und weil sie Sie nicht bei der Arbeit behelligen wollte, hat sie sie zu mir gebracht. Aber *mir* ist es völlig egal, ob ich Sie bei der Arbeit störe oder nicht, *weil Babysitten nicht zu unserer Abmachung gehört.* Ist das klar?«

Elise blickte sich verstohlen um, aber anscheinend achtete niemand auf sie und Ruth. Der ältere Herr mit nacktem Oberkörper, auf dessen Schulter ein Kakadu saß, schien alle Aufmerksamkeit auf sich zu ziehen.

Ein Glück, dass Fern nicht da war und Zeugin dieses Desasters wurde. »Es tut mir leid, Ruth. Wirklich.«

»Meine Tochter ist übers Wochenende da. Es grenzt an ein Wunder, dass ich sie überreden konnte herzukommen. Wenn es irgendwo ein freies Quartier gäbe, würde ich mich dort einmieten, aber es ist leider alles ausgebucht. Deshalb verlange ich von Ihnen, dass Sie meine Privatsphäre respektieren, sich an die Grenzen halten und Rachel und Amelia und wer sonst noch zu der Babysitter-Gruppe gehört, klarmachen, dass ich raus bin. Verstanden?«

Elise nickte und schluckte schwer. »Verstanden.«

»Ihr Fläschchen hat sie übrigens schon gehabt.« Ruth drückte ihr die Windeltasche und das Fläschchen in die Hand und verließ mit großen Schritten den Laden.

Olivia hatte erwartet, dass Provincetown ein etwas verschlafenes, malerisches kleines Nest war. Stattdessen musste sie sich einen Weg durch das Gedränge bahnen. Wohin sie auch schaute – Menschen überall. Aber die lärmende, karnevalähnliche Atmosphäre weckte ihre Lebensgeister wieder ein wenig. In der schmalen Straße drängte sich Laden an Laden, Café an Café. Neben einem Coffeeshop ganz in Lavendel ein Billigladen mit offener Front, der eine Fülle von Krimskrams, Sweatshirts, Sommerklamotten, Strandartikeln anbot. Das zweite rosarote Fahrradtaxi, das sie an diesem Tag sah, kam im dichten Gewühl nur langsam vorwärts; aus einem alten, vorne montierten Radio dröhnte Madonnas »Lucky Star«.

Und hier wollte ihre Mutter ihren Lebensabend verbringen? Olivia hatte das Gefühl, dass sie die Frau überhaupt nicht kannte. Und dann die Geschichte mit dem Baby. Sie sah ihre Mutter vor sich, wie sie den Säugling zärtlich auf den Armen hielt, und verscheuchte das Bild. Die Worte ihres Vaters klangen ihr im Ohr: »Deine Mutter ist einfach nicht der fürsorgliche Typ.« Wer weiß, vielleicht hatte sie nur keine Lust gehabt, sich ihrer Tochter und ihrem Mann gegenüber fürsorglich zu zeigen.

Sie blieb unter einer Markise stehen und checkte ihr Mobiltelefon. Das war zwanghaft, das wusste sie selbst. Alle fünf Minuten scrollte sie durch Instagram, um ihren eigenen Feed und den ihrer Klienten zu checken. *Das ist mein Job*, sagte sie sich. *Hier geht es um meine Arbeit.* Sie kannte den Zeitplan der Wochenend-Posts für die zehn Promis in ihrem Zuständigkeitsbereich fast auswendig. Ihr Team hatte die Beiträge lange im Voraus sorgfältig inszeniert. Einige Klienten posteten Fotos von früheren Reisen, weil sie ihre derzeitigen tatsächlichen Urlaubsziele nicht preisgeben wollten, aus Angst, die Paparazzi könnten sich an ihre Fersen heften.

Alles war in bester Ordnung. Sie rief eine App auf, um ein gutes Lokal zu finden. Es gab so viele Restaurants mit fantastischen Bewertungen auf engstem Raum, dass sie zu guter Letzt jenes aussuchte, das ihrem Standort am nächsten war.

Spindler's bestand aus einer ebenerdigen Bar mit offener Front zur Straße hin, einem überdachten Balkon im Stock darüber und einem angrenzenden Café. Olivia schoss ein Foto und postete es auf Instagram. Das Lokal war voll bis auf den letzten Platz. »Auf einen Tisch müssen Sie zwanzig Minuten warten«, erklärte ihr ein blonder junger Mann, der toll aussah in dem schwarzen Spindler's-T-Shirt und den engen Jeans. »Vielleicht ist an der Bar noch was frei.« Sie stellte mit einem raschen Blick fest, dass auch dort alle Plätze belegt waren.

Das Innere des Restaurants war rustikal und dabei doch elegant: Die Decke und die Wand hinter der Bar waren holzverkleidet, die Wände dunkelblau gestrichen, Sonnenblumen und Lavendel in Metalleimern arrangiert.

»Könnte ich mal die Karte sehen?«, fragte Olivia, der vor Hunger schon schwindlig war. Außer vier Tassen Kaffee, einem Eiweißriegel und einer Tüte Salzbrezeln hatte sie heute noch nichts zu sich genommen. Aber sie bezweifelte, dass sie irgendwo anders mehr Glück hätte – es war bestimmt überall so voll wie hier. Wieder ärgerte sie sich über ihre Mutter.

Sie hoffte für sie, dass sie einen verdammt guten Grund hatte, sie hierherzulocken.

Kapitel sechzehn

Ruth hatte das Red Inn für ihr gemeinsames Abendessen ausgesucht, weil sie glaubte, dass es Olivia dort am besten gefallen würde. Das Restaurant lag im West End direkt am Hafen und bot neben einem wunderschönen Blick aufs Wasser auch eine gepflegte Atmosphäre, sodass Olivias erster Abend in Provincetown einen angenehmen Ausklang finden würde. Ruth wünschte sich so sehr, dass Olivia diese Stadt genauso liebte wie sie selbst. Ein Blick auf ihre Tochter hatte genügt, und sie hatte gewusst, dass dieses eine Wochenende zu wenig wäre, um ihr Verhältnis geradezubiegen. Olivia würde ihren Aufenthalt sicher nicht verlängern, es wäre unrealistisch, das zu glauben. Aber Ruth klammerte sich an die Hoffnung, dass sie beim Abschied zusichern würde, im Lauf des Sommers wiederzukommen.

Als sie im Lokal Platz nahmen, musste sich Ruth beherrschen, um Olivia nicht mit Fragen zu bestürmen. Hatte sie einen Freund? Wie lief es im Job? Hatte sie ihren Vater in letzter Zeit gesehen? Doch sie hielt sich zurück. Der holprige Start in ihr gemeinsames Wochenende war ihr immer noch schrecklich unangenehm.

»Ich versteh das nicht«, sagte Olivia. »Wieso hast du diese Leute wieder einziehen lassen, wenn du die Miete schon bezahlt hast?«

Jetzt, wo sie es laut formuliert hatte, hörte es sich tatsächlich verrückt an. »Ich weiß auch nicht. Vielleicht, weil es eine kleine Stadt ist, in der jeder jeden kennt und ich gern dazugehören möchte. Ich will keine Einheimischen aus ihrem Haus verdrängen.«

Olivia schüttelte den Kopf. »Womit wir bei der Frage wären, warum du dir ausgerechnet diese Stadt ausgesucht hast.«

Ruth blickte übers Wasser zum Long Point Lighthouse. Der Anblick des Leuchtturms versetzte ihr heute noch einen Stich. »Grandpa Lew hat uns einmal im Sommer mit hierhergenommen, als er ein großes Bauprojekt in der Nähe leitete. Da habe ich mich in die Stadt verliebt.« *Und nicht nur in die Stadt.*

Olivia nahm die Speisekarte zur Hand. »Schon, aber es gibt doch Orte, die viel näher am Wasser liegen.«

»Provincetown ist eine geschichtsträchtige Stadt«, erwiderte Ruth, als hätte das bei ihrer Entscheidung irgendeine Rolle gespielt.

»Echt?«, murmelte Olivia, ohne aufzuschauen.

»Ja. Präsident Roosevelt und seine Frau waren hier, um den Grundstein für das Pilgrim Monument zu legen. Der große Turm, den du von jedem Punkt in der Stadt aus sehen kannst.«

Die Bedienung kam, und Ruth bestellte eine Flasche Kongsgaard. Olivia hatte die Karte zugeklappt und starrte auf ihr Handy.

»Hast du gewusst, dass die Pilgerväter hier an Land gingen? Nicht in Plymouth, sondern hier.«

Olivia schaute auf. »Sei mir nicht böse, Mutter, aber ich bin nicht hergekommen, um mir Lektionen in Geschichte erteilen zu lassen. Was ist los? Was machst du hier?«

Ruth hatte diesen Augenblick gefürchtet. Ihr war klar, dass sie Olivia mit einer bewusst irreführenden Aussage hergelockt hatte. Sie würde diese Diskussion so lange wie möglich hinausschieben – wenigstens so lange, bis der Wein kam. »Reden wir erst von dir! Wie läuft's bei der Arbeit? Du hast den Laden in der Zwischenzeit doch bestimmt übernommen, oder?«

Da lächelte Olivia zum ersten Mal an diesem Tag. »Noch nicht ganz. Aber ich denke darüber nach, mich selbstständig zu machen.«

»Wirklich?« Ein strahlendes Lächeln ging über Ruths Gesicht. »Wie aufregend!« Eine Frau ganz nach ihrem Geschmack.

»Woher hast du gewusst, dass der richtige Zeitpunkt für dein eigenes Unternehmen gekommen war?«

Ruth spürte Tränen in sich aufsteigen. Ihre Tochter fragte sie um Rat! »Einen richtigen Zeitpunkt gibt es meiner Meinung nach nicht. Zumindest keinen, wo es absolut sicher oder einfach wäre. Vertrau auf dein Gefühl. Wenn es dir sagt, dass du den Sprung ins kalte Wasser wagen sollst, dann spring.«

Die Kellnerin brachte den Wein. Das Entkorken und Einschenken des Probierglases dauerte Ruth viel zu lange, weil der magische Moment zwischen ihr und Olivia gestört wurde. Danach gaben sie ihre Bestellung auf, dann wurde das Brot serviert, und als sie endlich wieder allein waren, sagte Olivia: »Sag mir die Wahrheit, Mutter. Bist du krank? Was ist los?«

Ruth griff nach ihrem Weinglas und nahm einen großen Schluck. »Der Verkauf der Firma bedeutet eine gewaltige Umstellung für mich«, sagte sie langsam. »Ich bin mir immer noch nicht sicher, ob ich das Richtige getan habe.«

»Okay, aber was hat das mit …«

»Ich möchte den nächsten Abschnitt meines Lebens hier verbringen. Und seien wir ehrlich: In meinem Alter wird es nicht mehr viele Abschnitte geben.«

»Du bist doch krank!« Olivia blinzelte ein paarmal schnell hintereinander, und Ruth konnte die Angst in ihren Augen sehen. Sie war gerührt von dieser Zurschaustellung von Emotionen, aber sie wollte nicht, dass ihre Tochter sich ängstigte.

»Nein, nein, alles in Ordnung, mir geht es gut«, versicherte sie. »Ich möchte nur …«

»Es geht dir gut?« Jetzt spiegelten Olivias Augen ganz andere Emotionen wider. Die Ruth nicht so gern sah. »Was zum Teufel mache ich dann hier?«

»Deine Mutter besuchen. Reicht das nicht?«

»Du hast gesagt – ich zitiere – *ich will meine Angelegenheiten in Ordnung bringen*. Es ist immer das Gleiche! Immer lügst du mich an!«

Ruth war baff. »Wann habe ich dich jemals angelogen? Ich will ja meine Angelegenheiten in Ordnung bringen. Ich suche ein Haus zum Kauf, weil ich mich hier niederlassen möchte. Und ich möchte eine Grabstelle kaufen.«

»Eine Grabstelle?«

»Ja. Ich möchte meine letzte Ruhestätte am Meer haben.« Dieser Gedanke war ihr erst vor ein paar Tagen gekommen.

»Am Meer? Und was ist mit Grandma Joan?«

»Ach, Olivia, ich kann doch nicht bis in alle Ewigkeit in New Jersey begraben liegen!«

Olivia fasste sich mit beiden Händen an den Kopf. »Ich glaub das nicht. Aber warum eigentlich nicht? Ich meine, warum sollte ich von dir etwas anderes erwarten?«

Die Kellnerin brachte ihnen den Salat. Dieses Mal war die Unterbrechung höchst willkommen. Ruth brauchte einen Augenblick, um in der Unterhaltung wieder Tritt zu fassen. Gut, das Schlimmste war überstanden. Sie hatte die Wahrheit ein klein wenig verbogen, und Olivia war dahintergekommen. Dennoch fand Ruth, dass sie ein stichhaltiges Argument vorgebracht hatte. Warum seiner Mutter nicht einfach einen Besuch abstatten? War das wirklich zu viel verlangt? Und was hatte sie so Schreckliches verbrochen, dass sie eine tödliche Krankheit vorschützen musste, damit ihr einziges Kind zu ihr kam? »Ich möchte mehr Zeit mit dir verbringen«, sagte sie.

Olivia griff zur Gabel und spießte ein Salatblatt auf. »Ach so. Jetzt, wo du deine Firma verkauft hast und dich langweilst, bin ich gut genug!«

Ruth lehnte sich zurück und sah sie erschüttert an. »Das ist unfair.«

»Tut mir leid. Aber es ist auch unfair, dass du nie für mich da warst, als ich eine Mutter gebraucht hätte. Es ist auch unfair, dass du die ganze Erziehungsverantwortung auf Dad abgeladen hast. Und es ist auch unfair, dass du mich unter einem falschen Vorwand hierhergelockt hast.«

Ruth war schockiert über so viel Wut. Sie konnte nur stumm den Kopf schütteln. Als sie sich wieder gefasst hatte, sagte sie: »Es war nie meine Absicht gewesen, dich im Stich zu lassen, Olivia. Ich habe mein

Bestes getan. Und ich meine es ehrlich, wenn ich sage, dass ich mehr Zeit mit dir verbringen möchte, nicht, weil ich mich langweile oder einsam bin, sondern weil du mir fehlst. Gib mir die Chance, die verlorene Zeit wiedergutzumachen.«

Olivia schüttelte den Kopf. »Tut mir leid, Mutter. Das kann ich nicht. Ich will mir keine Hoffnungen machen, dass diesmal alles anders wird, und dann wieder enttäuscht werden.«

Einmal mehr checkte sie ihr Handy.

Es war Spätnachmittag, als Fern sich endlich meldete.

»Und, wie läuft's? Hältst du die Stellung?«, fragte sie. Die Verbindung war schlecht. Elise ging durch den Laden und zur Tür hinaus, weil sie hoffte, dort ein besseres Netz zu haben.

»Na klar, was denkst du denn«, antwortete sie und bemühte sich, mit fester Stimme zu sprechen. »Jaci ist mir eine große Hilfe.« Oder war es zumindest, bis Ruth mit Mira aufkreuzte. Danach wurde sie ohne weitere Erklärungen, mit hastig hervorgesprudelten Anweisungen und einer flehentlichen Bitte von der Tee-Barista zur Babysitterin befördert. Gutmütig, wie sie war, spielte Jaci mit.

Dieses kleine Detail behielt Elise jedoch für sich. Genauso wie den Besuch des Polizeibeamten. Das war etwas, was sie persönlich würden besprechen müssen. »Es war ganz schön was los im Geschäft. Wenn im Sommer jedes Wochenende so ein Betrieb herrscht, brauchen wir uns keine Sorgen um die Finanzen zu machen. Wir könnten sogar diese Frau aus Chatham noch einstellen, falls sie den Job noch will.«

»Hey, das ist fantastisch! Hier ist es auch gut gelaufen. So gut, dass ich gern bis morgen bleiben würde, um den Markt noch einmal abzuklappern.«

»Oh. Weißt du schon, wo du übernachten wirst?« Einerseits war Elise dankbar für die Galgenfrist, andererseits regte sich leises Unbehagen in ihr, wie eine innere Alarmglocke.

»Ich werde mir ein billiges Hotelzimmer am Hafen suchen. Ich muss morgen so früh raus, da lohnt es sich nicht, den weiten Weg zurückzufahren.«

Elise konnte sich nicht erinnern, wann sie und Fern das letzte Mal eine Nacht getrennt gewesen waren. Aber wenn es nicht anders ging … Einen Kundenstamm aufzubauen war immens wichtig fürs Geschäft. Dennoch fragte sie sich unwillkürlich, ob Fern diese Reise nicht als günstige Gelegenheit sah, den Ereignissen daheim zu entfliehen.

Erst Stunden später, als alle Kunden fort waren, Mira in einer ruhigen Ecke in ihrem Buggy schlief und Elise gemeinsam mit Jaci den Laden aufräumte, hielt sie es nicht mehr aus. Sie *musste* mit jemandem darüber sprechen. Zumal sie Jacis fragende Blicke nicht länger ignorieren konnte.

»Du wunderst dich bestimmt, warum mir unsere Mieterin ein Baby vorbeigebracht hat«, begann sie vorsichtig.

»Schon ein bisschen, ja.«

Elise vergewisserte sich, dass die Ladentür abgeschlossen war, und bat Jaci dann, sich zu ihr ans Fenster zu setzen.

»Zuerst möchte ich dir für deine Hilfe danken, im Laden und mit Mira. Du warst meine Retterin in der Not!

Ich schulde dir eine Erklärung. Aber was ich dir sage, muss unter uns bleiben. Ich mag deine Familie wirklich gern, aber deine Tante Bianca ist ein Klatschweib.«

Jaci nickte. »Sie macht uns alle wahnsinnig.«

»Sie meint es ja nur gut.«

»Wirklich?« Jaci zog eine Braue hoch, was sie irgendwie liebenswert machte.

Elise musste schmunzeln. »Okay. Also, letzte Woche ist etwas total Verrücktes passiert.« Und sie erzählte ihr die ganze Geschichte von dem geheimnisvollen Baby auf der Veranda und den qualvollen Überlegungen, was sie tun sollten.

Jaci hatte die Augen aufgerissen. »Wer weiß sonst noch davon?«

»Äh, Amelia und Rachel. Sie haben auf die Kleine aufgepasst. Und Ruth natürlich. Wir wollen auf keinen Fall, dass es sich herumspricht.«

Jaci seufzte. »Wie wollt ihr das geheim halten? Ich meine, ein Baby fällt nun mal auf.«

»Ich weiß. Die Sache ist nur die …« Elise zögerte.

Jaci beugte sich vor und sah ihr in die Augen. »Ich bin kein Kind mehr, Elise. In dem einen Jahr, das ich weg war, bin ich ziemlich erwachsen geworden. Wenn du jemanden zum Reden brauchst, bin ich da, okay? Ihr beide wart auch stets für mich da, wenn meine Eltern mich fast zur Verzweiflung getrieben haben. Was sie übrigens immer noch tun.«

Aber Elise wusste, dass sie genug gesagt hatte. »Alles in Ordnung. Der Rest wird sich finden.«

»Darf ich dich was Verrücktes fragen?«

»Klar.«

»Werdet ihr die Kleine behalten?«

»Das ist überhaupt nicht verrückt. Das ist die Frage schlechthin.« Elise stand auf, ging zu dem Buggy hinüber und betrachtete Miras friedliches Gesichtchen. Ihre Lippen bewegten sich schmatzend. Sie würde bald aufwachen und hungrig sein. »Ich würde sie liebend gern behalten. Ich weiß nur noch nicht, wie ich das am besten anstelle.«

»Also, wenn ich irgendwie helfen kann, brauchst du es nur zu sagen. Das meine ich ernst.«

Elise sah sie an und lächelte. »Du würdest alles tun, um nicht auf der Austernfarm arbeiten zu müssen, was?« Sie blickte sich automatisch nach Fern um. Fern hätte ihr verständnisinnig zugezwinkert. Sie vermisste sie. Sie vermisste sie so sehr, dass es wehtat. Sie griff zum Telefon und wählte ihre Nummer, sie sehnte sich danach, ihre Stimme zu hören.

Der Anruf wurde auf die Mailbox umgeleitet.

Kapitel siebzehn

Olivia packte ihre Sachen unmittelbar nach dem Aufstehen. Als sie fertig war, setzte sie sich auf die Bettkante und ordnete ihre Gedanken. Draußen lärmten die Vögel.

Wahrscheinlich war es falsch abzureisen, ohne sich zu verabschieden. Aber eine weitere Diskussion würde sie nicht verkraften. Das Essen gestern Abend und der Heimweg hatten ihre Reserven an Toleranz aufgebraucht. Ihre Mutter hatte unverdrossen weitergeredet, so als wäre ihr Schachzug – einer von unzähligen anderen – unentdeckt geblieben.

Ihr Handy piepte. Sie hatte ihrem Vater noch spätnachts eine Nachricht geschickt:

> Nur damit du's weißt, Mutter ist nicht todkrank. Sie will mich nur manipulieren. Tödlich ist das nicht, oder? LOL. Ruf dich morgen an.

Seine Antwort war gerade eben gekommen:

> Mach das Beste draus. Du brauchst ein paar freie Tage, vergiss das nicht.

So dringend brauchte sie die freien Tage nun auch wieder nicht.

Sie zog ihre Reisetasche in den Flur hinaus und trug sie dann nach unten und weiter bis in die Küche, wo sie eine Kaffeekapsel in die Maschine warf. Auf ein paar Minuten kam es nicht an. Sie würde trotzdem vor zehn starten. Komisch, dass ihre Mutter noch schlief. Andererseits hatte sie die zwei Flaschen Wein gestern Abend fast allein getrunken. Olivia konnte es ihr nicht verdenken. Sie hätte auch gern mehr getrunken, aber sie wollte nicht verkatert fünf Stunden am Steuer sitzen.

An die Arbeitsplatte gelehnt scrollte sie durch ihr Smartphone.

Das Beste an ihrem Vierundzwanzig-Stunden-Aufenthalt in Provincetown war die Postkartenidylle dieser Stadt. Alles, wirklich alles war ein Foto wert: die strandnahen Restaurants, der winzige Laden, in dem ausschließlich rosa glasierte Cupcakes verkauft wurden, der Kai, die Häuser im Colonial-Revival-Stil mit Zäunen, die von Hortensien halb zugewuchert waren, die Kunstgalerien. Sie postete ein Foto von dem Blick vom Red Inn aus auf allen ihren sozialen Plattformen, trank hastig ihren Kaffee aus, spülte die Tasse unter fließendem Wasser ab und rollte ihre Tasche zur Hintertür.

Auf Wiedersehen, Provincetown. Danke für die Erinnerungen.

Sie war schon ein Stück weit den Weg hinuntergegangen, vorbei an den Hortensienbüschen, als ein Mann das Gartentor in dem weißen Staketenzaun öffnete. Er hatte volles, welliges, dunkles Haar und braun gebrannte muskulöse Arme. Als er aufschaute und Olivia sah, stutzte er. Seine Augen waren fast schwarz, die Wangenknochen wie gemeißelt. Er sagte etwas.

Olivia riss sich zusammen. »Entschuldigung, was haben Sie gesagt?« Ihre Tasche plumpste auf den Boden. Sie hatte gar nicht gemerkt, dass sie den Griff losgelassen hatte.

»Ich hab nur gefragt, ob Elise da ist.« Er bückte sich nach der Tasche. Ihre Finger berührten sich, als er sie ihr reichte.

»Könnte es sein, dass Sie das Haus verwechseln? Hier wohnt meine Mutter. Ruth Cooperman.«

Er grinste. »Das ist schon das richtige Haus. Es gehört Elise und Fern Douglas.«

Stimmt. Die beiden mit dem geheimnisvollen Baby. »Sorry, hab nicht mehr daran gedacht. Ich weiß nicht, ob Elise da ist. Ich kenne sie nicht.«

»Marco Barros«, stellte er sich vor und streckte ihr die Hand hin.

»Olivia Cooperman. Wohnen Sie …«

Er blickte an ihr vorbei Richtung Haus. Sie drehte sich um und sah ihre Mutter in der Tür stehen und winken.

Wie jeden Morgen wurde Elise vom Schreien des Säuglings geweckt.

Fern bestand darauf, dass Mira in ihrem Stubenwagen im nur wenige Schritte entfernten Arbeitszimmer schlief. Doch als sie in Boston übernachtete, hatte Elise den Stubenwagen neben ihr Bett geschoben. Sie genoss die Gesellschaft der Kleinen. Natürlich war das kein Ersatz dafür, Fern an ihrer Seite zu haben.

Das Wochenende ohne sie hatte Elise geholfen, die Dinge wieder in die richtige Perspektive zu rücken. Sie wünschte sich, Mutter eines Kindes zu sein, genauer gesagt, Miras Mutter zu sein. Aber sie wollte keine alleinerziehende Mutter sein. Fern hatte ihr gestern Abend getextet:

> Ich komme mit der ersten Fähre morgen früh und fahre direkt zum Geschäft. Wir sehen uns dort.

Fern mied ihr gemeinsames Zuhause. Sie wollte Mira nicht sehen – vielleicht, auf einer unterbewussten Ebene, wollte sie Elise nicht sehen.

Seit der Diskussion darüber, ob sie Mira ein paar Tage behalten sollten oder nicht, hatten sie nicht einmal mehr Händchen gehalten. So durfte es nicht weitergehen. Sie hatten im Lauf der letzten Jahre einige Flauten in puncto Sex durchgemacht. Die fehlende körperliche Nähe hatte ihre Beziehung schwer belastet. Während Elises Hormonbehandlung vor der künstlichen Befruchtung war die Intimität zwischen ihnen zur Nebensache geworden. Fern hatte sich verständnisvoll gezeigt, aber nach jedem fehlgeschlagenen Versuch waren ihre Probleme größer geworden. Elise war am Boden zerstört und ihre Lust auf Sex am Nullpunkt angelangt.

»Ich liebe dich, und du bist meine beste Freundin«, hatte Fern einmal zu ihr gesagt. »Aber ich habe Angst, dass wir bald nur noch eine Wohngemeinschaft sind.« Das war eine Warnung gewesen, ein Hinweis, dass sich etwas ändern musste, aber Elise hatte nicht darauf geachtet. Dann, eines Abends im letzten Sommer, sagte Fern, sie gehe mit Freunden in die Central House Piano Bar, um Bobby Wetherbee zu sehen. Ungefähr eine Stunde später kam Elise der Gedanke, dass es doch merkwürdig war, dass man sie nicht gefragt hatte, ob sie mitgehen wolle. Sicher, nach der letzten Fehlgeburt war sie ein ziemlicher Trauerkloß gewesen. Sie hatte die meiste Zeit Trübsal geblasen, gelesen und zwanghaft geputzt. Kein Wunder, dass Fern eine kleine Auszeit brauchte.

Und trotzdem nagte etwas an ihr, ließ ihr keine Ruhe. Zu guter Letzt schälte sie sich aus ihrer Jogginghose, zog etwas Adrettes an, kämmte sich die ungepflegten Haare und marschierte zu der Bar.

Bobby Wetherbee trat tatsächlich an jenem Abend dort auf. Aber Fern war nirgends zu sehen.

Elise lag bis zwei Uhr morgens wach. Als sie Fern endlich die Treppe hinaufsteigen hörte, war sie auf das Schlimmste gefasst. Fern hatte eine Affäre. Fern würde sie verlassen. Die Belastung der letzten Monate, hervorgerufen durch ihren Kinderwunsch, hatte sie ihr entfremdet. Zu ihrer eigenen Überraschung verspürte Elise nicht primär Wut, sondern Angst. Ihre Bemühungen, das zu bekommen, was sie für das Wichtigste hielt – ein Baby –, hatten möglicherweise dazu geführt, dass sie das Wertvollste in ihrem Leben verlor.

»Ich habe keine Affäre«, sagte Fern. »Wir sind einfach woandershin gegangen.«

»Entschuldige. Ich muss verrückt geworden sein.«

»Nein, keineswegs. Daran gedacht habe ich schon. Es läuft nicht so gut zwischen uns, und verlockende Gelegenheiten gibt es im Sommer viele. Aber darum geht's ja in einer Ehe – dass man auch die schlechten Zeiten zusammen durchsteht.«

Ferns Geständnis, sie habe tatsächlich an einen Seitensprung gedacht, hatte Elise wachgerüttelt. Fern arbeitete sehr viel härter an ihrer Beziehung als sie selbst. Und noch etwas war ihr klar geworden: Die Sommer in Provincetown mit ihren Massen von Touristen auf der Suche nach flüchtigen Abenteuern waren gefährlich.

Und jetzt erlebte dieser Sommer auch noch einen holprigen Start. Sie wollte Fern nicht wieder wegstoßen.

Sie wechselte Miras Windel, wobei sie mit der Zunge schnalzte, um sie abzulenken, gab ihr einen Kuss auf den Bauch und zog ihr einen frischen Strampler an. Mit dem Säugling auf dem Arm ging sie nach unten. »Dein Fläschchen kommt, dein Fläschchen kommt«, gurrte sie leise.

Aus der Küche drangen gleich mehrere Stimmen, eine davon die eines Mannes. Am Tisch saßen Ruth, daneben offensichtlich ihre Tochter und Marco Barros. Elise murmelte ein »Guten Morgen«, öffnete eine Schranktür und nahm eine Packung mit Babymilchpulver heraus. Mira wurde ungeduldig, als Elise mit der freien Hand das Pulver in einem Fläschchen anrührte und einen Becher mit heißem Wasser füllte.

»Kommen Sie, ich helfe Ihnen«, sagte Ruth und nahm ihr die Kleine ab. Elise schwenkte das Fläschchen in dem Wasser, damit es sich schneller erwärmte.

»Was führt dich denn hierher, Marco?«, fragte sie, als sie sich gesetzt hatte und Mira das Fläschchen gab. Es erstaunte sie immer wieder, wie gierig der kleine Mund an dem Silikonsauger andockte.

Marco verlagerte sein Gewicht und fuhr sich durchs Haar. »Ich muss mit dir reden.«

Sie schaute auf. »Mit mir? Worüber denn?«

»Über Jaci. Sie kann nicht den ganzen Tag in eurem Teeladen rumhängen oder stundenlang babysitten. Ich brauche sie auf der Austernfarm. Die Saison hat nicht gut angefangen, diese späten Stürme, und Teilzeitkräfte sind nur eine Notlösung. Ich habe fest mit Jaci gerechnet. Das« – er wedelte mit einer Hand in Miras Richtung – »lenkt sie zu sehr ab.«

Elise kämpfte gegen die aufsteigende Panik an. »Redest du jetzt von heute? Jaci hat nämlich versprochen, dass sie ein paar Stunden auf das Baby aufpassen wird, während ich im Laden bin.« Fern würde stinksauer sein, wenn sie nicht zur Arbeit erschien – nicht gerade ein Wiedersehen nach Wunsch.

Marco betrachtete den Säugling. »Wem gehört die Kleine eigentlich?«

Nach dem Zusammentreffen mit Brian Correia war Elise ein ganz klein wenig besser auf diese Frage vorbereitet. »Es ist ein Pflegekind«, antwortete sie, sah ihn aber nicht dabei an. »Wir würden Mira gern adoptieren.«

»Oh, gratuliere! Das wusste ich nicht. Hör mal, mir ist klar, dass das ein gewaltiges Unterfangen ist, aber du wirst dich nach einem anderen Babysitter umsehen müssen. Wir brauchen Jaci auf dem Wasser.«

Elise, den Tränen nahe, nickte. Sie war todmüde, und Fern war nicht nach Hause gekommen. Sie musste die Dinge zwischen ihnen wieder geradebiegen.

»Tut mir leid«, sagte Marco sanft. »Aber ich muss an meine Familie denken.«

Elise nickte erneut. Sie biss sich auf die Lippe und murmelte dann: »Mach dir keine Gedanken. Alles in Ordnung. Ich bin bloß übermüdet, ich war die ganze Nacht wach.« Sie rieb sich die Augen. »In einer halben Stunde muss ich den Laden aufschließen, und ich …«

»Ich werde auf die Kleine aufpassen«, sagte Ruth.

»Wirklich?«, riefen Olivia und Elise wie aus einem Mund.

»Du willst doch sowieso zurückfahren«, sagte Ruth zu ihrer Tochter. »Und sonst habe ich nichts zu tun.«

»Ich danke Ihnen«, sagte Elise, die vor Erleichterung gar nicht daran dachte, sich zu zieren. Sie sah Ruth an, als sähe sie sie zum ersten Mal. Vielleicht war es doch nicht so schlecht, das Haus den Sommer über vermietet zu haben.

Kapitel achtzehn

Olivia verließ das Haus. Ihre Reisetasche stand immer noch dort, wo sie sie hingestellt hatte, als sie mit Marco Barros zurück ins Haus gegangen war. Wieso war sie überhaupt umgekehrt? Wieso war sie nicht geradewegs zu ihrem Auto marschiert?

Ihre Mutter, das Baby auf dem Arm, folgte ihr. »Lauf nicht weg! Jetzt, wo du schon da bist, könnten wir doch noch ein wenig Zeit miteinander verbringen.«

»Du hast aber alle Hände voll zu tun«, erwiderte Olivia und deutete mit dem Kinn auf den Säugling.

»Das ist nur eine Ausrede, das weißt du genauso gut wie ich.«

»Ist dir schon mal der Gedanke gekommen, dass du dich um ein ausgesetztes Baby kümmerst, weil du Schuldgefühle hast?«, fragte Olivia. »Du hast ein schlechtes Gewissen, weil du mich verlassen hast.«

Ruth war einen Moment lang sprachlos. »Ich habe dich doch nicht verlassen, Olivia. Das ist absurd!«

»Natürlich hast du das. Mich und Dad auch.«

»Das ist unfair! Also wirklich, Olivia. Ich verlange eine Entschuldigung!«

»*Du* verlangst eine Entschuldigung?«, brauste sie auf.

Das Baby begann zu greinen. »Nicht so laut!«, zischte Ruth. »Ja, allerdings. Nur weil dein Vater und ich uns haben scheiden lassen und ich beruflich viel unterwegs war, heißt das noch lange nicht, dass ich meine Pflichten als Mutter vernachlässigt habe. Ich war vielleicht keine Mutter, wie du sie von deinen Freunden oder aus irgendwelchen Fernsehserien kennst – oder an welchen Maßstäben auch immer du mich misst. Aber ich habe hart für mich gearbeitet, und ich habe hart für dich gearbeitet. Ich bin das Musterbeispiel einer erfolgreichen Geschäftsfrau. Wer, glaubst du, bist du, dass du dir ein Urteil über mich erlauben kannst?«

»Ich habe ein Recht auf eine eigene Meinung«, entgegnete Olivia. »Du hast dich die letzten dreißig Jahre mit Jasagern umgeben, die dir bestätigten, wie brillant und perfekt du bist. Zugegeben, du bist erfolgreich. Du bist eine fantastische Geschäftsfrau. Aber ich kann nicht behaupten, dass du eine fantastische Mutter warst.«

Ruth schüttelte den Kopf, murmelte »Auf Wiedersehen« und ging zurück ins Haus.

Olivia schaute ihr nach. War sie zu weit gegangen mit dieser letzten Bemerkung? Aber wieso? Schließlich war es die Wahrheit. Wäre sie doch nicht hergekommen! Zum Glück hatte sie es jetzt überstanden.

Sie drehte sich um und ging zum Auto. Auf dem Bürgersteig schlenderten Leute mit großen Bechern Eiskaffee vorbei. Zwei Männer führten zwei schwarze Möpse spazieren; ihr Gelächter wehte wie zum Hohn zu Olivia herüber. Sie hatte nicht gewollt, dass das Wochenende im Streit endete. Aber die Ironie der Situation war entschieden zu viel. Wie konnte Ruth, die nie Zeit gefunden hatte, ihr eine Mutter zu sein, das Kind fremder Leute betreuen?

Ihr knurrte der Magen, aber sie widerstand der Versuchung, irgendwo in der Stadt etwas zu essen. Je schneller sie von hier wegkam, desto schneller war sie wieder in New York und konnte diesen ganzen unsinnigen Ausflug abhaken. Eigentlich müsste sie erleichtert sein, dass ihre Mutter gesund war und kein Grund zur Sorge bestand. Stattdessen empfand sie nichts als bittere Enttäuschung. Sie hatte geglaubt, nach so langer Zeit nichts mehr zu erhoffen oder zu erwarten. Doch sie hatte sich geirrt.

Ihr Handydisplay leuchtete auf. Ein Anruf war auf die Mailbox umgeleitet worden. Ihr Vater, der sich vermutlich nach dem Stand der Dinge erkundigen wollte. Sie würde ihn von unterwegs zurückrufen. Sie öffnete den Kofferraum, um ihre Reisetasche hineinzuwuchten, und erstarrte mitten in der Bewegung. Die Tasche fiel ihr aus der Hand. Der Schmerz war ihr derart heftig ins Kreuz gefahren, dass sie sich nicht mehr rühren konnte.

»Fuck!«

Im Zeitlupentempo sank sie auf die Knie. Und wartete.

Es war einen Versuch wert gewesen.

Ruth hatte sich im Kinderzimmer, dem früheren Büro, mit Mira auf dem Arm in den Holzschaukelstuhl gesetzt und bewegte sich sachte vor und zurück. Noch ein paar Minuten, dann würde die Kleine sicher einschlafen.

Ruth hatte ihrer Tochter die Hand entgegengestreckt, hatte versucht, eine Verbindung zu ihr aufzubauen, hatte sich für die Fehler der Vergangenheit entschuldigt. Doch das alles war zu wenig. Es hatte nichts geändert.

Mira zappelte ein wenig, streckte die kleinen Fäustchen über den Kopf, bog den Rücken durch. Ihre Augenlider flatterten und schlossen sich.

Hätte sie doch damals schon gewusst, dass das Säuglingsalter die einfachste Phase war!

Vielleicht waren ihre Erwartungen an dieses Wochenende unrealistisch hoch gewesen. Sie hatte Olivias Groll schlichtweg unterschätzt. Aus den Therapiesitzungen mit Dr. Bellow wusste sie, dass ihre Rechtfertigungsversuche Olivias Gefühle gleichsam für nichtig erklärten. Aber sie hatte nicht anders gekonnt. Wie kam Olivia dazu, ihr vorzuwerfen, sie habe sie im Stich gelassen? Ruth war nicht vor ihrer Tochter weggelaufen.

Sondern vor ihrer Ehe.

Auch wenn sie selbst sich das nur ungern eingestand. Da man hinterher immer schlauer war, konnte sie heute jedoch behaupten, dass sie einfach zu jung gewesen war, als sie den potenziell richtigen Mann kennengelernt hatte. Im Grunde hatte sie es nur ihrer Mutter recht machen wollen. (Auch diese Erkenntnis hatte sie dank Dr. Bellow gewonnen.) Sie liebte ihre Mutter abgöttisch und befolgte jeden ihrer weisen Ratschläge. Was war wirklich wichtig im Leben? Heiraten. Eine Familie gründen. Wer wollte das bestreiten? Ruth sah aber auch, wie die finanzielle Abhängigkeit ihrer Mutter dazu geführt hatte, dass sie den Launen ihres Ehemanns ausgesetzt und von seinem Geld und in letzter Konsequenz auch von seinen Misserfolgen abhängig gewesen war.

Joan Goldberg hatte nichts als Verachtung für die »Emanzen«, wie sie sie nannte, übrig gehabt, während Ruth sich zunehmend für Gloria Steinem mit ihren großen Ideen und kurzen Röcken begeisterte. »Nun, Stil hat sie tatsächlich«, hatte ihre Mutter lächelnd erwidert, als Ruth irgendwann den Mut aufbrachte, ihr von ihrer Faszination für die Frauenrechtlerin zu erzählen. Sie führten nicht ein einziges Mal ein philosophisches Streitgespräch, was Ruth später bedauerte. Hätte sie sich die Zeit genommen, ihre Mutter herauszufordern, hätte diese möglicherweise das Rüstzeug besessen, ihren Mann herauszufordern.

Ruth steckte ihre ganze Energie in ihre eigene Lebensplanung. Sie würde nicht den gleichen Fehler machen wie ihre Mutter: Für sie würde die Karriere an erster Stelle stehen.

Und dann verliebte sie sich in Ben Cooperman. Achtzehn Jahre alt und ein fester Freund – das hatte ihr Plan nicht vorgesehen. Aber sie konnte doch nicht riskieren, Ben zu verlieren, nur um zu erkunden, was es in der Welt sonst noch gab, oder?

Kein Wunder, dass ihre Ehe gescheitert war.

Ruth stand auf und begann unruhig auf und ab zu gehen. Die Vergangenheit stürmte auf sie ein und löste eine Flut von Emotionen aus, die sie nicht empfinden wollte. Bewegung, das war das einzige Gegenmittel. Sie würde Mira in den Buggy legen und einen langen Spaziergang machen, sich von der Menschenmenge auf der Commercial Street treiben lassen.

Alles war besser, als allein in diesem perfekten, leeren, gemieteten Haus zu sitzen.

Kapitel neunzehn

Elise hatte unterwegs eine Tüte Muffins gekauft. Als sie Fern mit einem Buch draußen vor dem Teeladen sitzen sah, machte ihr Herz einen Satz.

Sie liebte sie immer noch.

Als die Temperaturen das erste Mal über zwanzig Grad geklettert waren, war Fern losgerannt, um zwei Gartenstühle mit Holzsitzfläche zu kaufen, die sie links neben die Stufen zum Eingang gestellt hatte. Eigentlich hatten sie sich jeden Morgen nach draußen setzen, ihren Frühstückstee genießen und den Frühaufstehern unter den Joggern und Radfahrern auf der Straße zusehen wollen. Dann kam Mira, und Elise hatte nur eine einzige Nacht über dem Laden geschlafen.

In diesem Moment sah sie die Ereignisse der vergangenen Wochen mit Ferns Augen. Sie hoffte inständig, dass ihre Einsicht nicht zu spät kam und sie einen Kompromiss finden würden. »Hallo du.«

Fern schaute von ihrem Buch auf und lächelte, nicht ganz so freudig und herzlich, wie Elise es sich gewünscht hätte.

Sie beugte sich zu ihr hinunter, küsste sie und setzte sich auf den anderen Stuhl. »Ich hab was zum Frühstücken mitgebracht.«

Sie reichte Fern die Tüte Muffins.

»Danke. Ich hab nicht so früh mit dir gerechnet.«

»Soll das ein Witz sein? Ich bin gekommen, so früh ich konnte. Du hast mir gefehlt.«

»Du mir auch.«

»Ich hätte mich gefreut, wenn du gestern Abend nach Hause gekommen wärst.«

»Ich fühle mich nicht wohl in Shell Haven. Wir haben das Haus an Ruth Cooperman vermietet. Irgendwo ist ein Punkt.«

»Du hast ja recht«, murmelte Elise. »Aber wir haben ihr doch die Miete für diesen Monat zurückbezahlt. Keine ideale Lösung, aber ich glaube, das ist ihr ganz recht so.«

»Nein, ist es nicht. Weißt du, woher ich das weiß? Von ihr selbst. Sie ist hergekommen und hat es mir gesagt. Ihre Tochter ist zu Besuch, und sie braucht ihre Privatsphäre. Und weißt du was? Ich auch.«

Elise spürte, wie sich ihr Magen verkrampfte. Ihr Wiedersehen verlief nicht wie geplant. Und dabei hatte sie Fern noch nicht einmal das Schlimmste erzählt – dass die Leute anfingen, sich Gedanken über Mira zu machen. Wer könnte die Polizei wegen des Säuglings informiert haben? Ganz sicher keiner von ihren Freunden. »Ich gebe dir recht, Fern. In allem. Aber einfacher wird es dadurch nicht.«

»Ich weiß, dass es nicht einfach ist«, erwiderte Fern sanft. »Aber seien wir doch realistisch. Die Menschen hier werden anfangen, Fragen zu stellen.«

Das haben sie schon, dachte Elise und nickte. Sie verscheuchte das Bild von Brian Correia am Gartentor. Keine gute Zeit, Fern davon zu erzählen. »Warum sagen wir nicht, dass wir die Kleine adoptieren wollen? Das ist nicht einmal gelogen.«

Fern schüttelte den Kopf. »Da mach ich nicht mit, Elise.«

»Fern, *bitte*! Ich möchte ein Kind, und ich möchte dich nicht verlieren. Vielleicht will ich zu viel, aber ich wünsche mir, was so viele andere haben: eine Familie.«

Ferns Gesichtsausdruck wurde weicher. »Ich kann dich verstehen, Liebes. Aber das ist nicht der richtige Weg, die Sache anzupacken.«

»Dann werden wir eine Lösung finden, mit der wir beide leben können. Ich weiß noch nicht, wie diese Lösung aussehen wird, aber ich weiß, dass ich dich liebe. Du bist mein Leben. Ich will dich nicht verlieren.«

Fern griff nach ihrer Hand. »Ich will *uns* nicht verlieren. Das wäre fast schon einmal passiert.«

Elise kämpfte gegen die Tränen an und nickte.

»Wir müssen zusammenhalten, im selben Team spielen«, sagte Fern. »Das ist die einzige Möglichkeit.«

»Ich weiß«, sagte Elise leise.

Zwei Männer, die offensichtlich zum Strand wollten, näherten sich. Einer trug eine große Kühltasche. Elise wischte sich hastig über die Augen.

»Ist schon geöffnet?«

Fern stand auf. »Noch nicht, aber gleich, wenn Sie möchten. Kommen Sie.«

»Ist das Ihr Laden?«

»*Unser* Laden«, antwortete Fern und lächelte auf Elise hinunter. Sie drückte ihr zärtlich die Hand und ging dann die Treppe hinauf, um aufzuschließen.

Olivia konnte sich nicht rühren, und an ihr Handy kam sie auch nicht heran. Sie hatte keine Ahnung, wie lange sie schon im Gras lag. Eine Viertelstunde? Eine Stunde?

Ihre Rückenprobleme tauchten immer wieder auf, wenn sie besonders viel Stress hatte. Vor drei Jahren hatte sie eine Menge Zeit und Geld für Ärzte und Physiotherapeuten investiert und flaschenweise Advil geschluckt. Dann hatte ihr Vater ihr ein Buch empfohlen, dessen Autor behauptete, Rückenschmerzen seien meistens das Ergebnis von großer psychischer Belastung. Der Schmerz war real, die Entzündung war real, aber die Ursache saß im Kopf. Der Körper griff zu einem Trick: Um von emotionalen Schmerzen abzulenken, produzierte er physische Schmerzen.

Olivia hatte es nicht geglaubt. Vier Wochen lang quälte sie sich, verbrachte jedes Wochenende im Bett. Vor lauter Verzweiflung griff sie schließlich zu dem Buch und las es endlich. Es war im Grunde ganz einfach: Man musste seinem Verstand klarmachen, dass man seine Tricks durchschaute. Der Schmerz musste ignoriert und nicht mit Heizkissen und Stretching verhätschelt werden. Und da alles andere versagt hatte, probierte sie es aus. Sie las das Buch immer und immer wieder, bis sie es verinnerlicht hatte. Und die Schmerzen verschwanden tatsächlich.

Jetzt waren sie wieder da.

Olivia hörte, wie die Hintertür geöffnet wurde. »Mutter?« Schritte näherten sich auf dem gepflasterten Weg, sie sah die Riemchensandalen ihrer Mutter und dann die Räder des Buggys, aber sie konnte den Kopf nicht heben, um den Gesichtsausdruck ihrer Mutter zu sehen. War vielleicht auch besser so.

»Was in aller Welt machst du denn da unten?« Ihre Mutter kniete sich neben sie.

»Ich hab einen Hexenschuss. Ich kann mich nicht bewegen!«

»Na, hier liegen bleiben kannst du auch nicht.« Ihre Mutter half ihr behutsam auf die Beine und ins Haus.

»Tut mir leid, aber nach Hause fahren kann ich jetzt nicht.«

»Ich habe dich nie gebeten zu gehen«, erwiderte ihre Mutter.

Kapitel zwanzig

Am Montagmorgen, Olivias unfreiwilligem drittem Aufenthaltstag in der Stadt, überlegte Ruth hin und her, ob sie den Mosaikkurs besuchen sollte. Oder sollte sie etwas zum Frühstücken besorgen und Liv nach unten in die Küche helfen, damit sie miteinander reden konnten? Aber sie hatte nun einmal zugesagt, und da sie immer schon nach dem Motto gehandelt hatte: »Sich blicken lassen ist die halbe Miete« (welches die andere Hälfte war, wusste sie bis heute nicht), würde sie auch hingehen.

Im Beach Rose Inn wurde sie abermals von Molly, dem schokoladebraunen Labrador, begrüßt. Nach und nach trafen die anderen Kursteilnehmerinnen ein, und alle miteinander warteten auf Amelia. Ruth blickte sich um, konnte Elise Douglas aber nirgends sehen.

Amelia trug eines der für sie typischen fließenden Kleider. Die weißen Haare hatte sie sich zu einem losen Knoten zusammengesteckt. An beiden braun gebrannten Handgelenken klimperten schwere Armreifen. »Mir nach, Soldaten!«

Sie folgten ihr in den dritten, obersten Stock in einen sonnendurchfluteten Raum mit einem rechteckigen Tisch in der Mitte, der groß genug für alle Kursteilnehmerinnen war. An jedem Platz lagen ein Zeichenblock und Buntstifte. In der Mitte des Tischs standen Schalen mit Kieselsteinen, Fliesenteilchen in allen Farben und

Porzellanscherben. Kräftige Farbtupfer überall: Beistelltischchen mit kobaltblauen Mosaikplatten, ein Ganzkörperspiegel, dessen Rahmen aus unzähligen Porzellansplittern in Hellrosa und Moosgrün und Ziegelrot bestand. Ruth wusste um die Macht der Farben. Frauen bedienten sich ihrer beim Schminken, und das schon zu Zeiten Kleopatras und früher. Nicht umsonst setzte die Kosmetikbranche Milliarden um und galt als krisensicher. Frauen wollten nicht einfach nur schön sein – ein bisschen Farbe im Gesicht hob ihre Laune und machte sie glücklicher.

Amelia bat die Frauen, Platz zu nehmen, und Ruth setzte sich automatisch ans Tischende, auf den Platz, der ihre Autorität unterstrich, so wie sie es von zahllosen Konferenzen gewohnt war. Der ganze Raum war ein Fest fürs Auge, und sie konnte sich nicht sattsehen an all den wunderbaren Dingen. Zu ihrer Rechten schimmerte eine aus grünen Milchglas- und Spiegelscherben gestaltete Meerjungfrau. In den deckenhohen Regalen standen bunte Plastikbecher, turmhohe Stapel von Tassen und Tellern und vieles andere mehr.

»Der erste Schritt«, sagte Amelia, »und in gewisser Weise der schwierigste, ist der Entwurf des Mosaiks. Wir werden heute also damit beginnen, Ideen zu sammeln und sie zu Papier zu bringen.«

Ruth musste keine Sekunde darüber nachdenken, was sie machen wollte. Das Seesternmosaik aus Buntglas im Aufenthaltsraum des Beach Rose Inn hatte sie vom ersten Moment an fasziniert. Auch wenn es zu kunstvoll und kompliziert war, als dass sie es zu kopieren vermochte, so konnte sie es doch als Vorlage nutzen.

»Zunächst wollen wir über die verschiedenen Materialien sprechen, die sich für ein Mosaik eignen.« Amelia deutete auf Schüsseln voller Glas, Perlen, Fliesen und drei Untertassen mit kleinen Rechtecken, die wie ein Mittelding aus Fliese und Glas aussahen und nach Farben sortiert waren: dunkelblau, pink, leuchtend orange. »Man kann, ich sagte es schon, buchstäblich alles verwenden – Knöpfe, Bruchstücke von Porzellan, Glas, Spiegeln. Deshalb ist die Mosaikgestaltung eine so individuelle Kunstform. Wenn ihr bei eurem Mosaik irgendwann an eine Grenze stoßt, werden wir diese niederreißen.«

Grenzen niederreißen – das gefiel Ruth. Und sie freute sich darauf, endlich wieder mit ihren Händen zu arbeiten. Das fehlte ihr sehr. Als sie ihre Firma aufgebaut hatte, hatte sie eigenhändig Mixturen hergestellt, Nagellack abgefüllt und schließlich auch das Endprodukt verpackt. Sie hatte keine Zeit mehr für diese Dinge gehabt, als das Geschäft expandierte. Und es bestand auch keine Notwendigkeit mehr, alles selbst zu erledigen. Die Produktion wurde ausgelagert. Ruth agierte nicht mehr im Hintergrund, sondern rückte verstärkt ins Scheinwerferlicht. Ihre Tage waren angefüllt mit Besprechungen und Reisen. Ihre Rolle hatte sich geändert, aber sie liebte auch diese neue Herausforderung. Alles war besser als ihre gegenwärtige Rolle: nämlich keine.

Amelia spähte ihr über die Schulter. »Kommen Sie voran?«

»Langsam.«

»Ein Seestern! Mein Lieblingsmotiv.«

»Der unten in Ihrer Lobby hat mich inspiriert.«

»Den hat meine verstorbene Frau gemacht«, sagte Amelia wehmütig. »Sein Anblick tröstet mich. Ein Seestern steht für Erneuerung und Regeneration.«

»Wirklich? Das gefällt mir.«

»Wussten Sie, dass ein Seestern einen verlorenen Arm nachwachsen lassen kann?«

Ruth machte ein erstauntes Gesicht. »Nein, das ist mir neu.«

Amelia ging in die Hocke, sodass sie ihr in die Augen schauen konnte. »Elise hat mir übrigens erzählt, wie sehr Sie ihr mit dem Baby geholfen haben«, sagte sie leise. »Dafür sind wir Ihnen sehr dankbar.«

Ein warmes Gefühl durchflutete Ruth. Sie hatte vergessen, wie schön es war, wenn jemand diese mütterliche Wertschätzung zeigte. Es gab ihr das Gefühl, nicht ganz so einsam zu sein.

»Ich habe gehört, dass Ihre Tochter sich doch entschlossen hat, Sie zu besuchen.«

»Ja.« Ruth lächelte. »Meine kleine Notlüge hat sie mir allerdings übel genommen.«

»Sie meinen, Ihre kleine Übertreibung«, erwiderte Amelia augenzwinkernd. »Jedenfalls freue ich mich, dass Ihr Nest voll ist. Rachel und Luke haben heute Abend ein paar Leute zum Essen zu sich eingeladen. Kommen Sie doch auch, und bringen Sie Ihre Tochter mit. Wir würden uns freuen.«

Im ersten Moment wollte Ruth ablehnen. Doch die Vorstellung, einen weiteren Abend allein mit Olivia zu verbringen, begleitet von bedrückendem Schweigen und Schuldzuweisungen, veranlasste sie, ihre Meinung zu ändern. Olivia konnte daheim in ihrem Zimmer bleiben, wenn sie wollte, aber *sie* würde ausgehen. »Ich kann nur für mich sprechen, und ich komme sehr gern.«

»Oh, sagen Sie Ihrer Tochter, dass ich darauf bestehe, dass sie mitkommt«, meinte Amelia. »Dann bis heute Abend.«

Elise manövrierte den Buggy auf den Gehweg und schob den Riegel am Gartentor vor. Wenn sie sich beeilte, würde sie wenigstens die zweite Hälfte des Mosaikkurses noch schaffen.

»Ich dachte, ihr hättet das Haus den Sommer über vermietet.«

Beim Klang der vertrauten, rauen Stimme drehte Elise sich um.

»Hi, Bianca. Was machst du denn hier?«

»Ich passe auf das Haus meiner Tochter auf.« Ihr ganzes Gesicht legte sich in Falten, als sie mit dem Kinn auf den Buggy zeigte, die Arme verschränkte und fragte: »Wessen Baby ist das?«

Ich passe auf das Haus meiner Tochter auf. Hatte Bianca die Polizei verständigt? »Das geht dich nichts an«, erwiderte Elise abweisend.

»Vielleicht nicht, aber es gibt etwas, das mich doch angeht. Schlimm genug, dass ihr zwei das Haus meiner Tochter an so eine grässliche Touristin vermietet habt, aber in Erwägung zu ziehen, es ihr zu *verkaufen* …«

Elise war nicht in der Stimmung für diese Diskussion. »Erstens, Bianca, ist das hier nicht das Haus deiner Tochter. Es gehört jetzt Fern und mir. Zweitens haben wir nicht die Absicht, es zu verkaufen. Wir haben es lediglich als Ferienhaus vermietet.«

Bianca schnaubte verächtlich. »Da habe ich aber was anderes gehört.«

»Vielleicht solltest du nicht so viel auf das Getratsche der Leute hören.«

»Ich rede nicht von Tratsch. Ich habe mit eigenen Ohren gehört, wie Fern mit dieser Frau über den Verkauf des Hauses gesprochen hat. Neulich im Laden. Sie sei sehr interessiert, meinte diese Frau. Und Fern sagte, das sei gut zu wissen. Komisch, dass sie dir nichts davon erzählt hat«, stichelte sie.

Trotz der morgendlichen Hitze überlief es Elise eiskalt. Aber sie würde Bianca nicht den Gefallen tun und sich irgendetwas anmerken lassen. Diese Frau liebte es, über andere herzuziehen und Unfrieden zu stiften. Nein, sie musste sich auf das Wesentliche konzentrieren. Sie zog die Abdeckung des Buggys tiefer, damit Miras Kopf beschattet wurde.

»Es ist immer nett, mit dir zu plaudern, Bianca, aber ich muss jetzt wirklich los.«

Olivia kam sich vor wie eine Achtzigjährige.

Sie brauchte ganze fünf Minuten, um sich vorsichtig aus dem Bett zu schieben. Auf dem Weg ins Bad ging sie so weit vornübergebeugt, dass sie sich nach dem Zähneputzen nicht weiter bücken musste, um sich den Mund auszuspülen.

Sie warf zwei Advil ein und schickte Dakota eine kurze E-Mail. Es war gar nicht daran zu denken, dass sie morgen früh wieder ins Büro ging. Sie würde froh sein müssen, wenn sie heute Abend zurückfahren und in ihrer eigenen Wohnung schlafen konnte.

Am liebsten wäre sie wieder unter die Bettdecke geschlüpft, aber es war besser, sich zu bewegen. Vielleicht würde sie einen Spaziergang zu einer Buchhandlung machen und sich ihr Rückenbuch besorgen. Ihr Mantra – *Es geht mir gut, ich weiß, dass das nicht real ist* – half kein bisschen.

Im Schneckentempo schlich sie in die Küche hinunter, wo sie sich einen Kaffee machte und sich dann mit ihrem Handy an den Tisch setzte. Unter der Obstschale klemmte ein Zettel mit einer Nachricht von ihrer Mutter. Eine handgeschriebene Nachricht! Schon mal was von einer SMS gehört? Olivia ahnte, dass das ein Wink mit dem Zaunpfahl war: Nach Ansicht ihrer Mutter klebte sie zu oft am Telefon.

Guten Morgen, ich hoffe, es geht dir besser! Ich mache gerade einen Kunstkurs und werde gegen elf wieder da sein, dann könnten wir zusammen brunchen. Wenn du nicht so lange warten willst, im Kühlschrank ist was zu essen. Gruß, Mom

Ein Kunstkurs am Montagmorgen! Daran erkannte man den Ruheständler. Olivia war so froh, dass das alles für sie in ferner Zukunft lag. Sie hatte noch Jahrzehnte Berufsleben vor sich, und sie konnte es kaum erwarten, zu ihrer Karriere zurückzukehren.

Als sie durch ihr Handy scrollte und die Accounts ihrer Klienten checkte, öffnete sich ein Fenster, das sie an die Nachrichten auf ihrer Mailbox erinnern sollte. Sie hatte ihren Dad noch nicht zurückgerufen.

Er nahm nach dem ersten Klingeln ab. »Hallo! Bist du schon auf dem Heimweg?«

»Nein. Du wirst es nicht glauben, aber mir ist es dermaßen in den Rücken gefahren, dass ich mich unmöglich ins Auto setzen kann.«

»Doch, das glaube ich sofort. Du bist gestresst.«

»Gestresst – und ich sitze in der Falle, ja.«

»So darfst du nicht denken. Damit machst du es nur noch schlimmer. Wie geht's deiner Mutter?«

»Gut. Heute Morgen nimmt sie an einem Kunstkurs teil.«

»An einem Kunstkurs?«

»Genau. Das ist die neue Ruth Cooperman, die verbesserte, gechillte Version. Dummerweise ein paar Jahrzehnte zu spät.«

Jemand klopfte an die Hintertür. »Ich muss Schluss machen, Dad. Ich ruf dich an, wenn ich morgen Abend wieder in der Stadt bin. Hab dich lieb!«

Olivia stemmte sich vom Stuhl hoch und schlurfte in Zeitlupe zur Tür. Draußen stand eine dunkelhaarige junge Frau in einem Princeton-T-Shirt und ausgefransten Jeansshorts.

Olivia öffnete die Tür. »Ja?«

»Ist Elise da?«, fragte die junge Frau, die eher wie ein Mädchen aussah. Sie mochte irgendwo zwischen achtzehn und fünfundzwanzig sein. Je älter sie wurde, desto schwerer fiel es Olivia, das Alter anderer einzuschätzen.

»Nein, sie ist in ihren Laden gegangen.«

»Ehrlich? Mein Bruder hat gesagt, sie wär hier.«

Ihr Bruder? »Marco?«

Die junge Frau nickte und marschierte dann an Olivia vorbei ins Haus. »Das ist echt ätzend! Ich hätte schwören können, er hat gesagt, er war hier und hat sie gesehen.«

»Er war gestern hier. Vielleicht verwechseln Sie da was.«

Die junge Frau schüttelte den Kopf, seufzte und stöhnte: »Ich hasse diese Stadt!«

Jetzt hatte sie Olivias volle Aufmerksamkeit. »Wirklich?«

Die junge Frau drehte sich zu ihr um. »Entschuldigung, ich hab mich gar nicht vorgestellt. Ich bin Jaci. Und das ist nicht Ihr Problem. Sind Sie … wie war das doch gleich? Der Sommerferiengast?«

»Meine Mutter hat das Haus gemietet. Ich bin Olivia, Ruths Tochter. Ich bin nur übers Wochenende zu Besuch. Und heute. Also, wenn Sie mich fragen, ich finde, Provincetown ist ein nettes Städtchen.«

»Sie sind ja auch nicht hier aufgewachsen. Hier sind alle geschäftlich miteinander verbandelt, und meine Familie will mir vorschreiben, wie ich mein Leben zu führen habe.«

»Probleme in der Familie gibt es überall«, erwiderte Olivia.

Wenn sie nur an gestern dachte! Sie glaubte nicht, dass sie so falschlag mit ihrer Analyse von Ruths Beweggründen, sich um dieses Baby zu kümmern. Aber dieser Gesichtsausdruck! Als hätte sie ihrer Mutter eine Ohrfeige verpasst. Es wäre entschieden einfacher gewesen, wenn sie in den sprichwörtlichen Sonnenuntergang hätte davonfahren können und das letzte Wort gehabt hätte, selbstgerecht in ihrer Überzeugung, dass sich ihre Mutter nie ändern würde und sie deshalb jedes Recht hatte, den Kontakt zu ihr abzubrechen. Und dann hatte ihr eigener Körper sie verraten!

»Ich versuche, meiner Mutter so gut ich kann aus dem Weg zu gehen, falls Sie das tröstet«, sagte Olivia.

»Eigentlich nicht«, erwiderte Jaci.

Olivia fand sie richtig sympathisch. »Tja, ich wollte gerade rüber in die Buchhandlung. Ich würde Ihnen ja gern anbieten, dass Sie hier auf Elise warten können, aber ich wohne ja nicht hier.«

»Wo wohnen Sie denn?«

»New York City.«

»O, ich liebe diese Stadt! Im letzten Herbst war ich zum ersten Mal dort. Ich habe mit meiner Zimmergenossin einen Tagesausflug gemacht. Eigentlich wollten wir uns einen Film im Angelika Film Center ansehen, aber dann sind wir durch die Stadt gelaufen und haben so viel Aufregendes entdeckt, dass wir uns den Film gespart haben. Ich würde nach dem College schrecklich gern dorthin ziehen. Was machen Sie denn beruflich?«

Als Olivia ihr von HotFeed und ihren Klienten und ihrem Job erzählte, kannte Jacis Begeisterung keine Grenzen mehr. »Was machen Sie dann *hier*? Wenn ich so leben würde wie Sie, würde ich nicht einen einzigen Tag wegwollen! Nicht eine einzige Minute!«

Olivia unterdrückte den Impuls, ihr Handy zu checken. Etwas nagte an ihr. Und dann wusste sie plötzlich, was: Ihr Handy war ungewöhnlich still für einen Montag. *Wahrscheinlich, weil alles läuft wie am Schnürchen*, beruhigte sie sich. Brauchte sie wirklich unzählige Benachrichtigungstöne, damit sie das Gefühl hatte, dass alles in Ordnung war in ihrem Universum? Sie durfte sich nicht so vereinnahmen lassen. Sie musste lernen abzuschalten – deshalb fuhren die Leute doch an Orte wie Provincetown.

»Sie müssen sich hier ja zu Tode langweilen«, fuhr Jaci fort.

Endlich jemand, der auf ihrer Wellenlänge war! »Ich fahr morgen zurück.«

»Kommen Sie auch zu unserer kleinen Party heute Abend? Bitte sagen Sie Ja! Sie müssen mir alles über Ihren Job und über New York erzählen.«

Olivia überlegte. Vielleicht gar keine schlechte Idee. Eine Party würde sie ablenken, das würde ihr guttun. Auf eine Nacht mehr oder weniger kam es auch nicht an. Morgen würde sie definitiv zurückfahren, ganz egal, wie es ihr ging. Am Mittwoch würde sie wieder an ihrem Schreibtisch sitzen.

Und alles würde seinen gewohnten Gang gehen.

Kapitel einundzwanzig

Ruth wunderte sich, dass Olivia mit ihr zu der Party wollte.

Nach einem ganzen Tag mit ihren Rückenschmerzen allein zu Hause kam ihr die Gesellschaft ihrer Mutter wohl erträglicher vor. Dennoch sprachen sie lange kein Wort miteinander, während sie auf der Commercial nach Westen gingen, wo Rachel und Luke wohnten. In Big Vin's Liquor kaufte Ruth ein paar Flaschen Wein.

»Wer sind diese Leute noch mal?«, fragte Olivia dann.

»Amelia und ihrer Enkelin Rachel gehört das Beach Rose Inn. Ich habe Amelia am ersten Tag, als ich hier angekommen bin, kennengelernt – lange Geschichte. Jedenfalls gibt sie den Mosaikkurs. Die Party findet im Haus von Rachel und ihrem Mann statt. Rachel muss eine großartige Köchin sein, nach allem, was ich gehört habe. Amelia hat ihr das Kochen beigebracht.«

»Muss schön sein, so jemanden zu haben«, bemerkte Olivia spitz. Ruth ging nicht darauf ein. Sie hatte Olivia natürlich nie auch nur gezeigt, wie man ein Ei kochte! *Verklag mich doch!*

Je weiter sie ins West End kamen, desto weniger Betrieb herrschte auf den Straßen. Sie konnten die Vögel zwitschern hören. Ein Fuchs flüchtete unter ein geparktes Auto.

Die Luft war schwer von Feuchtigkeit und Salz. Ruth atmete tief ein. Es war der Geruch von Freiheit und Jugend und endlosen Möglichkeiten. Der Strand war ihre Reset-Taste, war es immer schon gewesen. In ihrer Kindheit war das die New-Jersey-Küste gewesen mit ihren meilenlangen Strandpromenaden und den Casinos, die an der Spitze von Atlantic City wie Edelsteine funkelten. Als Erwachsene hatte sie einige Zeit in den Hamptons verbracht, wo sie Gast in exklusiven Villen gewesen war – Konstruktionen aus Glas und scharfen Kanten mit elegant designten Infinity Pools, die den Eindruck erzeugten, der Ozean sei nicht genug. Ihr Lieblingsstrand aber war dieser drei Meilen lange Abschnitt auf Cape Cod, der ihr mit seinen atemberaubenden Sonnenuntergängen, seinen Kunstateliers, seinen Billigläden und Strandcafés das Gefühl gab, zu Hause zu sein.

Sie sah ihre Tochter aus dem Augenwinkel an und widerstand dem Impuls, ihre Hand zu ergreifen und ihr zu gestehen: *Es gibt so viel, was ich dir gern sagen würde, wenn du mir nur eine Chance geben würdest!*

Das Haus von Rachel und Luke war Ruth schon früher aufgefallen, sie hatte nur nicht gewusst, wer darin wohnte. Es war ein mit weißen Schindeln verkleidetes Einfamilienhaus. Im Garten blühten violette, weiße und blassrosa Hortensien. Auf der Veranda stand ein Schaukelstuhl, der im gleichen kräftigen Türkis gestrichen war wie die Fensterläden.

An der Haustür klebte ein rosafarbener Haftzettel: *Tür ist offen. Wir sind hinten im Garten.*

»Kannst du dir so was in New York vorstellen?«, fragte Olivia verblüfft und deutete auf den Zettel. Ruth hatte diese »Politik der offenen Tür« bei ihrer Ankunft selbst schon kennengelernt und sich gewundert, als Fern den Hausschlüssel im Briefkasten deponieren wollte.

»Ich finde das schön«, erwiderte Ruth und drehte den Türknauf. »Dass die Leute einander vertrauen. Schade, dass wir nicht alle so leben können.«

Sie traten ein. Die Einrichtung war spärlich, aber geschmackvoll, viel helles Holz und Farbtupfer überall. Sie gingen durch das Wohnzimmer, das ein Oberlicht und deckenhohe Buchregale hatte, und weiter durch eine schmale Diele in eine helle Küche mit einer Kochinsel aus weißem Marmor, einem Holzfußboden und einer großen, rechteckigen Spüle. Auch hier waren farbliche Akzente gesetzt worden: limonengrüne Schränke im Shaker-Stil, eine Obstschale aus einem grünen Glasmosaik.

Rachel stand an der Kochinsel und mischte eine Riesenportion Salat aus gelben und roten Tomaten und Feta-Käse. »Das ist aber schön, dass Sie gekommen sind«, sagte sie und fügte hinzu, das sei aber nicht nötig gewesen, als Ruth ihr den Wein überreichte.

»Das ist meine Tochter Olivia.« Ruth fiel auf, dass Rachel und Olivia ungefähr gleich alt waren. Eigenartigerweise war Olivia für sie immer noch das junge Mädchen, das sie beim Collegeabschluss gewesen war. Ihr Unterbewusstsein weigerte sich offenbar, Notiz davon zu nehmen, dass die Zeit verging.

»Sie haben ein ganz bezauberndes Haus«, sagte Olivia.

»Danke. Ich liebe es auch, aber nichts davon ist mein Verdienst. Es gehört Lukes Vater, er hat es uns überlassen, als er in den Westen gezogen ist. Wir haben nur den Anbau hinten geplant, als so eine Art Gästezimmer. Santiago, der Bauunternehmer, ist übrigens heute Abend auch hier. Sie werden ihn gleich kennenlernen.«

»Wer wird wen gleich kennenlernen?«, tönte eine vertraute Stimme von den Terrassentüren her. Clifford Henry.

»Ich habe Ruth gerade erzählt, dass Santiago den Anbau ausgeführt hat. Ruth, darf ich vorstellen …«

»Oh, wir kennen uns bereits!« Clifford klatschte entzückt in die Hände, gab Ruth ein Luftküsschen auf beide Wangen und wandte sich dann Olivia zu. »Wer ist denn dieses hinreißende Geschöpf?«

»Clifford, das ist meine Tochter Olivia. Sie ist aus New York zu Besuch. Olivia, das ist Clifford Henry, mein Immobilienmakler.«

»Ich habe Rachel zwar versprochen, dass heute Abend nicht übers Geschäft geredet wird«, sagte er. »Aber da die Vorspeise noch nicht serviert worden ist, hat der Abend offiziell noch gar nicht begonnen.« Er zwinkerte Rachel zu.

»Sei so gut und beeil dich, Clifford.« Sie rollte mit den Augen.

Er hakte sich bei Ruth unter. »Ich habe die Nase am Boden wie ein Bluthund auf der Suche nach einer Fährte, aber es hat sich noch nichts Konkretes ergeben. Bei Ihnen vielleicht?«

Ruth schüttelte den Kopf. »Allmählich akzeptiere ich, dass ich so etwas wie Shell Haven nicht so schnell finden werde.«

»Wie sagt man so schön: abwarten und Tee trinken. Ein Ferienhaus zu mieten ist immer die Einstiegsdroge. Sie haben sich in das Haus verliebt, nicht wahr?« Ruth nickte. Er drückte ihren Arm und fuhr fort: »Vielleicht lässt sich Fern erweichen. Es kommt nur auf den Preis an, dann geht alles. Ich werde mit ihr reden.«

»Aber nicht heute Abend«, mischte sich Rachel ein. »Und jetzt raus mit euch, alle miteinander! Sonst teile ich euch zur Küchenarbeit ein.«

Sie gingen durch die Glastüren auf die Terrasse hinaus, die inmitten eines Blumengartens lag. Auf einem üppig grünen Rasen stand ein langer, mit einem weißen Leinentuch bedeckter Tisch. Rechts davon ein Swimmingpool. Luke, Rachels Mann, und Cliffords Mann Santiago saßen gemeinsam mit Amelia und zwei Männern und zwei Frauen am Tisch. Ruth stutzte. Den einen der beiden Männer kannte sie doch! Vom Büro des Bootsverleihs! Ach du meine Güte! Peinlich berührt erinnerte sie sich an ihre Fragen wegen der Haie.

»Ruth, Olivia, das sind Lidia und Manny Barros – ihren Sohn, Marco, haben Sie ja bereits kennengelernt.«

Lidia Barros war vielleicht ein paar Jahre jünger als Ruth. Sie hatte volles dunkles Haar, das von Silberfäden durchzogen war, eine gebräunte Haut, der man ansah, dass sie sich viel an der frischen Luft aufhielt, große braune Augen, hohe Wangenknochen und ein tiefes Grübchen am Kinn. Manny erinnerte sie mit seiner breiten Nase, den dunklen Augen und dem olivfarbenen Teint an Pablo Picasso. »Und das ist Mannys Schwester Bianca.«

Ruth erkannte sie wieder. Die Frau mit der unverwechselbaren weißen Strähne im Haar war im Teeladen gewesen, als Ruth Fern auf Shell Haven angesprochen hatte. Sie wollte gerade Hallo sagen, als die Frau sie mit zusammengekniffenen Augen abschätzig musterte. Merkwürdig.

»Und last, not least, Mannys Bruder Tito.«

Er schüttelte Ruth die Hand. »Wir kennen uns bereits«, sagte er zu Rachel. »Wir sind uns nur noch nicht vorgestellt worden.«

Barros Boatyard. Natürlich. Marcos Familie. Im Moment war sie nur nicht darauf gekommen. Ruth betrachtete die am Tisch Versammelten: Da waren die drei Geschwister Manny, Tito und Bianca. Manny und seine Frau Lidia waren Marcos Eltern. Tito und Manny gehörten die Werft und der Bootsverleih. Als Ruth eine Ahnung von den engen Verflechtungen in der Stadt bekam, hatte sie das angenehme Gefühl dazuzugehören, und sei es nur ein ganz klein wenig.

Sie setzte sich neben Bianca, und Olivia schlüpfte auf der anderen Seite neben Ruth.

»Schön, Sie wiederzusehen.« Tito lächelte und hielt eine Weinflasche hoch. »Rot oder weiß?«

»Weiß, bitte«, antwortete Ruth. Er schenkte ihr ein.

»Sei doch nicht so unhöflich, Tito«, schimpfte Bianca, als er sich seitlich über sie beugte. »Sie wird sich doch wohl selbst einschenken können.«

»Tauscht doch die Plätze, wenn dir das nicht passt. Sinn solcher Treffen ist ja, dass man neue Leute kennenlernt und mit ihnen ins Gespräch kommt. Dein Gequassel muss ich ganz sicher nicht den ganzen Abend hören.«

»Ich sitze gut hier«, erwiderte Bianca schroff.

Rachel kam mit dem Salat und stellte die Schüssel mitten auf den Tisch. Amelia erhob sich, trippelte in die

Küche und kehrte mit zwei Platten zurück. »Kabeljauküchlein und gegrillte Paprikaschoten«, verkündete sie.

»Avó, setz dich hin, lass mich das machen«, sagte Rachel. Amelia rieb sich die Hände, und Ruth fragte sich, ob sie Arthritis hatte. Wie alt mochte sie sein? Sie war so aktiv und energiegeladen, dass man ihr Alter leicht vergaß.

»Ich helfe Ihnen«, bot Ruth an und folgte Rachel zurück ins Haus.

»Manchmal wär's mir lieber, sie würde es langsamer angehen lassen.« Rachel warf einen Blick in einen großen Topf auf dem Herd, griff dann zu einem Teller mit gekochten Krabben, warf sie in den Topf und gab Erbsen, Hummerfleisch und Pilze dazu.

»Was kochen Sie denn Gutes?«, fragte Ruth.

»Meeresfrüchteauflauf.«

»Hm, das riecht köstlich! Ja, Ihre Großmutter ist ein Ausbund an Energie. Eine wirklich beeindruckende Frau.«

Rachel nickte. Sie nahm eine Auflaufform vom Abtropfbrett, trocknete sie ab und fettete sie dann mit Butter ein. »Sie lässt sich nicht unterkriegen. Vor drei Jahren hat sie Kelly, ihre Frau, verloren.«

»Das hat sie im Mosaikkurs erwähnt.«

»War eine schwere Zeit. Deshalb gibt sie auch den Kurs. Kelly war eine großartige Mosaikkünstlerin – das dort drüben hat sie auch gemacht –, und ich glaube, Amelia fühlt sich ihr nahe, wenn sie im Atelier arbeiten und ihre Tradition fortsetzen und an andere weitergeben kann.« Rachel lächelte. Sie reichte Ruth einen Weidenkorb mit warmen Brötchen und meinte: »Wenn Sie die schon mal rausbringen könnten? Ich will nur noch schnell den Reis in die Auflaufform füllen, dann komme ich nach.«

Den Korb an sich gedrückt, verließ sie die Küche und schloss die Terrassentür hinter sich. Die untergehende Sonne malte staubig rosa und goldene Bänder in den Himmel. Ruth atmete tief ein. Eine innige Dankbarkeit erfüllte sie, weil sie das Gefühl hatte, zum richtigen Zeitpunkt ihres Lebens am richtigen Platz zu sein.

Sie sah, dass Tito und Bianca tatsächlich den Platz getauscht hatten. Als sie sich neben ihn setzte, beugte er sich zu ihr und raunte: »In dieser Saison ist noch kein Hai gesichtet worden. Nur für den Fall, dass es Sie interessiert.«

Ruth schüttelte den Kopf, musste aber unwillkürlich lächeln. »Ich glaube, das hab ich verdient!«

»Ich wollte Sie nur aufziehen. Ich hoffe, Sie überlegen es sich noch mit der Bootstour. Es wäre jammerschade, wenn Sie das Beste an Ihrem Aufenthalt hier verpassen würden.«

»Ich werde es mir merken.« Ein prickelndes Glücksgefühl durchströmte sie. Lag es an Titos Aufmerksamkeit oder an dem leckeren Essen? Oder daran, dass sie nicht allein an diesem Tisch inmitten dieser großen Familie saß, sondern mit ihrer Tochter?

Amelia erhob sich. »Ich würde gern einen Toast ausbringen. Auf den Beginn eines weiteren wunderschönen Sommers!«

»Auf den Sommer!«, echoten die anderen und erhoben ihre Gläser.

Ruth lächelte Olivia zu, doch diese schaute weg.

Was für eine Ironie des Schicksals, dass Olivia nach Provincetown fahren musste, um die beiden attraktivsten heterosexuellen Männer kennenzulernen, denen sie je begegnet war.

Zu Beginn des Abends saß sie zwischen Rachels Mann Luke und Amelia. Luke war ein netter, gesprächiger Typ, der alles über ihr Leben in New York wissen wollte. »Und wie lange werden Sie bleiben?«, fragte er schließlich.

»Ich fahr morgen zurück.« *Ganz gleich, was passiert.* »Sie und Rachel wohnen also das ganze Jahr über hier?«, fragte sie ungläubig. Wie in aller Welt schlug man in den kalten Wintermonaten in einem Nest wie diesem seine Zeit tot? Sogar während der Hochsaison im Sommer waren ein paar Wochen Ferien das Höchste der Gefühle.

»Ja. Ich unterrichte an der University of Rhode Island.«

»Wirklich? Was unterrichten Sie denn?«

»Stadtplanung.«

Olivia nickte, auch wenn sie sich nicht sicher war, was sie sich darunter vorstellen musste. »Das ist ein wunderschönes Haus.«

»Danke. Es gehört meinem Vater. Er ist gesundheitlich angeschlagen, deshalb ist er in den Westen gezogen. Das trockene Klima bekommt ihm besser.«

Weitere Gäste trafen ein, und die, die schon da waren, rückten ein Stück, um Platz zu machen. Marco setzte sich neben Olivia. Er verlor kein Wort darüber, dass sie sich schon einmal begegnet waren. War es möglich, dass er sie nicht wiedererkannte? Oder war es ihm schlicht egal? Als sie darüber nachdachte, wurde ihr klar, dass es *ihr* nicht egal war. Dass sie sogar gehofft hatte, ihn wiederzusehen.

Lächerlich!

Sie verscheuchte diese Gedanken, indem sie sich auf das Essen auf ihrem Teller konzentrierte. Sie holte ihr

Handy hervor, schoss ein Foto von den gegrillten roten Paprikaschoten und postete es.

Marco warf ihr einen befremdeten Blick zu.

»Für Instagram«, erklärte sie.

»Ich dachte, das sei nur was für Teenager«, meinte er kopfschüttelnd.

Olivia lehnte sich zurück und verschränkte die Arme. »Soziale Plattformen sind mein Job. Sie sind eine riesige Industrie.«

»Ah, okay, interessant«, murmelte er und klang alles andere als interessiert.

Es wurde dunkel. Kerzen wurden angezündet. Rachel trug eine Speise nach der anderen auf: überbackenen Reis mit Hummer und Krabben, gedämpfte grüne Bohnen, ein Grillhähnchen, mit Knoblauch und Koriander gebratene Krabben. Der Wein floss in Strömen, aber Olivia verzichtete auf Alkohol. Obwohl sie so viel Schmerztabletten eingeworfen hatte, dass es ein Pferd umgehauen hätte, fuhr es ihr bei jeder Bewegung derart in den Rücken, dass sie die Zähne zusammenbeißen musste. Wie sollte sie sich morgen hinters Steuer setzen? Selbst nach vierundzwanzig Stunden hatten die Schmerzen kein bisschen nachgelassen.

Als sie den Hauptgang serviert hatte, setzte sich Rachel zu ihrem Mann. Er legte den Arm um sie, und sie beugten sich zueinander und unterhielten sich, ohne auf die anderen ringsum und ihr fröhliches Geplapper zu achten.

Die beiden waren sich Gesellschaft genug, und der Anblick ihrer tiefen Vertrautheit rief in Olivia ein Gefühl grenzenloser Einsamkeit hervor.

Kapitel zweiundzwanzig

Elise wäre lieber daheim geblieben. Da sie keinen Babysitter hatten, würden sie Mira mitnehmen müssen zu Rachel und Luke und mit weiteren Fragen konfrontiert werden. Aber sie konnten sich auch nicht den ganzen Sommer über im Haus einschließen.

»Warum ist dir die Meinung der Leute auf einmal so wichtig?«, wunderte sich Fern. »Du warst doch diejenige, die gemeint hat, ich solle mir keine Sorgen machen.«

Elise hatte ihr bisher weder von Brian Correias Besuch noch von Biancas Auftritt erzählt.

»Lass uns einfach ein bisschen Spaß mit unseren Freunden haben«, sagte Fern. »Das haben wir bitter nötig.«

Bis sie den Laden geschlossen, sich umgezogen und Mira gefüttert hatten, war es spät geworden und das Essen fast schon vorbei.

Elise hatte sich den ganzen Tag eingeschärft, nicht mehr an das Zusammentreffen mit Bianca zu denken. Dass Fern über den Verkauf des Hauses diskutiert hatte, war bestimmt eine maßlose Übertreibung. Und Elise hatte es tatsächlich geschafft, das Gespräch zu vergessen – bis sie am Tisch saß und Biancas Blick auffing und sie sagen hörte: *Sie sei sehr interessiert. Und Fern meinte, das sei gut zu wissen.*

Elise hatte sich angeregt mit Ruth Cooperman unterhalten. Und diese hilfsbereite, verständnisvolle Frau sollte es auf ihr Haus abgesehen haben? Elise konnte sich das beim besten Willen nicht vorstellen. Sie hatte nicht die Absicht, sich diesen wunderschönen Abend verderben zu lassen. Sie schenkte sich ein weiteres Glas von dem spritzigen argentinischen Weißwein ein, der so herrlich süffig war.

»Noch ein bisschen Reis?« Fern reichte ihr die Auflaufform. Die überbackenen Meeresfrüchte – ein portugiesisches Rezept, das sie in ihrem ersten Sommer hier im Haus der Barros' das erste Mal probiert hatte – gehörten zu ihren Lieblingsgerichten.

Elise lächelte ihr zu. »Danke. Eigentlich sollte ich aufhören, aber es ist so lecker!«

»Dann greif zu. Das ist eine Party! Wir können uns morgen wieder in Zurückhaltung üben.«

Ja, es war eine Party. Und es lief gut mit Fern – nicht perfekt, aber ganz gut. Im Laden hatten sie fast so viel Kundschaft gehabt wie am Wochenende; über ihnen wölbte sich ein herrlicher Sternenhimmel, und sie hatte ein Baby auf dem Schoß. *Tief durchatmen*, sagte sie sich.

Als der Tisch abgeräumt war, tauschten alle die Plätze und setzten sich zu jenen, mit denen zu plaudern sie bisher keine Gelegenheit gehabt hatten. Jaci war noch später gekommen als Elise und Fern. Sie gesellte sich zu den beiden und fragte Elise, ob sie ihr Mira abnehmen solle. Elise gab sie ihr, obwohl sie kein Bedürfnis nach Ablösung hatte. Im Gegenteil: Auch wenn ein Säugling viel Arbeit machte, so fehlte ihr etwas, wenn sie Mira nicht auf dem Arm halten konnte.

»Das mit Marco tut mir echt leid«, sagte Jaci, den Blick

auf Mira gerichtet. »Ich werde versuchen, ihn umzustimmen, aber meine Eltern sind auf seiner Seite.«

»Es lohnt sich nicht, dass du wegen eines Ferienjobs Streit mit deiner Familie kriegst«, sagte Fern. »Du kannst uns in deiner Freizeit im Laden helfen, du bist uns immer willkommen. Aber das Geschäft deiner Familie geht vor.«

»Genau deshalb will ich ja einen Collegeabschluss – damit ich damit nichts zu tun habe. Ich habe nicht vor, den Rest meines Lebens hier zu verbringen. Früher oder später werden sie das akzeptieren müssen.«

Mira wurde unruhig, und Jaci stand auf. »Ich werde sie ein bisschen herumfahren.«

»Oh, ich mach das schon!« Elise sprang auf. »Amüsier du dich lieber.«

Jaci warf ihr einen schrägen Blick zu. »Unter *amüsieren* versteh ich was anderes. Ich war den ganzen Tag mit Marco zusammen, ich will nicht auch noch den Abend mit ihm und meinen Eltern verbringen. Ich geh gern ein bisschen spazieren.«

Der Buggy stehe auf der hinteren Veranda, erklärte Fern. Elise setzte sich wieder und widerstand dem Impuls, *Geh nicht zu weit weg!* zu rufen. Es war ihr gar nicht recht, dass Jaci Mira mitnahm, aber Fern würde die Zeit ohne die Kleine genießen.

»Ich habe die Damen noch gar nicht begrüßt!« Clifford Henry ließ sich auf den Stuhl fallen, von dem Jaci gerade aufgestanden war. Elise achtete nicht auf ihn, nervös schaute sie Jaci und dem Säugling nach.

»Entspann dich.« Fern legte die Hand auf ihre.

»Familienzuwachs?«, fragte Clifford, der Elises Blick folgte.

»Wir möchten die Kleine adoptieren«, antwortete Elise, was ihr einen strafenden Blick von Fern eintrug.

»Großartig! Wie seid ihr denn …«

»Wir haben Santiagos Anbau heute Abend zum ersten Mal gesehen«, fiel Fern ihm ins Wort. »Einfach klasse!«

»Santiago ist ein Genie.« Clifford winkte ab, als müsse das nicht weiter erörtert werden. »Aber was ihr beide aus eurem Laden gemacht habt, kann sich auch sehen lassen! Er ist einfach göttlich! Ich *liebe* ihn!«

»Danke, Clifford. Wir sind auch ganz glücklich damit.« Fern zwinkerte Elise zu.

»Werdet ihr den Sommer über eine Aushilfe einstellen, oder wollt ihr alles allein schaffen?«

»Wir sind uns noch unschlüssig«, antwortete Elise. »Wieso? Kennen Sie jemand, der einen Teilzeitjob sucht?«

»Nein.« Er beugte sich näher. »Aber ich kenne jemand, der ein Haus zu kaufen sucht. *Euer* Haus.«

Elises Magen krampfte sich zusammen, doch ein flüchtiger Blick auf Fern, die genervt die Augen verdrehte, beruhigte sie. »Shell Haven steht nicht zum Verkauf, Clifford«, sagte Elise.

»Im Moment nicht. Aber wenn es einmal so weit ist, werdet ihr hoffentlich an mich denken. Ruth Cooperman hat mir erzählt, dass sie mit Ihnen, Fern, gesprochen hat. Diese Frau signalisiert, dass sie bereit ist, jede Summe zu bezahlen. Sie brauchen nur ein Wort zu sagen, und ich werde meinen Zauberstab schwingen.«

»Schwingen Sie ihn woanders«, erwiderte Fern.

»Das macht wirklich keinen Spaß mit Ihnen beiden!«

Elise stand auf. »Ich werde mal schauen, ob ich Rachel beim Nachtisch helfen kann.«

»Gute Idee. Ich komm mit«, sagte Fern.

Als sie über den Rasen Richtung Haus gingen, murmelte Elise: »Der kann einem ganz schön auf die Nerven gehen.«

»Ach, du kennst Clifford doch!«

»Trotzdem. Man vermietet sein Haus, und plötzlich wollen es sich alle unter den Nagel reißen. Ich hab dir gesagt, dass das nichts als Probleme mit sich bringen wird.«

Fern blieb abrupt stehen und griff nach ihrer Hand. »Hey, wir ziehen am gleichen Strang. Niemand will das Haus verkaufen.«

Elise nickte und lächelte. »Okay, entschuldige. Ich bin ein bisschen durch den Wind.«

»Es stürmt ja auch einiges auf uns ein. Wir schaffen das schon. Eins nach dem anderen.«

Rachel stand an der Kochinsel, auf deren Arbeitsfläche so viele Süßspeisen standen, dass es für die doppelte Anzahl Gäste gereicht hätte: Windbeutel, Butterkekse, der Beerenkuchen, den Elise und Fern in Connie's Bakery gekauft hatten, Zitronenschnitten, noch zwei Kuchen und eine Art Pudding.

»Hey, ihr zwei. Bevor ich's vergesse – die nehmt ihr nachher mit nach Hause. Hab ich extra für euch gebacken.« Sie griff nach einer Keksdose. »Lavadores. Man isst sie traditionell zum Tee.«

»Das wär doch nicht nötig gewesen, Rachel«, sagte Elise. »Du kannst dir nicht vorstellen, wie dankbar ich – *wir* für deine Hilfe mit Mira sind. *Ich* hätte etwas für *dich* backen sollen!«

Marco, ein paar leere Teller in den Händen, kam von der Terrasse herein.

»Wollt ihr euch schon auf den Heimweg machen?«, fragte er und stellte das Geschirr in die Spüle.

»Nein«, antwortete Fern. »Wir waren bloß neugierig, was es zum Nachtisch gibt. Und nochmals Entschuldigung, weil Jaci bei uns im Laden war und auf das Baby aufgepasst hat, wo du sie auf der Austernfarm gebraucht hättest. Uns war nicht klar, dass das solche Probleme geben würde.«

Marco schüttelte den Kopf. »Ihr könnt nichts dafür. Ich weiß nicht, was diesen Sommer mit ihr los ist. Sie benimmt sich, als wäre es eine Strafe, hier zu sein.«

»Sei nicht so streng mit ihr«, sagte Elise. »Sie ist immer noch ein Kind.«

»Sicher. Aber von Jaci mal ganz abgesehen – ich wollte sowieso mit euch reden. Habt ihr morgen Nachmittag zufällig Zeit?«

Fern und Elise wechselten einen Blick. Ein ungutes Gefühl beschlich Elise. Ging es um Mira? Marcos einfache Frage gab ihr zu verstehen, wie zerbrechlich ihr Glück im Grunde war. Sie hatten ein Geheimnis, ein großes Geheimnis. Und dieses Geheimnis sorgte dafür, dass immer wieder unvorhergesehene Hindernisse vor ihnen auftauchten.

»Klar«, antwortete Fern. »Wir sind im Laden. Komm einfach vorbei.«

»Könnten wir uns vielleicht am Kai treffen? Ich würde euch gern etwas zeigen. Und euch ein Geschäft vorschlagen.«

Elise war so erleichtert, dass sie mit schriller Stimme rief: »Das ist ja toll!« Fern warf ihr einen Blick zu, als wollte sie sagen: »Alles in Ordnung mit dir?«

Er lächelte. »Gut, dann besprechen wir morgen alles Weitere. Und jetzt kommt, die Party geht weiter!«

Als sie Marco nach draußen folgten, ergriff Fern ihre Hand und drückte sie zärtlich. Elise versuchte, sich zu entspannen. Es würde sich für alles eine Lösung finden. Es fand sich immer eine. Warum sich um ungelegte Eier sorgen und sich damit diesen wunderschönen Abend verderben?

Aber als sie an ihre Plätze zurückgekehrt waren und Rachel das erste Tablett mit den Desserts heraustrug, wurde ihr bewusst, dass sie den Tatsachen ins Auge sehen musste: Der Boden unter ihren Füßen, den sie sich fest und sicher wünschte, konnte jeden Moment nachgeben.

In der Dunkelheit, die nur vom flackernden Kerzenschein erhellt wurde, konnte Ruth ihre Enttäuschung über Olivias frühen, unvermittelten Aufbruch gut verbergen.

Sie hatte sich gerade mit Lidia und Manny Barros unterhalten. Die zwei gehörten zu jenen Paaren, die es irgendwie geschafft hatten: Sie waren seit fünfunddreißig Jahren verheiratet, hatten zwei wunderbare Kinder und eine in Ruths Augen bemerkenswert altmodische Arbeitseinteilung – Lidia war für den Haushalt zuständig, Manny führte die Werft.

»Manchmal helfe ich ihm bei der Buchhaltung«, sagte Lidia. »Aber mein Hauptaugenmerk gilt den Kindern.«

»Und der Küche«, ergänzte Manny und gab ihr einen liebevollen Klaps. Aus dem Mund eines anderen Mannes hätte das vielleicht sexistisch oder herablassend geklungen, aber in Mannys Augen konnte man unverhohlene Bewunderung für seine Frau erkennen. Mit der gleichen tiefen Zuneigung schaute er über den Tisch hinweg seine beiden Kinder an. In diesem Moment wurde Ruth schmerzlich bewusst, wie zersplittert ihr eigenes Leben war.

»Apropos Küche«, sagte Lidia. »Ich werde Rachel mit dem Abwasch helfen.«

»Ich komme mit.« Ruth stand ebenfalls auf. Sich bewegen. Sich beschäftigen. Rastlosigkeit als Mittel gegen Grübeleien und Emotionen.

Als sie in die Küche kamen, nahm Rachel ihnen die leeren Teller ab, die sie mitgebracht hatten, und stapelte sie auf die anderen in der Spüle.

»Das wär doch nicht nötig gewesen. Lasst alles stehen, ich mach es später.«

»Rachel, bitte. Geh raus zu den anderen und setz dich hin. Du bist den ganzen Abend herumgerannt. Ruth und ich sind froh, wenn wir uns die Beine ein bisschen vertreten können.« Lidia warf Ruth einen verschwörerischen Blick zu.

»Genauso ist es. Außerdem hab ich viel zu viel Wein getrunken, den muss ich abarbeiten!«

Rachel wandte sich widerstrebend der Terrassentür zu. »Seid ihr sicher?«, fragte sie. Die beiden Frauen schoben sie sanft zur Tür hinaus.

Lidia öffnete den Geschirrspüler und zog den untersten und den obersten Korb heraus. »Ich spüle das Gröbste ab, und Sie räumen die Sachen ein.« Ruth war es gar nicht recht, dass sie den angenehmeren Teil übernehmen sollte.

»Sie haben eine wundervolle Familie«, sagte sie, als sie eine Servierplatte seitlich in den unteren Korb steckte.

»Oh, danke.« Lidia seufzte. »Wissen Sie, ich habe mich so darauf gefreut, dass meine Tochter nach Hause kommt, aber es ist irgendwie der Wurm drin. Sie geht uns regelrecht aus dem Weg. Sie hat sich verändert. Sie hat uns nicht einmal an Weihnachten besucht!«

Ruth suchte nach weisen Worten und hätte gern eine Bemerkung gemacht, dass es ein schwieriges Alter oder nicht einfach sei, das erste Mal weg von zu Hause zu sein und allein zu wohnen. Das war sicher auch alles richtig, aber sie selbst hatte diese Erfahrungen nicht gemacht. Als Olivia das erste Jahr aufs College ging, hatten sie beide schon jahrelang nicht mehr unter demselben Dach gewohnt. Es kam ihr unehrlich vor, etwas Tröstliches zu sagen. Und so sagte sie gar nichts. Schließlich murmelte Lidia in das Schweigen hinein: »Das hört sich erbärmlich an, ich weiß.«

»Nein, überhaupt nicht«, erwiderte Ruth schnell. »Ich habe selbst Probleme mit meiner Tochter, auch wenn die Situation eine ganz andere ist. Ich kann Ihre Enttäuschung verstehen.«

Lidia sah sie dankbar an. »Nett, dass Sie das sagen. Mein Mann glaubt nämlich, dass ich es zu persönlich nehme. Er ist zwar sauer, weil Jaci sich vor der Arbeit drückt, aber er bleibt sachlich. Ich wünschte, ich könnte auch so sein wie er.« Sie reichte Ruth einige Besteckteile und fragte dann: »Sind Sie verheiratet?«

Ruth schüttelte den Kopf. »Geschieden. Seit vielen Jahren.«

»Das tut mir leid.« Ein Ausdruck tiefen Mitgefühls trat auf Lidias Gesicht, so als hätte Ruth einen schweren Schicksalsschlag erlitten. Wie würde sie wohl reagieren, wenn Ruth ihr sagte: *Es war meine Schuld. Ich war diejenige, die unsere Familie kaputtgemacht hat*? Der mitfühlende Ausdruck würde im Nu ganz anderen Emotionen weichen.

»Na ja, so was passiert eben«, erwiderte Ruth. »Mir tut es nur leid wegen Olivia. Für sie war das sehr schwer, und unsere Beziehung wurde nie wieder die gleiche.«

»Aber es ist doch ein gutes Zeichen, dass sie Sie hier besucht, oder nicht?«

Ruth nickte. Diese Frau war so voller Anteilnahme, dass sie sich richtig mies fühlte. Aber war ihr Wunsch, mehr Zeit mit ihrer Tochter zu verbringen, so falsch? Sie handelte doch nicht aus Egoismus. Sicher, sie wollte ihre Tochter zurückhaben, aber sie wollte auch eine Mutter sein, ihr eine Beziehung anbieten. Sie nahm nicht nur etwas, sie gab auch etwas. Oder versuchte es wenigstens.

»Sie fährt morgen zurück. Ich wünschte, sie würde noch ein wenig bleiben.«

Lidia schüttelte den Kopf. »Es ist nie einfach, was?«

»Ich fürchte, da haben Sie recht.«

»Möchten Sie nicht morgen Vormittag auf einen Kaffee rüberkommen?«

Ruth sah sie überrascht an. »Im Ernst?«

Lidia lächelte. »Im Ernst. Es ist schön, dass jemand in meinem Alter da ist, der auch eine erwachsene Tochter hat.«

»Ich komme sehr gern, danke.« Ruth meinte es ehrlich. Obwohl sie diese Frau erst vor wenigen Stunden kennengelernt hatte und mit ihr in einer fremden Küche stand, empfand sie eine seltsame Vertrautheit. Vielleicht würden die Entscheidungen der Vergangenheit der Zukunft mit ihrer Tochter Grenzen setzen. Vielleicht würde sie immer allein sein. Aber sie hatte diesen Ort und diese Menschen mit ihren Türen und ihren Herzen, die ihr offen standen. Etwas hatte sie in diese Stadt geführt. Sie war, wie immer, ihrem Instinkt gefolgt, hatte, wie immer, ihre Ideen umgesetzt. Bewegung war das Zauberwort. Provincetown war ein Neubeginn.

Sie konnte ihre Tochter nicht zwingen, eine Beziehung zu ihr einzugehen. Und sie würde es auch nicht mehr versuchen. Es war Zeit loszulassen.

Kapitel dreiundzwanzig

Am anderen Morgen ging es Olivia kein bisschen besser. Sie würde die fünfstündige Rückfahrt unmöglich antreten können. Aber sie musste irgendwie ins Büro zurück, und wenn sie die Fähre nehmen, ihr Auto dalassen und es später holen musste.

»Warum die Eile?«, fragte ihre Mutter am Frühstückstisch.

Na ja, es gibt Leute, die noch berufstätig sind. »Es gibt hier kein gescheites Wi-Fi«, brummelte Olivia, während sie zum x-ten Mal versuchte, sich an ihrem Laptop in ihr E-Mail-Account bei HotFeed einzuloggen.

»Das Wi-Fi funktioniert einwandfrei«, sagte Ruth.

»Und wieso komm ich dann nicht in mein Mail-Account?« Noch während sie das sagte, überprüfte sie die Verbindungen und sah, dass sie einen Zugriff aufs Internet hatte. Vielleicht gab es Probleme mit dem Server in New York? Sobald sie geklärt hatte, wie sie zurückkommen würde, musste sie jemandem dort Bescheid sagen.

»Wenn du dein Auto dalassen willst, könnte ich es dir irgendwann nächste Woche bringen, und wir könnten zusammen Mittag essen«, schlug Ruth vor.

Olivia sah sie an. Schlagartig kristallisierten sich die widerstreitenden Gefühle der letzten Tage heraus. »Ich glaube, du weißt gar nicht, wie weh es tut, wenn ich sehe, was für eine Mutter du hättest sein können.« Sie klappte ihren Laptop zu und mühte sich auf die Füße.

»Hätte sein können? Du siehst die Mutter, die ich heute bin. Warum willst du mich für die Vergangenheit bestrafen?«

»Ich bestrafe dich nicht, Mom.« Wut stieg in Olivia auf. Sie hatte es sich hart erarbeitet, ihre Mutter nicht zu brauchen. Es war schmerzhaft gewesen, aber sie hatte es geschafft. Sie hatte nicht die Absicht, diesen Prozess umzukehren, nur weil ihre Mutter eine Midlife-Crisis hatte. »Es ist nur … Doch danke für dein Angebot, aber ich werde das Auto irgendwann selbst abholen.« Vielleicht könnte sie jemanden beauftragen? Darüber würde sie sich Gedanken machen, wenn sie erst wieder in der Zivilisation war.

Ihre Mutter stand auf und umarmte sie unbeholfen, aber glücklicherweise nur ganz kurz.

»Ich bin jedenfalls froh, dass du gekommen bist. Wirklich. Und selbst wenn du bloß wegen deines Autos zurückkehrst, freue ich mich jetzt schon darauf.«

Tu das nicht, dachte Olivia. *Freu dich lieber nicht darauf. Erwarte nichts von mir.* In diesem Moment wurde ihr klar, dass sie um einen sauberen Schnitt nicht herumkam. Sie konnte weder ihr Auto dalassen noch sich mit ihrer Mutter in der Stadt treffen. Sie würde heute zurückfahren müssen, selbst wenn sie wegen ihres Rückens alle halbe Stunde eine Pause einlegen musste.

»Weißt du, eigentlich geht es mir ganz gut. Ich werde doch das Auto nehmen. Aber du könntest mir helfen, meine Tasche in den Kofferraum zu verstauen.«

»Das halte ich nicht für eine gute Idee. Das ist zu riskant! Denk an deinen Rücken. Warum hast du es denn so eilig?«

»Ich muss ins Büro zurück! Die Arbeit wartet. Gerade du müsstest das verstehen.«

Ihre Mutter versuchte, sie selbst dann noch zur Einsicht zu bewegen, als sie die Reisetasche zum Auto zog und Olivia sich vorsichtig hinters Lenkrad schob. Trotzdem schoss der Schmerz in neuen Wellen durch sie hindurch. Sie gab sich alle Mühe, sich nichts anmerken zu lassen. Sie atmete ein paarmal tief durch und bat ihre Mutter, die Tür für sie zu schließen.

»Ruf mich von unterwegs an, damit ich weiß, dass alles in Ordnung ist«, bat Ruth.

Olivia wäre gern ein paar Minuten sitzen geblieben, bis sie sich an die Position gewöhnt hatte. Sie hätte auch gern den einen oder anderen Anruf getätigt. Aber ihre Mutter stand immer noch da, und Olivia ahnte, sie würde erst ins Haus gehen, wenn sie weg wäre.

Also setzte sie rückwärts aus der Einfahrt und fuhr bis zur nächsten Querstraße. Dort hielt sie am Straßenrand an und zog ihr Handy hervor. Zu ihrer Linken schimmerte die Bucht zwischen den Häusern. Drei Tage in dieser Stadt, und sie hatte es nicht ein einziges Mal bis ans Meer geschafft.

Immer noch kein Zugriff auf ihr Account.

»Das gibt's doch nicht!« Sie rief Dakota im Büro an. Der Anruf wurde auf die Mailbox umgeleitet. Merkwürdig. Wieso saß sie um zehn Uhr morgens nicht an ihrem Schreibtisch? Sie wählte die Nummer von Dakotas Handy.

»Hallo?«

»Oh, hallo, gut, dass ich Sie erreiche. Ich bin auf dem

Rückweg in die Stadt. Ich kann mich nicht in mein Mail-Account einloggen. Sagen Sie denen in der IT-Abteilung bitte, dass sie das überprüfen sollen.«

»Äh, das sollten Sie lieber mit Peter klären.«

Wieso sollte sie Peter damit belästigen? Bevor sie nachfragen konnte, hatte ihre Assistentin aufgelegt.

Es wurde auf einmal unerträglich heiß im Auto. Olivia drehte die Klimaanlage höher und rief dann Peter Asgaards Assistentin an.

»Hi, hier ist Olivia. Ist Peter zufällig …«

Sie landete in der Warteschleife. Zwei Frauen schlenderten vorbei, eine trug ein wunderschönes Surfbrett, die andere eine große Kühltasche. Olivia schaute zum wolkenlosen Himmel.

»Peter Asgaard«, meldete sich ihr Boss.

»Hi, Peter. Olivia hier. Tut mir leid, wenn ich störe, aber ich bin auf dem Rückweg und komme nicht in mein Account rein. Anscheinend gibt es ein Problem mit dem Server.«

»Es gibt kein Problem mit dem Server.«

»Äh, es muss eins geben, weil ich mich nicht einloggen kann.«

»Ich würde das lieber mit Ihnen persönlich besprechen. Wann sind Sie wieder im Büro?«

»Was würden Sie lieber mit mir persönlich besprechen?« Olivia bekam Herzklopfen.

»Melden Sie sich morgen früh in der Personalabteilung.«

Was? Olivia stöpselte das Headset aus und hielt sich das Handy ans Ohr. »Entschuldigung, haben Sie gerade gesagt, ich soll …«

Peter ließ sie nicht ausreden. »Ich habe mich mit April Hollis unterhalten, weil ich gehofft hatte, sie als Klientin zurückzugewinnen. Sie hatte eine interessante Theorie, was Ihren bösen Schnitzer auf ihrem Instagram-Feed angeht. Sie meinte, Ihre Pläne, sich selbstständig zu machen, hätten Sie zu sehr abgelenkt.« Eine Pause, dann: »Olivia, Sie können sich nicht mehr in Ihr Mail-Account einloggen, weil Sie nicht mehr für HotFeed Media arbeiten.«

Olivia stammelte etwas von einem Missverständnis, aber Peter ging nicht darauf ein. Sie solle sich bei der Personalabteilung melden, wiederholte er nur und beendete das Gespräch.

Mit zitternden Fingern versuchte sie, den Zündschlüssel zu drehen. Sie musste schnellstens nach New York zurück und die Sache irgendwie in Ordnung bringen. Aber als sie sich ein klein wenig vorbeugte, schoss ihr der Schmerz von den Lendenwirbeln bis in die Schulterblätter hinauf.

Ein rosafarbenes Fahrradtaxi fuhr vorbei. Der Fahrer winkte ihr lächelnd zu.

Olivia brach in Tränen aus.

Ruth hatte nicht die Absicht, den ganzen Tag zu Hause zu sitzen und Trübsal zu blasen. Als Olivia fort war, borgte sie sich eins der Räder, die auf der hinteren Veranda standen, und radelte zum Strand hinunter.

Sie brauchte eine Inspiration. Der Entwurf für ihr Mosaik war fertig, aber sie wusste noch nicht, wie sie ihn umsetzen sollte. Das Einfachste wäre, mit Bruchstücken von Fliesen zu arbeiten, aber sie fürchtete, das Ergebnis würde weit hinter dem prachtvollen Seestern im Beach Rose Inn bleiben. Sie war sich nicht einmal sicher, ob ihr diese spezielle Kunstform lag. Aber immerhin hatte sie etwas, auf das sie ihre Energie verwenden konnte, und deshalb war sie entschlossen weiterzumachen.

»Gehen Sie an den Strand«, hatte Amelia geraten, als sie ihr von ihrer Kreativitätsblockade erzählt hatte.

Geh an den Strand war normalerweise ein vernünftiger Rat, wie Ruth fand. Du musst etwas Wichtiges durchlesen? Geh an den Strand. Du musst den Kopf freibekommen? Geh an den Strand. Du musst ein bisschen was für deine Gesundheit tun? Geh an den Strand.

Du musst vergessen, dass das Wochenende mit deiner Tochter ein gewaltiger Reinfall war? Geh an den Strand.

Ruth rückte ihren breitkrempigen Sonnenhut zurecht und schlenderte, auf der Suche nach geschliffenen Glasscherben, am Meer entlang.

War es ein Fehler gewesen, Olivia einzuladen? Nähergekommen waren sie sich jedenfalls nicht. Im Gegenteil: Olivia schien bei ihrer Abreise zorniger gewesen zu sein als bei ihrer Ankunft.

Ich glaube, du weißt gar nicht, wie weh es tut, wenn ich sehe, was für eine Mutter du hättest sein können.

Doch, Ruth wusste es. Dieses Wochenende hatte ihr nämlich einen kleinen Eindruck davon vermittelt, wie ihr Leben hätte sein können, wenn die Beziehung zu ihrer Tochter eine andere gewesen wäre. Sie sah es an Amelia und Rachel. Und an der Familie Barros. Sie und Olivia könnten ebenso gut Fremde sein.

Was hatte sie erwartet? Dass die Stadt die gleiche magische Wirkung auf Olivia hatte wie seinerzeit auf sie selbst? Sie war damals ein Teenager gewesen, Olivia war eine erwachsene Frau – eine Tatsache, die sie manchmal aus den Augen verlor. Möglicherweise wäre sie von P'town nicht so beeindruckt gewesen, wenn sie bei ihrem ersten Besuch älter gewesen wäre. Obwohl sie nur einen einzigen Sommer in der Stadt verbracht hatte, war P'town für sie gleichbedeutend mit ihrer Jugend. Im Grunde stand die Stadt für den Übergang zwischen Jugend und Erwachsenenalter. Sie würde vielleicht sogar so weit gehen und behaupten, dass sie die letzten Augenblicke unbeschwerten Glücks und kindlicher Unschuld auf diesem Landzipfel verbracht hatte.

Sie und ihre Mutter hatten während ihres Aufenthalts eine Routine entwickelt. Sie standen früh auf, gingen am Strand spazieren, kauften auf dem Rückweg Brot oder Gebäck in der portugiesischen Bäckerei (Bagels gab es keine, aber das war ein wirklich kleines kulinarisches Opfer) und brieten sich zu Hause Eier zum Frühstück. Den Rest des Tages verbrachten sie am Strand, wo sich ihre Mutter erst einmal kräftig einölte. Ruth fand Freunde in ihrem Alter, und sie stimmten alle darin überein, dass die kostbare Zeit zwischen Highschool und College nirgendwo besser zugebracht werden konnte als in einer Stadt, die von der Realität losgelöst schien.

Am letzten Juniabend wurde Ruth von einer Freundin zu einer szenischen Lesung im Fine Arts Work Center eingeladen. Das Center war zehn Jahre zuvor gegründet worden und sollte angehenden Künstlern die Möglichkeit zum gemeinsamen Arbeiten und zur Entfaltung ihrer Talente bieten. Ruth, die keine nennenswerte kreative Ader besaß, staunte über die zahlreichen Kunstschaffenden in Provincetown und über die Beiläufigkeit, mit der sich die Leute als Maler oder Schriftsteller oder Schauspieler bezeichneten. In Philadelphia war man entweder ein berühmter Künstler oder man hatte eine richtige Arbeit. Diese Unterscheidung gab es in P'town nicht.

Ruths Zeitgefühl in jenem Sommer war so gut wie nicht vorhanden. Es war ihr knurrender Magen, der ihr signalisierte, dass es Zeit fürs Mittag- oder fürs Abendessen war; und es waren die wechselnden Lichtverhältnisse, die ihren Tag strukturierten. Und so kam es, dass sie und ihre Freundin im Center eintrafen, als die Lesung fast schon vorbei war. Und von dem Rest kriegte sie nichts mit, weil sie von einem jungen Mann abgelenkt wurde. Er stand ein paar Schritte von ihr entfernt, in der Hand einen Plastikbecher Rotwein, und verfolgte die Inszenierung mit höchster Konzentration, den Blick auf die Schauspieler (oder die Schriftsteller?) geheftet. Er war groß und schlaksig und hatte glänzendes dunkles Haar. Zu einem roten T-Shirt mit dem Coke-Logo auf der Vorderseite trug er Jeans.

Wenn Ruth einen bestimmten Typ bevorzugt hätte, wäre es dieser Mann gewesen. Er sah auf jungenhafte Art gut aus, nicht hinreißend attraktiv, aber auf bodenständige Weise hübsch. Ruth fühlte sich zu ihm hingezogen, spürte instinktiv, dass die Chemie zwischen ihnen stimmte, noch bevor er sie ansah. Was er erst später, beim Cocktail nach der Lesung, tat. Ein Blick in seine großen, haselnussbraunen Augen, und es war um sie geschehen.

Ruth hatte sich in den kleinen, lockeren Kreis gedrängt, nur um näher bei ihm zu sein.

»Man wird unweigerlich an Lillian Hellman erinnert«, sagte er gerade in Anspielung auf die Inszenierung. »Und ich meine das im positiven Sinn.«

Ruth hatte keine Ahnung, wer Lillian Hellman war, und es war ihr auch egal. »Ohne Hellman gäbe es das Stück vermutlich nicht«, sagte sie kühn.

»Wie kann man ein Stück auf einen einzigen Aspekt reduzieren!« Die Frau, die das gesagt hatte, drehte sich zu ihr mit vor Zorn hochrotem Kopf. »Bloß weil es feministisch ist, muss es Hellman sein?«

Ruth begriff, dass das die Autorin sein musste, und platzte heraus, bevor sie nachdenken konnte: »Er hat es zuerst gesagt!« Sie zeigte auf den jungen Mann mit dem Coke-T-Shirt. Und der fing tatsächlich zu lachen an.

»Das nenn ich eine Diskussion auf höchstem Niveau!«

Ruth wäre am liebsten im Boden versunken. Sie verdrückte sich schnellstens und machte sich auf die Suche nach ihrer Freundin. Als sie sie nicht finden konnte, kehrte sie in den Raum mit der Bar zurück, wo sie sich einen Becher Wein einschenkte. Es schien niemanden zu stören, dass sie minderjährig war.

»Mach dir nichts draus«, sagte eine Stimme hinter ihr. »Shari fühlt sich gleich angegriffen, aber das tun wir alle.« Es war der Typ mit dem Coke-T-Shirt.

»Bist du auch Bühnenautor?«

»Ich bekenne mich schuldig!« Er streckte ihr die Hand hin. »Ben Cooperman.«

»Ruth.«

Sie konnte sich bis heute an jene erste Berührung erinnern, auch wenn es nur ein harmloser Händedruck war. Na ja, in Anbetracht dessen, was ein paar Tage später geschah, vielleicht nicht ganz so harmlos. Dieser Händedruck rief tiefere Empfindungen hervor als die Küsse oder das unbeholfene Fummeln der Jungs, mit denen sie auf der Highschool ausgegangen war. In jenem Sommer würde sie dieses Gefühl in Variationen immer wieder erleben – das bewusste Erleben jedes einzelnen unwiederbringlichen Augenblicks, die Gewissheit, dass sie nie wieder so empfinden und dass sie sich den Rest ihres Lebens daran erinnern würde. Sie sollte recht behalten.

Das Klingeln ihres Telefons holte sie in die Gegenwart zurück. Sie war froh darüber. Die Vergangenheit war vorüber. Es war die in vielerlei Hinsicht unveränderte Stadt, die ihrem Verstand einen Streich spielte: Die Jahre zwischen damals und jetzt brachen irgendwie weg, sodass es keinen emotionalen Puffer mehr gab. Aber sie hatte noch nie zurückgeblickt, und sie würde ganz sicher nicht jetzt damit anfangen.

Sie wischte sich den Sand an der Außenseite ihrer Tasche von der Hand, griff dann hinein und warf einen Blick auf das Display ihres Handys. »Olivia?«

»Ich brauche deine Hilfe, Mom«, sagte ihre Tochter.

Kapitel vierundzwanzig

Der Ausschlag war über Nacht gekommen. Zornige rote Flecken verunstalteten das süße Babygesichtchen. Elise hatte keine andere Wahl, als einen Kinderarzt aufzusuchen.

Fern und Amelia hatten ihr schon seit einer ganzen Weile dazu geraten. Aber Elise hatte Angst, einen Fremden zu Rate zu ziehen.

»Ich habe eine Freundin in Truro«, sagte Amelia. »Sie ist eine von uns, deshalb wird sie keinen Ärger machen.«

Elise wusste nicht genau, was *eine von uns* bedeutete. Dass sie aus Provincetown stammte? Lesbisch war? Oder ganz allgemein unkonventionell?

Als sie Dr. Mary Brandt kennenlernte, entschied sie, dass mindestens zwei der oben genannten Punkte zutrafen. Die Ärztin schien in den Sechzigern zu sein und sprach mit australischem Akzent. Sie hatte streichholzkurze weiße Haare, schwarz und rechteckig eingefasste dicke Brillengläser, trug Clogs und einen weißen Ärztekittel über einer Bluse und einem langen Jeansrock.

Elise hatte keine Ahnung, was Amelia ihrer Freundin über Mira erzählt hatte, aber die Ärztin stellte keinerlei Fragen zu ihrer Herkunft. Mit raschen, geübten Bewegungen kontrollierte sie das Gewicht und maß die Körpergröße des Säuglings. Dann erkundigte sie sich nach seinen Ess- und Schlafgewohnheiten, schlug eine andere

Babynahrung vor, die weniger blähte, und meinte, der Ausschlag sei eine Babyakne.

»Sieht zwar nicht schön aus, ist aber harmlos«, fügte sie hinzu.

Die Atmosphäre war so locker und entspannt, dass Elise schon aufatmete. Doch dann bemerkte die Ärztin: »Amelia hat mir erzählt, dass Sie die Adoption beantragt hätten.«

Elise erstarrte. Sie war davon ausgegangen, dass Amelia nichts gesagt hatte.

»Wir stehen noch ganz am Anfang«, erwiderte Fern hastig.

»Wissen Sie, ob sie bei der Geburt gegen Hepatitis B geimpft wurde?«

Fern und Elise sahen sich an. »Wird das im Krankenhaus automatisch gemacht?«, fragte Fern.

»Normalerweise ja.«

Elise war sich nicht einmal sicher, ob Mira überhaupt in einer Klinik zur Welt gekommen war. Die weiße, rosa und blau gestreifte Decke, in die sie gewickelt gewesen war, hätte von einer Entbindungsstation stammen können, aber mit hundertprozentiger Sicherheit konnte sie das nicht sagen. »Ich werde versuchen, es herauszukriegen«, erwiderte sie lahm.

»In einem Monat muss sie gegen Diphtherie, Keuchhusten, Hib und Röteln geimpft werden. Machen Sie am besten gleich einen Termin aus. Und keine Sorge wegen des Ausschlags. Sie ist trotzdem noch eine kleine Schönheit.« Dr. Brandt lächelte Mira zu und wedelte mit den Fingern.

Elise war dankbar für das Fußkettchen mit Miras Geburtsdatum, das sie brauchte, damit die Kleine die richtige medizinische Versorgung bekam. Es bestärkte sie in ihrer Überzeugung, dass das Baby geliebt und ganz bewusst vor ihrer Tür abgelegt worden war.

Fern war schweigsam auf dem Weg zum Auto.

»Das ist ja prima gelaufen«, sagte Elise unbehaglich. Fern antwortete nicht.

Elise legte die Kleine in die Babyschale auf der Rückbank, schnallte sie fest und stieg dann vorne ein. Fern, die am Steuer saß, sprach erst wieder, als sie die Stadt verlassen hatten. »Das ist nicht richtig.«

»Wieso? Magst du Dr. Brandt nicht?«, fragte Elise, wissend, dass Fern etwas ganz anderes meinte.

»Wir haben kein Recht, medizinische Entscheidungen zu treffen.«

»Was ist schon dabei? Eine staatliche Behörde würde sie doch auch impfen lassen. Du hast deinen Fokus aufs Falsche gerichtet. Wir handeln verantwortungsvoll, indem wir uns um sie kümmern. Das würde jeder so machen. Und wenn ihre Mutter ethische Bedenken gegen die Impfungen hätte, hätte sie doch einen Zettel schreiben und es uns mitteilen können.«

»Das ist ja lächerlich!«

»Findest du? Überleg doch mal. Sie hat uns Hinweise gegeben. Sie hat uns ihr Geburtsdatum verraten. Die Decke, in die die Kleine eingewickelt war, ist mit großer Wahrscheinlichkeit eine Krankenhausdecke. Je mehr ich über alle diese Dinge nachdenke, desto sicherer bin ich mir, dass Mira nicht zufällig bei uns gelandet ist.«

»Das spielt keine Rolle. Amelia hat die Ärztin belogen, als sie sagte, wir hätten die Adoption beantragt. Und warum hat sie gelogen? Weil die Wahrheit inakzeptabel ist.«

»Das war keine Lüge, bloß eine Übertreibung. Wir haben zwar die Adoptionsbehörde noch nicht eingeschaltet, aber adoptieren wollen wir sie ja.«

Fern hielt das Lenkrad so fest umklammert, dass ihre Knöchel weiß hervortraten. »Du bringst mich da in eine richtige Zwickmühle, Elise. Ich will dir nicht in den Rücken fallen, aber ich will auch mir selbst treu bleiben.«

Elise nickte und schaute aus dem Fenster. »Ich verstehe sehr gut, was du meinst.«

Mit ihrem Rücken konnte Olivia unmöglich die drei Treppen bis zum Gästezimmer hinaufsteigen, deshalb wollte Ruth sie im Wohnzimmer im Erdgeschoss einquartieren. Olivia war alles andere als begeistert.

»Hier habe ich doch gar keine Privatsphäre«, klagte sie.

»Wieso, hier stört dich doch keiner! Alle anderen haben ihre Zimmer oben, und die Küche ist so weit weg, dass du nicht viel mitbekommen wirst. Hör doch bitte auf, ständig und über alles mit mir zu diskutieren!«

Insgeheim freute sich Ruth über diese unerwartete Wendung. Sie hatte sich schon damit abgefunden, dass Olivias Besuch mit einem Missklang geendet hatte, aber jetzt bot sich die Chance, die Dinge wieder geradezubiegen. Und da Olivia ihr versichert hatte, die Rückenschmerzen seien auszuhalten, hatte sie auch kein schlechtes Gewissen, weil sie innerlich frohlockte.

Sie schüttelte die Kissen der Schlafcouch auf. »Vielleicht will dir dein Körper damit sagen, dass du nicht weglaufen sollst«, sagte sie vorsichtig. Sie strich die Bettdecke glatt, die sie im Wandschrank im Schlafzimmer gefunden hatte, und klopfte mit der Handfläche darauf. »Komm, setz dich.«

Olivia war den Tränen nahe. »Eigentlich ging's mir ganz gut. Ich wollte wirklich zurückfahren, aber dann … aber dann …«

Ruth trat besorgt näher. »Was? Was ist denn passiert?«

»Ich bin gefeuert worden!« Olivia begann zu schluchzen. Ruth fasste sie am Arm, steuerte sie Richtung Bett und half ihr, sich auf den Rücken zu legen.

»Ach herrje, Olivia, das tut mir leid. Aber du wolltest dich doch sowieso selbstständig machen, oder? Das hast du mir am ersten Abend beim Essen erzählt.«

Olivia schniefte und nickte. »Ja, das stimmt schon. Aber ich brauche Klienten. Ich wollte den richtigen Zeitpunkt abwarten. Stattdessen hab ich alles total vermasselt!« Dann sprudelte eine Geschichte von einer Trennung, einer Grippe, einem TV-Star, die eine trockene Alkoholikerin war, und einem Instagram-Patzer aus ihr heraus.

»Hast du mal mit deinem Ex gesprochen? Weißt du, jetzt habe ich ein schlechtes Gewissen, weil ich dich gebeten habe herzukommen. Hätte ich gewusst, dass du so viel um die Ohren hast …«

»Es war schlimm für mich, als wir uns getrennt haben, aber meinen Job zu verlieren, ist tausendmal schlimmer. Ich weiß noch nicht, wie ich das wieder einrenken kann, aber ich muss es irgendwie schaffen.«

Ruth begriff nicht recht, was Olivia an ihrem Job so begeisterte. Als Social Media zu einem unverzichtbaren Instrument wurden, hatte ihre Firma Leute, die sich darum kümmerten, genauso wie sie Angestellte hatte, die für die herkömmlichen Werbekampagnen zuständig waren. Ruths Fokus, ihr großes Talent, war immer die Produktentwicklung gewesen. Für sie ging es um den kreativen Aspekt, nicht den verkaufstechnischen, obwohl die Existenz des Unternehmens natürlich vom Verkauf abhing. Sie umgab sich mit Leuten, die ein Gespür fürs Verkaufen hatten, richtige Verkaufstalente waren. Sie selbst jedoch fragte sich immer, was Frauen wirklich wollten oder brauchten, um sich gut und schön zu fühlen. Sie konnte sich beim besten Willen nicht vorstellen, wie man einen Beruf ergreifen konnte, der auf etwas so Abstraktem – und offen gesagt auch so Bedeutungslosem – wie den digitalen Medien aufgebaut war.

»Machst du dir Sorgen wegen Geld?«, fragte sie jetzt. »Ich kann dir aushelfen, bis du weißt, wie es weitergehen soll.«

Olivia schüttelte den Kopf. »Nein, das ist es nicht. Aber trotzdem danke. Es ist nur … Mein Beruf ist mein Leben. Ich kann nicht glauben, dass ich es dermaßen verbockt habe!«

»Jeder macht Fehler. Und der Weg zum Erfolg ist niemals schnurgerade und eben.«

»Deiner war es«, schniefte Olivia.

»O nein, da irrst du dich.« Ruth hätte ihr gern erzählt, wie es war, als sie in Olivias Alter war und versucht hatte, alles unter einen Hut zu bringen, Mutter eines Kleinkinds zu sein und eine Firma zu führen. Wie oft war sie regelrecht panisch geworden und hatte sich überfordert gefühlt! Aber sie wollte nicht den Eindruck erwecken, dass sie das Muttersein je als Last empfunden hatte. Und so sagte sie nur: »Am Anfang gab es viele, viele Wochen, wo ich nächtelang wach lag und mich fragte, wovon ich meine Leute bezahlen sollte.«

»Aber du hast deine eigene Firma gegründet. Du hast es getan.«

»Stimmt. Aber leicht war es nicht, nicht eine Minute lang. Und ich hatte nie geplant, eine eigene Firma zu gründen. Das war nur so eine Idee gewesen, die eine Eigendynamik entwickelte.«

Es war in der Tat erstaunlich, wie eins zum anderen geführt hatte, wie viele kleine Entscheidungen das große Ganze geformt hatten.

Ben hatte sie im Abschlussjahr am College mit der Ankündigung überrascht, dass er Medizin studieren wolle. »Und was ist mit der Schriftstellerei?«, hatte sie ihn gefragt. Das könne er nebenher immer noch machen, hatte er wenig überzeugend erwidert. Als er an der Penn Med aufgenommen wurde, verlobten sie sich. Nach der Hochzeit zogen sie in seine Heimatstadt: Cherry Hill, New Jersey, lag praktisch gegenüber der Universität auf der anderen Seite des Delaware River.

Sie durchforstete die Stellenangebote im *Philadelphia Inquirer*, aber die Auswahl war bescheiden. Sie war schon ziemlich verzweifelt, als sie die Anzeige einer Kosmetikfirma entdeckte, die jemanden für die Kundenbetreuung suchte. Das Vorstellungsgespräch fand an einem Dienstag in einem kleinen, grauen Raum statt und wurde von einem Mann geführt, der ihr eine »gute Telefonstimme« bescheinigte. Am darauffolgenden Montag saß sie an ihrem neuen Arbeitsplatz.

Die Firma stellte Make-up und Hautpflegecremes her, und zwar für große Unternehmen, die diese Produkte dann, mit ihren Logos und Labels versehen, auf den Markt brachten. Sie lernte zu ihrer Verwunderung, dass man nicht selten das gleiche Produkt kaufte, auch wenn der Markenname ein anderer war. Die Qualität war identisch. Manchmal wurde das Produkt den Kundenwünschen angepasst: Ein Lippenstift von Chanel zum Beispiel bestand aus denselben Grundsubstanzen wie jeder andere Lippenstift, aber die Konzentration der Pigmente konnte eine andere sein. Die Chancen, dass es völlig egal war, von welchem Hersteller man etwa Wimperntusche kaufte, weil es praktisch immer die gleiche war, standen also nicht schlecht.

Sie wechselte bald von der Kundenbetreuung in den Verkauf und war zuversichtlich, dass sie die Karriereleiter weiter hinaufklettern und eine leitende Position erreichen würde. Ihr Traum war die Produktentwicklung. Dann, drei Jahre nach ihrem Einstieg in die Firma, brannte die Produktionsstätte unmittelbar vor Weihnachten 1986 ab. Die Eigentümer teilten ihren Angestellten mit, dass sie die Anlage nicht wiederaufbauen würden. Ihr blieb nichts anderes übrig, als sich von Neuem die Stellenangebote vorzunehmen. Nichts. Zu guter Letzt bewarb sie sich um eine Stelle im Privatkundengeschäft einer Bank, wo sie es sechs klägliche Wochen aushielt. Dann sagte sie zu Ben: »Ich vermisse das Kosmetikgeschäft. Es war ein gutes Geschäft. Ich will versuchen, meine eigene Firma zu gründen.«

Ben unterstützte sie bei ihrem Vorhaben. Sie rechnete ihm das hoch an. Sie war überzeugt, dass ihre Ehe nicht wie die ihrer Eltern verlaufen würde. Ben borgte sich ein paar tausend Dollar von seinen Eltern, und 1987 gründete Ruth RC Cosmetic Labs. Es war ein Sprung ins kalte Wasser. Sie hatte keine Ahnung, worauf sie sich eingelassen hatte. Sie holte sechs Laborantinnen an Bord, die sie aus ihrer ehemaligen Firma kannte und denen sie vertraute. Diese Frauen stellten die Farben und Rezepturen zusammen, sie selbst testete sie und billigte oder verwarf sie. Alles beruhte auf praktischem Herumprobieren und auf ihrem Instinkt. Zubereitet wurden die Mixturen in großen Suppentöpfen – eine professionellere Ausrüstung konnte sie sich noch nicht leisten. Die »Fabrik« befand sich in einem angemieteten, knapp dreihundert Quadratmeter großen Raum im hinteren Teil einer großen Produktionsanlage in Voorhees.

Zu ihrem Geburtstag wünschte sie sich fünfundzwanzig Pfund schwere Industriekessel und Lippenstiftgießformen. In jenem ersten Jahr setzte sie zweihundertfünfzigtausend Dollar um und erzielte einen Gewinn von fünfundzwanzigtausend Dollar.

»Aber als du in meinem Alter warst, hast du deinen Nagellack erfunden«, sagte Olivia jetzt. »Und damit hast du dir einen Namen gemacht und Erfolg gehabt.«

Ja, der Nagellack. Der die entscheidende Wende eingeleitet hatte. Ruth musste daran denken, dass sie »Cherry Hill« aus dem Sortiment genommen hatten und was das für die Firma, die sie aufgebaut hatte, bedeutete. »Du wirst deine eigene Version von Nagellack finden, Schatz. Ich glaube an dich. Aber jetzt ruh dich erst einmal aus.« Sie gab ihr einen Kuss auf die Stirn. »Ich hol uns was zu essen.«

Sie würde Lidia Barros anrufen und den geplanten Kaffee auf später verschieben. Zum ersten Mal seit langer, langer Zeit musste Ruth jemanden bemuttern.

Kapitel fünfundzwanzig

Elise und Fern trafen sich wie verabredet mit Marco an der Werft. Sie hatten nicht damit gerechnet, dass der Tag mit einem Besuch bei der Kinderärztin beginnen und dadurch jede Menge Stress mit sich bringen würde. Obwohl sie nur das Nötigste miteinander sprachen, waren sie sich einig, dass es falsch wäre, den Termin mit Marco abzusagen.

»Außerdem hat es keinen Sinn, in Schockstarre zu verfallen«, sagte Fern.

Elise ärgerte sich über diese Worte, weil Fern genau das Gleiche gesagt hatte, als ihre Versuche, schwanger zu werden, scheiterten und Elise sich auf nichts anderes mehr hatte konzentrieren können. Es war nicht richtig, dieses neue Baby mit den missglückten IVF-Versuchen zu vergleichen. Das bedeutete, etwas Aussichtsreiches mit etwas Gescheitertem gleichzusetzen, was als Rechtfertigung dienen würde, es abzulehnen.

Marco war in die Hocke gegangen, um ein Skiff am Steg zu vertäuen. Als er die beiden Frauen sah, winkte er sie zu sich. Es war sonnig und fast windstill – perfekt für einen Tag auf dem Wasser. In der Bucht, die schiefergrau dalag, tummelten sich alle möglichen Boote. Die Luft roch wie das Meer.

Die wunderschöne Szenerie faszinierte Elise selbst nach fünf Jahren noch. Sie liebte es, über die Kais und die Stege zu schlendern. Vor allem der lange Damm, der vom Pilgrim Park ins Meer hinausführte wie eine Brücke in die Unendlichkeit, hatte es ihr angetan. Früher hatten sie und Fern oft im Park gepicknickt und waren anschließend über die felsige Aufschüttung geschlendert – Elise, unsicher und ängstlich, hatte sich von Fern an die Hand nehmen und führen lassen. Das sollten sie unbedingt bald einmal wieder machen.

»Seid ihr bereit für eine kleine Tour?« Marco lächelte ihnen zu, und Elise erwiderte sein Lächeln unwillkürlich. Marco war ein guter Mann. Kein Wunder, dass diese reiche junge Frau aus Chatham sich vor ein paar Jahren in ihn verliebt hatte. Natürlich konnte diese Beziehung nicht gut gehen, das sah selbst ein Blinder. Aber es war so unglaublich süß, so schrecklich romantisch von Marco gewesen, ihr einen Heiratsantrag zu machen. Die Barros' – und alle anderen, denen etwas an Marco lag – behielten ihre Bedenken für sich und hofften das Beste. Lidia war die Einzige, die den Mund nicht hielt. Diese Frau sei nichts für ihren Sohn, klagte sie Elise und Fern, sie versuche jetzt schon, ihn zu ändern. »Und wenn sie merkt, dass ihr das nicht gelingt, wird sie ihn verlassen und ihm das Herz brechen.« Und genauso kam es auch.

»Aber immer«, antwortete Fern. »Mit dem Ding da?« Sie nickte zu dem Skiff rüber.

»Nein, unser Boot liegt dort drüben.« Auf der anderen Seite des Stegs war ein größeres Rennboot vertäut. Am Bug ragte eine Metallstange mit einer Art Haken auf. Elise und Fern kletterten an Bord und gingen nach hinten, wo sich eine Bank befand und ein paar Lattenkisten und Taurollen herumlagen. Dazwischen festgeklemmt zwei Paar Arbeitshandschuhe.

Marco ließ den Motor an. »Wir fahren raus, dorthin, wo ich meine Bodenkultur habe«, sagte er laut, um das Dröhnen des Motors zu übertönen.

Elise hätte ihn gern einiges gefragt, aber als das Boot beschleunigte und der Motor noch lauter röhrte, war an ein Gespräch nicht mehr zu denken. Jetzt, wo sie sich draußen in der Bucht befanden, hatte das Wasser seine Farbe verändert, war ein tiefes, ins Grüne spielendes Blau. Weiße Gischt flog rings um das Boot auf. Der Wind zerrte an Elises Haaren und peitschte sie ihr ins Gesicht.

Nach etwa zehn Minuten verlangsamte Marco das Tempo und schaltete dann den Motor aus. Reihen weißer Bojen markierten das Wasser.

Die plötzliche Stille brachte Elise ein bisschen durcheinander, so wie die Bewegung, das rasche Dahingleiten, nachdem sie vom Steg abgelegt hatten.

»Dauert nur ein paar Minuten«, sagte Marco. »Ich hab gedacht, ich zeig es euch, das ist einfacher als erklären.«

Er warf den an einer Schnur befestigten Haken ins Wasser und drehte dann an einer Kurbel. Die Kurbel knarrte laut, als die Schnur höher und höher gezogen wurde und schließlich die Wasseroberfläche durchbrach. Ein von etwas Hellbraunem, Schleimigem bedecktes Seil hing an dem Haken.

Marco kurbelte weiter, zog das Seil noch höher. Jetzt erkannte Elise, dass es Seetang war, der wie Stoffstreifen herunterhing, gelblich braun und gezahnt und in der Sonne schimmernd. Die blattähnlichen Wedel mussten dreieinhalb- bis viereinhalb Meter lang sein, vielleicht noch länger.

Marco beugte sich vor, schnitt ein paar Stücke mit einem Messer ab und ließ sie in einen weißen Plastikeimer fallen.

»Was hat das zu bedeuten, Marco?«, fragte Fern.

Er wischte sich lächelnd über die Stirn. »Ich kultiviere Algen. Insbesondere Braunalgen. Oder Kelp.«

Die langen Blätter erinnerten Elise an krause Haare.

»Das seh ich«, sagte Fern. »Aber warum?«

»Aus mehreren Gründen. Ich sehe der Zukunft des Fischfangs mit Sorge entgegen. Die letzten beiden Saisons waren hart. Und ich lebe jedes Jahr mit der Angst, dass ein einziger Wirbelsturm die Austernbänke zerstören könnte. Dann stehe ich vor dem Nichts. Algen werden nach der Hurrikansaison angebaut. Und da ich bereits die Anlagen für die Austernzucht habe, hat mich die Algengeschichte praktisch nichts gekostet.«

»Ist die Nachfrage nach Algen groß?«, fragte Fern.

»Gute Frage. Es ist eine Wachstumsindustrie. Als Nahrungsmittel ist es im Moment noch etwas für Wagemutige.«

»Hast du es schon mal probiert?«

Er nickte. »Ja, hab ich. Seetang-Nudeln sind ganz mild im Geschmack. Getrockneter Seetang schmeckt nussig und nach Meersalz. Die Vielfalt ist groß. Seetang ist proteinreich, kalorienarm und wird nachhaltig geerntet. Denkt doch mal an Grünkohl – wer hat den vor zehn Jahren schon gegessen?«

»Stimmt«, sagte Elise.

»Ich denke, wir sollten Algen schon allein aus ethisch-ökologischen Gründen kultivieren. Die Stickstoffbelastung des Wassers ist hier an der Küste ein großes

Problem. Nicht nur Austern können durch das Filtrieren des Wassers Stickstoff aufnehmen und abbauen, sondern auch Algen. Und ein noch größeres Problem ist der zunehmende Säuregehalt der Meere. Sie nehmen das überschüssige Kohlendioxid aus unserer Umwelt auf, was zu einem höheren Säuregehalt des Wassers führt, und der wiederum bedroht die Schalentiere – sie können keine Schalen mehr bilden. Algen absorbieren das Kohlendioxid.«

»Klingt fantastisch«, meinte Fern. »Aber was hat das alles mit uns zu tun?«

»Ich hab mir überlegt, was ich tun könnte, anstatt nur herumzusitzen und darauf zu warten, dass Seetang den Markt erobert. Und dann hab ich von diesem Typ in Maine gelesen, der Seetang-Tee anbietet.«

Elise und Fern sahen sich an. »Im Ernst? Ich kann mir nicht vorstellen, dass dieses Aroma genießbar ist.« Fern schüttelte den Kopf.

»Hört sich merkwürdig an, ich weiß. Aber dieser Typ mischt Seetang mit grünem Tee und Kräutertees, und das funktioniert anscheinend ganz gut. Ihr habt eure eigenen Mischungen, aber ich dachte, ich gebe euch was von dem Seetang, und dann könnt ihr damit experimentieren. Da ihr viel Wert auf den ganzheitlichen Aspekt legt und Algen jede Menge Antioxidantien und Vitamine haben, dachte ich, ich frage euch auf jeden Fall mal. Vielleicht seid ihr ja interessiert.«

Elise konnte Fern ansehen, dass sie tatsächlich interessiert war. Wer weiß, vielleicht hätte sie selbst es noch vor zwei Wochen aufregend gefunden, etwas Neues auszuprobieren. Aber jetzt war Mira da, und sie wollte nichts, das zusätzlich Zeit kosten würde, Zeit, die sie lieber mit Mira verbrachte.

»Wir probieren es. Was meinst du, Elise?«

»Na klar, warum nicht.«

»Super!« Marco rieb sich die Hände. Der Tang auf dem Seil hinter ihm bewegte sich in der Brise. Der Geruch von Salzwasser und etwas anderem, das typisch für das Meer war, wehte zu ihnen herüber. Könnte man diesen Geruch einfangen und abfüllen, hätte man den Sommer in einer Flasche. Elise dachte an das Aroma des Erdbeertraum-Tees, das durch den ganzen Laden zog und von jedem Kunden freudig erschnuppert wurde. Die Algenmischung könnte die gleiche Wirkung haben. Womöglich war es wirklich keine so schlechte Idee.

»Eine kleine Bitte hätte ich noch. Das heißt, eigentlich ist es eine Bitte so groß wie das da.« Marco zeigte auf den Tang hinter sich.

»Schieß los«, sagte Fern.

»Der Tang muss trocknen, und dafür hängt man ihn am besten auf – wie Wäsche auf der Leine. Aber vor meiner Wohnung kann ich das nicht machen, und hinter dem Haus meiner Eltern, wo mein Dad seine Boote repariert, sind zu viele Fußgänger unterwegs, und es liegt dort auch eine Menge Zeugs herum. Kann ich den Garten hinter Shell Haven nutzen?«

»Mir würde es nichts ausmachen, aber dir ist ja bestimmt nicht entgangen, dass wir das Haus vermietet haben. Du müsstest das also schon mit Ruth klären«, erwiderte Fern.

»Ich weiß nicht, ob wir Ruth damit behelligen sollten«, bemerkte Elise. »Ich finde, wir muten ihr schon zu viel zu.«

Fern sah sie an, als wollte sie sagen: »Und wessen Schuld ist das?«

»Lasst mich mit ihr reden«, warf Marco ein. »Wenn sie Nein sagt, ist das Thema vom Tisch. Dann werde ich was anderes finden. Jedenfalls freue ich mich riesig, dass ihr mit dem Tee herumexperimentieren wollt. Ich finde es toll, wie aufgeschlossen ihr seid.«

»Manchmal vielleicht ein bisschen zu aufgeschlossen«, brummte Fern.

Marco sah Elise an, und die schüttelte nur den Kopf. *Das galt mir*, sollte das heißen.

Er ließ den Tang wieder ins Wasser.

*

Am späten Nachmittag hatte Olivia festgestellt, dass Sitzen für ihren Rücken schlimmer war als Stehen, und so ging sie nach draußen und schlenderte durch den Garten hinter dem Haus.

Im Gegensatz zum gepflegten Grün vor dem Haus sah es hinten naturbelassener aus. Abgesehen von Hortensien wuchsen zahlreiche Wildblumen in dicken Büscheln, aber auch hohe Gräser und Unkraut wüst durcheinander. Olivia zog das stärker an als die ordentliche Schönheit der Blumenbeete, die ihr angesichts des Chaos in ihrem eigenen Leben wie ein Vorwurf erschien.

Das Licht veränderte sich fast unmerklich, wurde weicher, nicht mehr ganz so grell. Ein Fleckchen Schatten in einer Ecke des Gartens. Sie stand vor einer Steinbank und starrte auf ihr Handy. Sein Summen hatte ihr den ganzen Tag über den Eingang von Nachrichten von ehemaligen

Kollegen und Klienten gemeldet, die ihr Mitgefühl bekundeten und mehr oder weniger taktvoll fragten, was denn passiert sei und was sie nun vorhabe. Sie war froh, dass es endlich still war.

Die Einzige, die nichts hatte von sich hören lassen, war Dakota, ihre Assistentin. Ihre *frühere* Assistentin. Ob es lange dauern würde, bis sie ihren Schreibtisch mit dem von Olivia tauschte? Möglicherweise hatte Peter nur einen Vorwand gesucht, um sie zu feuern. Mit dreißig war sie schon alt für diesen Job. Jemand, der frisch vom College kam, würde für einen Bruchteil ihres Gehalts arbeiten und hätte dreimal so viel Social-Media-Präsenz wie sie.

Sicher, sie hatte ihrem Chef einen Grund für die Entlassung gegeben. Aber das änderte nichts daran, dass sie einfach abserviert worden war.

Sie betrachtete ihr Instagram-Profil und überlegte, ob sie HotFeed aus ihrer Biografie löschen sollte, entschied sich dann aber dagegen. Sie musste sich ihren nächsten Schritt gut überlegen, bevor sie sich voreilig deklassierte. Sie konnte sich immer noch selbstständig machen. Ihre eigene Firma gründen. Nur würde es jetzt sehr viel schwerer werden.

Ganz in Gedanken ließ sie sich auf der Steinbank nieder. Sofort schoss ihr der Schmerz wieder ins Kreuz.

An die Gründung einer eigenen Firma brauchte sie nicht zu denken, solange sie sich nicht einmal richtig hinsetzen konnte. Sie steckte in dieser Stadt fest und war auf ihre Mutter angewiesen, und das, obwohl sie sich geschworen hatte, diese Frau niemals um irgendetwas zu bitten. Es gab nur einen einzigen Menschen, von dem abhängig zu sein ihr nicht das Geringste ausmachte.

Sie wählte die Nummer ihres Vaters. Er nahm beim ersten Läuten ab.

»Hey, wieder zu Hause?«, fragte er fröhlich.

»Nicht direkt.« Unter Tränen, schniefend und stockend erzählte sie ihm, was passiert war. Als sie geendet hatte, zerfloss sie fast vor Selbstmitleid.

»Beruhige dich«, sagte ihr Vater. »Versuch es wenigstens. Du setzt dich zu sehr unter Druck. Es hat schon einen Grund, warum das alles passiert ist, auch wenn du es im Moment nicht erkennst.«

»Ich hätte niemals hierherfahren sollen.«

»Darum geht es nicht. Du musst lernen, besser mit Stress umzugehen. Lass dir Zeit, komm wieder zu dir. Kann ich was für dich tun?«

Olivia warf einen Blick Richtung Haus und zögerte nur ein paar Sekunden. Dann sagte sie: »Ich will nicht hier sein, ich will nicht von Mom abhängig sein. Das ist total peinlich. Und ich weiß nicht, wann ich in der Lage sein werde, nach New York zurückzufahren. Meinst du, du könntest für eine Nacht herkommen, damit ich mit dir nach Hause fahren kann?«

Kapitel sechsundzwanzig

Lidia Barros hatte Ruth keine Adresse genannt, sondern einfach gemeint: »Gehen Sie Richtung Wasser, dann sehen Sie das Haus schon auf der linken Seite. Wenn Sie vor der Bootsvermietung stehen, müssen Sie wieder ein Stück zurück.«

Ruth bog in die Gasse ein, die zum Kai hinunterführte, kam an dem aluminiumverkleideten Gebäude auf der rechten Seite vorbei und den Häusern links, die sie von ihrem ersten Spaziergang schon kannte. Ein GMC-Pick-up parkte davor, und Boote in Hebeanlagen warteten darauf, repariert zu werden. Sie blieb einen Moment stehen und genoss den Blick auf das Wasser, das in der Sonne glitzerte und funkelte. Sie musste daran denken, wie sie das letzte Mal hier entlanggeschlendert war, weil sie einen Bootsausflug hatte machen wollen. Aber ihre Angst vor Haien hatte ihre Pläne durchkreuzt. Nie hätte sie gedacht, dass sie nur kurze Zeit später bei der Familie eingeladen wäre, der die Werft und der Bootsverleih gehörten.

Ganz versunken spazierte sie weiter Richtung Meer, bis sie tatsächlich vor dem Bootsverleih stand. Sie machte kehrt, und da sah sie das dreistöckige, mit unbehandelten Holzschindeln verkleidete Haus. Im Erdgeschoss schien eine Werkstatt untergebracht zu sein. Eine Holztreppe führte zu dem Balkon im zweiten Stock hinauf. Auf einem Anker stand die Hausnummer; Schiffstaue waren um das Geländer geschlungen und ein paar Bojen zur Dekoration daran befestigt. Ruth stieg die Stufen hinauf. Oben ein Fußabtreter mit dem Bild einer Languste darauf. Eine Glasschiebetür.

Bevor sie klingeln konnte, eilte Lidia schon herbei. »Willkommen!« Sie schob die Türen auf, und Ruth folgte ihr in die Küche, eine richtige Profi-Küche mit einer Metzgerblock-Kücheninsel, einem großen, rechteckigen Spülstein und einem an der Decke montierten Gestell voller Töpfe und Pfannen.

»Entschuldigen Sie, anscheinend habe ich den Vordereingang übersehen.«

»Das passiert allen.« Lidia machte eine wegwerfende Handbewegung. »Ich kann mich nicht erinnern, wann wir ihn das letzte Mal benutzt haben. Außerdem landen wir sowieso immer hier drin.« Sie trug ein schlichtes T-Shirt mit V-Ausschnitt und Jeansshorts. Ihr volles Haar hatte sie im Nacken mit einer Spange festgesteckt. Sie trug keinerlei Make-up, nicht einmal einen Hauch Wimperntusche, wie Ruth verwundert feststellte.

Sie kam sich overdressed vor in ihrer Leinenhose und der schicken Bluse. Sie hatte sich noch nicht an das Lässige, Zwanglose dieser Stadt gewöhnt.

Sie überreichte Lidia das Bananen- und das Zucchinibrot, beides hatte sie in Connie's Bakery gekauft. Bei Rachel und Luke hatte sie das erste Mal von dieser Bäckerei gehört. Elise und Fern hatten einen absolut fantastischen Beerenmix-Kuchen mitgebracht und ihr erzählt, er sei von Connie's. Ruth hatte erst nach einer Weile begriffen, dass es sich um eine Bäckerei und nicht um eine Freundin handelte.

Lidia bat sie, an dem Holztisch Platz zu nehmen. Eine geblümte Wachstuchdecke war darübergebreitet. »Ich habe den Kaffee gerade aufgesetzt«, sagte Lidia. Sie stellte Sahne und Zucker auf den Tisch und schnitt das Bananenbrot auf.

Als sie es sich gerade mit ihrem Kaffee gemütlich gemacht hatten, wurde die Tür aufgeschoben. Marco, in einer Wathose, steckte den Kopf herein. »Ist Jaci hier?«

»Nein, ich hab sie nicht gesehen.«

»Verdammt noch mal!«

»Marco, bitte. Kein Grund zum Fluchen.«

»Meinst du? Vor zwanzig Minuten hätte sie am Steg sein sollen. Es ist Ebbe. Ich muss raus zu den Austern. Ohne sie brauche ich doppelt so lange, und um fünf hab ich einen Termin!« Er nickte Ruth zu. »Hi, Mrs Cooperman. Ich wusste nicht, dass Sie hier sind. Ich muss mit Ihnen reden.«

»Mit mir?« Worüber konnte er mit ihr reden wollen? Lidia schien sich das auch zu fragen. »Ist alles in Ordnung?«

»Ja, ja, alles bestens. Ich hab jetzt bloß keine Zeit für lange Erklärungen.«

»Wenn du uns schon neugierig machst, mein Lieber, dann solltest du dir auch die Zeit nehmen, uns wenigstens ein paar *kurze* Erklärungen zu geben«, sagte Lidia streng.

Marco warf einen Blick aufs Meer, scheinbar hin- und hergerissen zwischen dem Niedrigwasser und seiner Mutter, die er nicht verärgern wollte. Als er sich wieder Ruth zuwandte, war klar, dass seine Mutter über Mutter Natur gesiegt hatte.

»Ich wollte Sie fragen, ob ich gelegentlich den Garten hinter Ihrem Haus nutzen darf, um Seetang zum Trocknen aufzuhängen.«

»Marco! Das ist eine Zumutung! Was hast du dir dabei gedacht?« Sie wandte sich Ruth zu. »Entschuldigen Sie, aber meine Kinder sind manchmal immer noch der Meinung, das Haus gehöre ihrer Cousine.«

»Das stimmt überhaupt nicht, Ma. Ich war mir nur nicht ganz sicher, ob Elise und Fern wieder eingezogen sind. Als ich sie gefragt habe, ob ich ihren Garten nutzen darf, haben sie gesagt, ich soll das mit ihrer Mieterin klären.«

Seetang aufhängen? Ruth hatte keine Ahnung, was das sollte, aber sie konnte schlecht Nein sagen – schließlich saß sie am Küchentisch ihrer neuen Freundin, deren Sohn die Sache sehr wichtig zu sein schien.

»Sicher, kein Problem«, sagte sie daher.

»Super, vielen Dank! Später dann mehr. Ich muss los.« Er gab seiner Mutter einen Kuss auf die Wange. »Siehst du, Ma, alles in bester Ordnung! Abgesehen davon, dass ich Jaci den Hals umdrehen könnte. Wenn du ihr begegnest, sag ihr, ich bin echt angepisst.«

»Marco! Deine Ausdrucksweise!«

»Okay, sag ihr, ich bin stinksauer.« Er zwinkerte Ruth zu und verschwand.

Lidia schüttelte den Kopf. »Dreißig Jahre alt und immer noch ein tollpatschiger Welpe«, sagte sie voller Zärtlichkeit und Zuneigung. »Hoffentlich ist er Ihnen nicht zu nahe getreten.«

»Nein, nein, keineswegs.«

»Shell Haven war seit Generationen im Besitz der Barros', und nachdem Fern und Elise dort eingezogen waren, haben wir oft vergessen, dass wir nicht einfach bei ihnen reinschneien konnten. Meine Schwägerin Bianca – Sie haben sie ja kennengelernt – ist immer noch wütend, weil ihre Tochter das Haus verkauft hat. Sie hat erst davon erfahren, als es zu spät war und sie nichts mehr dagegen tun konnte.«

»Tja, wir haben uns ja schon einmal darüber unterhalten, dass wir die Entscheidungen oder Ansichten unserer erwachsenen Kinder akzeptieren müssen.«

»Bianca ist nicht wütend auf ihre Tochter! Sie ist wütend auf Fern und Elise. Das ist absolut irrational.« Lidia seufzte. »Genug von meiner verrückten Familie. Haben Sie sich schon eingelebt?«

»Oh ja, ich liebe diese Stadt! Obwohl ich zugeben muss, dass meine Entscheidung hierherzuziehen, schon ein wenig impulsiv war. Aber ich brauchte eine Veränderung.«

»Waren Sie früher oft hier?«

»Nur einen einzigen Sommer. Vor vielen Jahren.« In einem anderen Leben.

»Manchmal genügt das, um dieser Stadt zu verfallen. Habe ich mir wenigstens sagen lassen. Ich bin hier geboren und aufgewachsen. Ich würde die Stadt zu gern einmal mit den Augen einer Fremden sehen.«

Ruth nickte. »Als ich letztes Jahr hier war und mit dem Gedanken an einen Umzug gespielt habe, war ich mir nicht sicher, ob meine Gefühle immer noch so stark waren oder ob mich nur der rosige Schimmer der Nostalgie blendete. Aber sowie ich einen Fuß auf die Commercial setzte, war ich glücklich!«

»Ich glaube, für viele ist dieser Ort so etwas wie ein Allheilmittel.«

Wieder nickte Ruth. Aber bei allen Glücksgefühlen, die sie empfand, wenn sie morgens in Provincetown aufwachte, vermisste sie etwas: das Sinngebende in ihrem Leben. Früher hatte sie gewusst, wofür sie aufstand – für ihre Firma. Sie hasste den Gedanken, ein Niemand zu sein, und sie hatte Bauchschmerzen bei der Vorstellung, dass ihr Lebenswerk zerstört wurde. Zwei Tage zuvor hatte sie im *Wall Street Journal* gelesen, dass die Unternehmensgruppe, die ihre Firma aufgekauft hatte, einige ihrer Tochtergesellschaften zusammenlegen würde. Ob auch ihre Firma von der Fusionierung betroffen war, war aus dem Artikel nicht ersichtlich, aber wenn das der Fall war, würde das Ende ihres »Cherry-Hill«-Nagellacks erst der Anfang sein.

»Sollen wir uns nach draußen setzen? Manny hat vorhin an einem Boot gearbeitet, da war es zu laut, aber anscheinend ist er jetzt fertig.«

Ruth nahm ihren Becher und folgte Lidia auf den Balkon hinaus, wo ein kleiner runder Tisch und zwei Holzstühle standen. Von hier hatte man einen atemberaubenden Blick auf den Hafen.

Drunten herrschte rege Betriebsamkeit. Rechts von ihnen war Manny in eine lebhafte Unterhaltung mit einem anderen Mann vertieft; die beiden standen neben einem Motorboot auf einem Bootslift. Vor dem Bootsverleih wartete ein halbes Dutzend Leute, und am Kai waren Männer damit beschäftigt, Boote zu Wasser zu lassen oder jenen zu helfen, die anlegen wollten.

»Hier wird es bestimmt nie langweilig«, bemerkte Ruth.

»Wohl wahr. Hier ist immer was los. Die Werft hat sich im Lauf der Jahre verändert. Mein Schwiegervater hat den Betrieb gegründet. Er reparierte Boote und baute auch Fischerkähne. Manny fing an, Liegeplätze zu vermieten, und diese Vermietung macht einen Großteil des Geschäfts aus. Und dann natürlich der Bootsverleih. Kajaks, Pontonboote. Seit letztem Jahr bieten wir Touren zu den Robben an.«

Sie fragte sich, ob Lidia nicht manchmal ein wenig Privatsphäre vermisste, doch im gleichen Moment sagte Lidia: »Manchmal ist es schwierig, sozusagen auf dem Präsentierteller zu sitzen. Aber andererseits feiern wir viele Feste, und dann nimmt praktisch die ganze Stadt daran teil. Mein liebster Tag ist der Unabhängigkeitstag. Den sollten Sie unbedingt hier mit uns verbringen! Sie sind herzlich eingeladen. Und Ihre Tochter auch. Sie waren schon einmal hier am vierten Juli, nicht wahr?«

Ruth nickte. »Ja. Vor langer, langer Zeit.«

*

Jener erste Sommer in Provincetown würde für sie immer in ein Vorher und ein Nachher unterteilt sein. Vor dem Abend im Fine Arts Work Center war sie mit den kleinen Freuden des Lebens zufrieden gewesen: ein Spaziergang auf dem Kai oder eine Eiswaffel zu den Klängen eines Straßenmusikers. Nach der Lesung konnte Ruth nur noch an Ben Cooperman denken.

Sie dachte an ihn, wenn sie morgens mit ihrer Mutter am Strand entlangschlenderte. Sie dachte an ihn, wenn sie sich ein Hummerbrötchen zum Mittagessen kaufte.

Vor allem aber dachte sie an ihn, wenn sie in ihrem Bett unter der Dachschräge im zweiten Stock des gemieteten Hauses lag. Immer und immer wieder spulte sich vor ihrem inneren Auge die Szene ab, als er ihr die Hand gegeben hatte. In ihrer Fantasie ging sie noch weiter: Sie war allein mit ihm, die anderen hatten das Center verlassen. Es war dunkel in dem Raum mit der provisorischen Bar. Ben begnügte sich nicht damit, ihre Hand zu halten.

Dann, am Morgen des Unabhängigkeitstags, traf sie ihn zufällig auf der Commercial Street, wenige Schritte von der Buchhandlung entfernt. Sie lief rot an, als könnte er ihr ihre erotischen Tagträume, die sich alle um ihn drehten, ansehen. Er sprach sie an. Sie hatte fast vergessen, dass er Wirklichkeit war und nicht nur der Held ihrer Fantasien, quasi eine Sagengestalt. Der Gedanke, dass sie ihm irgendwo begegnen könnte oder ihn hätte suchen können, war ihr nie gekommen. Rückblickend fand sie, das zeigte, wie jung und unerfahren sie gewesen war.

Er hatte sie mit ihrem Namen angesprochen, und als sie sich darüber wunderte, meinte er: »Kann man sich gut merken. Altes Testament. Deine Eltern wussten, was sie taten.«

»Deine aber auch. Benjamin?«

»Ben. Einfach nur Ben.«

Er war auf dem Weg zur Anlegestelle, weil er mit ein paar Leuten nach Long Point segeln wollte, um sich den Leuchtturm anzusehen. »Warum kommst du nicht einfach mit?«

Sie würde ja gern … Aber die Sache hatte zwei Haken: Erstens fuhr sie nicht gern aufs Wasser hinaus, weil sie sich vor Haien fürchtete. Und zweitens sollte sie zum

Abendessen um sechs und zum anschließenden Feuerwerk zu Hause sein. War das zu schaffen? Sie sah Ben an und entschied, dass er es wert war, eventuell zu spät zum Essen zu kommen. Oder von einem Hai zerfleischt zu werden.

Auf dem kurzen Stück zur Anlegestelle erfuhr sie, dass Ben aus Cherry Hill stammte, nicht einmal eine Stunde von ihrem Heimatort Philadelphia entfernt. Da wohnten sie so nah beieinander und trafen sich schließlich an der Spitze des sieben Stunden entfernten Cape Cod. Das konnte kein Zufall sein, fand sie. Das war Bestimmung. Im Herbst würde sein zweites Collegejahr an der Penn beginnen. Sie würde Ende August ihr Studium an der Northwestern aufnehmen.

Aber an alle diese Dinge wollte sie nicht denken. Sie wollte nichts als diesen Tag mit dem wolkenlosen Himmel und den Temperaturen über fünfundzwanzig Grad und dem Hafen mit seinen vielen Booten, von denen eines auf die kleine Gruppe wartete. Ben Cooperman streckte ihr seine Hand entgegen und half ihr an Bord.

Sie war noch nie auf einem Segelboot gewesen und hatte nicht gewusst, dass es auch einen Motor hatte. Das einzige Boot, auf dem sie je mitgefahren war – in einer Bucht an der New-Jersey-Küste –, war ein kleines Motorboot gewesen. Als sich vor ihr die Cape Cod Bay zum Atlantik hin öffnete, bot sich ihr ein unvergleichlicher Blick in eine endlose Weite. Als befänden sie sich am Rand der Welt.

Das laute Brummen des Motors machte eine Unterhaltung schier unmöglich. Der Kapitän, ein stämmiger, tiefbraun gebrannter Mann, der kaum älter schien als Ruth und Ben, ließ es sich dennoch nicht nehmen, auf Besonderheiten der Landschaft hinzuweisen und Anekdoten zu erzählen. Ben rückte näher an sie heran. Sie beugte sich seitwärts, betrachtete die weiße Gischt am Schiffsrumpf. Sie war sich Bens Nähe nur allzu bewusst und hätte sich gern zu ihm hingedreht, ihn angeschaut, aber sie fürchtete, ihr Gesicht würde ihre Emotionen preisgeben und ihm jeden ihrer Gedanken der vergangenen vier Tage verraten.

Nach zehn, fünfzehn Minuten gingen sie ein paar Dutzend Meter vor Long Point vor Anker. Auf der gut sechzig Hektar großen Halbinsel gab es außer dem Leuchtturm nur einen Erdhügel, der den Standpunkt einer Artilleriebatterie während des Bürgerkriegs markierte. Der Kapitän und sein Bootsmann ließen ein Beiboot zu Wasser, in dem sie jeweils zwei ihrer Passagiere an Land übersetzten. Als Ruth und Ben an der Reihe waren, berührte er sie am Arm und fragte:

»Willst du den Leuchtturm unbedingt sehen?«

Ihr Herz klopfte schneller. Ihr Schweigen war Antwort genug.

»Wir werden an Bord bleiben, wenn Sie nichts dagegen haben«, sagte Ben zum Kapitän. »Wir sind eigentlich nur wegen der Bootstour mitgekommen, nicht um die Führung mitzumachen.«

»Meinetwegen. Aber versucht nicht, das Boot zu starten oder an Land zu schwimmen. Wir sind in ungefähr einer Stunde zurück. Okay?«

Ben versicherte ihm, sie kämen schon klar. Der Kapitän zeigte ihm noch, wo in der Kajüte sie etwas zu trinken finden würden. Ruth, die währenddessen oben an

Deck geblieben war, stellte sich die fundamentale Frage: Will ich das wirklich? Und die Antwort lautete klar und eindeutig: Ja.

Das Beiboot tuckerte davon und ließ sie und Ben zurück. Es war neu für sie, mit jemandem auf diese Art und Weise allein zu sein. Sie konnte die Halbinsel mit dem Leuchtturm vor sich sehen, Provincetown lag hinter ihr, aber sie hatte das Gefühl, meilenweit von festem Boden entfernt zu sein.

Sie beschattete das Gesicht mit der Hand, als sie zu Ben aufschaute. Da griff er in seinen Rucksack, kramte eine Baseballmütze von den Phillies heraus und gab sie ihr. »Du kriegst sonst einen Sonnenbrand.«

Sie setzte sie auf. »Ich hab ja nicht damit gerechnet, dass ich einen Tag auf dem Wasser verbringe.«

»Ich bewundere deine Spontaneität.« Er setzte sich wieder auf die Bordkante, klopfte auf den Platz neben sich. Sie setzte sich, nur äußerlich ruhig, zu ihm.

»Also …«, sagte sie in die Stille hinein.

»Ich muss seit neulich ständig an dich denken, Ruth.«

Sie sah ihn an. Seine Augen waren golden und braun und grün und funkelten stärker als die vom blauen Wasser reflektierten Sonnenstrahlen.

»Wirklich?« Als wäre es ihr nicht genauso gegangen! Aber sie war ihm schon auf das Boot gefolgt, hatte eingewilligt, allein mit ihm zurückzubleiben. Sie hatte das Recht, etwas zu verschweigen.

Er nickte. »Nachdem du fort warst, fiel mir ein, dass ich weder deinen Nachnamen kannte noch wusste, ob du nur einen Tag oder eine Woche oder einen Monat hier bist. Ich kam mir richtig dumm vor. Aber ich war mir sicher, ich würde dich wiedersehen, weil es hier einfach so läuft. Und P'town hat mich nicht enttäuscht.« Er griff nach ihrer Hand.

Diese Hitze. Diese gleißende Helligkeit.

»Ich glaub, ich brauch einen Schluck Wasser«, sagte sie.

»Ich hol dir was.« Er sprang auf. Sie hatte nicht gemeint, dass er es ihr holen sollte, aber er war die schmale, kurze Treppe zur Kajüte schon halb hinuntergestiegen.

»Das kann ich doch selber!«

Sie folgte ihm nach unten. Sie zog den Kopf ein und hielt sich an dem metallenen Handlauf fest. Das Boot schaukelte, und sie fragte sich unwillkürlich, ob die Ankerkette reißen und das Boot abtreiben könnte. In ihrer überhitzten Fantasie sah sie sich und Ben schon als Helden eines Abenteuers à la *Gilligans Insel*.

»Bitte sehr, ein Wasser für die Dame«, sagte er und schenkte es aus einem Krug in einen durchsichtigen Plastikbecher ein. Auf dem Krug stand der Name des Boots in blauen Lettern: *Amphitrite*. Sie murmelte den Namen vor sich hin.

»Poseidons Frau, Göttin des Meeres«, sagte er und streckte ihr den Becher hin.

Sie blickte zu ihm auf. Sie wollte ihn küssen, wollte es mehr als alles auf der Welt. Er küsste sie nicht. Und da tat sie, was jeder anständige, verknallte Teenager getan hätte: Sie schlang ihm ihre Arme um den Hals, riss ihn zu sich herunter und presste ihre Lippen auf seinen Mund.

Sie küssten sich und konnten nicht mehr damit aufhören, und zu guter Letzt sanken sie auf die weich gepolsterte Sitzbank auf der einen Seite der Kajüte. Sie schälten sich hastig, schweigend, unbeholfen aus ihren Kleidern. Ruth kam es so vor, als liege sie nicht nur in den Armen dieses Mannes, sondern würde gleichsam von der Bucht umarmt. Wenn sie von diesem Punkt auf dem Wasser, der sich wie das Ende der Welt anfühlte, an Land zurückkehrte, würde sie für immer eine andere sein.

Ruth lächelte Lidia zu und dachte bei sich, dass es gar nicht so leicht war, im Herbst des Lebens Freunde zu finden. Es gab so vieles, das nie vollständig erklärt werden konnte, Verkörperungen des Ichs, die gekommen und gegangen waren. In dieser Lebensphase würde ein Freund nur eine zweidimensionale Ausgabe des anderen kennenlernen; deshalb waren langjährige Freunde – genau wie langjährige Ehepartner – so kostbar. Sie kannten einen in allen Dimensionen. Ruth hatte ihre aktuelle Version eine Zeitlang für die einzig bedeutsame gehalten. Wie oft hatte sie sich gehäutet, immer in dem Bestreben, besser, besser, noch besser zu werden. Aber was, wenn die beste Version von ihr bereits viele Jahre hinter ihr lag?

»Ich geh jetzt besser«, sagte sie und stand auf. »Meine Tochter hat einen Hexenschuss und ist ans Haus gefesselt.«

»Ach du meine Güte! Und das bei diesem Traumwetter!«

»Ich hab ihr gesagt, sie soll sich ein wenig in den Garten setzen, damit sie an der frischen Luft ist.«

»Lassen Sie alles stehen, ich mach das schon«, sagte Lidia, als Ruth ihren Teller und ihren Becher hineintragen wollte.

Jemand kam die Treppe heraufgestapft, und sie drehten sich beide um. Es war Tito. Er trug eine große Kühlbox und meinte: »Falls du Streifenbarsche möchtest, kannst du gern welche haben«, sagte er zu seiner Schwägerin. »Oh, hallo, Ruth! So nah am Wasser? Das ist aber mutig von Ihnen.«

Sie lächelte. »Sehr witzig.«

»Danke, Tito. Bring sie bitte in die Küche, ich komme gleich, Ruth wollte sich gerade auf den Weg machen.«

Er ging an ihnen vorbei Richtung Küche, blieb aber in der Tür stehen und wandte sich Ruth zu. »Was ich neulich über die Bootstour gesagt habe, war ernst gemeint. Sie würden wirklich was verpassen. Also, wenn Sie Lust haben …?«

Sie erinnerte sich an seine Worte: *Es wäre jammerschade, wenn Sie das Beste an Ihrem Aufenthalt hier verpassen würden.* Nun, das Beste, was Provincetown ihr geben konnte, hatte sie bereits bekommen. In mancherlei Hinsicht lag das Beste vielleicht hinter ihr. Das hieß aber nicht, dass sie jetzt auf der Stelle treten musste.

»Sicher«, erwiderte sie. »Warum nicht?«

Kapitel siebenundzwanzig

Olivia hatte ein schlechtes Gewissen, weil sie ihren Vater gebeten hatte herzukommen. Das war nicht sehr erwachsen gewesen. Anscheinend hatte sie sich aufgrund der Tatsache, dass sie zum ersten Mal seit zwanzig Jahren mit ihrer Mutter wieder unter einem Dach lebte, zurückentwickelt. Diese psychische Belastung war die Ursache für ihre Rückenschmerzen, und die Kündigung hatte alles noch schlimmer gemacht.

Obwohl sie das alles erkannte, verschwanden die Schmerzen nicht. Sie wusste nicht mehr, was sie tun sollte.

Sie starrte an die Decke ihres provisorischen Schlafzimmers. Aufgewacht war sie von einem Geplänkel zwischen Elise und Fern in der Küche; dann kam Amelia, um das Baby zu holen. Sie war gerade wieder eingenickt, als ihre Mutter klopfte und ihr mitteilte, sie werde ausgehen. Olivia hatte ihren Job verloren und dafür drei Mitbewohnerinnen gewonnen. Vier, wenn man das Baby mitzählte. Ihr Leben steuerte definitiv in die falsche Richtung.

»Jemand zu Hause?« Eine Frauenstimme. Aus der Küche, so wie es sich anhörte.

Olivia stöhnte innerlich auf. Sie schob ihre Beine über die Kante des Schlafsofas und richtete sich im Zeitlupentempo auf. Gerade als sie in den Gang hinausspähen wollte, bog eine Frau um die Ecke ins Wohnzimmer. Jaci Barros.

»Jaci.« Olivia lehnte sich an den Türrahmen. »Was machen Sie denn hier?«

»Ich werde Sie nicht belästigen. Ich suche nur ein ruhiges Plätzchen zum Lesen.« Sie wedelte mit einem Buch aus der Leihbücherei herum.

Olivia seufzte. »Nehmen Sie's mir nicht übel, aber haben Sie schon mal was von einem Café gehört?«

»Genau da liegt der Hund begraben. Ich verstecke mich vor meiner Mutter. Aber hier in der Stadt kennt mich jeder und wird mich verpfeifen, falls sie nach mir sucht. Und wenn ich noch ein einziges Mal mit meinem Bruder auf einer Sandbank festsitze, um in Körben mit Austern zu wühlen, gibt es eine Katastrophe, das schwöre ich Ihnen! Lassen Sie mich doch bitte ein paar Stunden hier sitzen und lesen. Sobald die Flut einsetzt, bin ich wieder für einen Tag aus dem Schneider.«

Olivia rieb sich mit Daumen und Zeigefinger die Augen. »Wie sind Sie eigentlich hier reingekommen?«

»Die Hintertür ist offen.«

Olivia ging an ihr vorbei in die Küche, schloss die Hintertür und drehte den Schlüssel herum. Als sie zurückkehrte, saß Jaci in einem Sessel und schlug ihr Buch auf.

»Das ist eine sichere Gegend hier, wissen Sie. Meiner Cousine gehörte das Haus zehn Jahre, und sie hatte nicht einmal Schlüssel.«

»Na ja, ich bin aus New York. Ich bin gern allein, es sei denn, ich lade jemanden ein. Und wenn nicht, würde ich zumindest erwarten, dass der Betreffende klingelt und nicht einfach hereinplatzt.«

»Entschuldigung«, sagte Jaci zerknirscht. »Ich hab gedacht, es wär keiner da.«

Und dann wäre es in Ordnung gewesen, in ein fremdes Haus einzudringen? »Jaci, warum sagen Sie Ihrem Bruder nicht, dass Sie keine Lust haben, ihm zu helfen? Ich meine, Sie sind, wie alt, neunzehn? Sie gehen aufs College. Sie wohnen nicht mehr zu Hause, sondern sind bloß den Sommer über zu Besuch hier.«

Jaci machte ein unglückliches Gesicht. »Das ist kompliziert.«

»Geht es um Geld? Ihre Eltern bezahlen das College, und deshalb müssen Sie für sie arbeiten oder so was in der Art?«

»Nein, nein, das meiste ist durch ein Stipendium abgedeckt, und den Rest kriege ich zusammen, weil ich im Winter jobbe.«

Olivia verstand nicht, wo das Problem lag. »Dann sagen Sie ihnen doch einfach, Sie machen Ihr eigenes Ding, basta.«

»Ich kann meine Mutter nicht hängen lassen. Für sie ist es schon schwer genug, dass ich von zu Hause fortgegangen bin. Das hat noch keiner in meiner Familie gemacht. Ich bin in meiner Familie die erste Frau, die aufs College geht. Darauf sind auch alle stolz, aber sie wollen, dass ich diejenige bin, die nach Princeton geht, *und* diejenige, die auf der Austernfarm arbeitet.« Ihre Augen füllten sich mit Tränen.

»Mütter werden manchmal von ihren Kindern enttäuscht und Kinder manchmal von ihren Müttern. So ist das Leben. Sagen Sie ihr die Wahrheit. Sagen Sie ihr, was Sie gerade zu mir gesagt haben. Als ich in Ihrem Alter war, habe ich meiner Mutter klipp und klar erklärt, dass ich keine Lust habe, mit ihr zu arbeiten.«

Am Ende ihres ersten Studienjahrs in Vassar hatte ihre Mutter angerufen und ihr einen Sommerferienjob in ihrer Kosmetikfirma angeboten. Sie könne sich eine Abteilung aussuchen. »Du interessierst dich doch für PR, wir haben eine Menge Kampagnen für Liv Free gestartet, das wär doch was für dich.« Obwohl sich die Tätigkeit gut in ihrem Lebenslauf gemacht hätte, dachte Olivia nicht eine Sekunde über das Angebot nach. Sie kellnerte lieber.

»War Ihre Mutter darauf angewiesen, dass Sie für sie arbeiten?«, fragte Jaci.

»Nein, das nicht. Sie hat es sich gewünscht.«

»Tja, das Dumme ist, dass Marco mich braucht. Mein Onkel Tito hat ihm vor ein paar Jahren ein Gebiet auf See zur Nutzung überlassen, und Marco hat mit der Austernzucht begonnen, weil er dachte, eines Tages würde ich mit einsteigen. Meine Familie lebt seit Generationen vom Fischfang und von der Schifffahrt, und das funktioniert nur, wenn alle an einem Strang ziehen. Deshalb ist es so eine große Sache, wenn ich mich ausklinke.«

»Sie haben ein Recht auf ein eigenes Leben, Jaci. Außerdem tut es weniger weh, wenn man das Pflaster mit einem kräftigen Ruck abreißt. Schaffen Sie klare Verhältnisse, anstatt sich hier zu verstecken. Die kommen schon darüber hinweg.«

»Sie haben leicht reden.«

»Wieso?«

»Weil Sie und Ihre Mutter sich nicht nahe sind. Sie können nicht verstehen, was für mich auf dem Spiel steht.«

»Was wissen Sie über mein Verhältnis zu meiner Mutter?«

»Als wir uns das erste Mal trafen, haben Sie gesagt: *Ich versuche, meiner Mutter so gut ich kann aus dem Weg zu gehen.*«

Richtig. Das hatte sie tatsächlich gesagt. »Na ja, dafür habe ich eine enge Beziehung zu meinem Vater«, verteidigte sich Olivia. Nebenan klingelte ihr Telefon. »Entschuldigen Sie mich.«

Sie nahm ihr Handy vom Tisch neben der Schlafcouch und sah auf dem Display die Telefonnummer ihres Vaters. »Hey! Hab grad an dich gedacht.«

»Wollte nur mal hören, wie's dir geht«, sagte ihr Dad.

»Eine Sekunde, okay?« Immer noch sauer wegen Jacis Bemerkung über ihre nicht existenten familiären Bindungen, kehrte sie ins Wohnzimmer zurück, zeigte auf ihr Handy und formte mit den Lippen die Worte *Mein Vater*.

Jaci nickte verwirrt.

Olivia ging wieder in ihr Zimmer und schloss die Tür hinter sich. »Und, hast du dir überlegt, ob du kommen wirst?«

»Ja, ich hab mich sogar schon nach einem Hotelzimmer umgeschaut, aber diese und nächste Woche ist alles restlos ausgebucht. Anscheinend muss man in dieser Stadt weit im Voraus reservieren.«

»Du kannst doch hier übernachten«, platzte sie heraus. »Das Zimmer im dritten Stock ist frei, weil ich auf der Couch im Erdgeschoss schlafe.«

»Ich kann doch nicht im Haus deiner Mutter nächtigen, Olivia. Das geht nicht.«

»Warum nicht? Es ist ja nicht mal *ihr* Haus. Außerdem wohnen noch andere Leute hier.«

»Was denn für andere Leute?«

»Die beiden Frauen, denen das Haus gehört. Und das Baby, das sie bei sich aufgenommen haben. Eine lange Geschichte. Man kommt sich vor wie in einem Hotel. Oder wie in einer schrägen Pension. Glaub mir.«

Er antwortete nicht, und sie war sich sicher, dass er nachdachte. Ob er einsam war und deshalb gern kommen würde? Oder versuchte sie nur, ihre egoistischen Bedürfnisse zu rechtfertigen?

»Hast du mit deiner Mutter darüber gesprochen?«, fragte er schließlich.

»Sie hat nichts dagegen«, erwiderte sie schnell. Sie hätte bestimmt nichts dagegen, wenn sie es wüsste.

»Also gut. Aber nur für ein, zwei Tage, und du fährst mit mir zurück. Ich will nicht, dass du ewig dort feststeckst.«

»Ich danke dir!« Eine grenzenlose Erleichterung durchflutete Olivia. »Du bist der Beste. Ruf an oder schick mir eine Nachricht, wenn du weißt, wann du hier aufkreuzen kannst. Hab dich lieb!« Sie beendete das Gespräch und kehrte ins Wohnzimmer zurück.

»Mein Dad kommt mich besuchen«, erklärte sie Jaci, die von ihrem Buch aufschaute. »Wir stehen uns sehr nahe.«

Elise hatte die Feuerprobe bestanden und war in den Club der berufstätigen Mütter aufgenommen worden. Sie fragte sich, ob andere Frauen bei der Arbeit auch mehr an ihre Kinder als an die Aufgaben dachten, die ihre Tätigkeit mit sich brachte. Oder war es ihre unsichere Situation, die dafür sorgte, dass sie sich so viele Gedanken machte? Sie hatte jedenfalls die größte Mühe, sich um das anspruchsvolle Alltagsgeschäft im Laden zu kümmern, und Freude an ihrem Tun empfand sie keine mehr. Der Laden hinderte sie daran, sich um Mira zu kümmern.

»Wir müssen jemanden einstellen«, sagte sie in einer ruhigen Minute zu Fern. »Wie wär's mit Cynthia Wesson? Ich meine, wenn es jetzt schon Anfang Juni so ist, was machen wir dann erst im Juli?«

Fern nickte. »Ich werde sie heute noch anrufen.«

Dieser kleine Sieg half Elise, bis zum späten Nachmittag durchzuhalten, als sie zum Beach Rose Inn eilte, um Mira abzuholen. Beim Anblick des Säuglings, der sie aus großen Augen anschaute und in seinem Buggy schon wartete, wurde ihr ganz warm ums Herz.

Daheim in Shell Haven bereitete sie als Erstes die Babynahrung zu. Mira bekam alle drei oder vier Stunden ihr Fläschchen. Bis jetzt war Elise immer nachts aufgestanden. Fern hatte ihr nie angeboten, das zu übernehmen, und Elise wollte sie in der eher leicht gereizten Stimmung nicht um Hilfe bitten. Also erledigte sie alles selbst und war völlig erschöpft.

Sie kickte sich ihre Converse-Turnschuhe von den Füßen und machte es sich auf dem Sofa bequem. Mira hatte sie in ihre Armbeuge gebettet. Ein Lesezeichen steckte zwischen den Kissen. Sie legte es auf den Tisch und stellte die Windeltasche neben sich. Es gab so viele Dinge, die man brauchte, und eine sinnvolle Babyausstattung war fast die halbe Miete.

Die kleinen Hände zu Fäustchen geballt, nuckelte Mira am Sauger. Elise fuhr ihr lächelnd über die winzigen Finger. Zum ersten Mal an diesem Tag fiel die Anspannung von ihr ab. Nur der Ausschlag in Miras Gesicht trübte diesen perfekten Augenblick. Auch wenn er harmlos war, sah er doch zum Fürchten aus, und Elise wünschte, sie könnte etwas tun, damit er verschwand.

Die Hintertür wurde geöffnet. Elise hörte, wie in der Küche jemand Einkäufe auspackte und in die Küchenschränke und den Kühlschrank räumte. Sie hätte gern »Hallo« gerufen, wollte Mira aber nicht erschrecken. Die Kleine hatte die Augen zugemacht, und sie betrachtete staunend ihre zarten, durchsichtigen Lider.

»Mir scheint, jetzt haben Sie den Bogen raus.«

Elise blickte auf und sah Ruth lächelnd auf der anderen Seite des Zimmers stehen. »Noch nicht bei allem. Es gibt noch viele Dinge, an denen ich arbeiten muss.«

»Die gibt es immer.« Ruth warf einen vielsagenden Blick in Richtung Olivias Zimmer.

»Darf ich Sie was fragen? Hatte Olivia auch Babyakne?«

»Babyakne?« Ruth trat näher. »Ich glaube nicht, nein. Jucken die Pickelchen denn?«

»Nein, sie sehen nur grässlich aus. Die Ärztin meinte, die gehen von allein wieder weg.«

»Vielleicht hat die Kleine eine besonders empfindliche Haut. Achten Sie auf hochwertige Pflegeprodukte. Viele werden zwar damit beworben, dass sie ohne Chemie auskommen, aber das stimmt nicht. Ich weiß es, weil ich viele Jahre selbst in der Kosmetikbranche gearbeitet habe.«

»Oh«, sagte Elise.

»Ich werde Ihnen eine Seife und eine Lotion für die Kleine herstellen.«

»Wirklich?«

»Na klar. Das ist mein Beruf. Oder war es jedenfalls.«

Elise wusste natürlich von Ruths Kosmetikfirma und dass sie sie für einen stolzen Preis verkauft hatte. Fern hatte nur gestaunt, dass sie die gesamte Miete im Voraus und in bar bezahlte. »Haben Sie Produkte mit rein natürlichen Inhaltsstoffen hergestellt?«

»Anfangs nicht. Erst später. Als meine Schwester vor zehn Jahren an Brustkrebs erkrankte, habe ich zum ersten Mal über Schadstoffe in Pflege- und Schönheitsprodukten nachgedacht. Damals habe ich einen Nagellack auf den Markt gebracht, der ohne gefährliche Chemikalien auskam. Es folgte dann eine ganze Pflegeserie auf Naturbasis.«

»Das ist wirklich beeindruckend«, sagte Elise ehrfürchtig.

»Ach, das klingt komplizierter, als es war. Es war ein langsamer Prozess. Erst ein Inhaltsstoff, dann noch einer und noch einer. So hat sich das entwickelt. Aber dieses Tüfteln fehlt mir schon. Deshalb freue ich mich, wenn ich für unsere kleine Miss Mira hier etwas zusammenstellen kann.« Sie strich dem Baby über die dunklen Haare, wandte sich dann um und ging die Treppe hinauf zu ihrem Zimmer.

Elise dachte wieder einmal, was für ein Glück sie doch hatte, von Frauen umgeben zu sein, auf die sie zählen konnte. Sie hätte nie geglaubt, dass Ruth – die sie am Anfang aus dem Haus hatte vertreiben wollen – Teil ihres persönlichen Unterstützungsnetzwerks werden würde.

Sie wünschte, sie könnte das Gleiche von ihrer Frau sagen!

Kapitel achtundzwanzig

Als Ruth um sieben aufwachte, schickte sie als Erstes eine SMS an Amelia, dass sie nicht zum Kurs kommen würde, und ging dann in die Küche hinunter, um ihre Utensilien bereitzustellen: einen Wasserbadtopf, einen Schongarer, verschiedene Messbecher sowie ein paar wiederverwendbare Teebeutel aus Elises Laden.

Sie hatte ein schlechtes Gewissen, weil sie den Mosaikkurs ausfallen ließ, aber sie sagte sich, dass es ja für einen guten Zweck war. Und selbst wenn sie ihren Seestern nicht fertigstellen würde, so hatten die Stunden in Amelias Atelier sie immerhin dazu gebracht, wieder mit ihren Händen zu arbeiten. Und dank Elise und Mira hatte sie sich auf ihr wahres Talent besonnen.

In den Geschäften vor Ort hatte sie erfreulicherweise alles gefunden, was sie für die Herstellung von Seife aus natürlichen Inhaltsstoffen benötigte: Oliventresteröl, Sheabutter, Rizinusöl, kolloidales Hafermehl, Bentonit-Ton und ägyptische Kamillenblüten. Das Einzige, was sie nicht bekommen hatte, waren Muffinförmchen aus Silikon gewesen, aber Lidia Barros hatte Rat gewusst und sie an die Freundin einer Freundin verwiesen, die ein paar übrig hatte.

Ruth hätte sich am liebsten noch gestern Abend an die Arbeit gemacht, aber da sie praktisch die ganze Nacht hindurch in der Küche gewerkelt und die anderen gestört hätte, hatte sie gewartet.

Der erste Arbeitsschritt bestand darin, die Kamillenblüten im Olivenöl ziehen zu lassen. Olivenöl spendete Feuchtigkeit, und Kamille, die zu ihren bevorzugten Inhaltsstoffen gehörte, hatte hautberuhigende und entzündungshemmende Eigenschaften. Sie goss knapp fünfhundert Milliliter Öl in den Wasserbadtopf. Dann gab sie zwei Esslöffel Kamille in einen Teebeutel, verschloss ihn sorgfältig, ließ ihn in das Öl gleiten und stellte die Herdplatte auf mittlere Temperatur. Während sie immer wieder vorsichtig umrührte, ließ sie ihre Gedanken schweifen.

Wie lange war es her, dass sie ein Produkt vom ersten Schritt an selbst hergestellt hatte? Jahre. Zehn Jahre. Sie hatte einmal geschworen, dass sie bis zuletzt aktiv an der Produktion beteiligt sein würde, doch stattdessen war sie eine Schreibtischchemikerin geworden. Ein Aushängeschild. Das war nach und nach passiert, so langsam, dass sie es gar nicht mitbekommen hatte. Aber so war das Leben nun einmal. Im einen Moment war man ein Teenager, im nächsten eine Braut und wieder einen Moment später eine erschöpfte berufstätige Mutter mit einem Ehemann, den morgens beim Kaffee anzulächeln man kaum die Zeit hatte. Und im Beruf war es genauso gelaufen: Im einen Augenblick mixte sie etwas in ihrer Küche zusammen, und im nächsten segnete sie millionenschwere Werbekampagnen für ein Unternehmen ab, das ihren Namen trug.

Sie schüttelte den Kopf und dachte bei sich, dass sie nicht in dem Leben gelandet war, das sie sich gewünscht hatte. Ben allerdings auch nicht, das musste sie fairerweise zugeben. Nach vier Jahren College hatte er seinen

Traum, der nächste große amerikanische Bühnenschriftsteller zu werden, begraben. Falls es ihm schwergefallen war, diese bittere Tatsache zu akzeptieren, so hatte er es sich nicht anmerken lassen. Er war andererseits aber auch nie wieder nach Provincetown gefahren oder hatte sich ein Theaterstück angesehen. Als ob er seine künstlerischen Ambitionen komplett aus seinem Gedächtnis streichen wollte.

Während er Medizin studierte, verdiente Ruth den Lebensunterhalt für sie beide. Selbst nach Olivias Geburt arbeitete sie praktisch rund um die Uhr. Der einzige kleine Luxus, den sie sich gönnte, war eine Maniküre. Damals wurden die Salons von einem einzigen Unternehmen beliefert, das in diesem Bereich marktbeherrschend war. Dann wurde die Zusammensetzung des Nagellacks geändert, er blätterte viel schneller ab, was Ruth wahnsinnig machte. Sie musste eine bessere Formel erfinden! Und genau das tat sie auch. Sie brachte »Cherry Hill« auf den Markt und verkaufte es in viereckigen statt den handelsüblichen runden Fläschchen unter dem Markennamen Liv Lacquer. Bis zum Ende des Jahres gab es hundert verschiedene Farbtöne. Ihr Nagellack hielt Einzug in jedes Maniküresstudio in New Jersey und Philadelphia. Im darauffolgenden Jahr war er in neunzig Prozent der Salons im ganzen Land zu finden. Als Ben das erste Jahr seiner Assistenzzeit absolviert hatte, konnte Ruth alle seine Studiendarlehen zurückzahlen.

»Wow, was ist denn hier los?« Olivia, in T-Shirt und Tunnelzugpyjamahose, trottete in die Küche und rieb sich verschlafen die Augen.

»Ich will eine Seife aus Hafermehl herstellen.«

»Klingt nach einer Menge Arbeit.« Olivia ging um sie herum zur Arbeitsfläche. »Wo ist denn die Kaffeemaschine?«

»Hab ich weggestellt, ich brauch den Platz. Würde es dir was ausmachen, ins Wired Puppy oder in ein anderes Café zu gehen? Nur ausnahmsweise.«

»Ist das dein Ernst?« Anscheinend machte es ihr sehr viel aus. Sie griff nach dem Glas Bentonit-Ton und las den Aufkleber.

»Ja, bitte, sei so gut. Nur heute.«

Olivia runzelte die Stirn. »Wieso willst du Seife herstellen?«

»Elise braucht eine sanfte Pflege für Mira. In fast der Hälfte von dem Zeug, auf dem ›natürliche Inhaltsstoffe‹ oder ›bio‹ steht, sind Parabene und andere synthetische Stoffe enthalten.«

»Wieso bestellt sie nicht einfach was im Internet?«

»Das Internet ist nicht die Antwort auf alles, auch wenn du noch so sehr vom Gegenteil überzeugt bist.«

»Du meine Güte, man wird doch wohl fragen dürfen!«

»Tja, und die Antwort ist, dass ich das hier gern tue. Weißt du noch, wie ich früher, als du klein warst, in unserer Küche kosmetische Produkte hergestellt habe?«

»Nein.«

»Wirklich nicht? Aber du erinnerst dich doch bestimmt daran, wie ich dir gezeigt habe, wie man Lippenstifte macht.«

Olivia schüttelte den Kopf.

Ruth sah sie ungläubig an. »Komm schon, Olivia! Der unterirdische Behälter?«

»Sagt mir gar nichts.«

»Wir hatten einen unterirdischen Tank für rund vierhundert Liter Rizinusöl. Man kann Trockenpigmente, also Puder, nicht einfach auf eine Base auftragen, sondern muss sie erst über mehrere Stunden in Rizinusöl einweichen. Anschließend wird die Masse im Dreiwalzenstuhl zu einer hoch konzentrierten Farbe vermischt.« Sie konnte Olivias Augen ansehen, dass sie schon abgeschaltet hatte. »Wie auch immer, jedenfalls habe ich dir alle diese Dinge gezeigt, als du klein warst. Ich kann gar nicht glauben, dass du dich nicht daran erinnerst. Dein Vater war ganz begeistert von diesem Dreiwalzenstuhl – er fand ihn total faszinierend. Ich weiß noch, wie er dich hochgehoben hat, damit du ihn besser sehen konntest.«

Olivia stellte das Glas mit Bentonit-Ton wieder hin. »Äh, wo wir gerade von Dad sprechen … Ich muss dich was fragen. Darf er ein paar Tage hier wohnen?«

Ruth trat vom Herd zurück. »Dein Dad kommt nach Provincetown?«

»Sieht so aus. Er könnte mich nach New York zurückfahren.«

So widerborstig Olivia auch sein konnte, Ruth wollte nicht, dass sie abreiste. Selbst diese kleine Unterhaltung über Seife und den alten Dreiwalzenstuhl war ein Anfang. Es war *etwas*. Auch wenn sich Olivia nicht an den Ausflug in die Fabrik erinnerte oder an die großen Metallschüsseln, in denen ihre Mutter in der Küche Feuchtigkeitscreme angerührt hatte, während sie am Frühstückstisch saß und Figuren aus Knetmasse formte, so glaubte sie, Ruth, daran, dass eines dieser Gespräche einen Verbindungspunkt schaffen würde. Eines Morgens würde Olivia in der Küche stehen und sich zumindest an diesen einen gemeinsamen Augenblick erinnern. Und falls nicht – falls sie sich aus irgendeinem Grund nur an die schwierigen Zeiten erinnern konnte –, bestand jetzt immerhin die Möglichkeit, dass sie sich neue Erinnerungen schuf.

Aber dass Ben hier bei ihr wohnen sollte, hielt sie für keine gute Idee. Es sah ihm auch überhaupt nicht ähnlich. »Und dein Vater hat wirklich gesagt, dass er hier wohnen will?«

»Nicht direkt. Er hat gesagt, in der Stadt sei diese Woche und nächste alles ausgebucht. Und oben steht doch jetzt das Zimmer leer, in dem ich geschlafen habe. Wir werden dir nicht in die Quere kommen, großes Ehrenwort! Ich werde nicht mal einen Kaffee hier machen.« Sie lächelte.

Wir werden dir nicht in die Quere kommen. Alles wie gehabt – auf der einen Seite Vater und Tochter, auf der anderen Ruth. Höchste Zeit, dass sich das änderte. Ruth hatte es satt, immer die Böse zu sein.

»Okay, meinetwegen.«

Irgendwie glich ihr Leben auf unheimliche Weise mehr und mehr jenem, das sie vor langer Zeit hinter sich gelassen hatte.

Zuallererst fiel Olivia der Geruch auf.

Als sie aus dem Haus trat, um ungestört mit ihrem Vater zu telefonieren, stieg ihr ein salziger, schwefliger Geruch in die Nase, der typisch für den Strand, aber nicht für den Garten war. Sie staunte nicht schlecht, als sie die Quelle dieser Ausdünstungen sah.

Quer durch den Garten waren zwei Wäscheleinen gespannt, auf denen aber keine Wäsche hing, sondern gelblich-braune, blattähnliche Wedel, die fast bis zum Boden reichten. Und sonderbarerweise war es Marco Barros, der dieses komische Zeug aufhängte.

Olivia war froh, dass sie sich umgezogen hatte und in Jeansshorts und ein Tanktop geschlüpft war. »Hey! Was machen Sie denn da?« Sie war zu der Steinbank gegangen. Ihr Handy hatte sie in die Gesäßtasche gesteckt. Das Telefonat mit ihrem Vater würde ein paar Minuten warten müssen.

»Ich hänge Seetang zum Trocknen auf«, antwortete er mit einem flüchtigen Blick in ihre Richtung.

Wieso hier? Und wieso Seetang?

Und vor allem: *Wieso fühle ich mich so zu dir hingezogen?*

Sie zwang sich, sich auf Frage Nummer zwei zu konzentrieren.

»Oh. Interessant. Und wofür ist der?«

»Ich baue ihn für kommerzielle Zwecke an.«

Olivia hätte am liebsten ein Foto für ihr Instagram-Account gemacht, aber sie hatte das Gefühl, Marco wäre nicht allzu begeistert. »Für was zum Beispiel?«

Er beugte sich über eine große Kühlbox, zog ein paar Seetang-Wedel heraus, hängte sie auf und befestigte sie mit einer Klammer. Statt einer Antwort sagte er: »Sie könnten mir helfen, anstatt nur herumzustehen. Dann würde es schneller gehen.«

»Oh … ja, klar«, erwiderte sie nervös. »Ich kann mich bloß nicht bücken. Ich hab Probleme mit dem Rücken und …«

»Sie brauchen sich nicht zu bücken. Bleiben Sie einfach stehen, ich reiche Ihnen die Wedel und Sie hängen sie auf. So, sehen Sie?« Er hielt eine ganz gewöhnliche Wäscheklammer hoch, warf einen Seetang-Wedel über die Leine und klemmte ihn fest. »Ganz einfach.«

Sie trat näher, mit ausdruckslosem Gesicht, damit er ihr nicht anmerkte, wie sehr er sie durcheinanderbrachte. Er war auf eine herbe Weise unglaublich attraktiv mit seinen scharfen Wangenknochen und den vollen Lippen und geheimnisvollen dunklen Augen.

Sie verspürte eine geradezu animalische Begierde. Ihr wurde plötzlich klar, dass sie seit ihrer Ankunft nicht ein einziges Mal an Ian gedacht hatte. Ihre gescheiterte Beziehung belastete sie offensichtlich nicht mehr. Doch warum sollte sie sich in eine neue Affäre stürzen, die nur ihr Leben auf den Kopf stellen würde? Die komplizierten Gefühle ihrer Mutter gegenüber waren emotionale Herausforderung genug.

Marco bückte sich und kramte in der Kühlbox. Sein Genick war sonnenverbrannt, und das volle braune Haar kräuselte sich über dem Hemdkragen.

Er richtete sich wieder auf und reichte ihr ein paar Blätter. Sie fühlten sich nicht so glitschig an, wie sie vermutet hatte. Vorsichtig hob sie sie hoch und achtete darauf, dass sie nicht den Boden berührten.

»Ja, genau so. Einfach über die Leine hängen und ein bisschen geradeziehen. Keine Bange, die sind nicht so empfindlich. Ich kann Ihnen Handschuhe geben, wenn Sie möchten. Falls Sie Angst um Ihre Hände haben.«

»Nein, es geht schon.« Seine Aufmerksamkeit und seine aufmunternden Worte wärmten sie wie Sonnenstrahlen. Sie musste unwillkürlich lächeln. Er bemerkte es.

»Gar nicht so schlimm, oder?«

»Überhaupt nicht.«

Sie fanden einen Rhythmus, arbeiteten schneller. Bald war die erste Wäscheleine voll. Keiner von beiden sprach ein Wort. Dann fragte er sie etwas, und da erst wurde ihr bewusst, dass die Arbeit eine Art Meditationsübung war: Sie hatte weder an ihre Mutter noch an ihren schlimmen Rücken gedacht, und auch ihren Vater, den sie noch anrufen musste, hatte sie völlig vergessen. Hätte Marco sie nicht angesprochen, hätte sie vielleicht sogar seine Anwesenheit vergessen.

»Entschuldigung, was haben Sie gesagt?«

»Ist meine Schwester in letzter Zeit hier gewesen?«

Olivia zögerte. Sie dachte an Jacis unglücklichen Gesichtsausdruck, als sie auf der Couch gesessen hatte. »Äh, in letzter Zeit nicht, nein.«

Marco erwiderte nichts darauf. Wieder trat Stille ein. Als beide Wäscheleinen voll hingen, war noch ein bisschen Seetang übrig.

»Das reicht«, sagte Marco, klappte den Deckel der Kühlbox zu und packte seine Sachen zusammen.

Olivia fand es schade, dass er ging. Wer weiß, wann sie ihn wiedersehen würde. »Sie haben mir immer noch nicht gesagt, was Sie eigentlich vorhaben mit dem Zeug.«

»Verschiedenes. Unter anderem ein kleines Experiment. Ich arbeite mit Elise und Fern an einem Seetang-Tee.« Er musste lachen, als er Olivias angewiderte Miene sah. »So schlimm wird er nicht schmecken, das verspreche ich Ihnen.«

»Sorry, aber der Geruch ist so streng, da kann ich mir beim besten Willen nicht vorstellen, dass das gut schmecken soll.«

»Deshalb hängen wir den Tang hier auf. Damit er trocknet. Dann bekommt er ein vielschichtigeres Aroma. Und als Tee wird er nicht pur getrunken, sondern mit anderen Zutaten vermischt. Wir könnten übrigens noch Teetester brauchen. Falls Sie Lust haben …«

Sein Angebot versetzte sie schlagartig in gute Laune. »Klar. Sagen Sie mir Bescheid, wenn es so weit ist.«

Warum nicht eine neue Freundschaft schließen? Eine völlig harmlose Freundschaft. Was war schon dabei, wenn sie mehr Zeit mit Marco Barros verbrachte?

Kapitel neunundzwanzig

Das Arbeitszimmer im zweiten Stock war das Zimmer, das Elise am wenigsten mochte. Die Einrichtung – der Schreibtisch, der Aktenschrank, der Aeron-Bürostuhl – schien sie zu verspotten. Sie hatte nicht einmal mehr Freude an den leuchtenden Mohnfeldern, die eine auf Cape Cod beheimatete Künstlerin namens Anne Salas gemalt hatte. Sie und Fern hatten die Bilder mit so viel Begeisterung ausgesucht, aber jetzt kamen sie ihr vor wie Relikte einer längst vergangenen Zeit, als Enttäuschung und Verlust noch nicht Teil ihres Lebens gewesen waren.

Das Zimmer hätte längst kein Arbeitszimmer mehr sein sollen, sondern das Kinderzimmer.

Jetzt war zwar ein Baby eingezogen, aber das einzig Kinderfreundliche in diesem Raum war der von Amelia geborgte Stubenwagen.

Elises Nestbauinstinkt hatte sich eines Nachts, als sie keinen Schlaf fand, vehement gemeldet. Sie war wieder aufgestanden, hatte sich mit ihrem Laptop unten auf die Couch gesetzt und online geshoppt, bis ihr die Augen zufielen.

Als sie jetzt aus dem Laden nach Hause kam, warteten die Kartons auf der Veranda auf sie. Das war wie an Weihnachten – sie konnte es kaum erwarten, alle aufzureißen und auszupacken.

Es gab nur ein Problem beim Umdekorieren von Miras Zimmer, und das war Mira selbst. Sie hatte ihr Fläschchen bekommen, wirkte aber keineswegs schläfrig. Sie gähnte und gurrte nicht und ließ auch sonst nicht erkennen, dass sie die Absicht hatte, ein Nickerchen zu machen. Elise musste jemanden finden, der sie ihr abnahm, damit sie sich an die Arbeit machen konnte.

Sie klopfte an die Tür zu Olivias provisorischem Schlafzimmer.

»Herein!« Olivia saß auf der Schlafcouch und tippte auf ihrem Handy herum.

»Sorry, dass ich störe. Könnten Sie mir vielleicht einen Gefallen tun? Natürlich nur, wenn Sie Zeit haben.«

Olivia, mit dem verschreckten Gesichtsausdruck eines Rehs im Scheinwerferlicht eines Autos, sah das Baby an, dann Elise. Zeit hatte sie sicherlich. Nur keine Lust, ihre Hilfe anzubieten. »Äh, sicher.«

»Ich brauche ungefähr eine halbe Stunde, weil ich ein paar Dinge in Miras Zimmer verändern will. Könnten Sie vielleicht solange mit ihr an die frische Luft gehen? Ich werde sie in den Buggy legen, Sie brauchen ihn nur zu schieben. Sie wird wahrscheinlich sowieso bald einschlafen.«

»Okay.« Olivia blickte nervös drein. »Aber ich kann sie nicht hochheben. Mein Rücken …«

»Müssen Sie auch nicht, keine Sorge. Ich kümmere mich um alles.«

Olivia folgte ihr widerstrebend in die Schmutzschleuse hinter der Küche. Elise tätschelte Mira den Rücken, damit sie noch einmal ein Bäuerchen machte, bettete sie dann in den Buggy und gab ihr einen Kuss auf die Stirn. Miras kleine Hände flatterten zu ihrem Mund hinauf.

»Was für dunkle Augen sie hat! Ich dachte, alle Babys hätten blaue Augen.«

»Anfangs waren sie grau, jetzt werden sie dunkler«, sagte Elise. »Achten Sie bitte darauf, dass ihr Kopf immer im Schatten ist. Und vielen Dank! Oh, warten Sie, ich geb Ihnen noch meine Telefonnummer, falls etwas sein sollte.«

Es war ihr gar nicht recht, Mira gehen zu lassen, aber sie sagte sich, dass sie sich keine Sorgen zu machen brauche, schließlich war Olivia erwachsen und verantwortungsbewusst. Trotzdem schaute sie den beiden nach, bis sie um die Ecke bogen.

Die Kartons.

Als Elise die auf dem Esszimmertisch gestapelten Schachteln betrachtete, überlegte sie, ob sie nicht doch ein bisschen übertrieben hatte. Aber Mira brauchte das alles doch! Okay, die vier blauen Plüschdelfine vielleicht nicht. Oder die Decke in Gelb und Kornblumenblau mit ihrem in marineblauer, verschnörkelter Schreibschrift von Hand gestickten Namen darauf. Aber das Mobile mit den Filzfiguren – einem Seepferdchen, einem Wal, einem Tintenfisch und einem Seestern – war sehr wichtig. Schließlich handelte es sich dabei nicht nur um eine Dekoration, sondern um ein Spielzeug, das die Entwicklung förderte. Und etwas zum Anziehen benötigte sie natürlich auch.

Das Paket von Baby Gap öffnete sie zuerst. Sie nahm die Strampler heraus und faltete sie auseinander. Sie hatte sie in Gelb und Weiß und Rosa gekauft, mit Aufdrucken wie SPASS IN DER SONNE und MAMAS MÄDCHEN oder mit Herzen und Blumen darauf. Dazu ein halbes Dutzend Kleidchen mit passenden Pumphosen und Mützchen.

Elise trug die Kleider in die Waschküche und die restlichen Kartons nach oben ins Arbeitszimmer.

Nachdem sie sich für ein Kind entschieden hatten, hatten sie abends im Bett ihr Traumkinderzimmer geplant. Die Wände in einem weichen, hellen Gelb. Das Bettchen klassisch aus weißem Holz mit passendem Wickeltisch und Kommode. In der Ecke ein gepolsterter Schaukelstuhl. Das war ihre gemeinsame Vision gewesen.

Sie hatten immer und in allem übereingestimmt, den gleichen Geschmack in der Kunst, der Architektur, beim Essen gehabt. Waren sich einig gewesen, wo sie leben, wie sie leben wollten. Die perfekte Harmonie – bis es zu den fehlgeschlagenen künstlichen Befruchtungen kam.

Eine Beziehung – eine dauerhafte, starke Beziehung – glich in mancherlei Hinsicht einem Verhandlungsmarathon. Sie beide hatten es stets geschafft, sich in der Mitte zu treffen, wenn sie ausnahmsweise einmal uneins waren über ihre weitere Vorgehensweise, die Arbeitsteilung oder eine finanzielle Ausgabe. Sie diskutierten offen und ehrlich miteinander. So handhabten sie es auch vor dem Beginn der IVF-Behandlungen. Fern unterstützte Elises Kinderwunsch unter der Voraussetzung, dass nicht sie diejenige war, die das Kind bekommen würde.

»Ich habe null Interesse an einer Schwangerschaft«, hatte sie gesagt. »Dieses Gen fehlt mir einfach.«

Für Elise war das kein Problem. *Sie* wollte schwanger werden, sie konnte es kaum erwarten, das in ihr heranwachsende Leben zu spüren. In der Einverständniserklärung, die sie unterschrieben, hieß es, dass sich beide

Frauen der IVF unterziehen könnten. Keine von beiden glaubte, dass das nötig sein würde. Doch als sich herausstellte, dass Elise nicht in der Lage war, ein Kind auszutragen, war die Zeit für Verhandlungen gekommen.

»Du willst nicht einmal darüber nachdenken?« Elise wusste, was sie von Fern verlangte. Aber die Alternative, nämlich aufgeben, kam für sie nicht in Betracht. Sie hatten noch zwei Embryonen, die eingesetzt werden konnten.

»Ich kann nicht. Es tut mir leid«, erwiderte Fern. »Die äußeren Umstände haben sich geändert, aber meine Gefühle sind die gleichen geblieben.«

Sie hatte das so geschäftsmäßig abgehandelt, als hätten sie über den Kaufpreis für ein Haus diskutiert.

Elise versuchte, nicht nachtragend zu sein. Wäre sie heterosexuell und mit einem Mann verheiratet gewesen, hätte sie ihren Partner ja auch nicht bitten können, das gemeinsame Kind zu bekommen.

Eine weitere Option wäre die Leihmutterschaft gewesen. Aber als Elise den Gedanken zur Sprache brachte, hatte Fern das Thema schon abgehakt. Sie stellte es so dar, als fürchte sie um ihre Beziehung, die an der Belastung zerbrechen könne, und so hatte Elise schließlich klein beigegeben.

Manchmal lag sie nachts wach und dachte an die beiden eingefrorenen Embryonen in ihrem Stickstofftank irgendwo in Boston.

Sie schüttelte sich energisch, um die negativen Gedanken zu verscheuchen. Sie zog die Delfine aus ihren Plastikhüllen und stellte sie nebeneinander auf das Wandbord über der Kommode. Das Mobile würde ein bisschen mehr Arbeit machen. Als sie es auspackte, sah sie, dass die Meereslebewesen an der runden Scheibe befestigt werden mussten. Und dann musste die Scheibe natürlich noch aufgehängt werden.

»Elise! Bist du da?«, rief Fern von unten.

Elise legte den kleinen Tintenfisch wieder hin. Sie hatte Fern erst in ein, zwei Stunden zurückerwartet.

»Ich bin oben! Im Arbeitszimmer.« Sie wurde auf einmal nervös.

Fern stapfte die Treppe hinauf und blieb in der Tür stehen. »Hey! Ich hab gesehen, dass Marco den Seetang schon aufgehängt hat. Sieht aus, als wär er zum Teil schon trocken. Vielleicht können wir morgen mit dem Herumexperimentieren anfangen.«

»Ja, warum nicht.«

Ferns Blick fiel auf die Figuren des Mobiles. »Was machst du denn da?«

»O, ich hab ein paar Sachen für Mira bestellt.«

»Warum?«

»Wie, warum? Weil sie sie braucht.«

Fern schaute sich um. Ihr Blick blieb an dem Wandbord mit den Plüschdelfinen hängen. »Genau das hab ich befürchtet«, sagte sie kopfschüttelnd.

»Was?«, erwiderte Elise gereizt.

»Du tust so, als wäre alles schon unter Dach und Fach. Du bist emotional viel zu involviert. Du investierst zu viele Gefühle in dieses Baby, das nicht deines ist.«

»Unseres. *Unseres!* Wir wollten beide eine Familie gründen, hast du das schon vergessen? Okay, vielleicht bin ich emotional zu involviert, aber du bist emotional zu wenig involviert. Das warst du von Anfang an.« Ihr kamen die Tränen.

»Elise.« Ferns Miene nahm einen weicheren Ausdruck an. »Ich wollte doch auch ein Baby.«

Elise schüttelte den Kopf. »Als es schwierig wurde, hast du aufgegeben. Du hast es dir nicht so sehr gewünscht, wie ich es mir gewünscht habe.«

»Du hast recht – unsere Beziehung war mir wichtiger. Ich wollte ein Baby, aber dich wollte ich noch viel mehr. Ich *bin* emotional involviert, Elise, und zwar in dich. In uns.«

Letztes Jahr hatte sich Elise entschieden: Sie würde Ehefrau, nicht Mutter sein. Noch vor einer Woche hätte sie, wäre sie gefragt worden, behauptet, die richtige Entscheidung getroffen zu haben. Jetzt war sie sich nicht mehr so sicher.

»Das bin ich auch«, sagte sie. »Aber es ist nicht richtig, dass ich mich für das eine oder das andere entscheiden muss.«

Fern seufzte. »Schick ein paar von den Sachen zurück. Das ganze Zeug hilft uns auch nicht weiter.«

Elise hätte schreien mögen vor Frust. »Wie kannst du nur so kalt sein?«

Fern trat näher und ergriff ihre Hand. »Ich bin nicht kalt. Ich bin pragmatisch. Eine von uns muss es sein. Jetzt komm schon! Sei nicht sauer. Lass uns irgendwo was essen, okay?«

»Ich hab keinen Hunger«, erwiderte Elise leise.

Good Scents, eine Parfümerie und Drogerie für den exklusiveren Geschmack, war einer der bezauberndsten Läden in dieser Ecke der Commercial Street: eine Fassade wie eine rot gestrichene Scheune, weiße Fenster und eine schwarz-weiße Markise. Der Verkaufsraum war nicht sehr groß, und in den Regalen fanden sich Lotionen, Parfums, Seifen und auch Kerzen. Es war eine Spielwarenhandlung für Leute, die luxuriöse Kleinigkeiten liebten. Ruth war auf der Suche nach Anregungen, nach Ideen für ihr nächstes Projekt. Denn jetzt, wo sie mit der Seife begonnen hatte, hatte es sie abermals gepackt. Es gab kein Zurück mehr.

Und doch musste sie selbst jetzt, als sie sich einen kleinen Klecks einer Lotion mit Zitrusduft auf die Hand tupfte, erneut an ihren Exmann denken und an ihre Zusage, ihn bei sich übernachten zu lassen.

Im ersten Moment hatte sie sich nichts dabei gedacht, aber nun fragte sie sich, ob das wirklich eine gute Idee war. Andererseits, was war schon dabei? Sie pflegten seit Langem ein freundschaftliches Verhältnis. Anfangs hatte sich die Scheidung wie ein gewaltiges Erdbeben angefühlt, von dem sie sich, wie sie angenommen hatte, nie wieder erholen würde, doch im Lauf der Jahrzehnte hatte der Schmerz nachgelassen und war beherrschbar geworden.

Das war einer der Vorzüge des Alters: Rückblickend erkannte man, dass alles vorbeiging, auch die furchtbarsten Stunden, von denen man überzeugt war, sie würden nie enden. Einem jungen Menschen konnte man das nicht vermitteln. Diese Erfahrung musste jeder selbst machen. Sicher, ein Teil des Schmerzes blieb. Und ja, Bedauern gehörte zum Leben. Jede Entscheidung hatte ihre Nachwirkungen. Zweifelte sie manchmal an der Richtigkeit ihres Entschlusses, ihre Ehe zu beenden? Natürlich. War es seinerzeit die richtige Entscheidung gewesen? Absolut.

Ruth ging zur Kasse. Sie hatte sich für Kerzen, eine Zitronengrasseife, ein Parfum und ein paar Fläschchen ätherische Öle entschieden.

»Das macht dann zweihundertzwanzig Dollar«, sagte der Mann an der Kasse. Ruth erschrak unwillkürlich. Auch wenn sie sich keine Gedanken mehr um Geld machen musste, zuckte sie bei teuren Anschaffungen immer noch instinktiv zusammen. Das war ein Reflex, eine Art Muskelgedächtnis aus der Zeit, als sie jeden Dollar zweimal umdrehen musste. Sie hatte hart dafür gearbeitet, damit sie nie wieder in der angreifbaren Position wäre, in die sie geraten war, als ihr Vater Konkurs anmeldete.

Es war die erste Woche ihres Abschlussjahrs am College. Ruth hatte sich in die lange Schlange von Studenten eingereiht, um sich für ihre Kurse einzuschreiben, aber als sie endlich an der Reihe war, wurde ihr mitgeteilt, sie solle sich im Büro der Universität melden.

Nass geschwitzt kam sie im Verwaltungsgebäude an, wo eine Sekretärin ihr in eisigem Ton erklärte, dass ihre Studiengebühren nicht bezahlt worden seien und sie sich deshalb nicht für das Semester einschreiben könne.

»Das muss ein Missverständnis sein«, stammelte Ruth.

Sie rief ihre Mutter an. Auch die konnte sich das nicht erklären und versprach, sich darum zu kümmern. Ruth rechnete damit, dass ihre Mutter in spätestens einer Stunde zurückrufen und sagen würde, da sei etwas schiefgegangen, der Scheck sei auf dem Postweg verloren gegangen. Aber es war fast Abendessenszeit, als ihre Mutter sich endlich meldete und bedrückt sagte: »Du solltest für ein paar Tage nach Hause kommen.«

Ruth kehrte nie an die Northwestern zurück.

Später, als Ben Medizin studierte, überlegte sie, ob sie die Kurse besuchen sollte, die ihr für ihren Abschluss, den Bachelor of Arts, noch fehlten. Doch da arbeitete sie bereits in der Kosmetikfirma. Es hätte eine große Belastung bedeutet, wenn sie beide studiert hätten. Sie würde sich einen anderen, unkonventionelleren Berufsweg suchen müssen. Und genau das hatte sie getan.

Der Mann an der Kasse fragte, ob er etwas als Geschenk einpacken solle. Nur die Kerzen, antwortete sie. Er steckte sie in weiße, mit lila Seidenpapier gefütterte Papiertüten, deren Griffe er mit einem Geschenkband in Lila zusammenband.

Die Kerzen waren für Amelia. Ruth war so damit beschäftigt gewesen, sich häuslich einzurichten, dass sie sich noch gar nicht richtig bei Amelia, die vom ersten Tag an so freundlich zu ihr gewesen war, bedankt hatte. Außerdem hatte sie ein schlechtes Gewissen, weil sie den Mosaikkurs nicht mehr besuchte; ihr Seestern war über die Skizzenphase nicht hinausgekommen.

Sie verließ den Laden, blieb einen Moment stehen und atmete tief durch. Es herrschte reger Betrieb auf der Straße und den Gehwegen. Als ein Lastwagen heranrumpelte, mussten die Fußgänger zur Seite ausweichen und warten, bis er vorbei war. Während Ruth Richtung Beach Rose Inn ging, überlegte sie, was sie noch für Mira zusammenmixen könnte. Vielleicht eine Pflegecreme gegen Windelausschlag? Ein seltsamer Anblick riss sie aus ihren Gedanken. Sie blinzelte verdutzt, als sie Olivia mit einem Kinderwagen sah.

Dieses Szenario hatte sie sich immer mal wieder vorgestellt: ihre Tochter mit einem Baby, sie selbst die in ihren Enkel vernarrte Großmutter. Obwohl das Bild, das sie jetzt erblickte, nicht viel mit ihrem Tagtraum zu tun hatte, berührte es sie im tiefsten Inneren. »Hi, Schatz«, sagte sie fröhlich und drängte die sentimentalen Gefühle bewusst zurück. »Du als Babysitterin? Ich muss schon sagen, du erstaunst mich.«

Olivia hatte sich die Haare zu einem unordentlichen Knoten zusammengesteckt. Sie trug ein T-Shirt mit V-Ausschnitt, eine grüne Cargohose und Flip-Flops. Ruth hatte noch nie verstanden, warum die junge Generation so gern Schuhe trug, die nur aus ein paar Riemchen bestanden.

»Ja, ich mich auch«, erwiderte sie achselzuckend. »Elise hatte irgendwas im Haus zu tun, Kartons auspacken, so was. Aber jetzt kehren wir um.« Sie spähte unter die Abdeckung des Buggys. »Ich glaub, jetzt ist sie eingeschlafen.«

»Ich geh mit dir zurück«, sagte Ruth. Ihr Geschenk für Amelia konnte sie auch morgen noch abliefern. Olivia schien nichts gegen ihre Begleitung zu haben, und das ermutigte sie. »Hast du noch mal mit deinem Vater gesprochen?«

»Ja. Er kommt morgen.«

Morgen? »Oh, das ist jetzt aber schon ein bisschen plötzlich …«

Olivia drehte sich zu ihr. »Danke, dass er bei dir wohnen darf.«

»Kein Problem«, erwiderte Ruth, obwohl sie sich da nicht so sicher war. Sein Besuch würde einige unangenehme Situationen mit sich bringen – wenn sie ihm zum Beispiel morgens als Erstes in der Küche begegnete. Andererseits konnte es auch nicht peinlicher sein als das letzte Mal, als sie sich über den Weg gelaufen waren. Es war vor etwa einem Jahr in Philadelphia gewesen. Sie hatte ein Date zum Abendessen im Scarpetta gehabt – vielleicht das zweite oder dritte mit einem Mann, an den sie sich kaum erinnern konnte –, als Ben in Begleitung einer attraktiven Frau ihres Alters hereingekommen war. Ihre Blicke trafen sich, und die Intimität dieses Kontakts hatte sie bis ins Mark erschüttert. Sekundenbruchteile nur, dann verbargen sich beide wieder hinter der Maske höflicher Gleichgültigkeit. Ben kam an ihren Tisch und machte sie kurz mit seiner Begleiterin bekannt – und sie ihn mit ihrem Begleiter. Dieses flüchtige Wiedersehen hatte genügt, sie für den Rest des Abends aus dem Konzept zu bringen.

Am nächsten Nachmittag rief Ben sie an.

»Ich war ganz perplex, als ich dich gestern Abend getroffen habe«, sagte er. »Es war selbstverständlich nicht der richtige Zeitpunkt zum Reden. Ich wollte dir nur sagen, dass ich oft an dich denken muss und dass ich hoffe, es geht dir gut.«

Sie wusste nicht mehr, worüber sie geredet hatten, aber sie erinnerte sich gut an das unerklärliche Glücksgefühl, das sie empfunden hatte. Sie hatte im Lauf der Jahre immer wieder mit dem Gedanken gespielt, ihn anzurufen, aber es war beim Vorsatz geblieben. Sie hätte ihn auch gern um seinen Rat gebeten, als sie sich zum Verkauf der Firma entschloss. Laut ihrer Scheidungsvereinbarung stand ihm ein gewisser Prozentsatz des Gewinns zu. Er hatte zwar mit der Geschäftsleitung nichts zu tun, aber sie schätzte seine Meinung. Es hatte sie belastet, dass sie diesen gewaltigen Schritt ganz allein getan hatte.

»Gibt es im Moment eine Frau in seinem Leben?«

Olivia musterte sie mit einem Gesichtsausdruck, der besagte: Was geht dich das an? »Nein. Im Moment nicht.«

Wie fürsorglich sie ihrem Vater gegenüber war! Warum galt ihre Empathie nur ihm? Ruth konnte das nicht begreifen.

Sie kamen am Teeladen vorbei. An der Ladentür hing das GESCHLOSSEN-Schild. Ob Elise und Fern zu Hause waren? Obwohl Ruth sich allmählich daran gewöhnte, dass sich andere Leute im Haus aufhielten, sehnte sie sich nach Privatsphäre. Die Zeit mit Olivia war kostbar, und Störungen waren daher nicht erwünscht. Ihr war aufgefallen, dass ihre Tochter Elise und Fern hin und wieder benutzte, um sie vor allzu langen Gesprächen mit ihr zu schützen.

»Ich sterbe fast vor Hunger«, sagte Olivia, als sie vor Spindler's angekommen waren.

»Dann lass uns was essen. Mira schläft. Ich werde Elise eine Nachricht schicken – sie hat bestimmt nichts dagegen, wenn wir sie später zurückbringen.«

Der Oberkellner am Eingang warf einen Blick auf die Reservierungsliste und führte sie dann an einen Tisch im vorderen Außenbereich. Eine Hand im Kreuz, das Gesicht schmerzverzerrt, setzte sich Olivia vorsichtig hin.

»Immer noch nicht besser?«

»Vielleicht ein ganz klein wenig.«

Ein junger, attraktiver Kellner, dunkelhäutig und grünäugig, reichte ihnen die Karte und fragte, ob sie stilles oder kohlensäurehaltiges Wasser wünschten.

Olivia stellte den Buggy so, dass er nicht im Weg war, warf einen letzten Blick auf Mira und zog die Abdeckung wieder hoch. Die kleine mütterliche Geste wärmte Ruths Herz.

»Du machst das richtig gut.«

Olivia schüttelte den Kopf. »Komm nicht auf dumme Gedanken.«

»Wieso? Willst du nicht irgendwann Kinder haben?«

»Nein. Ich will meine Karriere wieder auf Kurs bringen und sonst gar nichts.«

»Du kannst beides haben, Kind und Karriere.«

»So wie du?«

»Ja, so wie ich.« Warum musste jede Unterhaltung damit enden, dass sie auf der Anklagebank landete?

»Sorry, aber ich glaube nicht, dass man alles haben kann.«

Ruth hatte nicht die Absicht, sich in eine feministische Debatte verwickeln zu lassen. »Jedenfalls wirkst du ganz entspannt mit der Kleinen. Es wäre schade, wenn du es grundsätzlich ausschließen würdest, Kinder zu haben.«

Sie sahen beide zu dem Buggy hin. Olivia schob die Abdeckung ein wenig zurück. Mira hatte den Kopf zur Seite gedreht, die Bäckchen rosig vom Schlaf. Den einen Arm hatte sie angewinkelt, sodass ihre kleine Faust fast ihre Schulter berührte. »Sie ist wirklich süß. Aber ich hab immer noch nicht kapiert, wem sie eigentlich gehört.«

Ruth zögerte. Die geheimnisumwitterte Herkunft des Babys hatte an ihr genagt. Sie konnte sich gut an Elises verwirrte Miene erinnern und an ihr Geständnis: »Ich weiß nicht, wem das Baby gehört.«

Mira war absichtlich nach Shell Haven gebracht worden – so viel stand fest. Als Elise nach ein, zwei Tagen die Behörden immer noch nicht verständigt hatte, war Ruth davon ausgegangen, dass sie selbst nachforschte, wem das Kind gehörte, damit sie es zurückbringen konnte. Und jetzt erzählte Elise überall herum, sie wollten Mira adoptieren. Anscheinend hatten sie einen legalen Weg gefunden. Jedenfalls hatte Ruth ihr Versprechen, mit niemandem darüber zu reden, gehalten. Aber das Geheimnis belastete sie. Außerdem wollte sie Olivia nicht belügen. Und sie suchte nach einer Möglichkeit, eine Bindung zu ihr aufzubauen. Wie könnte ihr das besser gelingen, als sie ins Vertrauen zu ziehen?

»Ich werde dir jetzt etwas erzählen, aber du musst mir versprechen, dass du es für dich behältst.«

Olivia nickte und sah ihre Mutter gespannt an. »Klar.«

»Keiner weiß, wem Mira gehört. Ich habe sie am Morgen, nachdem ich eingezogen bin, auf der Veranda gefunden.«

»*Was?*«

»Ja. Ich weiß. Elise hat mich inständig gebeten, es für mich zu behalten. Ich nehme an, dass sie und Fern inzwischen die nötigen Schritte eingeleitet haben, aber Genaueres weiß ich nicht.«

Olivia lehnte sich zurück und zog den Buggy ein Stückchen näher heran. Sie betrachtete Mira und sagte leise: »Das ist ja verrückt.«

»Es ist wirklich eine sonderbare Geschichte. Aber solche Dinge passieren nun mal.«

»Ich weiß, es gibt Leute, die ihr Baby aussetzen, aber dass die beiden es einfach behalten … Glaubst du, sie haben die Behörden eingeschaltet?«

»Zuerst nicht, nein. Hier regle man solche Angelegenheiten selbst, hat Elise gemeint. Außerdem wollte sie niemanden in Schwierigkeiten bringen. Aber jetzt behauptet sie, sie hätten die Adoption beantragt.«

Olivia dachte darüber nach. Dann fing sie plötzlich an zu lachen.

»Was ist denn so komisch?«

»Die Ironie des Schicksals! Du kommst hierher, um … was? Deinen Ruhestand zu genießen? Allein zu sein? Ich meine, das ist ja ein recht beschauliches Städtchen weitab von allem. Und dann setzt jemand sein Baby ausgerechnet vor deinem Haus aus! Ich meine, du hast ja nicht mal Lust gehabt, dich um dein eigenes Kind zu kümmern …«

»Olivia, bitte! Nicht schon wieder ein Vortrag über mein angebliches Versagen als Mutter, okay?«

»Okay. Aber du musst zugeben, dass das schon komisch ist. Ich hätte zu gern dein Gesicht gesehen!«

Ruth musste lachen. »Ja, ich hab bestimmt ganz schön dumm aus der Wäsche geschaut.«

In diesem Augenblick empfand sie Dankbarkeit demjenigen gegenüber, der Mira auf ihrer Veranda ausgesetzt hatte, weil er ihr dadurch diese heiteren Momente mit ihrer Tochter, dieses gemeinsame Lachen geschenkt hatte. Wenn es nur noch nicht zu spät war! Morgen kam ihr Exmann, und dann würde Olivia unweigerlich daran erinnert werden, dass sie Ruth immer für die Böse gehalten hatte.

Ihr Handy vibrierte. Eine SMS war eingegangen.

Wie wäre es morgen mit unserem Ausflug? Um 10 an der Werft?

Der Absender war Tito Barros. Richtig, sie hatten über einen Bootsausflug gesprochen. Ruth hatte das allerdings nicht ernst genommen, sondern eher für einen harmlosen kleinen Flirt gehalten. Andererseits hatte sie keine Lust, da zu sein, wenn ihr Exmann eintraf. Lieber etwas unternehmen, was sie fest in der Gegenwart verankern würde. Die Vergangenheit war vorbei.

Klingt gut. Dann bis morgen.

Sie blickte auf und sah, dass Olivia sie beobachtete.

»Alles in Ordnung?«

»Alles bestens«, antwortete Ruth. »Lass uns bestellen.«

Kapitel dreißig

Auf der Highschool wäre Elise niemals mit jemandem wie Cynthia Wesson, der neuen Teilzeitkraft, befreundet gewesen. Cynthia war viel zu selbstbewusst, zu extrovertiert. Solche Mädchen hatten sie früher stets eingeschüchtert, wie sie zugeben musste.

Cynthia war groß und schlank, hatte lang bewimperte braune Augen und glänzende braune Haare, die sie als kinnlangen Bob trug. Im Vorstellungsgespräch mit Fern hatte sie erzählt, dass sie ihr Studium am Emory College halb hinter sich habe, dass ihre Familie in Chatham wohne und sie den Sommer allein in P'town verbringe.

»Wieso allein?«, hatte Elise gefragt.

»Wahrscheinlich, um von ihrer Familie wegzukommen«, sagte Fern. »Ich kann's ihr nachfühlen.«

Cynthia war lernbegierig, und Elise, die so müde war, dass sie sich kaum auf den Beinen halten konnte, weil Mira sie so oft geweckt hatte, bemühte sich, ein wenig Begeisterung aufzubringen, als sie ihr erklärte, wie es im Laden so lief.

Sie riss das große Panoramafenster auf, um frische Luft hereinzulassen.

»Unglaublich, dass Sie einen Laden mit einem so freien Blick aufs Wasser gefunden haben.« Cynthia strich sich die Haare hinter die Ohren.

»Ja, aber heute ist es nicht ganz so klar.« Der Tag hatte

dunstig begonnen, aber die Sonne würde den Nebelschleier bald vertreiben. Das diesige, verhangene Wetter passte zu Elises Stimmung.

Nachdem Fern darauf bestanden hatte, dass sie den Großteil der bestellten Sachen wieder zurückschickte, war der Abend nicht mehr wirklich zu retten gewesen. Nach Ruths SMS, dass sie und Olivia noch irgendwo was essen und Mira deshalb später zurückbringen würden, hatte Elise sich überreden lassen, ins Strangers & Saints zu gehen, einem ihrer Lieblingslokale im mediterranen Stil.

Sie teilten sich eine Platte Brathähnchen in Granatapfel-Orangen-Sirup. Fern, die die Unterhaltung fast allein bestritt, erwähnte Mira mit keinem Wort, und Elise tat so, als interessiere sie sich brennend für die Planung des Unabhängigkeitstags, für die logistischen Herausforderungen ihres Seetang-Tee-Projekts und für einen gemeinsamen Ausflug nach Boston zum Bauernmarkt. Und die ganze Zeit hielt sie unter dem Tisch ihr Telefon in der Hand und schickte immer mal wieder eine SMS an Olivia, um sich nach Mira zu erkundigen.

Als sie später im Bett lagen und Fern sie in die Arme nehmen wollte, drehte sie sich auf die andere Seite. Als Mira in der Nacht zu schreien anfing, stellte Fern sich schlafend.

»Und hier haben wir zwei Heißwasserhähne«, erklärte sie Cynthia jetzt und trat hinter die Theke. »Einer für knapp über achtzig, einer für siebzig Grad heißes Wasser. Dieser zarte grüne Tee aus Japan zum Beispiel darf nur mit niedriger Temperatur aufgebrüht werden, sonst werden die Blätter zerstört. Hier hängt eine Liste mit der richtigen Brühtemperatur für jede Teesorte, und hier haben wir eine für die richtige Menge und die Ziehzeit.«

Cynthia machte sich eifrig Notizen auf einem kleinen Block.

»Um diese Jahreszeit wird hauptsächlich Eistee verlangt. Morgens bieten wir vier verschiedene Sorten an, aber der Kunde kann jede Mischung auch kalt haben, vorausgesetzt, er kann warten. Der Tee muss natürlich erst ziehen. Haben Sie schon mal Eistee getrunken, der praktisch nach gar nichts schmeckt?« Cynthia nickte. »Damit das nicht passiert, verwenden wir für Eistee die doppelte Menge an Tee. Brühtemperatur und Ziehzeit bleiben aber gleich.«

Die Ladentür ging auf, ein Paar mit einem kleinen Kind kam herein.

»Guten Morgen«, grüßte Elise. Die Frau lächelte, studierte die Angebote des Tages und bestellte schließlich die »Segeltour«-Mischung als Eistee.

Das war einer ihrer beliebtesten Tees, den Elise an diesem Morgen aber nicht als Eistee vorrätig hatte. Es dauere aber nur ein paar Minuten, vertröstete sie die Kundin, und zu Cynthia sagte sie: »Das ist Schwarztee mit Bergamotte, Kornblume und Vanille.« Sie öffnete die Teedose. Cynthia spähte hinein.

»Sieht richtig hübsch aus.«

»Ja, aber die Kornblume ist eigentlich nur fürs Auge.« Elise gab zwei Löffel voll in einen Teebeutel und goss heißes Wasser in einen metallenen Schüttelbecher, den sie benutzte, wenn es schnell gehen sollte. »Füllen Sie schon mal Eis in einen von den Bechern. Bis zum Rand.«

Cynthia tat es und stellte den Becher auf die Theke.

»Oh, ich möchte eigentlich nur ein ganz klein wenig Eis«, sagte die Kundin.

»Das wird alles schmelzen«, versicherte Elise ihr. »Wir werden eher noch mal nachfüllen müssen.«

Der Begleiter der Frau bestellte einen Eistee, den sie vorrätig hatten. Elise überließ alles Weitere Cynthia und ging durch den Laden, um die Tür aufzumachen. Sie schob den Keil unter, damit sie offen blieb. Der Nebel hatte sich gelichtet, es würde ein herrlicher Tag werden.

Als die Kunden gegangen waren, meinte sie: »Sehen Sie? Das ist alles ganz einfach.« Zumindest solange sich der Ansturm in Grenzen hielt. Sie hoffte, dass sie und Cynthia es allein schaffen würden, bis Fern, die daheim mit dem Seetang und verschiedenen Teesorten experimentierte, später auftauchte.

Sie wollte nicht an Fern denken.

»Sie kommen also aus Chatham?«, fragte sie, um ein bisschen Konversation zu machen.

»Ja, ich bin dort geboren und aufgewachsen.«

»Aber den Sommer möchten Sie nicht dort verbringen?«

Cynthia schüttelte den Kopf. »Meine Eltern lassen mir zu wenig Freiraum, und die Stadt ist so … so spießig. Mir gefällt es hier. Die Leute sind einfach cool. Und die vielen Künstler! Es ist alles so frei hier!«

Oh ja, Elise erinnerte sich an dieses Gefühl der Freiheit von ihren ersten Besuchen in Provincetown. Mittlerweile hatte die Wirklichkeit sie eingeholt. Sie spürte, wie die Wände näher rückten.

»Außerdem hab ich ein hartes Jahr hinter mir. Mein Freund und ich haben uns getrennt.«

»Das tut mir leid.«

Cynthia zuckte mit den Schultern. »Das Schlimmste ist überstanden. Trotzdem war das der Hauptgrund, weshalb ich hier bei Ihnen arbeiten wollte – Tee aufbrühen, beruhigende Musik hören, den Blick aufs Wasser genießen. Es ist einfach toll hier.«

»Danke. Wir sind froh, dass wir Sie haben.«

In den nächsten Stunden kamen immer wieder Kunden, aber nie zu viele auf einmal. Und dann betrat Rachel mit Mira den Laden.

Elise schaute sie verblüfft an. »Schon so spät?«

Rachel nickte und warf einen Blick auf ihr Handy. »Du hast gesagt, Fern wäre um diese Zeit hier und würde dich ablösen.«

»Stimmt, das hab ich gesagt. Ich weiß auch nicht, wo sie so lange bleibt. Vielen Dank jedenfalls für deine Hilfe! Den Rest schaff ich schon.« Sie spähte in den Buggy. Mira war putzmunter. Als sie Elise sah, schien sie mit den Beinchen zu strampeln, und Elises Herz machte einen Hüpfer.

»Ich muss weiter.« Rachel eilte schon zur Tür hinaus. »Aber Ende der Woche hab ich Zeit, falls du mich brauchst.«

»Du bist die Beste!«, rief Elise ihr nach. Sie schickte Fern eine Nachricht, fragte, wann sie denn komme. Dann schob sie den Buggy ganz nach hinten und hob Mira behutsam heraus. »Hallo, Kleine«, sagte sie zärtlich.

Als sie einen Blick über die Schulter warf, bemerkte sie, wie Cynthia sich rasch abwandte. Hatte sie ihr von dem Baby erzählt? Sie glaubte nicht. Dennoch stellte die junge Frau keine Fragen, nicht einmal ein höfliches »Wie alt ist sie denn?«, bemerkte auch nicht, wie sonst üblich, wie süß die Kleine sei. Im Gegenteil, Cynthia wirkte auf einmal verschlossen und abweisend. Komisch.

Als Kunden hereinkamen, legte sie Mira in den Buggy zurück und schob ihn in eine ruhige Ecke. Während sie die Bestellungen entgegennahm, übernahm Cynthia die Kasse. Dann begann Mira zu weinen.

»Ich hab den Timer für den Gelben Ingwer eingestellt – seien Sie so gut und machen ihn für mich fertig, ja?« Elise eilte zum Buggy. Ein schreiender Säugling passte nicht unbedingt zur Zen-Atmosphäre im Laden. Kaum hatte sie Mira auf den Arm genommen, ließ das Geschrei auch schon nach. Elise ging im Kreis und tätschelte Mira besänftigend den Rücken.

Der Strom der Kunden verebbte allmählich, und sie war mit Cynthia wieder allein im Laden. Die junge Frau spülte Becher aus, während Elise mit Mira umherwanderte.

Cynthia beachtete den Säugling immer noch nicht. Elise fand ihr Desinteresse reichlich unhöflich.

Oder stellte sie nur deshalb keine Fragen, weil sie die Antworten bereits kannte?

Nein, das war doch verrückt. Andererseits …

Sie musterte Cynthia verstohlen und mit klopfendem Herzen. Gab es irgendwelche Ähnlichkeiten zwischen ihr und Mira? Zugleich sagte sie sich, dass sie vor lauter Stress Gespenster sah und ihr übermüdeter Verstand ihr einen Streich spielte.

Sie blickte ungeduldig auf ihr Handy. Wo Fern nur so lange blieb!

Der Küchentisch stand voll mit Schälchen, in denen Teeblätter und fein gehackter Seetang waren. Olivia saß zwischen Fern und Jaci auf der einen Seite des Tischs, Marco auf der anderen. Alle vier gaben unterschiedliche Teeblätter zum Seetang, füllten die jeweilige Mischung in Teebeutel und beschrifteten diese dann.

Olivia hatte eigentlich andere Pläne für den Vormittag gehabt, aber als sie in die Küche gekommen war, um sich Kaffee zu machen, saßen Fern und Marco am Tisch und zerhackten den getrockneten Tang. Ihr Auftritt in ausgebeulter Hose, ungeschminkt und mit unordentlichem Pferdeschwanz war ihr peinlich gewesen, aber Marco hatte sie kaum eines Blickes gewürdigt.

»Was macht ihr denn da?«, hatte sie überflüssigerweise gefragt und das Fenster aufgerissen, weil es in der Küche so salzig und schweflig roch wie gestern im Garten hinter dem Haus. Sie würden Mischungen aus Tee und Seetang zusammenstellen und mit verschiedenen Geschmacksrichtungen experimentieren, erklärte Fern. »Zum Verkosten kommen wir heute noch nicht, wir tüten nur die diversen Zusammenstellungen ein. Wir könnten noch Hilfe brauchen. Also, wenn Sie Lust haben …«

Olivia warf Marco einen flüchtigen Blick zu. Er konzentrierte sich ganz darauf, den losen Tee mit einem Esslöffel abzumessen.

»Äh, ja, warum nicht. Ich zieh mir nur was anderes an.«

Sie schlüpfte in ein rosafarbenes T-Shirt und in weiße Jeansshorts, tuschte sich die Wimpern und tupfte sich Gloss auf die Lippen. Dann ging sie wieder nach unten zu den anderen.

Das war vor Stunden gewesen. Seitdem saß sie mehr oder weniger da und half eifrig mit. Die Beschäftigung hielt sie vom Grübeln ab. Hin und wieder schaute sie kurz zu Marco, auf seine flinken Finger, die kräftigen Handgelenke, die angespannten Kiefermuskeln. Als er einmal aufsah und ihre Blicke sich trafen, stockte ihr fast der Atem.

Es klingelte an der Tür. Olivia erstarrte. Das musste ihr Vater sein! An ihn hatte sie gar nicht mehr gedacht. »Oh!« Sie sprang auf, ignorierte den Schmerz, der ihr die Wirbelsäule hinaufschoss, und lief aus der Küche.

»Erwarten Sie jemanden?«, rief Fern ihr nach.

Olivia gab keine Antwort. In der Eile wäre sie um ein Haar über den Wohnzimmerteppich gestolpert. Voller Freude riss sie die Haustür auf.

»Ich kann nicht glauben, dass du da bist!«

»Hi, mein Schatz!« Er nahm sie in die Arme. »Dass es dir mies geht, sieht man dir wirklich nicht an.«

»Wie war deine Reise?«

»Die Überfahrt mit der Fähre war herrlich. So entspannend.« Er folgte ihr ins Wohnzimmer. »Schönes Haus. Deine Mutter hatte immer schon einen guten Geschmack, was das angeht.«

»Soll ich dir dein Zimmer zeigen? Oder dich erst mit den anderen bekannt machen?«

»Den anderen? Ach so, ja. Die Bewohner der ›schrägen Pension‹, wie du es genannt hast.«

Das hatte sie gesagt? Daran erinnerte sie sich nicht mehr. Aber irgendwie stimmte es schon. »Wow! Und du bist trotzdem gekommen. Ganz schön mutig von dir.«

Er grinste. »Du hast dich am Telefon nicht so gut angehört. Ich hab mir Sorgen gemacht.«

Jetzt hatte Olivia ein schlechtes Gewissen, weil sie ihren Vater zu dieser Unternehmung überredet hatte. Das war egoistisch gewesen. Aber wo er schon mal da war, würde sie alles tun, damit er ein paar schöne Tage hatte. Für ihn war es vielleicht mal ganz gut, seine Komfortzone zu verlassen.

Sie ging ihm voraus in die Küche, wo die drei am Tisch erstaunt aufblickten. Olivia machte alle miteinander bekannt.

»Freut mich sehr«, sagte ihr Vater. »Tut mir leid, dass ich störe.«

»Überhaupt nicht«, erwiderte Fern. »Sie haben eine großartige Tochter. Sie hat uns heute sehr geholfen.«

Olivia strahlte. War es möglich, dass ihr die Welt noch vor ein paar Tagen grau und trostlos vorgekommen war?

»Ich werde meinen Vater oben im dritten Stock einquartieren«, sagte sie zu Fern. »Haben Sie was dagegen, wenn ich …«

»Nein, nein, geht nur!«

»Wir sehen uns später«, rief Jaci.

»Und danke fürs Helfen«, sagte Marco. »Das Verkosten machen wir am Donnerstag. Um wie viel Uhr, was meinst du, Fern?«

»Ich würde sagen, morgens um acht. In Lidias Küche, weil sie Heißwasserhähne hat.«

»Ich werde da sein«, zwitscherte Olivia fröhlich.

Sie ging mit ihrem Vater zurück durchs Wohnzimmer und zur Treppe. Er blieb stehen und fragte: »Verrätst du mir, was eigentlich los ist?«

»Was meinst du?«

Er warf einen flüchtigen Blick Richtung Küche und flüsterte: »Ich bin hergekommen, weil ich dachte, du stehst kurz vor einem Nervenzusammenbruch, aber jetzt hab ich den Eindruck, dass du dich hier prächtig amüsierst.«

Olivia machte den Mund auf, klappte ihn zu, machte ihn wieder auf. »Ich hab nie behauptet, dass ich kurz vor einem Nervenzusammenbruch stehe …«, stammelte sie.

»Versteh mich nicht falsch. Ich bin ja froh, dass es dir so gut geht, ich frage mich nur, ob seit unserem Telefonat etwas passiert ist, dass du so guter Dinge bist.«

»Nein«, antwortete sie achselzuckend, während sie im Hintergrund Marcos Stimme in der Küche hörte. »Überhaupt nichts.«

Kapitel einunddreißig

Der dichte Nebel, als sie an Bord ging, verunsicherte Ruth, weil er die vertrauten Orientierungspunkte in der Ferne verhüllte. Aber Tito Barros versicherte ihr, dass sich der morgendliche Dunst bald lichten werde.

»Und wenn nicht, macht das auch nichts«, fügte er hinzu.

Aber nicht nur die geringe Sicht verdarb Ruth den Morgen. Sie hatte bereits eine unerfreuliche Begegnung mit Titos Schwester hinter sich. Als Ruth am Landungssteg ankam, stand Bianca da, neben sich eine Tasche Austern.

»Hallo, Bianca.«

Statt den Gruß zu erwidern, sagte sie: »Die Bootstouren starten erst in einer Stunde.«

»Ja, schon, aber ich …«

»Ruth!« Tito winkte, als er über den Metallsteg ging, der die Werft mit der Landungsbrücke verband. Er hatte ein marineblaues T-Shirt und khakifarbene Shorts an. Auf dem Kopf trug er eine hellblaue und graue Long-Point-Baseballmütze.

Bianca, die Arme über der Brust verschränkt, wartete, bis er da war. Dann sagte sie: »Erzähl mir jetzt nicht, dass du zum Vergnügen rausfährst! Bin ich denn die Einzige in dieser Familie, die noch arbeitet?«

»Die Austern zu tragen, die Marco geerntet hat, ist keine Arbeit, Bianca«, entgegnete Tito.

Sie wandte sich Ruth zu. »Das Haus meiner Tochter ist Ihnen wohl nicht genug? Jetzt machen Sie sich auch noch an meinen Bruder ran, wie ich sehe.«

»Das reicht jetzt, Bianca!«, sagte Tito scharf. Er bedeutete Ruth, ihm zu folgen, und sie war froh, von dieser giftigen Person wegzukommen. Was für ein Problem hatte die Frau denn?

»Achten Sie nicht auf sie. Sie ist eine verbitterte alte Frau geworden.«

»Alte Frau?«, entrüstete sich Ruth. »Ich glaube nicht, dass sie älter ist als ich!«

Tito legte sich eine Hand auf die Brust. »Ich bitte vielmals um Entschuldigung! Sie wirken so viel jünger. Das muss an Ihrer heiteren Gesinnung liegen.«

»Nun, Ihre Schwester wirkt tatsächlich ein wenig vergrämt.«

Tito nickte. »Sie fühlt sich vom Leben betrogen. Ihr Mann starb, als sie in den Dreißigern war. Das war ein Schicksalsschlag, von dem sie sich nie erholt hat. Seitdem ist sie unzufrieden. Aber im Grunde verhält sie sich aggressiver, als sie ist.« Er kniete sich hin und zog an einem Tau, das um einen Poller gewickelt war. Ein kleines Boot war daran festgebunden. Eine Nussschale von einem Boot.

»Ich dachte, wir fahren mit einem Segelboot hinaus.« Ruth bemühte sich, die Panik in ihrer Stimme zu unterdrücken.

»Machen wir auch. Aber das liegt da draußen vor Anker.« Er zeigte in die neblige Ferne.

Ein junger Mann in Jeans und einem Barros-Boatyard-T-Shirt wartete bereits in der Nussschale auf sie.

Er half Ruth beim Einsteigen, während Tito das Tau auf dem Steg losmachte und dann ins Boot sprang, das heftig zu schaukeln anfing. Ruth, die auf einer schmalen Bank saß, hielt sich krampfhaft fest. Sie fürchtete, ohnmächtig zu werden. Ihre von ihrer Hai-Phobie hervorgerufene Angst erreichte eine Zehn auf der Skala von eins bis zehn. Wahrscheinlich würde die Skala um mindestens zwei Punkte erweitert werden müssen.

Der junge Mann ließ den Motor an und steuerte auf die Bucht hinaus. Ruth klammerte sich an die Sitzbank, als hinge ihr Leben davon ab. Tito diskutierte mit seinem Mitarbeiter darüber, wie schnell sich der Nebel wohl auflösen würde. Dann wandte er sich Ruth zu. »Na, gefällt es Ihnen?«

Die Zähne fest aufeinandergebissen, nickte sie mit starrer Miene.

Tito ließ sich neben ihr nieder und sagte beruhigend: »Keine Bange, ich verspreche Ihnen, Sie sind in guten Händen.«

Als sie die *Maria* erreichten, war Ruth schweißgebadet. In der mit dunklem Holz getäfelten Kajüte des Segelboots gab es Schlafplätze für vier bis fünf Personen, ein Bücherregal, einen Tisch, eine Spüle und eine bequeme Sitzbank. Zu Titos Bestürzung verbrachte Ruth die ersten Minuten ihres Segeltörns dort unten. Sie kam erst an Deck, als sie auf halbem Weg zwischen Kai und Long Point waren.

»Wann waren Sie denn das letzte Mal auf dem Wasser?«, fragte Tito, der am Ruder stand.

»Als ich vergangenen Monat die Fähre benutzte.«

»Abgesehen davon, meine ich.«

»Oh, das ist viele, viele Jahre her«, erwiderte sie. Damals hatte sie mehr Mut gehabt. Was war nur aus ihr geworden?

Als sie den Leuchtturm passiert hatten, schaltete Tito den Motor aus und setzte die Segel. Ruth merkte erst, wie laut der Motor war, als Stille eintrat. Sie konnte hören, wie die Wellen gegen den Rumpf plätscherten. Sie setzte sich auf eine niedrige Bank und sagte staunend:

»Wie friedlich es hier draußen ist!«

»Nicht wahr? Wenn wir im Hochsommer von Touristen überrannt werden, habe ich es nur diesem Boot zu verdanken, dass ich nicht den Verstand verliere.«

»An den Wochenenden ist es jetzt schon so voll in der Stadt. Ich kann mir fast nicht vorstellen, dass das noch schlimmer werden soll.«

»Haben Sie eine Ahnung! Jedes Jahr denke ich: Jetzt ist die Grenze erreicht, die Leute treten sich schon gegenseitig auf die Füße. Und trotzdem kommen im Jahr darauf noch mehr. Falls Sie dem Rummel mal entfliehen wollen, sind Sie mir immer willkommen«, fügte er mit einem kurzen Blick auf sie hinzu.

»Das ist sehr nett von Ihnen, danke.« Sie schaute aufs Wasser hinaus, weil sein unverblümtes Interesse an ihr sie unangenehm berührte. Er war fraglos ein attraktiver Mann, das ließ sich nicht leugnen. Sein Lächeln und seine Stimme erinnerten sie an Jeff Bridges, für den sie schwärmte, seit sie ihn in *Die fabelhaften Baker Boys* gesehen hatte. Es wäre einfacher gewesen, wenn sie Tito nicht anziehend gefunden hätte, aber ihn dabei zu beobachten, wie er die Segel manövrierte und zwischendurch immer wieder zu ihr hinschaute, gab ihr ein gutes Gefühl.

Sie wusste nicht, was dieser Lebensabschnitt für sie bereithielt, aber einer ihrer Beweggründe für den Umzug hierher war die Suche nach Einsamkeit gewesen, der Wunsch nach einem Neuanfang, mit niemandem in ihrem Leben, den sie enttäuschen oder von dem sie enttäuscht werden könnte. Und dann war dieses Baby quasi vor ihrer Haustür gelandet. Als würde das Universum anklagend den Zeigefinger auf sie richten: *Du kannst deine Ehe aufgeben. Du kannst deine Firma aufgeben. Aber du wirst immer Mutter sein.*

»Ist Ihre Tochter noch in der Stadt?«, fragte Tito, als hätte er ihre Gedanken gelesen.

»Ja. Ich weiß allerdings nicht, wie lange noch.« Sie erwähnte nicht, dass ihr Exmann heute kam. Sie bemühte sich, nicht daran zu denken.

Die Vorstellung, dass sie mit Ben – wenn auch nur vorübergehend – wieder unter einem Dach wohnen würde, hatte ihr letzte Nacht den Schlaf geraubt. Sie war sich sicher, dass sie beide bezüglich der Scheidung noch immer ungeklärte Gefühle mit sich herumtrugen. Er sah die alleinige Schuld vermutlich bei ihr. Und sie litt unter Selbstvorwürfen.

Das Ende einer Ehe ist ein kleiner Tod. Ruth konnte sich nicht an einen spezifischen Moment erinnern, als ihr klar geworden war, dass ihre Ehe gescheitert war. Es war ein Prozess gewesen, ein langsames Abrutschen.

Heute konnte sie zugeben, dass ihre Arbeit, die sie völlig vereinnahmt hatte, einen Gutteil dazu beigetragen hatte.

Dreimal in der Woche fuhr sie nach New York City und richtete sich zu guter Letzt ein zweites Büro dort ein. Jedes Jahr verbrachte sie eine Woche in Bologna, wo eine internationale Messe stattfand; auf diese Reise freute sie sich das ganze Jahr. Dort traf sie Freunde, Kollegen, Konkurrenten. In den Achtziger- und Neunzigerjahren waren die Kosmetikhersteller eine eng verschworene Gemeinschaft gewesen. Diese Leute waren ihre zweite Familie, mit der sie allmählich mehr verband als mit jener zu Hause.

War Ruth gestresst oder erschöpft, kämpfte sie mit einem Problem in der Produktion oder einer komplizierten Rechnung, war es Ben, bei dem sie gern Rat und Hilfe gesucht hätte. Aber ihr Mann wollte nichts davon hören. Er hatte seine eigenen beruflichen Schwierigkeiten, bei ihm stand so viel mehr auf dem Spiel, dort ging es um Leben und Tod. Also redete sie mit ihm nur über ihre Erfolge. Doch auch davon wollte er nichts wissen. Da wurde ihr klar: Jetzt, da sie ihr Einkommen aus ihrer Firma nicht mehr brauchten, grollte er ihr.

Ihr Sexleben tendierte gegen null.

Sie schlug eine Paartherapie vor, und Ben war einverstanden. Ihre Beziehung rettete das nicht, aber durch sie wurde deutlich, dass es im Grunde nicht um ihre stressige Arbeit ging oder darum, dass sie mehr als er verdiente, obwohl er ein angesehener Anästhesist war. Nein, es war viel einfacher: Sie hatte ihre Leidenschaft im Leben gefunden, und er hatte seine aufgegeben. Sie hatte versucht, mit ihm darüber zu sprechen, hatte vorgeschlagen, dass er sich eine Auszeit nehmen sollte, um sich ganz dem Schreiben zu widmen. »Tu das, was du wirklich gern tust«, hatte sie ihn beschworen.

»Ich bin Arzt«, erwiderte er.

Er scheute sich, den Versuch zu wagen. Und ihr kreidete er es an.

Olivia war zehn, als sie die unterschwellige Spannung nicht mehr ertrug. Sie ertappte sich dabei, dass sie Ausreden suchte, um nicht nach Hause kommen zu müssen. Das war kein Leben, fand sie, und keine Art, einem Kind gerecht zu werden.

Als sie Ben erklärte, sie wolle die Scheidung, reagierte er, als komme das völlig unerwartet.

»Ich bitte dich, das kann doch keine so große Überraschung für dich sein. Ich will nicht, dass unsere Beziehung irgendwann an den Punkt kommt, wo wir uns hassen.«

»Und du meinst, eine Scheidung sei für unsere Beziehung von Vorteil? Und was ist mit Olivia?«

»Für Olivia ist es besser, wenn wir klare Verhältnisse schaffen. In einer angespannten Atmosphäre aufzuwachsen schadet ihr nur.«

So war es auch. Eine Kinderpsychologin hatte ihr das bestätigt: Es sei ein Fehler, eine Ehe nur wegen der Kinder aufrechtzuerhalten. Rückblickend erkannte sie aber, dass sie einen Schlusspunkt unter ihre Ehe setzen wollte, weil sie einfach nicht mehr konnte. Trotz aller Bemühungen funktionierte sie nicht, was sie jeden Tag aufs Neue als Versagen empfand, und sie hasste dieses Gefühl. Sie konnte nicht mit Grauzonen umgehen: Entweder funktionierte eine Beziehung oder eben nicht. Ihre Stärke war es, Probleme zu lösen und zu beheben. Und ihrer Ansicht nach ließ sich ihre Partnerschaft nur dadurch retten, dass sie beendet wurde, und zwar solange sie sich in die Augen schauen konnten.

Während ihr Verhältnis zu ihrem Mann sich im Lauf der Jahre entspannt hatte, war das zwischen ihr und Olivia immer stärker abgekühlt. Bis jetzt.

Und wenn es noch so unangenehm sein würde, mit Ben unter einem Dach zu wohnen – Olivia zuliebe würde sie es auf sich nehmen.

Die Brise spielte mit ihren Haaren, und sie drückte sie mit beiden Händen wieder an. Der Dunst hatte sich vollständig aufgelöst und einen wunderschönen Morgen hinterlassen. Hinter ihnen der Leuchtturm von Long Point. Vor ihnen Wasser so weit das Auge reichte. Die scheinbar endlose gleißende Fläche erzeugte die Illusion, dass sie und Tito die einzigen Menschen auf der Welt waren.

»Haben Sie Kinder?«, fragte sie, um die Unterhaltung in Gang zu halten und zu verhindern, dass die Vergangenheit sich heranpirschte.

»Nein. Ich war auch nie verheiratet. Aber die beiden Kinder von Manny, Jaci und Marco, und Biancas Tochter Pilar sind wie meine eigenen. Bianca glaubt, dass ich Marco vorziehe, deshalb ist sie sauer auf mich. Als ich ihm vor ein paar Jahren die Konzession für mein Gebiet auf See überlassen habe, hat sie vor Wut geschäumt. Dann hat Pilar auch noch das Haus verkauft. Und jetzt hat Bianca das Gefühl, dass sie zu kurz gekommen ist.«

Ruth hatte nur mit halbem Ohr zugehört, weil sie noch an seiner Bemerkung, er sei nie verheiratet gewesen, zu knabbern hatte. Sie fand das höchst ungewöhnlich. »Haben Sie sich bewusst gegen die Ehe entschieden? Oder einfach nie die Richtige gefunden? Sagen Sie es mir, wenn ich zu neugierig bin.«

»Nein, keineswegs. Das Leben auf See ist ein egoistisches Leben. Aber jetzt, wo ich älter bin und ein wenig kürzertrete, möchte ich Raum für anderes schaffen. Jetzt bin ich imstande, auch an jemand anderes zu denken, nicht nur an mich, und ich möchte diese Person finden und zum Wichtigsten in meinem Leben machen.« Er lächelte ihr zu, und sie erwiderte sein Lächeln.

Vielleicht sollte sie das auch tun. Nach ihrer Scheidung hatte sie sich lange noch mehr in die Arbeit gestürzt als vorher. Aber ihr fehlte ein Partner an ihrer Seite. In Ben Cooperman hatte sie sich Hals über Kopf verliebt, wie man es sonst nur aus Filmen kannte. Es war Liebe auf den ersten Blick gewesen, sofern man an so etwas glaubte. Da sie nie wieder etwas Ähnliches erlebt hatte, fragte sie sich, ob diese glühende Leidenschaft der Jugend vorbehalten war. Sie wirke von ihrer Einstellung her so viel jünger als seine Schwester, hatte Tito gemeint. In Wirklichkeit hatte sie das Gefühl, innerhalb der letzten zwölf Monate um zehn Jahre gealtert zu sein. Ihre Flucht nach Provincetown war auch ein Versuch, sich an eine neue Ausgabe von sich selbst zu gewöhnen, indem sie auf eine jahrzehntealte Version zurückgriff. »Ich muss sagen, ich genieße diesen Ausflug. In Shell Haven ist es ziemlich voll geworden. Dagegen herrscht auf der Commercial Street eine geradezu himmlische Ruhe!«

»Tja, viele Gäste sind die unvermeidliche Folge, wenn man ein Ferienhaus am Meer hat.«

Sie machte eine wegwerfende Handbewegung. »Alles halb so schlimm. Trotzdem hat es gutgetan, mal wegzukommen.«

»Wie gesagt – jederzeit.«

»Vielleicht könnten wir uns das nächste Mal an Land treffen. Auf meinem Weg zur Werft komme ich immer an diesem Restaurant vorbei – Joon. Das würde ich gern mal ausprobieren. Haben Sie Lust, mich an einem der kommenden Abende dorthin zu begleiten?«

Er guckte sie verdutzt an, und sie fragte sich, ob er sie für aufdringlich hielt.

»Ich bin nicht der Typ, der gern in Lokale geht, aber da Sie nicht der Typ sind, der gern aufs Wasser geht und Sie sich dennoch mit mir hier herausgewagt haben, ist es wohl das Mindeste, dass ich mich mit Ihnen zu einem potenziell überteuerten Essen treffe.«

Das Boot schaukelte sanft auf den Wellen, und Ruth lächelte.

Als Fern drei Stunden später endlich im Geschäft auftauchte, war Elise hochgradig gereizt.

Sie hatte Kunden bedient und dazwischen Mira in der Wohnung über dem Geschäft versorgt, ihr das Fläschchen gegeben und sie gewickelt. Cynthia schmiss den Laden unterdessen ganz allein. Als Mira eingeschlafen war, hatte Elise den Buggy wieder in eine ruhige Ecke geschoben. Jetzt hatte Cynthia Feierabend gemacht. Ruhe war eingekehrt.

»Wie ist es hier gelaufen?«, fragte Fern. Sie hatte sich die langen Haare zu Zöpfen geflochten und oben auf dem Kopf festgesteckt. Zu einem hauchdünnen zitronengelben Kleid trug sie eine klobige Perlenkette. Sie sah entspannt und ganz bezaubernd aus.

»Gut«, antwortete Elise, die ihr nicht mehr böse sein konnte. »Und bei euch?«

»Wir haben unzählige Mischungen zusammengestellt. Übermorgen machen wir das Probetrinken. Glaubst du, Cynthia kann am Vormittag kommen?«

Elise nickte. »Ich denke schon. Ich klär das mit ihr.«

»Wie hat sie sich denn angestellt?«

»Ganz toll. Sie hat sich schnell die Zusammensetzung vieler Mischungen gemerkt. Und sie hat so eine Art, mit den Kunden umzugehen. Als hätte sie nie etwas anderes gemacht.«

Fern hörte nicht mehr zu. Sie hatte den Kinderwagen in der Ecke entdeckt. »Ich dachte, Rachel würde babysitten.«

»Nur am Vormittag«, erwiderte Elise. »Ich hab auf dich gewartet, damit ich mit Mira nach Hause kann. Aber jetzt schläft sie, jetzt kann ich auch noch ein bisschen bleiben.«

Fern antwortete nicht. Sie ging hinter den Tresen, überprüfte die Teedosen, aus denen sie ihre Mischungen über den Ladentisch verkauften, und stellte fest, dass einige praktisch leer waren.

»Wir sollten darauf achten, dass Cynthia die nachfüllt, bevor sie nach Hause geht«, sagte sie mit deutlich kühlerer Stimme. Elise straffte sich. Sie wollte nicht, dass sich schon wieder Misstöne zwischen ihnen einschlichen.

»Was hältst du davon, wenn Cynthia übermorgen allein im Laden bleibt und ich mit euch die Teesorten teste?«, sagte sie.

Fern zog eine Braue hoch. »Ich dachte, du hältst nichts von unserem Experiment.«

»Du aber. Und je länger ich darüber nachdenke, desto spannender finde ich die Idee mit dem Seetang.«

»Ich glaube, Marco, Jaci, Olivia und ich kriegen das allein hin.«

»Oh. Okay.« Die Zurückweisung tat weh, aber Elise versuchte, sich nichts anmerken zu lassen.

»Hast du gewusst, dass Olivias Vater für ein paar Tage hier ist und in Shell Haven übernachtet?«

»Nein.« Elise machte ein erstauntes Gesicht. »Das hat sie mit keinem Wort erwähnt. Jetzt ist das Haus wirklich voll.«

»Ein bisschen zu voll. Wir werden in die Wohnung über uns ziehen müssen, so wie wir es ursprünglich geplant hatten.« Fern deutete mit dem Zeigefinger an die Decke.

Elise hatte geahnt, dass das kommen würde. Wieso sträubte sie sich eigentlich so dagegen? Fern hatte ja recht, in Shell Haven konnten sie nicht bleiben. Und Mira war so klein, dass sie problemlos mit ihr in der Einzimmerwohnung über dem Laden wohnen konnten. Sie brauchte nicht einmal ein eigenes Bettchen, weil sie meistens in der Babyschale einschlief. Sie konnte sie neben ihr Bett stellen und in der Ecke einen kleinen Platz zum Wickeln einrichten. Das war natürlich nur eine provisorische Lösung, aber im September konnten sie ja in ihr Haus zurück. Der Grund für ihre Abneigung gegen den Umzug war ihr auch klar: Sie fürchtete, es werde sich herausstellen, dass Mira nicht in ihrer beider Leben passte – sowohl im konkreten als auch im übertragenen Sinn. Ohne Ruth und Olivia hätten sie weniger Hilfe. Elise würde Mira jeden Tag wegbringen und holen müssen. Fern würde noch ungeduldiger auf die ganze Situation reagieren. Shell Haven hingegen hatte genügend

Platz für ein Kind. Shell Haven hatten sie im Hinblick auf ihren Kinderwunsch gekauft. Elise hatte das Gefühl, dass sie ihr Ziel, eine eigene Familie zu gründen, in ihrem eigenen Haus nicht aus den Augen verlieren würden.

Doch das alles äußerte sie nicht laut. Während sie noch nach einem praktischen Grund suchte, der für ihr Verbleiben in Shell Haven sprach, betrat Bianca in Begleitung ihres Hundes den Laden. Ihre Haare mit der unverkennbaren weißen Strähne hatte sie zu einem straffen Knoten zusammengesteckt, und sie trug ein schwarzes Maxikleid mit Flügelärmeln. Bianca hatte einen kräftigen Knochenbau und die für die Familie Barros typischen großen, dunklen Augen. Sie war eine auffallend attraktive Frau, was angesichts ihres schwierigen Charakters oft übersehen wurde, wenn man mit ihr zu tun hatte.

»Bianca, bitte, der Hund muss draußen bleiben. Unten an der Treppe steht ein Wassernapf.«

Ohne sich darum zu kümmern, rauschte sie zum Ladentisch. »Da legt ihr so großen Wert darauf, dass Regeln und Verordnungen eingehalten werden, aber davon, was der Anstand gebietet, habt ihr offenbar noch nie etwas gehört.«

»Was hast du denn jetzt wieder für ein Problem?«, fragte Elise leicht genervt.

Bianca beachtete sie nicht. Sie durchbohrte Fern förmlich mit ihrem Blick, als sie sagte: »Ich will nicht lange um den heißen Brei herumreden. Meine Tochter hat mich mit dem Hausverkauf überrumpelt. Damals konnte ich es nicht verhindern. Aber jetzt reicht's. Ich habe mich lange genug vertreiben lassen. Ich will es zurückkaufen.«

Fern schüttelte den Kopf. »Shell Haven ist nicht zu verkaufen, Bianca.«

»Das ganze Haus ist voller Touristen! Man hat euch ja schon halb vor die Tür gesetzt! Wem wollt ihr denn etwas vormachen? Ich weiß, dass ihr in Verhandlungen mit dieser Ruth steht, aber ich sage euch eins: nur über meine Leiche!«

»Wir haben das Haus als Ferienhaus an sie vermietet«, sagte Elise. »Nur den Sommer über.«

»Diese Frau schlägt ihre Krallen in alles, was sie kriegen kann«, giftete Bianca. »Ich mag diese Leute nicht, die hierherkommen und sich alles unter den Nagel reißen.«

Plötzlich ein lautes Quäken aus einer Ecke des Ladens. Elise versuchte so zu tun, als hätte sie nichts gehört. *Ein schreiendes Baby? Was für ein schreiendes Baby?* Das Quäken steigerte sich zu einem anhaltenden Gebrüll.

Elise ging zum Buggy hinüber, nahm Mira heraus und stellte fest, dass sie eine frische Windel brauchte. Höchste Zeit, nach Hause zu gehen. Aber Fern musste ihr helfen, allein schaffte sie es nicht, den Buggy die Stufen hinunterzutragen.

Bianca war zu ihr gegangen, musterte Mira und schüttelte dann den Kopf. »Was ist nur aus Shell Haven geworden! Ihr habt einen Zirkus aus meinem Elternhaus gemacht. Meine Mutter wurde in diesem Haus geboren!«

»Das reicht jetzt.« Fern trat hinter dem Ladentisch hervor. »Es tut mir leid, dass es dir nicht gefällt, wie Pilar den Verkauf gehandhabt hat, Bianca. Aber jetzt gehört das Haus nun einmal uns, und wir haben das Recht, es zu vermieten, wenn wir das wollen. Wir werden es nicht verkaufen – weder an dich noch sonst jemanden. Und wer als Gast dort wohnt, geht dich nichts an. Also halt dich gefälligst da raus!«

Biancas Augen wurden schmal. »Ihr führt etwas im Schilde. Das spüre ich.«

Sie zog an der Leine und verließ mit ihrem Hund den Laden. Als sich die Tür hinter ihr geschlossen hatte, wirbelte Fern herum und marschierte zu Elise hinüber.

»Du hättest das Baby nie in den Laden bringen dürfen«, zischte sie.

»Fern, ich hab den ganzen Tag auf dich gewartet, damit ich mit der Kleinen nach Hause kann.«

»Ich hab kein gutes Gefühl, Elise. Diese Frau ist eine tickende Zeitbombe.«

Kapitel zweiunddreißig

Windzerzaust und mit einem salzigen Geschmack auf der Haut spazierte Ruth nach Shell Haven zurück. Erregt von dem Flirt mit Tito und seinem schmeichelhaften Interesse an ihr. Kaum wieder an Land, kamen ihr jedoch Zweifel an ihrer Verabredung zum Essen. Jetzt, wo sie darüber nachdachte, fragte sie sich, ob sie nicht ein bisschen vorschnell gehandelt hatte. Wollte sie tatsächlich einen Mann von hier daten? Wollte sie überhaupt jemanden daten?

Sie ging noch bei der Post vorbei, um ein paar Päckchen abzuholen – Zutaten für neue Produkte, die sie geplant hatte –, und als sie schließlich Shell Haven erreichte, hatte sie ihren Exmann praktisch vergessen.

»Ruth!« Ben sprang vom Sofa auf. Sie blieb einen Moment wie angewurzelt stehen. Er schien sich überhaupt nicht verändert zu haben, als wäre die Uhr zurückgedreht worden und es wäre wieder jener erste Sommer in Provincetown. Er war grau geworden, aber er hatte noch alle seine Haare. Er hatte vermehrt Falten, aber sein Gesicht war immer noch unverkennbar jungenhaft und hübsch. Und natürlich waren auch die lächelnden haselnussbraunen Augen dieselben.

»Hi, Ben«, sagte sie, als er sich zu ihr beugte und ihr einen flüchtigen Kuss auf die Wange gab. Die Berührung versetzte ihr einen kleinen Schock. Ein Schauder überlief sie, ein Empfinden, das sie nicht richtig zuordnen konnte.

Sie trat einen Schritt zurück. Ein Kuss oder eine Umarmung gehörten nicht zu ihrer üblichen Begrüßung. Hatte er sich dazu verpflichtet gefühlt, weil er bei ihr wohnte?

Dreh jetzt nicht durch, befahl sie sich. Die ungewöhnlichen Umstände – dass sie ihn hier, in dieser Stadt wiedersah – brachten sie aus dem Gleichgewicht. Auf den Kontext kam es an. Außerdem hatte sie Stunden allein mit einem Mann auf dem Wasser zugebracht, hatte mit ihm geflirtet. Und, was ganz entscheidend war, der Ort rief bei ihr seit ihrer Ankunft nostalgische Erinnerungen hervor. Was immer sie gerade gefühlt zu haben glaubte, war nicht real gewesen. »Wie war die Reise?«

»Großartig. Ich bin nach Boston gefahren und habe dann die Fähre genommen.«

Es war verstörend, in seine haselnussbraunen Augen zu blicken, die so vertraut und völlig fremd zugleich waren. Ein Schweigen entstand, und um es zu brechen, fragte Ruth: »Ist Olivia da oder …«

»Ja, sie zieht sich gerade um. Wir wollen ein wenig spazieren gehen und dann irgendwo was essen.«

»Klingt gut. Tja, dann will ich mal …« Sie zeigte unbeholfen Richtung Treppe und wandte sich zum Gehen.

»Danke, dass ich hier wohnen darf, Ruth.«

Sie drehte sich zu ihm um und zwang sich zu einem Lächeln. »Kein Problem.«

»Ich mache mir Sorgen um Olivia«, fuhr Ben leise fort.

»Sorgen? Wieso?«

»Sie hatte sich am Telefon nicht gut angehört. Ich meine, erst hat sie ihren Job verloren, und dann ist das

Zusammensein mit dir emotional sicher belastend für sie.«

Ruth verschränkte die Arme über der Brust. »Belastend? Ich bin ihre Mutter. Dass wir Zeit miteinander verbringen, ist etwas Gutes und nichts, vor dem du sie retten müsstest.«

Sie hörten, wie die Tür zu Olivias Zimmer geöffnet wurde. Sie machte ein überraschtes Gesicht, als sie ihre Mutter sah, noch dazu im Gespräch mit ihrem Vater. »Oh, hi, Mom. Ich hab gar nicht gewusst, dass du da bist.«

»Ich bin eben erst gekommen. Dein Dad hat mir erzählt, dass ihr zwei essen gehen wollt.«

»Ja.« Olivia nickte und streifte ihren Vater mit einem kurzen Blick.

»Möchtest du uns nicht begleiten?«, fragte Ben.

Sie zögerte. Er fragte sicher nur aus Höflichkeit, auch wenn sie gern glauben wollte, dass dem nicht so war. Ein entspanntes Essen zu dritt wäre schön. Oder wollte sie einfach nur ihre Unterhaltung fortsetzen? Mit Ben über das Leben plaudern, darüber, was es bedeutete, Eltern zu sein. Über all die Dinge, die bei ihrem Telefonat vor eineinhalb Jahren nicht zur Sprache gekommen waren.

»Nein, nein, geht ihr zwei nur!«, antwortete sie und wedelte mit der Hand.

Sie ging mit raschen Schritten zur Treppe, ohne ein weiteres Wort, ohne sich noch einmal umzudrehen. Sie würde die nächsten Tage nur überstehen, wenn sie sich ganz lässig gab.

Aber sie fühlte sich alles andere als lässig. Der Tag hatte mit einer Bootstour mit einem neuen Mann begonnen und endete mit einer Konfrontation mit ihrem Exmann. Und sie musste zugeben, dass sie sich stärker zur Vergangenheit als zur Gegenwart hingezogen fühlte.

Ihre Mutter und ihren Vater Seite an Seite zu sehen war ein so merkwürdiger Anblick, dass Olivia erst einmal einen Drink brauchte. Genauer gesagt den eisgekühlten Rosé, der in der Strandbar vom Canteen serviert wurde. Ihr Vater interessierte sich mehr fürs Essen: Er bestellte Hummerbrötchen.

Sie nahmen an einem der öffentlichen Tische Platz und setzten sich einander gegenüber. Die Sonne brannte noch kräftig, und Ben drehte den gestreiften Sonnenschirm so, dass sie im Schatten saßen. »Ein tolles Lokal!«

Olivia stellte das Schildchen mit der Nummer ihrer Bestellung auf den Tisch, damit die Bedienung wusste, wo sie ihre Speisen und Getränke hinbringen musste. »Ja, ich liebe es! Ich bin andauernd hier. Für mich ist es so was wie meine Cafeteria. Im Haus ist es mir manchmal zu voll.«

»Wer sind diese Leute noch mal?«

»Elise und Fern gehört das Haus. Sie haben es Mom vermietet, sind dann aber wieder eingezogen. Wegen des Babys.«

»Sie hat ein Haus gemietet, aber dann haben die Eigentümerinnen ein Baby bekommen und wollten es nicht mehr vermieten? Ich verstehe das nicht. Wieso hat sich deine Mutter nicht ein anderes Haus gesucht?«

»Nein, das, äh … Also zum einen ist es nicht so leicht, hier etwas Passendes zu finden. Du hast ja nicht mal ein

Hotelzimmer gefunden. Und außerdem kam das Baby überraschend.«

Ihr Vater starrte sie verdutzt an. »Wie überraschend kann ein Baby denn kommen?«

Olivia sah ihn an. »Ich werde dir etwas erzählen, aber du musst versprechen, es für dich zu behalten.«

»Mit wem sollte ich denn darüber reden? Ich kenne hier niemanden außer dir und deiner Mutter.«

»Okay. Also … das Baby gehört nicht Elise und Fern. Man hat es ausgesetzt. Auf der Veranda vorm Haus.«

Ihr Vater machte ein ungläubiges Gesicht. »Ausgesetzt?«

Olivia nickte.

»Haben sie Anzeige erstattet? Ich meine, das ist eine ernste Sache.«

»Die beiden wollen die Kleine anscheinend adoptieren. Ich weiß auch nicht. Aber sie lieben sie, das steht fest. Das dauert eben mit der Adoption.«

»Das ist aber keine leichte Situation für deine Mutter.«

»Ich werde sie nie verstehen«, seufzte Olivia.

Sie lächelten sich verständnisinnig zu.

»Ich bin wirklich froh, dass du da bist, Dad. Und, wie gefällt dir die Stadt? Ist sie so, wie du erwartet hast?«

»Erwartet? Ich kenne Provincetown. Ich war schon mal hier.«

Sie sah ihn verblüfft an. »Wann?«

»Im Sommer vor meinem zweiten Studienjahr an der Penn.«

»Und wieso weiß ich davon nichts? Was hast du denn hier gemacht?«

Ihr Vater drehte nachdenklich seine Flasche Whale's

Tale Pale Ale. »Ich habe am Fine Arts Work Center einen Preis für ein Bühnenstück bekommen.«

»Du hast Stücke geschrieben? Das hast du mir nie gesagt.« Als sie seine verlegene Miene sah, fragte sie sich, was sie sonst noch alles nicht über ihn wusste.

»Das ist lange her.«

»Mag sein, aber ich habe dir doch erzählt, dass ich hierherfahren würde, und da ist dir nicht ein einziges Mal der Gedanke gekommen zu sagen: *Oh, übrigens, da war ich mal einen Sommer lang und hab Stücke geschrieben*?«

Er schüttelte den Kopf. »Bei deinem Ausflug ging es nicht um mich.«

Olivia konnte so zweideutiges Gerede nicht ausstehen, und von ihrem Vater war sie es auch nicht gewohnt. »Moment mal.« Plötzlich dämmerte ihr etwas. Wie ein absurder Traum, der sich in rationale Gedanken drängte. »Als ich bei dir war und dir berichtet habe, dass Mom hierhergezogen ist, habe ich dich gefragt, ob du weißt, warum sie sich gerade diesen Ort ausgesucht hat. Ich habe nie eine Antwort bekommen.«

Er nahm einen Schluck Bier. »Deine Mutter war in jenem Sommer auch hier. Wir haben uns hier kennengelernt.«

Olivia hatte das Gefühl, dass ihr jemand die Bank unter dem Hintern wegzog. Natürlich war nichts Merkwürdiges, nichts Schändliches daran, dass ihre Eltern sich hier das erste Mal begegnet waren. Aber irgendwie kam es ihr vor, als hätte ihr Vater sich mit ihrer Mutter verschworen, damit diese Geschichte unter Verschluss blieb. Es war völlig irrational, das war ihr bewusst, und trotzdem empfand sie es so.

»Du hast gesagt, ihr hättet euch am Strand kennengelernt.«

»Das haben wir auch.«

»Ich dachte, du meinst die Küste von New Jersey.«

Er schüttelte den Kopf.

»Warum hast du mir nie von diesem Ort erzählt?«

»Wieso hätte ich das tun sollen, Olivia?«

»Ich weiß auch nicht!« Aber er hätte es ihr erzählen sollen, aus welchem Grund auch immer.

Ihr Vater schaute aufs Wasser hinaus, dann sah er wieder sie an. »Warum machst du so eine große Sache daraus, Olivia?«

»Das tu ich doch gar nicht. Ich verstehe nur nicht, wieso wir alle diesen Sommer hier gelandet sind und wieso ich keine Ahnung hatte, dass ihr zwei eine gemeinsame Geschichte hier habt.«

»Zwei Hummerbrötchen?«, rief ein Kellner. Olivia hielt das Schildchen mit ihrer Nummer hoch und winkte ihm.

Sie aßen schweigend. Aus dem Soundsystem dröhnte »Wake Me Up Before You Go-Go« von Wham!, und der muntere Song wollte so gar nicht zu Olivias Stimmung passen.

Eine Gruppe junger Leute im College-Alter nahm den Rest ihres Tischs in Beschlag. Jeder hatte einen bunten Cocktail in der Hand. Alle trugen Badesachen, und die Haare der Frauen waren nass. Die jungen Leute redeten schnell und lebhaft durcheinander, und es wurde viel und laut gelacht. Olivia schnappte nur einzelne Gesprächsfetzen auf. Sie blickte immer wieder verstohlen hinüber und dachte bei sich, dass ihre Eltern ungefähr in dem Alter gewesen sein mussten, als sie sich begegnet waren. Wen hatte sie selbst in ihren frühen College-Jahren gedatet? Niemanden von Bedeutung. Unvorstellbar, jemanden so jung kennenzulernen und dann ein Leben lang mit dieser Person zusammenzubleiben. Sicher, es gab Paare, die das schafften. Sie allerdings brachte es selbst jetzt, mit dreißig, nicht fertig, eine dauerhafte Beziehung zu haben. Vielleicht war die Trennung ihrer Eltern unvermeidlich gewesen. Vielleicht wäre alles anders gekommen, wenn sie sich erst in späteren Jahren begegnet wären. Vielleicht hätten sie dann auch gar nicht erst geheiratet. Wer weiß.

Was spielte es für eine Rolle, dass sich ihre Eltern hier, in Provincetown, kennengelernt hatten? Warum war das so wichtig? Sie wusste es nicht genau. Solange sie zurückdenken konnte, war deren Beziehung für sie mit der Vorstellung von Scheitern, Trennung, Scheidung verknüpft. Sie selbst hatte nichts damit zu tun. Wieso war es entscheidend, wie alles begann? Nun, jetzt war sie mit dieser Information konfrontiert worden, wo ihre Eltern sich das erste Mal getroffen und sich ineinander verliebt hatten. Sie ging durch die gleichen Straßen, blickte auf das gleiche Wasser hinaus. Jetzt war es schwerer, die Ehe und die Scheidung ihrer Eltern in eine kleine Schachtel zu stecken und mit einem Deckel ordentlich zu verschließen. Ihr Bild von den beiden als Paar gewann eine neue Dimension, und sie empfand den Verlust aufs Neue.

Oder zum ersten Mal.

»Na ja, das ist alles Schnee von gestern«, sagte sie.

»Richtig. Wir machen uns ein paar schöne Tage, und dann bringe ich dich nach New York City zurück.«

Olivia nickte. Das war der Plan.

Kapitel dreiunddreißig

Fern brauchte an diesem Abend besonders lange im Bad. Elise hatte das unbestimmte Gefühl, dass ihre Frau sich absichtlich so viel Zeit ließ, um ihr aus dem Weg zu gehen.

Als sie endlich ins Schlafzimmer kam, hatte sie sich ein Handtuch um den Kopf geschlungen und duftete nach dem Kokosöl, das sie gelegentlich als Haarkur benutzte. Der Duft erinnerte Elise immer an ihren ersten gemeinsamen Urlaub in Negril auf Jamaika, wo die Kerzen auf dem Nachttisch genauso gerochen hatten. Sie hatten im Rockhouse im West End gewohnt, einer atemberaubenden Hotelanlage in einem über drei Hektar großen tropischen Park mit Ferienbungalows auf den Steilklippen direkt am Meer. Die Bungalows aus Holz, Stroh und Stein fügten sich harmonisch in die einzigartige Umgebung.

Fern war sehr stolz darauf, dass ihr Lieblingshotel Green-Globe-zertifiziert war. »Es sieht nicht nur toll aus – es *ist* toll.« Sie hatten überlegt, ihre Flitterwochen dort zu verbringen, aber Fern hatte entschieden, dass ihre Hochzeitsreise nicht in ein Land führen sollte, das durch seine Politik die Menschenrechte der LGBT-Gemeinde verletzte.

Etwa ein halbes Jahr nachdem sie sich kennengelernt hatten, geriet Fern aufgrund ihres Jobs in der Finanzwelt in einen Gewissenskonflikt. Sie wollte etwas tun, das der Welt »positive Energie« brachte. Das hatte sie überrascht, weil Fern ja diejenige war, die mit beiden Beinen fest auf dem Boden stand, während sie die Spirituelle, die Altruistische war. Eine Idealistin. In Elise hatte Fern eine Partnerin gefunden, die sie inspirierte, die verborgenen Facetten ihrer Persönlichkeit zu entdecken und zu erforschen, auszuloten, wer sie war und welcher Mensch sie gern sein wollte.

Fern der Bostoner Tretmühle entdeckten sie neue Seiten an sich. Als sie im türkisgrünen Wasser schwammen, unter dem klarsten, eindrücklichsten Sternenhimmel, den sie je gesehen hatten, zu Abend aßen, sich in der Stille der Nacht umarmten und sich ganz allein am Rande der Welt wähnten, erkannten sie, dass sie mehr als nur ein Paar waren: Sie waren Seelenverwandte.

Endlich kletterte Fern ins Bett. Sie beugte sich zu ihr hinüber und küsste sie auf die Wange. »Du riechst nach Urlaub«, sagte sie lächelnd.

Fern sah sie an, erwiderte ihr Lächeln aber nicht. »Es ist ein Witz, dass wir hier im Gästezimmer campieren. Ich muss den Flur runter zum Bad!«

»Aber hier haben wir trotzdem mehr Platz als in der winzigen Wohnung über dem Laden.«

Fern sagte nichts. Sie rutschte ganz an den Rand des Betts und schlug ihren Roman auf. Sie selbst griff nach dem, den sie gerade las und der auf dem Nachttisch lag.

»Hast du eigentlich mit dem Mosaikkurs aufgehört?«, fragte Fern unvermittelt.

Was? Wie kam sie denn jetzt darauf? »Nein, ich hab nur im Moment keine Zeit dafür.«

Fern schüttelte den Kopf. »Ich finde, was man angefangen hat, sollte man auch zu Ende führen.«

Elise setzte sich aufrecht hin und legte ihr Buch auf die Bettdecke. »Ich hab so viel um die Ohren, ich muss Prioritäten setzen. Amelia versteht das schon.«

Fern starrte auf die Buchseite und schwieg.

»Was? Ich kann nicht glauben, dass du mich aus diesem Grund verurteilst! Willst du tatsächlich wegen so einer Lappalie einen Streit anfangen?«

»Nein«, sagte Fern und blätterte um. »Will ich nicht.«

Elise griff wieder zu ihrem Buch, aber die Wörter verschwammen ihr vor den Augen. Innerlich schäumte sie vor Wut, weil Fern einen guten Moment mit sinnloser Nörgelei verdorben hatte. »Was ist los mit dir? Warum musst du mich so anzicken?«

Als Fern nicht sofort reagierte, dachte Elise schon, sie werde sie ignorieren, doch dann nahm sie langsam ihre Lesebrille ab und wandte ihr den Kopf zu.

»Es tut mir leid. Aber ich kann einfach nicht mehr.«

Elise erstarrte. »Was meinst du?«

»Die Szene mit Bianca heute lässt mir keine Ruhe. Wenn sie Fragen stellt, werden andere das auch machen.«

»Fern, als Bianca mir Vorwürfe machte, was Shell Haven betraf, hast du gesagt, ich soll mich nicht darum kümmern, weißt du noch?«

»Aber das hier ist was anderes«, entgegnete Fern kopfschüttelnd. »Das ist was Ernstes. Wir haben das Baby schon seit einer geraumen Weile, und die Mutter hat es nicht wieder zu sich geholt. Wir müssen das Jugendamt einschalten.«

Elises Herz raste. »Sie werden uns Mira wegnehmen!«

»Elise, wir haben keine andere Wahl. Es gibt nur einen legalen Weg, und den müssen wir gehen.«

»Es könnte Monate dauern, bis alle Formalitäten erledigt sind und wir die Adoptionsbewilligung bekommen. Sie werden uns durchleuchten, unsere finanzielle …«

»Wir haben nichts zu verbergen. Wovor hast du solche Angst?«

»Was werden sie mit Mira machen, während wir diesen *legalen Weg* gehen? Zu Pflegeeltern geben. Und wenn wir sie nicht mehr zurückkriegen?« Ihre Stimme war schrill geworden.

»Wieso denn nicht?«

»Was weiß ich! Sobald wir die Behörden einschalten, haben wir keinen Einfluss mehr auf den Gang der Dinge.«

»So ist das Leben nun mal, Elise. Wir können nicht alles kontrollieren, und wir können vor allem nicht länger so tun, als hätten wir das Adoptionsverfahren eingeleitet, nur weil wir die emotionale Belastung scheuen, die es mit sich bringen wird. Es reicht jetzt einfach.«

»Ich will auf keinen Fall noch ein Baby verlieren«, sagte Elise mit fester Stimme.

Sie schauten sich in die Augen. Lange. Fern wandte den Blick zuerst ab. »Und ich spiele nicht mehr mit. Ich wünsche mir auch ein Kind, genau wie du. Aber nicht so.«

Elise schnaubte verächtlich. »Verschone mich mit diesem ›Ich wünsche mir auch ein Kind‹-Mist.«

»Was soll das jetzt wieder heißen?«

»Als sich damals herausgestellt hat, dass ich kein Kind austragen kann, hättest du einspringen können. Aber du hast dich geweigert. Das gehöre nicht zu unserer Abmachung, hast du gesagt. Und damit war der Fall für dich erledigt.«

Fern knallte ihr Buch hin, sprang auf, stürmte zum Kleiderschrank, riss wahllos irgendwelche Sachen heraus und warf sie in eine Reisetasche.

»Was hast du vor?«

»Ich geh in die Ladenwohnung.«

»Für heute Nacht, meinst du?«

Fern schüttelte traurig den Kopf. »Du kennst die Antwort auf diese Frage, Elise.«

Ruth konnte nicht schlafen.

Vor einer Stunde hatte sie gehört, wie Ben die Treppe in den dritten Stock hinaufgestiegen war. Jetzt lag sie da und stellte ihn sich vor in dem Zimmer mit der Dachschräge und den Büchern und Kerzen, die sie extra für Olivia gekauft hatte. Nie im Leben hätte sie ein solches Szenario für möglich gehalten.

Sie versuchte, nicht an ihr Wiedersehen im Wohnzimmer zu denken, an ihre starke Reaktion auf seine Berührung. Sie dachte an Dr. Bellows Rat, beunruhigende Gedanken zu akzeptieren, aber weiterziehen zu lassen, sie nicht überzubewerten. Dr. Bellow hatte sich bemüht, sie Achtsamkeit zu lehren, die Kunst, nur im Augenblick zu leben, weder an die Vergangenheit noch an die Zukunft zu denken. Ruth hatte allergrößte Mühe damit. »Sie kontrollieren Ihre Gedanken, nicht umgekehrt«, hatte ihre Therapeutin gesagt. »Vergessen Sie das nicht.«

Ruth seufzte. Im Moment hatte sie eher das Gefühl, dass ihre Gedanken sie kontrollierten, sie an eine sehr kurze Leine genommen hatten.

Du liebst deinen Exmann nicht mehr, sagte sie sich ein ums andere Mal, während sie sich ruhelos hin und her wälzte. Irgendwann gab sie es auf, einschlafen zu wollen. Sie stand auf und ging nach unten.

Es war still im Haus. Sie blieb einen Moment vor Olivias Schlafzimmer stehen und lauschte. Alles ruhig, aber wenn sie die Tür öffnete, würde sie mit großer Wahrscheinlichkeit ihr iPhone leuchten sehen. In letzter Zeit klebte ihre Tochter allerdings nicht mehr ganz so oft an diesem Ding.

Sie betrat die Küche und suchte in den Schränken nach Ferns und Elises Teemischungen. Eine Dose war mit SCHLAFTEE beschriftet; die Mischung enthielt Kamille, Passionsblume und Lavendel. Wunderbar. Jetzt musste sie nur noch ein Tee-Ei finden.

Sie zog eine Schublade nach der anderen auf. Nichts.

»Suchen Sie etwas Bestimmtes?«

Ruth blickte auf. Elise, in einem rot-weiß karierten Morgenmantel, die Haare zu einem unordentlichen Pferdeschwanz gebunden, stand in der Tür. Obwohl sie eine Brille trug, konnte sie sehen, dass ihre Augen gerötet und verquollen waren. »Äh, ja, das Tee-Ei.«

»Ich glaube, das ist in der Spülmaschine.«

Sie sah nach und wurde fündig. »Ah, ja, da ist es. Danke. Möchten Sie auch einen Tee?«

»Ich brauch was Stärkeres.« Elise öffnete einen Schrank, nahm eine Flasche Maker's Mark Whisky heraus, schenkte sich ein Glas ein und trank es, an die Arbeitsplatte gelehnt, fast vollständig aus. »Danke übrigens für die Seife. Ich habe sie heute Abend benutzt, als ich Mira gebadet habe.«

»Gern geschehen. Wissen Sie, ich dachte …«

Elise fing unvermittelt zu weinen an. Sie wandte sich ab und stützte beide Hände auf die Arbeitsplatte. Sie wurde von Schluchzern regelrecht geschüttelt. Ruth war einen Moment ratlos. Dann ging sie zu ihr, berührte sie an der Schulter und sagte sanft:

»Kommen Sie, setzen Sie sich.«

Elise tat ein paar zittrige Atemzüge. Mit dem Glas in der Hand ließ sie sich am Tisch nieder, nahm das Papiertuch, das Ruth ihr reichte, und drückte es sich an die Nase.

Der Tee würde warten müssen. »Was ist denn passiert?«

Elise schüttelte den Kopf und schloss die Augen. »Es ist alles so furchtbar«, schniefte sie.

»Haben Sie sich mit Fern gestritten?«

»So könnte man es nennen.« Sie trank einen kräftigen Schluck Whisky. »Es geht um Mira.« Sie zögerte. »Mit Ihnen kann ich ja darüber reden, Sie sind eine der wenigen, die die Wahrheit kennen, und Sie sind verschwiegen.«

Ruth nickte, hatte aber ein schlechtes Gewissen, weil sie Olivia ins Vertrauen gezogen hatte.

»Dass die Kleine bei uns ausgesetzt wurde, kommt mir wie ein Geschenk des Himmels vor. Sie können sich nicht vorstellen, wie sehr ich mir ein Kind wünsche.«

Die verzweifelte Eindringlichkeit in ihrer Stimme berührte Ruth tief. Sie konnte ihre schmerzerfüllte Sehnsucht nachvollziehen.

»Haben Sie versucht, schwanger zu werden? Bevor das mit Mira passiert ist, meine ich.«

Elise nickte und trank den Rest Whisky aus. Dann erzählte sie stockend und mit leiser Stimme von ihren Fehlgeburten und ihrem polyzystischen Ovarialsyndrom.

»Wir haben so viele Enttäuschungen erlebt. Ich hätte noch weitere Versuche unternommen, aber Fern wollte nicht mehr. Schließlich habe ich gesagt, gut, hören wir auf. Und dann … dann ist das passiert. Dieses Wunder.«

Ruth dachte an den Tag zurück, als sie Mira auf der Veranda gefunden hatte, an den ehrfürchtigen Ausdruck auf Elises Gesicht, als sie den Säugling in die Arme genommen hatte. Jetzt gewann dieser Augenblick eine völlig neue Dimension. »Ich nehme an, Fern sieht das anders. Für sie ist es wohl kein Wunder.«

Elise schüttelte den Kopf. »Sie will die Behörden einschalten. Den *legalen Weg* gehen. Ich habe Angst, dass sie mir das Kind wegnehmen. Ich brauche mehr Zeit. Aber Fern will nicht mehr. Und ich weiß nicht, was ich tun soll. Ich habe mich schon einmal für meine Ehe und gegen ein Baby entschieden, ein zweites Mal kann ich das nicht.«

Ruth atmete hörbar aus. »Da sitzen Sie in einer schönen Zwickmühle.«

»Das können Sie laut sagen.«

»Wenn ich Ihnen einen Rat geben darf – reden Sie mit Fern. Nur wenn man miteinander redet, kann man eine Lösung finden.«

Elise kamen schon wieder die Tränen. »Dafür ist es zu spät. Sie ist gegangen.«

Ruth beugte sich vor und nahm sie tröstend in die Arme, während Elise so herzzerreißend schluchzte wie ein Teenager mit Liebeskummer.

»Was ist denn hier los?«

Ruth drehte den Kopf und sah Olivia am Herd stehen, im Schlafanzug und mit zerzausten Haaren. Sie sah sehr jung aus, und Ruth wurde schmerzlich bewusst, dass ihre Tochter sich ihr nie anvertraut, in schwierigen Zeiten nie bei ihr Trost oder Rat gesucht hatte.

»Nur ein Gespräch unter Frauen«, antwortete Ruth. »Hoffentlich haben wir dich nicht geweckt.«

Elise schniefte ein letztes Mal und zerknüllte die nass geweinten Papiertücher in der Hand.

»Nein, nein, ich will mir bloß ein Glas Wasser holen.« Olivia sah Elise an und schien noch etwas sagen zu wollen. Doch dann drehte sie sich um und ging wieder.

Elise stand auf, griff nach ihrem Glas und steckte die Papiertücher in die Tasche ihres Morgenmantels.

»Danke fürs Zuhören. Olivia kann sich glücklich schätzen, Sie als Mutter zu haben.«

Kapitel vierunddreißig

Das Haus der Barros' strahlte Wärme und Lebendigkeit aus. Olivia, die am Küchentisch saß, während Lidia Fern beim Aufbrühen der Teemischungen half, die sie testen wollten, hatte das Gefühl, auf das Set einer Sitcom mit dem Titel *Die Fröhlichen vom Haus am Meer* gestolpert zu sein. Manny riss demonstrativ alle Fenster auf und grummelte, hier rieche es ja nach Meeresboden und Obstplantage. Doch noch während er das sagte, gab er seiner Frau einen liebevollen Klaps auf ihren Allerwertesten und meinte anerkennend zu seinem Sohn: »Das nenn ich mal innovativ!«

»Hier.« Lidia reichte ihm einen Becher mit der Grüntee-Seetang-Mischung, die, wie Olivia fand, am meisten nach Meer schmeckte.

Manny machte eine abwehrende Handbewegung. »Sag mir Bescheid, wenn ihr anfangt, mit Kaffee und Tang zu experimentieren.«

»Das wird nicht passieren, Dad«, erwiderte Marco.

»Tja, dann werdet ihr auf mich verzichten müssen. Auf mich wartet eine Schar Touristen, die ich zu den Robben rausfahren muss.« Er gab Lidia einen Kuss auf die Stirn, wünschte allen gutes Gelingen und verließ die Versuchsküche.

Olivia wusste nicht, woran es lag, dass sie so vergnügt war. An der Gesellschaft? An der beruhigenden Wirkung des Teetrinkens? Oder daran, dass sie heute Morgen schmerzfrei aufgewacht war?

»Okay, wir kommen jetzt zu der Honigbusch-Mischung«, sagte Fern und schenkte vier Becher ein. Jaci, eigentlich die Fünfte im Bunde, hatte sich noch nicht blicken lassen.

Der Tee, fruchtig und süß, war einer der besten, die Olivia bis jetzt probiert hatte. Sie machte ein entsprechendes Kreuzchen in der Liste, die Marco ausgedruckt und jedem hingelegt hatte. Nur ein einziger Tee, eine rauchige Schwarzteemischung, hatte ihr bislang überhaupt nicht geschmeckt.

Während die nächste Probe, eine Genmaicha-Mischung, ziehen musste, schenkte Marco allen Wasser nach, das sie zwischen jeder Verkostung tranken.

»Olivia, Fern, was ich noch sagen wollte – am vierten Juli veranstalten wir eine Party«, sagte Lidia. »So gegen sieben geht's los. Muschelessen am Strand, jeder bringt was zu essen oder zu trinken mit. Und anschließend schauen wir uns das Feuerwerk an!«

»Und bringt genügend Zeit mit«, ergänzte Marco. »Letztes Jahr sind die Leute bis zum Frühstück am anderen Morgen geblieben.«

»Die Zeiten, in denen ich die ganze Nacht durchgemacht habe, sind vorbei«, sagte Fern. »Aber ich komme gern, wenn ich hier bin.«

»Willst du verreisen?«, fragte Lidia.

»Eventuell. Ich möchte mir die Bauernmärkte in einigen Ortschaften ansehen. Wir wollen den Kreis unserer Stammkunden erweitern.«

»Gut. Und Sie sagen es bitte Ihrer Mutter, Olivia. Eigentlich hatte ich sie schon eingeladen, aber doppelt hält besser.«

Die nächste Probe war fertig, und Fern schenkte ein. »So, das ist jetzt japanischer Genmaicha, eine Mischung aus grünem Tee und gerösteten Reiskörnern, und Tang. Ich will schon eine ganze Weile mit Genmaicha experimentieren, deshalb hoffe ich, dass diese Kombination den Weg in unseren Laden findet.«

In diesem Moment betrat Jaci die Küche.

»Du tauchst genau zur rechten Zeit auf«, sagte Lidia. »Komm, setz dich, Jace.«

»Sorry, Ma, ich muss los. Ich geh babysitten.«

»Babysitten?«, echoten Fern und Marco wie aus einem Mund.

Erstaunlicherweise wirkte Fern noch ärgerlicher als Marco, und Marco war schon ziemlich sauer.

»Aber sei um halb zwei wieder da, damit wir noch bei Niedrigwasser rauskönnen«, brummte er.

»Klappt nicht«, erwiderte Jaci.

Marco sah seine Mutter an. Dann stand er auf. »Ich kann ja verstehen, dass du dich erst daran gewöhnen musstest, wieder hier zu sein. Aber jetzt reiß dich endlich zusammen! Du wirst *hier* gebraucht. Dieses Baby ist nicht dein Problem. Sorry, Fern«, fügte er an sie gewandt hinzu.

»Nein, nein, du hast völlig recht. Ich muss mich für Elise entschuldigen. Da ist sie schlicht zu weit gegangen. Ich werde mit ihr reden.«

»Nein!«, rief Jaci. Sie streifte Olivia mit einem flüchtigen Blick und fuhr fort: »Hier geht es nicht um das Baby. Hier geht es um mich, und ich habe ein Recht auf ein eigenes Leben!«

Olivia wurde blass. Sie erinnerte sich, dass sie genau diese Worte gebraucht hatte, als sie Jaci ermutigte, sich durchzusetzen. Ach herrje, da hatte sie ja was Schönes angerichtet!

Jaci stürmte aus der Küche, bevor Marco noch etwas sagen konnte. Er wandte sich frustriert seiner Mutter zu. »Kannst *du* nicht was machen?«

»Was soll ich denn tun? Ich kann sie nicht zwingen, mit dir hinauszufahren.«

Die entspannte, heitere Stimmung war dahin, und Olivia gab sich die Schuld daran. Bemüht, die Harmonie wiederherzustellen, sagte sie zu Marco: »*Ich* kann Ihnen doch helfen.« Alle guckten sie verdutzt an.

»Das ist Arbeit«, erwiderte er, was sie reichlich beleidigend fand.

»Trauen Sie mir das nicht zu? Ich habe Ihnen schließlich auch geholfen, den Tang aufzuhängen, oder?«

»Nimm ihr Angebot doch an, Marco!«, drängte Lidia ihren Sohn. »Dann ist der Fall erledigt, und du kannst wie geplant zu den Austernbänken rausfahren.«

»Also gut, meinetwegen«, meinte Marco mit weitaus weniger Begeisterung, als Olivia es sich gewünscht hätte. Er starrte auf ihre Flip-Flops. »Aber nicht in den Schuhen!«

Wenn keine Kunden im Laden waren, suchte sich Elise eine Beschäftigung, um sich abzulenken. Aber weder die sanfte Musik aus den Lautsprechern noch der beruhigende Blick aus dem geöffneten Fenster auf das Wasser oder die zahlreichen Duftkerzen konnten ihre innere Anspannung lösen.

Jede halbe Stunde checkte sie ihr Handy. Noch immer keine Nachricht von Fern.

Als sie den Laden aufgesperrt hatte, war sie als Erstes nach oben gegangen, aber Fern war schon fort. Das Bett war gemacht, und der einzige Hinweis darauf, dass sie hier übernachtet hatte – und Elise ihren Streit nicht nur geträumt hatte –, war die Reisetasche auf dem Fußboden.

»Alles in Ordnung?«, fragte Cynthia.

Elise, die einmal mehr am Fenster stand, drehte sich zu ihr um. »Ja. Warum?«

Sie wäre lieber allein im Laden gewesen. Cynthias Haltung Mira gegenüber erfüllte sie mit Unbehagen. Cynthia ignorierte die Kleine, blickte nicht einmal in ihre Richtung oder machte irgendeine Bemerkung über sie. Elise erwartete ja nicht, dass jeder in Verzückung geriet oder sich über Mira beugte und in Babysprache gluckste und gurrte, aber Cynthia verhielt sich auffallend reserviert. Elise musterte immer wieder verstohlen ihr Gesicht; die hübschen Züge, die dunklen Augen waren denen von Mira nicht unähnlich. Jetzt, wo ihre Beziehung zu Fern auf wackligen Beinen stand, hatte sie das Gefühl, die Ungewissheit nicht mehr ertragen zu können. War es möglich, dass Mira Cynthias Tochter war? Sollte sie sie einfach rundheraus fragen?

»Darf ich Sie etwas fragen?« Elise ging mit klopfendem Herzen zur Ladentheke hinüber.

»Klar.« Cynthia lächelte ihr gewohnt unbekümmertes, selbstbewusstes Lächeln.

»Sind Sie … sind Sie …«, stammelte Elise. Sie brachte die Worte nicht heraus. Als ob sie sich auf magische Weise bewahrheiten würden, wenn sie sie laut ausspräche.

Stattdessen fragte sie: »Haben Sie Probleme mit dem Baby?«

Cynthia seufzte und schraubte die Teedose zu, die sie gerade aufgefüllt hatte. »Oje, sorry. Ist es so offensichtlich?«

Elise hatte das Gefühl, dass sich alles um sie herum zu drehen begann. »Ist was so offensichtlich?«

»Ich mag Babys einfach nicht.«

Elise lehnte sich an den Ladentisch. *Ich mag Babys einfach nicht.* Eine kleine Verschnaufpause. Andererseits … *Ich mag Babys einfach nicht*, konnte alles Mögliche bedeuten.

Hat sie ihr Kind ausgesetzt, weil sie keine Babys mag? Oder würde sie nie schwanger werden wollen, weil sie Säuglinge ablehnt?

»Ich weiß, das klingt verrückt«, fuhr Cynthia fort. »Aber bei mir daheim hatten wir ständig irgendwelche Babys. Mein Dad ist Anwalt für Adoptionsrecht, und meine Mutter hatte immer Pflegekinder, darunter auch Babys.«

»Pflegekinder«, wiederholte Elise benommen.

»Ja. Meine Eltern sind aus Georgia. Gutes zu tun ist Tradition bei den Südstaatlern. Jedenfalls musste ich Windeln wechseln, während alle meine Freundinnen sich amüsierten und taten, was man als Teenager so tut. Mit Jungs flirten, zum Beispiel.« Sie lächelte. »Deshalb hab ich genug von Babys. Bis ich irgendwann selbst eins habe. Falls überhaupt.«

Ihr Vater war Anwalt für Adoptionsrecht.

Elise hatte Cynthias Verhalten völlig falsch gedeutet. Cynthia war nicht der Grund dafür, dass Mira in ihr Leben gekommen war. Aber sie vermochte ihr möglicherweise dabei zu helfen, dass sie bleiben konnte.

Im Beach Rose Inn herrschte Hochbetrieb. Die Gäste saßen auf den Treppenstufen, in den Schaukelstühlen auf der Veranda, auf den Polsterhockern in der Lobby oder standen Kaffee trinkend an der Rezeption und plauderten mit Rachel. Es war sicher nicht der beste Zeitpunkt für einen kleinen Besuch bei Amelia, aber wenn Ruth eine ruhige Minute abwarten wollte, würde sie vermutlich bis Oktober warten müssen.

Amelia sei hinter dem Haus, erklärte Rachel, und so ging Ruth, die Tüten von Good Scents in der Hand, durch das Hotel nach hinten in den Garten. Amelia saß an demselben Tisch, an dem Ruth sie das erste Mal getroffen hatte. Das schien so lange her zu sein, dass man glauben konnte, sie habe sich das nur eingebildet. Sie kannte Amelia bestimmt schon seit einer Ewigkeit.

»Hallo, Ruth!« Amelia schaute von ihrem Buch auf. Es war der Bildband über den Mardi Gras aus der Stadtbibliothek. »Das ist aber eine schöne Überraschung.« Sie hatte sich die Haare mit einer Plastikklammer oben am Kopf festgesteckt. Sie trug ein in lebhaftem Grün und Blau gebatiktes Kleid und war barfuß.

»Ich wollte schon lange vorbeischauen«, sagte Ruth. Sie setzte sich ihr gegenüber und stellte die weißen Tüten auf den Tisch zwischen ihnen. »Und mich entschuldigen, weil ich nicht mehr in den Mosaikkurs gekommen bin. Ich hätte anrufen und Bescheid sagen sollen, aber jedes Mal, wenn ich denke, heute klappt es vielleicht …«

»Sie brauchen sich nicht zu entschuldigen«, erwiderte Amelia. »Es ist doch gut, wenn Sie viel zu tun haben.«

»Na ja, der Kurs hat mich daran erinnert, wie gern ich mit den Händen arbeite. Und so habe ich angefangen, Produkte wieder selbst herzustellen. Das habe ich seit Jahren nicht mehr gemacht. Ich muss mich also bei Ihnen bedanken.« Sie schob die Tüten über den Tisch.

Amelia nestelte am lila Seidenpapier herum und zog eine der Kerzen heraus. »Oh, die sind aber hübsch! Aber das wäre wirklich nicht nötig gewesen. Erzählen Sie, was haben Sie hergestellt?«

»Zuerst eine Seife für Mira. Sie hatte einen Ausschlag. So viele Pflegeprodukte, die angeblich aus natürlichen Bestandteilen und sanft zur Haut sind, enthalten synthetische Substanzen. Darum habe ich selbst etwas für sie zusammengestellt. Und seitdem kann ich nicht mehr damit aufhören.«

»Wunderbar, wenn man so inspiriert wird«, seufzte Amelia. »Sagen Sie, wie geht es eigentlich Elise? Ich habe seit Tagen nichts mehr von ihr gehört.«

Ruth zögerte. Es stand ihr nicht zu, anderen von den Differenzen zwischen Elise und Fern zu erzählen, aber wenn jemand helfen konnte, dann war es Amelia.

»Ehrlich gesagt nicht so gut. Fern will, dass Elise die Behörden einschaltet wegen Mira, aber Elise hat Angst, dass sie die Kleine dann nie wiedersieht. Es kam zum Streit, und Fern ist gestern Abend ausgezogen.«

Amelia setzte sich aufrecht hin und klopfte mit den Fingerspitzen auf den Buchdeckel. »Ich hab befürchtet, dass es so weit kommt.«

»Vielleicht hätte ich meinen Mund halten sollen. Bitte sagen Sie Elise nicht, dass Sie es von mir wissen.«

»Nein, nein, keine Sorge. Aber ich glaube, ich muss ein Wörtchen mit Fern reden.« Sie holte tief Luft, klappte das Buch wieder auf und blätterte darin. War das ein Wink, dass sie allein sein wollte? Ruth erhob sich, und Amelia blickte auf. »Haben Sie sich schon Gedanken um Ihr Carnival-Kostüm gemacht?«

»Was? Oh, nein. Ich weiß nicht einmal, ob ich …«

»Warten Sie nicht bis zur letzten Minute. Ehe man sich's versieht, ist der Carnival da, und dann bekommen Sie nirgendwo mehr auch nur eine einzige Paillette. Ich werde eine Kopie dieser Maske machen, ich hab schon damit angefangen.« Sie schlug das Buch in der Mitte auf und zeigte auf eine Maske aus lila und grünen Perlen, die mit einem goldenen Band eingefasst und mit extravaganten, farblich passenden Federn besetzt war.

»Die ist wunderschön! Aber ich bin nicht so für Kostüme.«

»Am Ende des Sommers werden wir alle eine kleine Flucht brauchen. Glauben Sie mir!«

Kapitel fünfunddreißig

Olivia besaß viele Paar praktische Schuhe – praktisch für die Straßen von Manhattan.

Sie hatte allerdings kein einziges Paar, das sich auch nur entfernt dafür eignen würde, von einem kleinen Boot in den Schlick zu springen und zu einer Sandbank mitten in der Cape Cod Bay zu waten.

Als sie zum Landungssteg kam, trug sie ein T-Shirt, Free-People-Jeansshorts, eine Yankee-Baseballmütze, einen kleinen Fjällräven-Kånken-Rucksack und Tory-Sport-Slipper.

Nach einem Blick auf ihre Schuhe schickte Marco sie zum Haus hinauf, wo Lidia ihr ein Paar von Jacis kniehohen Gummistiefeln heraussuchen solle.

»Meine Mutter soll Ihnen auch ein Sweatshirt mitgeben. Auf dem Wasser ist es fast zehn Grad kühler als an Land.«

Daran hätte sie selbst denken sollen, schließlich war sie schon oft genug auf dem Wasser gewesen. Vor ein paar Sommern war sie mit einem Typ befreundet gewesen, der ein Haus in East Hampton besaß. An den Wochenenden waren sie auf seinem Fünfzehn-Meter-Katamaran segeln gegangen. Ein Boot dieser Größenordnung hatte sie zwar nicht erwartet, aber sie hatte auch nicht damit gerechnet, dass sie auf ein Skiff klettern musste, das nur mit dem Allernötigsten ausgestattet war.

»Dieses Carolina Skiff ist ein Flachbodenboot für seichtes Wasser. Sie werden gleich sehen, warum wir das brauchen.«

Das weiße Deck war verschrammt. Auf der schmalen Bank am Steuerpult konnte nur eine Person Platz nehmen. Taue lagen auf dem Boden, zwei Lattenkisten und ein paar Eimer sowie eine längliche Boje an einem Seil. Marcos Rucksack lehnte an einer Seitenwand neben ihren Füßen.

»Alles, was ich kultiviere, ist in Käfigen.« Er sprach laut, um das Dröhnen des Motors zu übertönen. »Anfangs habe ich Gestelle benutzt.« Er warf Olivia einen flüchtigen Blick zu. »Nur damit Sie einen Überblick über das Ganze bekommen. Bemerkenswert ist, dass wir das alles hier draußen einem Fehler der Massachusetts Division of Marine Fisheries zu verdanken haben.«

Sie hatte nicht viel Ahnung, wovon er da redete, aber sie freute sich über seine Mitteilsamkeit. So gesprächig wie jetzt hatte sie ihn noch nie erlebt.

»Was für ein Fehler denn?«, fragte sie, eine Hand auf ihre Mütze gepresst, damit der Wind sie ihr nicht vom Kopf riss.

»Truro und Provincetown haben sich zusammengetan, um eine Wasserfläche in einer Größenordnung von zwanzig Hektar in ein Gebiet für Aquakultur umzuwandeln und dadurch die Zucht von Schalentieren in tiefem Wasser zu ermöglichen. Das Fischereiministerium hat allerdings übersehen, dass wir unsere Schalentiere nicht am Meeresboden kultivieren. Schwimmende Käfige machen einen wesentlichen Bestandteil der Zucht aus. Das zeige ich Ihnen ein anderes Mal.«

Ein anderes Mal? Sie biss sich auf die Lippe, um nicht zu lächeln.

»Im Grunde handelt es sich um zwei Flöße, an denen Käfige mit Austern hängen. Jedenfalls stellte sich heraus, dass wir uns hier in einer Schutzzone für Glattwale befinden, dem North Atlantic Right Whale Critical Habitat. Deshalb dürfen keine senkrechten Seile in der Cape Cod Bay gespannt werden. Das bedeutet, dass wir die Kulturen von Februar bis Mai auf den Meeresboden hinunterlassen müssen. Das gilt übrigens auch für die Hummerzüchter. Fast alle machen das bis spätestens Dezember, weil niemand im Februar draußen sein möchte, um die Käfige zu versenken.«

»Klingt nach einer Menge Arbeit.«

»Ist es auch. Ehrlich gesagt bin ich davon ausgegangen, dass Jaci mitziehen würde, als ich mit der Austernzucht angefangen habe. Deshalb bin ich auch so frustriert.«

Eine Sandbank tauchte vor ihnen auf. »Ist das unser Ziel?«, fragte sie und blickte zu ihm auf.

Er nickte. »Vor zwei Stunden war die noch unter Wasser, und später wird sie wieder von Wasser bedeckt sein, wir müssen also in diesem Zeitfenster fertig werden.«

Nach einer Weile fragte er: »Essen Sie Austern?«

»Äh, nein, eigentlich nicht.«

Er lächelte ihr zu. »Schon okay. Ich bin nicht beleidigt.«

»Ihre sind ganz bestimmt großartig.«

Er musste lachen. »Das ist Geschmackssache. Austern schmecken nach dem Gebiet, aus dem sie kommen. Provincetown Harbor ist sehr sauber und das Wasser salzig, deshalb haben meine Long Pointers auch eine salzige Note.«

»Aber alle Austern kommen doch aus Salzwasser, oder? Da schmecken doch bestimmt alle salzig.«

»Es gibt feine Unterschiede. Wellfleet-Austern zum Beispiel werden in einer eher brackigen Umgebung gezüchtet, und sie haben dort Schlickwatt, deshalb haftet ihnen ein eher moschusartiges Aroma an.«

Sie hatten die Sandbank erreicht, und Marco stellte den Motor ab. »Okay, jetzt springen Sie vom Bug.«

»Springen?«

»Ja, und zwar möglichst weit. Je weiter Sie springen, desto flacher ist das Wasser.«

Olivia stand vorn am Bug und fühlte sich gehemmt. Sie würde bestimmt nicht weit kommen. Doch dann holte sie tief Luft, beugte die Knie, wie sie es vom Weitsprung im Sportunterricht kannte, und machte einen großen Satz.

Sie landete in relativ seichtem Wasser: Es reichte ihr nur bis zur Oberkante ihrer Gummistiefel. Sie drehte sich zu Marco, der einen Daumen anerkennend in die Höhe reckte. Ein absurdes Gefühl von Stolz erfüllte sie. Marco sprang nun ebenfalls vom Boot und zog es ein Stück weit auf die Sandbank. Olivia kramte unterdessen ihr Handy aus ihrem Rucksack und machte ein Foto vom fernen Leuchtturm auf Long Point. Sie hätte es gern auf Instagram gepostet, aber hier draußen hatte sie keine Internetverbindung.

Mit den Lattenkisten, den Eimern und seinem Rucksack bepackt, stapfte Marco durch das Seegras, das so dicht wucherte, dass Olivia meinte, durch Erbsensuppe zu waten. Nicht auszudenken, wenn sie ihre Slipper angehabt hätte!

»Willkommen auf meiner Austernfarm!«

Die Farm bestand aus Reihen rechteckiger, relativ flacher Drahtkäfige. Am nassen Seegras, das an ihnen klebte, konnte sie sehen, dass sie sich vor Kurzem noch unter Wasser befunden hatten.

Marco stellte die beiden Kisten vor die Käfige. Er setzte sich auf die eine, Olivia auf die andere. Nachdem er ihr ein paar robuste Arbeitshandschuhe gegeben hatte, öffnete er einen Käfig, der voll war mit Austern in allen Größen und Formen. So etwas hatte Olivia noch nie gesehen.

»Wir suchen Austern von etwa sieben bis acht Zentimetern Durchmesser. Hier, zum Messen.« Er reichte ihr einen runden Metallring. »Die kleineren werfen Sie in den Käfig zurück, die mit der richtigen Größe kommen in den Eimer.«

»Okay.« Hörte sich einfach an. Aber dann betrachtete sie die vielen Käfige. Es würde Stunden dauern, jeden einzelnen Auster für Auster durchzugehen. Jetzt begriff sie, warum er wollte, dass Jaci ihm zur Hand ging.

»Die, die zu dünn sind, legen Sie auch zurück. Stellen Sie sich vor, wie sie geöffnet auf einem Teller aussehen würden.« Er schob die Austern in dem Käfig vor ihm auf eine Seite, und Olivia machte es ihm nach. Sie schnappte erschrocken nach Luft, als eine kleine Krabbe über den Boden huschte.

»Na, dann los«, sagte Marco. »An die Arbeit!«

Als Fern in der ruhigen Phase am frühen Nachmittag den Laden betrat, durchflutete Elise, die den ganzen Tag nichts von ihr gehört hatte, grenzenlose Erleichterung. Sie hätte dieses Schweigen keine Minute länger ertragen.

»Hey.« Fern trat zu ihr hinter den Ladentisch und prüfte die Kassenbelege. »Ich dachte, Cynthia sei heute da.«

»Sie macht Mittagspause.«

Keine Umarmung, keine versöhnliche Geste. Ferns Miene war versteinert. Der unterschwellige Groll, der von ihr ausging, war für Elise fast noch schlimmer als ihr Schweigen oder ihre Abwesenheit.

Das war kein guter Zeitpunkt, ihr zu erzählen, dass Cynthias Vater Anwalt für Adoptionsrecht war.

Fern schenkte sich einen Becher mit geeistem grünem Tee ein und stellte die Musik ein klein wenig leiser. »Du hast Jaci zum Babysitten angeheuert.«

»Sie hat es mir angeboten. Sie passt gern auf Mira auf.«

»Ich war bei den Barros', als Marco davon erfahren hat, und er hat es gar nicht gut aufgenommen.«

»Das müssen die beiden unter sich ausmachen.« Elise spülte die metallenen Schüttelbecher aus. »Was kann ich dafür, dass sie nicht im Familienbetrieb mitarbeiten möchte! Du hast gehört, was sie auf Rachels Party gesagt hat.«

Fern wandte sich ihr zu. »Das ist doch keine Einstellung! Lidia und Manny sind unsere Freunde. Wenn wir etwas tun, das in ihrer Familie für Spannungen sorgt, sollten wir es wenigstens auf ein Minimum beschränken.«

Elise knallte den Schüttelbecher in ihrer Hand auf den Ladentisch. »Ständig musst du an mir herumkritisieren!«

Fern stritt es nicht ab. Sie starrten sich an, sekundenlang, bis die Tür aufging und Amelia den Laden betrat.

Falls sie die angespannte Atmosphäre wahrnahm,

ließ sie es sich nicht anmerken. Sie lächelte den beiden freundlich zu und bestellte einen Eistee. »Ich nehme den Tee des Tages.«

»Das ist heute Seemannsminze«, sagte Fern.

»Klingt verlockend.« Amelia betrachtete die Armbänder, die an einem Ende des Ladentischs zum Verkauf auslagen.

»Ich mach das schon«, sagte Elise und öffnete den Kühlschrank. Sie musste sich beschäftigen, etwas tun, damit sie Fern den Rücken zudrehen konnte, während sie gegen die Tränen ankämpfte. Sie gab Eis in einen Becher.

»Wir haben uns ja seit Ewigkeiten nicht mehr gesehen, Fern«, sagte Amelia. »Elise habe ich immer mal wieder getroffen, dich nicht. Schau doch nach der Arbeit auf einen Sprung vorbei. Wir können ein Glas Wein zusammen trinken.«

Fern wollte ablehnen, aber Amelia machte eine abwehrende Handbewegung. »Ich akzeptiere kein Nein! Für die Happy Hour ist immer Zeit.«

Amelia war nicht wegen eines Eistees im Laden aufgetaucht, das wurde Elise jetzt klar. Sie musste irgendwie gespürt haben, dass die Dinge zwischen ihr und Fern nicht zum Besten standen, und wollte helfen. »Wir kommen gern«, sagte sie und versuchte, Ferns Blick aufzufangen. Vergeblich.

»Würde es dir etwas ausmachen, wenn ich mich nur mit Fern treffe, Elise? Ich habe schon so lange nicht mehr mit ihr geplaudert. Ich verspreche auch, dass sie zum Abendessen wieder daheim sein wird.«

»Oh. Klar, kein Problem. Ich dachte nur …«

»Das ist eine ausgezeichnete Idee, Amelia«, fiel Fern ihr ins Wort. »Warum essen wir nicht irgendwo zu Abend? Dann können wir uns in Ruhe unterhalten.«

Elises Hand zitterte, als sie Amelias Tee über die Eiswürfel goss und den Becher mit einem Pfefferminzblatt garnierte. Die unterschwellige Bedeutung von Ferns Worten lag auf der Hand: *Ich hab's nicht eilig, nach Hause zu kommen.*

Kapitel sechsunddreißig

Nach einer Stunde Austern ernten fiel Olivia auf, dass ihr Rücken überhaupt nicht wehtat. Es war unglaublich, aber abgesehen von einem leichten Ziehen knapp über den Hüften, spürte sie nichts mehr. Es ging ihr gut. Richtig gut.

Jedes Mal, wenn sie zum blauen Himmel aufschaute oder auf das Wasser hinaus, erfüllte sie ein tiefer Frieden, ein Gefühl, das ihr völlig fremd war. Sie musste nichts anderes tun, nirgendwo anders sein – und sie wollte auch nirgendwo anders sein.

Hätte ihr Leben nicht diese seltsame Wendung genommen, würde sie in diesem Moment in ihrem Büro in Manhattan sitzen, einen Take-away-Salat aus einem Plastikbehälter essen und sich Gedanken wegen der Qualität eines Promi-Urlaubsfotos auf Instagram machen. Wie die Austern in ihren Käfigen hatte auch sie in der Falle gesessen.

Marco arbeitete schweigend. Sie sprachen nur dann miteinander, wenn sie sich unsicher war, ob eine Auster geerntet werden sollte oder nicht, doch auch diese minimalen Unterhaltungen wurden immer seltener.

Sie warf ihm hin und wieder verstohlene Blicke zu. Die Sonne tauchte ihn in ein goldenes Licht. Sie versuchte, sein Gesicht nicht ganz so oft zu betrachten, aber es wollte ihr nicht gelingen. Wenn sie ihn ansah, schoss Adrenalin durch ihren Körper. Einmal, als sie ihn ein bisschen zu lange anstarrte, ertappte er sie dabei. Peinlich berührt überlegte sie fieberhaft, was sie sagen könnte, um den Anschein zu erwecken, dass sie nur deshalb zu ihm hingeschaut hatte, um ihn etwas zu fragen.

»Sie, äh, haben also keine Angestellte? Sie machen das ganz allein, Sie und Jaci?«

»Im Frühjahr hatte ich eine Teilzeitkraft, einen Soldaten der Handelsmarine, der mir während seines achtwöchigen Urlaubs geholfen hat. Andere, mehr als ich zählen kann, sind nach einem Tag wieder gegangen. Die Leute haben völlig falsche Vorstellungen von der Arbeit, sie stellen es sich romantisch vor, auf dem Wasser zu sein und all so was, aber wenn sie die harte Wirklichkeit erleben, werfen sie das Handtuch. So ist das eben: Entweder man liebt diese Arbeit, oder man hasst sie. Dazwischen gibt es nichts.«

»Wer würde das hier nicht lieben?« Sie betrachtete die Schönheit der Natur ringsum.

»Also, wenn ich ehrlich bin – das hier ist der leichte Teil des Jobs. Der spaßige. Im April habe ich fast die ganze Zeit damit zugebracht, gegen Rankenfußkrebse anzukämpfen und Muscheln von den Käfigen zu reißen.«

»Wie kommen die an die Käfige?«

»Muscheln sind Raubtiere. Essen Sie Muscheln?«

Sie schüttelte den Kopf. »Genauso wenig wie Austern. Aber das heißt nicht, dass ich was gegen Meeresfrüchte oder Fische habe.«

Er lächelte. »Nur gegen Schalentiere.«

»Ich esse Krabben.«

»Okay. Jetzt weiß ich wenigstens, was ich koche, falls Sie jemals zum Abendessen kommen.«

Falls Sie jemals zum Abendessen kommen. War das nur so dahingesagt, oder konnte er sich ernsthaft vorstellen, sie zum Essen zu sich einzuladen?

»Muscheln sind Raubtiere«, wiederholte er. »Sie haben einen Bart, den man vor dem Kochen entfernt. Mit diesem Bart setzen sie sich an der Auster fest, und zwar an den Kiemen, mit denen sie Wasser und mit dem Wasser Nahrung aufnimmt. Eine Auster filtert zwischen fünfundneunzig und einhundertneunzig Liter Wasser pro Tag. Die Muschel dringt mit ihrem Bart dort ein, verstopft die Öffnung und tötet die Auster. Und ich rede nicht von ein paar Muscheln.« Er klappte den Deckel des Käfigs zu und verhakte ihn.

»Das ist eine schmutzige und körperlich anstrengende Arbeit«, sagte Olivia. »Aber ich finde es beeindruckend, was Sie machen. Das ist wenigstens richtige Arbeit. Unglaublich, dass diese Dinger auf irgendjemandes Teller landen werden.« Sie dachte an ihren eigenen Beruf. Wie viel Zeit und Energie hatte sie darauf verwendet, Fotos zu faken und auf einem Handy zu posten, nur um zu sehen, wie viele Wildfremde den »Gefällt-mir«-Button anklickten? Und es hatte ihr so viel bedeutet. Es hatte ihr *alles* bedeutet. Wie lachhaft ihr das jetzt vorkam!

Marco lächelte sie an. »Danke. Und was machen Sie so, wenn Sie nicht gerade im Urlaub sind?«

»Oh, ich bin nicht hergekommen, um Urlaub zu machen, sondern weil ich dachte, meine Mutter sei krank.«

»Sie ist krank?«

Olivia schüttelte den Kopf. »Nein. Sie hat so was angedeutet. Na ja, vielleicht war es auch nur ein Missverständnis. Egal. Jedenfalls bin ich hierhergefahren, weil ich das Gefühl hatte, dass etwas nicht stimmt.«

»Die Pflicht hat gerufen.«

»So ungefähr.«

»Das finde ich bewundernswert. Ich wünschte, meine Schwester wäre unseren Eltern gegenüber auch so fürsorglich.«

»Sie ist noch jung. Und offen gestanden war es mit meiner Fürsorglichkeit nicht weit her. Ich konnte es kaum erwarten, wieder von hier wegzukommen.«

»Aber Sie sind immer noch da.«

Sie seufzte. »Das ist eine lange Geschichte.«

Er grinste und schaute demonstrativ auf das Wasser. »Wir haben doch Zeit.«

»Ach, ich weiß auch nicht«, sagte sie kopfschüttelnd. »Im Moment gibt es keinen Grund, nach New York zurückzukehren. Ich muss mich erst mal … neu sortieren, könnte man sagen.«

»Und Ihr Job? An dem Abend bei Rachel haben Sie erwähnt, dass Sie was mit Social Media machen.«

Sie setzte sich aufrecht hin und starrte ihn verdutzt an. »Das wissen Sie noch?«

»Na, so lange ist das ja noch nicht her.«

Das stimmte, aber sie erinnerte sich, wie abschätzig seine Bemerkung gewesen war, und allem Anschein nach hatte er sie nicht einmal wiedererkannt. Vielleicht hatte sie die Situation falsch gedeutet. »Ja, ich habe mit Social Media zu tun. *Hatte* mit Social Media zu tun. Ich weiß noch nicht, wie's weitergeht. Ich habe Mist gebaut. Ein einziger Flüchtigkeitsfehler hat acht Jahre harte Arbeit zunichtegemacht.« Sie musste aufhören, sich selbst zu bemitleiden. Sie konnte sich ungefähr vorstellen, was Marco in diesem Moment von ihr dachte. Erbärmlich.

Doch es lag nichts Wertendes in seiner Stimme, als er sagte: »Vielleicht war es ja gar kein Flüchtigkeitsfehler.«

»Wie meinen Sie das?«

»Möglicherweise haben Sie unbewusst etwas getan, um sich selbst zu sabotieren. So was kommt vor.«

»Es war ein Flüchtigkeitsfehler, glauben Sie mir. Meine Karriere bedeutet mir alles.«

Und dennoch … Blickte sie jetzt, mit ein wenig Abstand, auf die letzten Monate zurück, musste sie zugeben, dass sie nicht glücklich gewesen war. Schon lange nicht mehr.

Bis jetzt.

Sie arbeiteten weiter, bis die Flut sich ankündigte. Bald würden die Käfige wieder vollständig vom Wasser überspült werden. Marco steckte die Austern aus den Eimern in Beutelnetze, und Olivia schloss den Käfig, in dem sie zuletzt Austern sortiert hatte, und hakte den Deckel zu.

Sie streifte sich die mittlerweile durchgeweichten Handschuhe von den Händen, die sich unangenehm feucht anfühlten, und fragte: »Kann ich was tragen helfen?« Sie fuhr sich über die Rückseite ihrer Shorts und hob ihren Rucksack auf, der irgendwann umgefallen und jetzt voller Sand, Salz und Seegras war. Sie schwitzte, die Haare klebten ihr unter der Mütze am Kopf. Sie wollte sich lieber nicht vorstellen, wie sie im Augenblick aussah.

»Wenn Sie die Kisten nehmen würden …«

Sie gingen zum Boot zurück.

»Und was passiert jetzt mit den Austern?«

»Als Erstes müssen sie so schnell wie möglich gekühlt werden. Schon mal was von Vibrionen gehört?«

Sie schüttelte den Kopf.

»Da Sie sowieso keine Austern essen, besteht auch nicht die Gefahr, dass ich Ihnen den Appetit verderbe.«

Das würde dir nicht mal gelingen, wenn du es drauf anlegen würdest. »Ach, warten Sie – das sind Bakterien, die eine Lebensmittelvergiftung auslösen, oder?«

Er nickte. »Genau. Deshalb müssen die Austern auf mindestens sieben Grad runtergekühlt werden, und zwar indem wir sie in eine Mischung aus Salzwasser und Eis geben. Danach werden sie mit allen wichtigen Informationen gekennzeichnet, also Erntedatum, Zeit, Erntegebiet und Kühlzeitpunkt.«

»Brauchen Sie dafür Hilfe?«

»Danke, aber das schaffe ich allein.« Er sah sie an. »Interessiert Sie das wirklich?«

»Natürlich. Ich finde das total spannend.«

Er blieb stehen und verlagerte das Gewicht der Netze in seinen Händen. »Da sind Sie aber eine ganz große Ausnahme.« Sein Gesicht hatte einen fast wehmütigen Ausdruck angenommen. Er blickte zu Boden. Etwas im Sand erregte seine Aufmerksamkeit. »Sehen Sie den Abdruck da?«

Sie folgte seinem Blick und nickte. »Ja. Was ist das?«

»Da haben sich Pfeilschwanzkrebse gepaart. Die haben jetzt Paarungszeit.«

Sie brach in nervöses Gekicher aus. »Sorry. Ich hab nur nicht damit gerechnet, dass ich noch etwas über die Paarungszeit von Krebsen lernen würde.«

»Zu viele Informationen? Ich wollte nur nicht, dass der Tag mit Vibrionen und Lebensmittelvergiftungen endet.«

Sie schluckte schwer, sah ihn an und wünschte sich, dass dieser Tag überhaupt nicht enden würde.

»Nein, nicht zu viele Informationen. Alles bestens.«

Kapitel siebenunddreißig

Abendessenszeit war lange vorbei, und Fern war immer noch nicht von ihrem Besuch bei Amelia zurück. Elise fragte sich allmählich, ob sie überhaupt die Absicht hatte, nach Shell Haven zurückzukehren.

War sie gestern Abend zu weit gegangen, als sie die alte Geschichte wieder aufgewärmt hatte? Aber wie konnte Fern ihr in die Augen schauen und behaupten, dass sie sich ebenso sehr ein Kind wünschte wie sie selbst? Das war einfach nicht wahr. Warum konnte sie das nicht zugeben? Warum konnte sie nicht zugeben, dass ihr Schmerz geringer war als der von ihr? Für sie wäre das sehr wichtig. Aber jetzt war nicht der richtige Zeitpunkt, darauf zu beharren und ihre Beziehung unter Umständen an den Rand einer Scheidung zu bringen. Das war es nicht wert.

Ob Fern wirklich wieder in die Wohnung über dem Laden zog? Oder hatte sie nur im Zorn damit gedroht?

Sie wollte das lieber nicht dem Zufall überlassen.

Sie gab Mira ein letztes Fläschchen und zog ihr einen frischen Strampler an, dann warf sie einen Blick in den Spiegel. Eigentlich müsste sie sich die Haare waschen, aber sie wollte keine Zeit mit solchen Nebensächlichkeiten vergeuden. Jetzt brauchte sie nur noch jemanden, der für eine halbe Stunde auf Mira aufpasste. Sie hätte sie natürlich auch mitnehmen können, aber unter den gegebenen Umständen hielt sie es für besser, nicht mit dem Baby im Schlepptau aufzutauchen, wenn sie Fern überreden wollte, nach Hause zu kommen.

Ruth war in der Küche mit ihren Mixturen beschäftigt. Vielleicht hatte Olivia Zeit.

Als sie Mira ins Wohnzimmer hinuntertrug, saß Olivia auf der Couch und starrte ins Leere. »Hey, wie geht's?«, fragte Elise.

Olivia lächelte verträumt und schwieg. Elise zögerte.

»Alles in Ordnung?«, fragte sie dann.

»Was? Ja, ja, ich bin bloß müde. Ich war heute Austern ernten.«

»Ich wollte eigentlich fragen, ob Sie kurz auf Mira aufpassen könnten, damit ich schnell zu Amelia kann, aber wenn Sie lieber bald ins Bett wollen …«

»Nein, mein Dad und ich gehen noch Eis essen. Ich kann sie mitnehmen.«

»Wirklich? Das wäre wunderbar. Ich bin bald wieder da. Wahrscheinlich wird sie im Buggy einschlafen.«

»Kein Problem«, erwiderte Olivia.

Elise lächelte ihr dankbar zu. Hoffentlich lief der Rest des Abends auch so glatt.

Ruth hatte sich immer schon in die Arbeit geflüchtet: als sie Angst vor Armut hatte, Angst, als unglückliche Frau zu enden wie ihre Mutter, oder als es mit ihrer Ehe abwärtsging. Streng genommen handelte es sich bei dem, was sie jetzt tat, nämlich die Herstellung von Feuchtigkeitscremes und Seifen, nicht um Arbeit, aber ein Ventil war es nichtsdestoweniger.

Dieser Sommer hätte eine unkomplizierte, unbeschwerte Zeit sein sollen. Jetzt hatten sich ihre erwachsene Tochter und ihr Exmann unter ihrem Dach einquartiert. Und dabei war es nicht einmal ihr eigenes Dach.

Kein Wunder, dass sie nachts nicht schlafen konnte.

In der Küche war jede freie Fläche vollgestellt mit ihren neuen Produkten – einer Reinigungsmilch mit weißem Tee und Nachtkerzenöl, einer Körperlotion mit Argan- und Kokosnussöl und der Hafermehl-Calendula-Seife. Keiner von den anderen Hausbewohnern hatte sie bisher auf die vielen Reihen von Frischhaltedosen angesprochen; entweder sie waren zu beschäftigt, um die Küche zu benutzen, oder zu höflich, um deswegen einen Aufstand zu machen. Aber das Ganze geriet allmählich außer Kontrolle.

Sie wollte die Sachen verschenken, allerdings nicht in diesen schlichten, zweckmäßigen Behältern. Sie würde ein paar hübsche Glastiegel bei einem ihrer früheren Verpackungshersteller bestellen. Vielleicht in einem zarten Blau, ähnlich dem der Hortensien draußen im Garten.

Noch während sie darüber nachsann, brach sie Lavendelstängel in kleine Stücke und stopfte sie in ein Einmachglas, um Lavendelöl herzustellen – ihr nächstes Projekt.

Das kommt davon, wenn ich zu viel Freizeit habe. Der beißende Geruch des Lavendels, der eher an Mottenkugeln als an Blüten erinnerte, würde an ihr haften bleiben. Hoffentlich machte es Tito Barros nichts aus. Sie waren für morgen Abend zum Essen verabredet.

»Alte Gewohnheiten wird man nicht so leicht los, hm?«

Sie gewöhnte sich allmählich daran, Bens Stimme im Haus zu hören. Eigentlich, so wurde ihr jetzt klar, hatte sie sich in all den Jahren nie daran gewöhnt, sie *nicht* zu hören.

Sie drehte sich um. »Ich dachte, ihr beide wolltet ein Eis essen.«

»Olivia will das Baby mitnehmen. Ich warte, bis die beiden fertig sind.« Ben zog sich einen Stuhl heran und setzte sich Ruth gegenüber. »Du kannst ohne Arbeit nicht leben, was?«

»Das ist keine Arbeit. Sondern ein Hobby. Zur Entspannung.«

»Ach komm schon, Ruth! Du redest mit *mir*!«

Sie lächelte. »Und du redest mit der neuen Ruth. Der Ruheständlerin.«

Er lehnte sich zurück und verschränkte die Arme über der Brust. »Du bist ziemlich jung für eine Ruheständlerin.«

»Ich bin für gar nichts mehr jung«, erwiderte sie trocken.

»Nun, du siehst jedenfalls fantastisch aus.«

In diesem Moment fühlte sie sich wie ein Schulmädchen. »Das liegt nur an dem besonderen Licht hier«, sagte sie leise.

»Ich war überrascht, als ich erfahren habe, dass du verkauft hast.«

»Ich bitte dich, Ben! Du bist doch selbst im Ruhestand. Das ist keine große Sache.«

»Das ist nicht das Gleiche, das wissen wir beide. Ich könnte mir vorstellen, dass das keine leichte Entscheidung war.«

»Stimmt. War es nicht. Aber zum damaligen Zeitpunkt war es die richtige Entscheidung.«

»Zum damaligen Zeitpunkt?«

Sie zuckte mit den Schultern.

»Bereust du es etwa?«

Sie dachte an den »Cherry-Hill«-Nagellack, dessen Produktion eingestellt worden war. »Ich will nicht darüber reden.«

»Bist du deshalb hierhergezogen? Damit du nicht in Versuchung gerätst, wieder mitzumischen?«

»Nein, das hatte nichts damit zu tun«, antwortete sie schnell. »Diese Ecke hier hat mir schon immer gefallen. Ich wollte schon seit Jahren hierher, aber dann hat immer das Leben dazwischengefunkt ...«

»Ich finde es merkwürdig, dass du dich ausgerechnet für Provincetown entschieden hast.«

»Na ja ...« Sie überlegte, ob sie sagen sollte, was sie dachte. Warum eigentlich nicht? Sie hatte es schließlich seit jeher so gehalten. »Weißt du, was ich merkwürdig finde? Dass du dich während unserer ganzen Ehe geweigert hast hierherzukommen.«

»Wir hatten doch die Küste von New Jersey.«

»Machen wir uns nichts vor, Ben – das hatte nichts mit der geografischen Lage zu tun.«

Er antwortete nicht. Sie wartete ein paar Sekunden und wandte sich dann wieder ihrem Lavendel zu, auch wenn seine stumme Anwesenheit sie ein wenig aus dem Konzept brachte. Ihr war nur allzu bewusst, dass er sie beobachtete.

»Na schön«, sagte er schließlich. »Ich gebe zu, es wäre für mich schwer gewesen.«

»Weil du mit dem Schreiben aufgehört hast.«

»Ja. Weil ich mit dem Schreiben aufgehört habe.« In seiner Stimme lag eine gewisse Schärfe.

Also doch. »Aber wieso hast du es aufgegeben? Ich habe das nie von dir verlangt.«

»Das war auch nicht nötig. Solange ich allein war und von meinem Stipendium leben konnte, war es in Ordnung, Stücke zu schreiben und zu versuchen, mir einen Namen als Bühnenautor zu machen. Selbst dann noch, als ich auf dem College war. Schreiben schien ein so viel edlerer Zeitvertreib zu sein als die Partys, auf die meine Freunde gingen. Aber als ich dann in die richtige Welt hinauszog und mir mein Leben zusammen mit dir einrichten wollte, machte es keinen Sinn mehr.«

»Es wäre für beides Platz gewesen.«

»Meinst du? Ruth, ich erinnere mich, wie es war, als dein Vater alles verlor. Ich habe gesehen, was das mit dir und deiner Mutter gemacht hat. Ich wollte nicht Jahre, vielleicht Jahrzehnte, als Hunger leidender Künstler dahinvegetieren. Und vor allem wollte ich dir nicht zumuten, einen zu heiraten.«

Seine Worte trafen sie wie ein Keulenhieb. Könnte sie doch die Zeit zurückdrehen! Warum nur hatte dieses Gespräch nicht fünfunddreißig Jahre früher stattgefunden? »Wieso hast du nie mit mir darüber gesprochen? Wenn du das alles damals zu mir gesagt hättest …«

»Wärst du in Panik geraten.«

»Das ist nicht wahr!«

»Ruth, das kannst du heute leicht sagen. Du bist eine finanziell unabhängige Frau. Damals hattest du nicht mal einen Collegeabschluss.«

Er hatte recht.

»Kein Wunder, dass du mir gegrollt hast«, sagte sie leise.

Er schüttelte den Kopf. »Ich habe die Schuld nie bei dir gesucht. Aber manchmal war es hart zu sehen, wie du dir deinen Traum verwirklicht hast, während ich meinen aufgegeben hatte.«

»Ich habe dir immer geraten, wieder mit dem Schreiben anzufangen! Olivia war damals vielleicht acht oder neun. Du hättest alle Zeit der Welt gehabt.«

»Ich habe jahrelang studiert und ein kleines Vermögen für mein Medizinstudium ausgegeben. Da gibt man seinen Beruf nicht einfach auf, um einem Traum nachzujagen, den man als Teenager hatte.«

Sie war anderer Meinung. Aber auch wenn diese ganze Diskussion völlig sinnlos war, beschlich sie ein furchtbares Gefühl tiefen Bedauerns. Sie hatte stets angenommen, Ben habe der Mut gefehlt, seinen Traum zu verwirklichen. Als sie jetzt die wahren Gründe erfuhr und welchen Anteil sie daran hatte, war es, als hätte sie vom Tod eines lieben Menschen erfahren.

»Ich wünschte …« Was? Was hätte sie anders gemacht?

»Lass gut sein, Ruth. Es hat keinen Wert, diese alten Geschichten aufzuwärmen. Das Leben hat es sehr gut mit mir gemeint. Ich kann mich wirklich nicht beklagen.«

Er entlässt mich aus der Verantwortung. Ben, der sie selbst heute noch besser als irgendjemand sonst kannte, musste ihr ihren verzweifelten Kummer angesehen haben.

»Und ich bin dir wie gesagt dankbar, dass ich hier wohnen darf. Freitag bist du mich wieder los.«

Freitag? Das war schon morgen. »Und Olivia?«

»Geplant war, dass sie mit mir zurückfährt.«

»Das kommt so plötzlich. Warum die Eile?«

»Eile? Ich wollte nur ein paar Tage bleiben.«

»Na und? Du bist im Ruhestand, du hast doch Zeit!« Er lächelte. »Du kannst Olivia in New York besuchen. Ich bin sicher, die Tür steht jetzt ein Stückchen weiter offen.«

Sie seufzte. »Das wird nicht dasselbe sein, fürchte ich. Na ja, immerhin haben wir ein bisschen Zeit miteinander verbracht. Natürlich nicht annähernd genug.« *Und dich kann ich nicht einfach besuchen.*

»Hast du Lust, morgen mit uns zu Abend zu essen?«

Sie sah ihn überrascht an. Ein Gedanke summte ihr im Hinterkopf herum wie ein lästiges Insekt. War da nicht etwas gewesen? Und wenn schon. War bestimmt nicht so wichtig.

»Ja, warum nicht!«, antwortete sie erfreut.

Um neun Uhr abends waren alle Plätze auf der Veranda des Beach Rose Inn besetzt. Elise lief die Treppe hinauf und tätschelte im Vorbeigehen Mollys Kopf. Sie hatte das unangenehme Gefühl, zu Kreuze zu kriechen, und kämpfte dagegen an, so gut es ging.

In der Lobby war niemand außer Rachel an der Rezeption. Auf einer Mahagonianrichte stand ein halbes Dutzend geöffneter Weinflaschen, hauptsächlich Sauvignon blanc und rosé. Die Tische waren übersät mit leeren oder fast leeren Plastikbechern.

»Die sind kompostierbar«, sagte Rachel, als sie Elises Blick bemerkte.

»Oh, sorry, so war das nicht gemeint.«

»Ich weiß, aber ich meine trotzdem immer, dass ich mich rechtfertigen muss. Du suchst bestimmt Fern. Sie ist hinter dem Haus.« Rachel reichte ihr einen Plastikbecher.

»Danke.« Elise schenkte sich einen halben Becher Rosé ein und leerte ihn in einem Zug, um sich Mut anzutrinken. Als sie die Halle durchquerte, kamen ihr Fern und Amelia entgegen.

»Ich weiß, ich weiß! Ich habe versprochen, dass sie bis zum Abendessen wieder daheim ist, und jetzt ist es schon nach neun. Fern kann nichts dafür, das ist ganz allein meine Schuld!« Amelia hakte sich bei den beiden Frauen unter. »Aber manche Gespräche verselbstständigen sich einfach, nicht wahr?«

»Allerdings«, pflichtete Fern ihr bei.

»Kein Problem«, sagte Elise. »Ich hab gedacht, ich hole sie ab, damit wir zusammen nach Hause spazieren können. Ich hab sie nämlich vermisst.«

»Wie süß! Und da sag noch einer, dass die Ehe alle romantischen Gefühle tötet!« Amelias Blick wanderte zwischen den beiden Frauen hin und her. Elise sah zu Fern hinüber, und die lächelte ihr zu. Amelia hatte es also geschafft – sie hatte Fern zu einem Waffenstillstand überredet.

Amelia verabschiedete sich am Eingang von ihnen. »Ruf an, wenn du was brauchst«, sagte sie zu Fern.

Elise, die sich keinen Reim darauf machen konnte, zog die Stirn kraus. Was meinte Amelia damit? Worüber hatten die beiden denn so lange gesprochen? Andererseits – spielte das eine Rolle? Amelias Vermittlung konnte sich nur positiv auswirken.

Doch kaum hatten sie das Hotel verlassen, verflüchtigte sich die Wärme zwischen ihnen in der kühlen Nachtluft.

»Ich werde für ein paar Tage nach Boston fahren«, sagte Fern.

»Wann?«

»Morgen. Ich hoffe, dass es endlich vorangeht mit eventuellen Abnehmern auf dem Bauernmarkt, und ich möchte bei einigen Restaurants anfragen, ob sie unsere Tees nicht auf ihre Karte nehmen.«

Elise blieb abrupt stehen. »Und … was ist mit dem Laden?«

»Ihr schafft das schon, du und Cynthia.«

Elise, den Blick zu Boden gerichtet, nickte nur. Diese Reise hatte mit Sicherheit keine geschäftlichen Gründe. Fern ging es nur darum, den Abstand zu ihr zu vergrößern.

Kapitel achtunddreißig

Als Fern fort war, umgab Elise eine unterschwellige Traurigkeit, die sogar Olivia auffiel, obwohl deren Gedanken normalerweise um sich selbst kreisten. Und so kam es, dass sie Elise, als diese ihr beim Frühstückskaffee schwermütig gegenübersaß, die gähnende Mira auf dem Arm, spontan anbot, auf das Baby aufzupassen.

Stunden später, nachdem sie schon einige Male Miras Windeln gewechselt hatte, fragte sie sich, wieso in aller Welt sie ihre Hilfe angeboten hatte. Sie wusste zwar nicht, wie oft ein Baby schrie, aber dieses hier war ganz offensichtlich ein kleiner Schreihals. Irgendwann kam ihr der Gedanke, dass das vielleicht ihre Schuld war, weil sie nicht begriff, was das Baby wollte. Sie gab ihm das Fläschchen, sie hielt es auf dem Arm, sie wickelte es – welche Optionen gab es noch? Während sie darauf wartete, dass das Fläschchen die richtige Temperatur hatte, trug sie Mira in der Küche herum und murmelte beruhigend: »Sch, ist ja gut, sch!«

Als sie am Fenster vorbeikam, nahm sie im Garten eine Bewegung wahr. Sie blieb stehen und sah genauer hin. Es war Marco, der Seetang aufhängte. Seit ihrem gestrigen gemeinsamen Ausflug zum Austernernten hatte sie ihn nicht mehr gesehen. Hastig verschwand sie vom Fenster, sonst glaubte er womöglich noch, sie spioniere ihm nach.

Obwohl das fast nicht menschenmöglich war, schrie

Mira noch lauter. »Ich muss dich hinlegen, sonst kann ich dein Fläschchen nicht holen«, sagte sie und staunte selbst, wie schnell sie sich daran gewöhnt hatte, mit jemandem zu reden, der kein Wort von dem, was sie sagte, verstand. Sie gab ein paar Tropfen Babymilch auf ihr Handgelenk, so wie sie es bei ihrer Mutter und bei Elise gesehen hatte, und entschied, dass die Temperatur richtig war.

Mira richtete ihre dunklen Augen unverwandt auf Olivia, während sie trank. Eine kleine Hand flatterte ziellos zu dem Fläschchen hinauf und senkte sich wieder.

Olivia atmete tief durch. Es war ungeheuer befriedigend, ein Kind zu füttern und dessen Urbedürfnis nach Nahrung stillen zu können.

»Weißt du was? Ich glaube, wir gehen nachher in den Garten, um ein bisschen frische Luft zu schnappen.« Ja, genau. Nur um frische Luft zu schnappen. Zum Glück konnte sich das anstrengende kleine Bündel auf ihrem Arm kein Urteil erlauben.

Sie wartete ungeduldig, während Mira an dem Fläschchen nuckelte und anschließend eine Ewigkeit brauchte, um ein Bäuerchen zu machen. Endlich war sie so weit, dass sie sie in den Buggy packen konnte.

Marco fing gerade an einer noch unbenutzten Leine an, als sie auf die Veranda trat. »Oh, hey! Ich hab nicht gewusst, dass jemand da ist. Warten Sie, ich helfe Ihnen.« Gemeinsam trugen sie den Buggy die Stufen hinunter ins Gras.

»Bloß ich. Das heißt, bloß wir«, erwiderte Olivia und zog die Abdeckung des Buggys hoch, damit das Baby im Schatten lag.

»Jetzt hat Elise *Sie* zum Babysitten überredet?«

»Ich hab's ihr angeboten. Ich meine, alle anderen arbeiten. Und ich muss ja irgendwas tun.«

Er streifte sie mit einem Blick, während er ein paar besonders lange Tang-Wedel mehrmals über die Leine warf, bis sie so hingen, dass sie den Boden nicht mehr berührten. »Sagen Sie Bescheid, wenn Sie mir mit den Austern helfen wollen.«

»Im Ernst?«

»Klar. Ich schaffe das Doppelte, wenn ich Hilfe habe. Und Sie scheinen sich ja wirklich für die Materie zu interessieren. Das ist schon die halbe Miete.«

Sie schluckte schwer. »Es hat mir wirklich gefallen.«

Er nickte und spähte in den Buggy. »Anscheinend haben Sie es geschafft. Sie ist eingeschlafen.«

Mira hatte tatsächlich die Augen geschlossen. »Gott sei Dank! Sie können sich nicht vorstellen, wie anstrengend der Morgen war. Ich meine, sie ist wirklich allerliebst, aber Babysitten ist harte Arbeit. Dagegen ist Austernernten die reinste Erholung.« Sie kontrollierte, ob die Gurte auch nicht zu fest angezogen waren. »Ich glaube, ich stelle den Buggy lieber in den Schatten.« Sie schaute sich um. »Falls ich irgendwo welchen finde.«

»Vielleicht auf der Veranda?«

»Gute Idee. Sorry, aber könnten Sie mir vielleicht noch mal …«

Doch da hatte Marco den Buggy schon hochgehoben. »Lassen Sie nur, ich hab ihn«, sagte er, als sie ihm zur Hand gehen wollte. Sie folgte ihm die Treppe hinauf. Miras Köpfchen rollte auf die Seite, aber sie hielt die Augen geschlossen und schlummerte einfach weiter.

»Nicht nur, dass ich Ihnen nicht helfe, ich hindere Sie auch noch am Arbeiten«, sagte Olivia.

Er ging um den Buggy herum, bis er neben ihr stand. Sie blickte zu ihm auf; ihr Inneres geriet in Aufruhr, ihr Herz machte einen wilden Hüpfer.

»Sie helfen mir heute also nicht bei der Arbeit.«

»Äh, nein, es sei denn …«

Er beugte sich vor und küsste sie. Obwohl es helllichter Tag war, flimmerten Sterne vor ihren Augen. Als er sich von ihr löste, trat sie einen Schritt zurück. Sie schwankte ein wenig, und er fasste sie an den Oberarmen.

»Okay«, stieß sie atemlos hervor.

»Das wollte ich schon draußen auf dem Wasser machen.«

»Wirklich?«

»Ja. Aber das wäre Belästigung am Arbeitsplatz gewesen …«

Olivia zögerte nur eine Sekunde. »Also heute habe ich ganz offiziell frei.«

Er küsste sie noch einmal.

Ruth, die sich einen festlichen Rahmen für ihr Abendessen mit Olivia und Ben wünschte, rief den einen Menschen an, der ihr sicherlich einen Tipp geben konnte.

»Ciro and Sal's«, sagte Clifford Henry wie aus der Pistole geschossen. »Ein traditionsreiches Lokal. Man kann die Geschichte dort förmlich atmen!«

Der zweite Anruf, den sie zu machen hatte, fiel ihr da schon schwerer: Sie musste ihre Verabredung mit Tito absagen.

»Meine Tochter fährt morgen wieder nach Hause, deshalb würde ich den letzten Abend gern mit ihr verbringen.« Ihren Exmann erwähnte sie vorsichtshalber nicht. Andererseits, was war schon dabei? Die Leute trafen sich doch ständig mit ihren ehemaligen Partnern zu einem freundschaftlichen Essen, oder etwa nicht? Gut, sie hatte ein paar … Gefühle gehabt. Aber nichts, das sich nicht in einem Telefonat mit Dr. Bellow wieder regeln ließ.

Tito zeigte Verständnis. »Dann eben ein anderes Mal.« Aber sie machten keinen neuen Termin aus, und Ruth fragte sich, ob er das Interesse verloren oder sie sich sein Interesse nur eingebildet hatte. Vielleicht glaubte er auch nur, dass sie ihn abwimmeln wollte (was sie ja auch tat, aber natürlich nur um ihrer Tochter willen). Genau deshalb hatte sie keine Lust auf Verabredungen mit Männern – man hatte nichts als Stress.

Ruth legte auf dem Weg zum Restaurant noch einen Zwischenstopp ein. Da dieser länger als geplant dauerte, war sie ein bisschen zu spät dran, als sie von der Commercial in den Kiley Court einbog.

Das Lokal lag am Ende eines ziegelsteingepflasterten Hofs, der teils von einem weißen, pflanzenüberwucherten Spalier umgeben war. Auf einer Tafel am Boden stand WILLKOMMEN BEI CIRO &SAL'S – PROVINCETOWNS VERBORGENES JUWEL. Grünpflanzen, Blumen, Bäume, deren zum Teil tief hängende Zweige mit kleinen Lämpchen dekoriert waren, rahmten das Haus ein, als stünde es inmitten eines verwunschenen Gartens.

Als Ruth durch die Tür in der schindelverkleideten Fassade trat, hatte sie den Eindruck, eine illegale Kneipe wie zu Zeiten der Prohibition zu betreten. Es war dunkel drinnen, die Decke niedrig, ringsum Backsteinwände mit eingebauten Weinregalen; überall hingen Chianti-Flaschen.

Sie wurde an den Tisch geführt, an dem Olivia und Ben bereits saßen.

»Interessante Wahl, Mom«, meinte Olivia, als Ruth sich neben sie setzte.

»Entschuldigt die Verspätung. Habt ihr schon einen Blick in die Karte geworfen?«

»Ja«, antwortete Ben. »Italienische Küche. Dann kann es nur gut sein!«

»Habt ihr schon bestellt?«

»Nur den Wein«, sagte Olivia. Ben griff nach der Flasche und schenkte Ruth Rotwein ein.

Dean Martin sang im Hintergrund. Es roch nach Holz und altem Mauerwerk, und die Jahrzehnte, die dieses Gebäude schon erlebt hatte, waren fast mit Händen zu greifen. Ruth wusste genau, was Clifford meinte, als er sagte, man könne die Geschichte förmlich atmen.

Ben erhob sein Glas. »Auf Olivia, die nach einem holprigen Start in den Sommer wieder fest auf beiden Beinen steht! Möge es weiter aufwärtsgehen!«

»Ja, möge es weiter aufwärtsgehen!«, wiederholte Ruth. Wie seltsam und zugleich vertraut es war, mit Ben und ihrer gemeinsamen Tochter an einem Tisch zu sitzen. Wann hatten sie dies das letzte Mal getan? Vielleicht bei einer Feier aus Anlass des Collegeabschlusses, doch da waren noch andere dabei gewesen, die Eltern von Olivias Freunden. Dann erinnerte sie sich an den Tag, nachdem ihre Schwester operiert worden war. Ben und Olivia hatten im Krankenhaus vorbeigeschaut, und irgendwann waren sie alle drei in die Cafeteria gegangen. Aber das konnte man nicht vergleichen. Mit Ben und Olivia zusammen zu sein gab ihr ein Gefühl von Vollständigkeit. Es war einfach richtig so. Die Wärme, die sie durchflutete, hatte nichts mit dem Wein zu tun, der sie bereits von innen wärmte.

»Und auf unseren letzten Abend in Provincetown!«, fügte Ben hinzu.

Olivia ließ ihr Glas sinken. »Du willst morgen zurückfahren?«

»Wir haben doch darüber gesprochen.«

»Ich dachte, du meinst nächsten Freitag!«

Bildete Ruth es sich nur ein, oder hörte sie tatsächlich einen panischen Unterton aus Olivias Stimme heraus?

»Olivia, ich hab gesagt, ich bleibe ein, zwei Tage. Die sind jetzt um. Außerdem warst du diejenige, die schnellstens nach New York zurückwollte.«

»Das hab ich nie gesagt!«

Ben sah Ruth an.

Die packte die Gelegenheit beim Schopf. »Warum bleibt ihr nicht noch eine Weile? Vielleicht bis zum vierten Juli? Die Barros' machen eine Party, und in Provincetown wird der Unabhängigkeitstag immer ganz groß gefeiert.« Sie vermied es, Ben anzusehen. Jahrelang, sogar noch nach der Hochzeit, hatten sie den vierten Juli als ihren Jahrestag gefeiert.

Olivia nickte eifrig. »Perfekt!«

Aber Ben schüttelte den Kopf. »Danke, Ruth, das ist sehr großzügig von dir. Aber ich sollte wirklich zurückfahren. Du kannst gern noch bleiben, Olivia, wenn du meinst, du kannst dich selbst wieder ans Steuer setzen. Das ist deine Entscheidung.«

Ruth öffnete ihre Handtasche und zog die Broschüre heraus, die sie auf dem Weg zum Restaurant besorgt hatte. »Wenn du nicht bis zum Vierten bleiben willst, kannst du ja die Woche drauf wiederkommen. Da wird in der Stadt einiges geboten.« Sie schob ihm das Programm des Fine Arts Work Center, aufgeschlagen auf der Seite der Juli-Workshops, über den Tisch zu. Sie hatte einen Intensivkurs für angehende Bühnenautoren angekreuzt.

Ben griff danach und hielt es nahe an die Kerzenflamme, konnte es aber immer noch nicht lesen. Er zog seine Lesebrille aus der Jackentasche, und als er den Text endlich entziffern konnte, legte er das Programm auf den Tisch zurück. Er nahm seine Brille wieder ab und verschränkte die Arme. »O, Ruth«, sagte er kopfschüttelnd.

»Ich dachte, das wäre vielleicht ganz lustig.«

»Was?«, fragte Olivia. »Was ist das?«

»Nichts«, antwortete Ben und griff nach seinem Glas.

Der Kellner kam, um ihre Bestellungen aufzunehmen. Danach geriet die Unterhaltung ins Stocken und versiegte schließlich ganz. Die Broschüre des Fine Arts Work Center lag auf dem Tisch wie ein herrenloses Gepäckstück in einem Flughafenterminal – bedrohlich und potenziell gefährlich.

»Was meinst du, Dad? Wollen wir nicht bis zum Feiertag bleiben? Du bist im Ruhestand, du könntest ruhig ein bisschen spontaner sein.«

Ben sah sie an und war einen Augenblick sprachlos. »Seit wann gehört Spontaneität zu den von dir bevorzugten Eigenschaften?«

Olivia zuckte die Achseln. »Du predigst mir doch immer, dass ich entschleunigen, eine kleine Auszeit nehmen soll.«

»Aber alles in Maßen. Ich bin ja froh, dass du eine langsamere Gangart angeschlagen hast, aber irgendwann musst du in die Wirklichkeit zurückkehren. Provincetown hat so eine Art, dich davon abzulenken, aber die Realität ist nichtsdestoweniger da und wartet auf dich. Früher oder später musst du dich ihr stellen. Warum also nicht gleich?«

Ruth schnappte sich die Broschüre und stopfte sie achtlos in ihre Handtasche.

Ben hatte so recht. Diese Stadt lenkte von der Realität ab. Sie selbst hatte sich auch einlullen lassen, hatte tatsächlich geglaubt, sie könne mit ihrer Tochter noch einmal von vorn anfangen. Vielleicht war ihr das auch gelungen, wenigstens zu einem kleinen Teil. Sie hätte sich damit zufriedengeben sollen. Doch dann war Ben gekommen, und sie hatte den Wunsch verspürt, die Vergangenheit auch in diesem Punkt zu korrigieren.

Hier geht es nicht um die beiden, sagte eine Stimme in ihrem Kopf. *Hier geht es einzig und allein um dich.*

Statt Ehefrau und Mutter zu sein, hatte sie sich dafür entschieden, ihre ganze Energie in ihre Firma zu stecken. Jetzt, wo sie diese verkauft hatte, hielt sie die losen Fäden ihres Lebens in der Hand. Und es gab keine Möglichkeit, sie wieder vollständig miteinander zu verknüpfen. Sie musste einen Weg finden, mit der Vergangenheit Frieden zu schließen. Sie durfte nicht vergessen, warum sie überhaupt hierhergezogen war: um neu zu beginnen. Sich ein Zuhause für diesen nächsten Abschnitt zu schaffen – kein Heim, um Kinder darin großzuziehen, kein pflegeleichtes Apartment, wo sie sich nur selten aufhielt, weil sie ständig auf Reisen war. Nein, ein Zuhause, in dem sie alt werden konnte.

Oh ja, sie konnte Ben auch hierbei nur beipflichten. Olivia musste in ihr Leben zurückkehren und sich ihren beruflichen Problemen stellen. Sie musste ihren eigenen Platz in der Welt finden. Sie in ihrer Nähe haben zu wollen, nur um sie zu bemuttern, wäre purer Egoismus. Und auch Ben hatte sein eigenes Leben.

Ruth hatte die Saat für ihr neues Dasein in Provincetown gelegt. Irgendwann würde diese Saat aufgehen. Sie musste Geduld haben. Seelischer Frieden ließ sich nicht erzwingen, er brauchte Zeit.

»Ich kann deinem Vater nur zustimmen.« Ben und Olivia sahen sie verdutzt an. »Du musst wieder nach New York City.«

»Ich gehe der Wirklichkeit nicht aus dem Weg«, fauchte Olivia. »Ich will mir lediglich darüber klar werden, wie diese aussehen soll. Das ist ein großer Unterschied.«

Ruth und Ben schauten sich an. Der verständnisvolle Blick von Eltern. In diesem Moment brach ihr schönes Gedankengebilde – die Vergangenheit loslassen, einen Neuanfang wagen – zusammen. Sie war es leid, den Weg allein gehen zu müssen. Sie vermisste diese stumme Kommunikation. Sie vermisste es, ihr Leben mit jemand zu teilen. Sie vermisste ihren Ehemann.

»Okay, okay.« Ben hob beschwichtigend die Hände. »Kein Grund zur Aufregung! Jetzt beruhigen wir uns alle mal.«

Ruth witterte eine kleine Chance und legte nach. »Also, wenn ihr mich fragt, ich finde, ein paar Urlaubstage mehr könnten euch beiden nicht schaden. Im Gegenteil. Sie würden euch definitiv guttun.«

Ben starrte sie verblüfft an.

»Das denke ich auch, Dad. Ich meine, es ist *Sommer*!«

Ben winkte dem Kellner und bestellte eine weitere Flasche Wein. Er hatte nicht Ja gesagt, aber auch nicht Nein. Und Ruth kannte ihn. Sie wusste, dass er bis zum Unabhängigkeitstag bleiben würde.

Sie schaute von einem zum anderen. Ihre Familie. Für eine Weile noch.

Kapitel neununddreißig

Der vierte Juli war seit ihrem Umzug nach Provincetown Elises liebster Feiertag, weil er nicht nur für die Unabhängigkeit ihres Landes stand, sondern auch ein Symbol für ihren eigenen Lebensweg darstellte.

Um die Mittagszeit saß sie auf den Stufen ihres Ladens und schaute dem Umzug zu: Festwagen und Musikkapellen und Massen von Menschen mit rot, weiß, blau bemalten Gesichtern; paillettenbesetzte Uncle-Sam-Hüte; Schilder mit verschiedenen Parolen. Auf einem stand ALLE MENSCHEN SIND GLEICH.

Für die meisten bedeutete erwachsen zu werden, ständig dazuzulernen. Elise beneidete sie darum, denn für sie war Erwachsenwerden ein Prozess gewesen, in dem sie fast alles, was man ihr als Kind beigebracht hatte, vergessen musste.

Ein Mädchen heiratet einen Mann, wenn es groß ist.

Sie war sechs Jahre alt, als sie verstand, dass das auf sie nicht zutreffen würde. Das war ein großer Moment gewesen. Und blieb es, bis sie schon jenseits der zwanzig war.

Dann hatte sie sich in Fern verliebt, und das hatte alles geändert. Ihre sexuelle Orientierung war kein Problem, das einer Lösung bedurfte. Kein Irrtum, der korrigiert werden musste. Nichts, wofür sie sich entschuldigen musste, nicht einmal bei ihren Eltern.

Auf einem anderen Plakat las sie LEBEN, FREIHEIT, DAS STREBEN NACH GLÜCK.

Nach Glück hatten sie gestrebt, sie und Fern. Aber schlussendlich waren es nicht ihre Eltern oder die Gesellschaft gewesen, die ihnen Steine in den Weg gelegt hatten, sondern es war das Leben selbst, das ihnen, wie jedem anderen Paar, Knüppel zwischen die Beine geworfen hatte.

Die Frage war, wie groß der Schaden war. Fern hielt sich seit einer Woche in Boston auf. Eins hatte zum anderen geführt, und sie hatte jeden Tag so viel um die Ohren. Sie war geschäftlich dort, und obwohl Elise keinen Grund hatte daran zu zweifeln, drängte sich doch der Gedanke an den Abend im letzten Sommer auf, als sie sie vergeblich in der Piano-Bar gesucht hatte. *Ich habe keine Affäre … Daran gedacht habe ich schon. Es läuft ja nicht so gut zwischen uns …*

Vom unternehmerischen Standpunkt aus betrachtet, hätte Fern in Provincetown sein müssen, wo Hochbetrieb herrschte und sie genügend Laufkundschaft hatten. Sie hätte ihre Reisen auch im Herbst planen können. Was für ein merkwürdiger Zufall, dass Fern gerade jetzt, wo sie sich wegen des Babys stritten, den dringenden Wunsch nach geschäftlicher Expansion verspürte.

Elise zog ihr Handy aus der Tasche ihrer Cargoshorts und wählte Ferns Nummer. Der Anruf wurde auf die Mailbox umgeleitet. Sekunden später verkündete ein Piepton, dass sie eine Textnachricht bekommen hatte:

Kann jetzt nicht reden.

Fern hatte durch einen ihrer alten Kontakte in der Finanzindustrie einen Stand auf einer großen, firmengesponserten Outdoor-Veranstaltung ergattert. »Das wird eine tolle Werbung für uns sein«, hatte sie argumentiert, als sie ihr erklärte, dass sie am Feiertag arbeiten musste. Sie tippte:

Glaubst du, du schaffst es rechtzeitig bis zum Schluss der Party?

Sie wartete. Pünktchen erschienen auf dem Display und verschwanden wieder. Und dann:

Glaub nicht. Aber amüsier dich!

Amüsier dich? Elise hätte weinen können.

Zwischen dem Haus der Barros' und dem Kai waren Picknicktische aufgestellt. Discomusik dröhnte aus Lautsprechern. Auf dem Wasser befanden sich so viele Boote, dass man hätte glauben können, eine Regatta finde statt. Eine kecke Möwe trippelte auf Elise zu.

»Ich hab nichts für dich«, sagte sie und stieß einen tiefen Seufzer aus. Was für ein wunderschöner, festlicher Tag! Ein Tag, den man gemeinsam mit dem geliebten Menschen verbringen sollte. Fern wusste, wie der vierte Juli in Provincetown gefeiert wurde, und dennoch war sie nicht nach Hause gekommen. Kein gutes Zeichen.

Elise stellte den Buggy an der Treppe ab und trug Mira ins Haus. Lidia und Jaci waren mit Essensvorbereitungen beschäftigt. »Marco hat mich gebeten, eine Dose Seetang-Tee mitzubringen«, sagte sie und gab Lidia einen Begrüßungskuss auf die Wange. Sie zog zwei Teedosen aus ihrer Tragetasche und fügte hinzu: »Aber ich hab an deine armen Gäste gedacht und deshalb auch was von unserem Erdbeertraum mitgebracht.«

»Ich gewöhn mich allmählich an den Seetang«, sagte Lidia. Sie nahm Elise Mira ab und knuddelte sie. »So ein süßes kleines Ding! Ich kann es kaum erwarten, Großmutter zu werden.« Sie wandte sich Jaci zu. »Ich hoffe doch, dass ich eines Tages Enkelkinder bekomme.«

»Da musst du Marco fragen, Ma.«

Ein Küchenwecker klingelte schrill.

»Das ist mein Reis.« Lidia gab Elise das Baby zurück. »Ich muss mich wieder ums Essen kümmern. So gern ich diesen kleinen Wonneproppen weiter mit mir herumtragen würde!«

»Kann ich dir irgendwie helfen?«

»Nein, nein, geh du nur nach draußen und genieß den Abend. Marco muss auch irgendwo draußen sein.«

»Kann ich auch raus und den Abend genießen?«, fragte Jaci.

»Jaci Barros, manchmal könnte ich wirklich …«

»Wieso hilft Marco nicht in der Küche? Das ist sexistisch!«

Lidia griff nach einem Topf Austern. »Die hat Marco geerntet! Das ist Schwerstarbeit! Beklagst du dich da über Sexismus? Nein!« Sie brummte etwas auf Portugiesisch und schüttelte den Kopf.

Die Schiebetür wurde geöffnet. Clifford Henry, die Arme voller Weinflaschen, kam herein. »Die Feierlichkeiten können beginnen!«

»Du meine Güte, Clifford! Haben Sie Vin's Laden geplündert?«

»Ich konnte mich einfach nicht entscheiden! Unschlüssigkeit ist meine Schwachstelle. Und deshalb habe ich von allem etwas gekauft: vom Roten, vom Weißen, vom Rosé, vom Schampus …«

Lidia nahm ihm zwei Flaschen ab.

»Sie gestatten?« Er stellte eine Flasche Prosecco auf den Tisch und zog die Aluminiumfolie vom Flaschenhals ab. »Hallo, Mrs Douglas. Lange nicht gesehen. Ich habe noch ein Hühnchen mit Ihnen zu rupfen.« Er entkorkte die Flasche. Der Prosecco schäumte heraus. Jaci nahm schnell ein paar Gläser aus dem Schrank und stellte sie hin.

Elise konnte sich nicht vorstellen, was für ein Hühnchen das war, aber es interessierte sie auch nicht.

»Ich dachte, die Party findet draußen statt!« Bianca, wie üblich ganz in Schwarz, betrat die Küche. Sie trug ein kurzärmeliges Kleid und Pantoletten. Ihre Haare waren zu einem straffen Knoten festgesteckt.

»Haben wir Sie gestört mit unserem fröhlichen Treiben?« Clifford bedeutete Jaci, sie solle ihm noch ein Glas geben. »Sie brauchen etwas zu trinken, meine Liebe. Wie immer.«

»Da haben Sie recht. Der Festzug war anstrengend.«

»Oh? Sind Sie etwa mitgelaufen?«

»Nein, aber ich musste mir den Krach drei volle Stunden lang anhören.«

»Und Sie, Elise? Gab es einen Tea-by-the-Sea-Festwagen?«, fragte Clifford.

»Vielleicht nächsten Sommer.« Sie nahm Mira auf den anderen Arm. Sie bemerkte, wie Bianca das Baby anstarrte, und überlegte, wie sie sich elegant verdrücken konnte.

»Wo wir gerade vom nächsten Sommer sprechen«, sagte Clifford. »Sollten Sie mich noch einmal beauftragen, Ihr Haus als Ferienhaus zu vermieten, würde ich es sehr begrüßen, wenn Sie nach Vertragsabschluss nicht wieder selbst einziehen würden. Das ist offen gesagt schlecht fürs Geschäft.«

Nächsten Sommer? Sie wollte nicht einmal an nächste Woche denken. Was würde aus Shell Haven werden, wenn sie und Fern sich trennten? Der Gedanke war unerträglich. So unerträglich, dass sie ihn gar nicht zuließ.

»Ihr hättet es überhaupt nicht vermieten sollen!«, mischte sich Bianca ein. »Meine Tochter hat es euch nicht verkauft, damit ihr eine Touristenpension daraus macht.«

»Okay, das reicht jetzt!« Lidia scheuchte alle zur Tür. »Nehmt den Prosecco und die Sangria aus dem Kühlschrank und verzieht euch damit auf die Veranda!«

»Die Sangria sollte einen Warnhinweis tragen«, sagte Clifford. »Und das meine ich als Kompliment.«

Elise wartete, bis die anderen die Küche verlassen hatten, und fragte dann, wo sie Miras Windel wechseln könne.

»In meinem Zimmer«, erwiderte Jaci.

Elise empfand es als wohltuend, ein paar Minuten allein zu sein. Sie schloss die Tür hinter sich und setzte sich an Jacis kleinen Schreibtisch. Manny hatte ihn selbst gebaut, aus Holz, und in die Wand integriert. Lidia hatte ihr bei ihrem ersten Besuch voller Stolz all die Dinge gezeigt, die von den handwerklichen Fähigkeiten ihres Mannes zeugten.

Es war wunderbar, einen Partner zu haben.

»Aber vielleicht sind es in Zukunft nur wir zwei, Kleines.« Sie hatte Mira auf dem Schoß und winkte ihr. Mira lächelte.

Sie lächelte. Sie lächelte sie an!

»Oh mein Gott, dein erstes Lächeln!«

Es klopfte.

»Ja?«, rief sie.

Jaci steckte den Kopf zur Tür herein. »Sorry, wenn ich störe. Ich wollte nur fragen, ob du Hilfe brauchst. Ich kann gern eine Weile auf sie aufpassen, wenn du dich mal unter die Leute mischen willst wie eine normale Erwachsene.«

»Jaci, du wirst es nicht glauben, aber sie hat mich gerade angelächelt! Das war nicht bloß ein Reflex. Ich hab was zu ihr gesagt, und sie hat gelächelt!«

»Das ist so süß, Elise! Das ist echt unglaublich.«

Elise widerstand dem Impuls, Fern die Neuigkeit per SMS mitzuteilen. Dass sie diesen Augenblick mit Jaci teilte, musste genügen. Jaci hatte sich so mitfühlend gezeigt, als sie ihr von ihren gescheiterten Versuchen, ein Kind zu bekommen, und von ihrem Kummer erzählt hatte. Auch wenn Lidia manchmal enttäuscht war von ihrer Tochter – Jaci war ein tolles Mädchen.

Elise wickelte Mira und wandte sich dann an Jaci. »Komm, wir gehen und amüsieren uns!«

Die zusätzliche Zeit mit Ben entpuppte sich für Ruth als frustrierende Übung in Nähe ohne Verbundenheit. Ben leistete ihr gelegentlich Gesellschaft, wenn sie in der Küche arbeitete. Sie unterhielten sich, aber es waren oberflächliche Gespräche. Und dennoch kamen ihre Emotionen mehr und mehr zum Vorschein, wie bei einer Pflanze, deren Blätter sich nach der Winterruhe wieder entfalten.

Zwei Tage vor dem Unabhängigkeitstag, als ihr die Zeit davonlief, hatte sie beschlossen, den Mund aufzumachen, in Anlehnung an ihre Trauformel: »Dann möge er jetzt sprechen oder für immer schweigen«. Was genau sie sagen wollte oder was sie sich davon erhoffte, ihm ihre Gefühle zu gestehen, wusste sie nicht. Sie wusste nur, dass sie den Gedanken, dass sie möglicherweise vor achtzehn Jahren die falsche Entscheidung getroffen hatten, zur Sprache bringen musste. Vielleicht hätten sie dem Sturm trotzen, ausharren sollen, bis er vorbeigezogen war. Nun, wo sich ihr beruflicher Ehrgeiz verflüchtigt hatte und ihre Tochter erwachsen war, hatte sie das Empfinden, in einen klaren Himmel zu blicken. Alles, was sie brauchten, war die Bereitschaft, einen neuen Versuch zu wagen.

Sie hatte auf den richtigen Moment gewartet, doch der hatte sich nicht eingestellt. Und so sagte sie in diesem Augenblick, während sie auf der hinteren Veranda auf Olivia warteten, die sich umzog: »Ich muss mit dir reden.«

Ben nickte. »Ich glaube, ich weiß, was du sagen willst.«

Ihr Herz schien in höhere Sphären aufzusteigen. »Wirklich?«

»Ja. Ich gebe zu, dass ich die Idee mit dem Kurs anfangs für eine Schnapsidee gehalten habe. Ich weiß, du meinst es gut, und ich bin dir auch dankbar dafür. Jedenfalls habe ich darüber nachgedacht, lange nachgedacht, und, na ja, ich habe beschlossen, mich für den Kurs anzumelden.«

Ruth brauchte ein paar Sekunden, um diese unerwartete Wendung zu verarbeiten. Er hatte ganz offensichtlich nicht das Gleiche gedacht wie sie. Aber er würde den Kurs im Fine Arts Work Center besuchen, und das bedeutete, er würde länger bleiben.

Ihm jetzt ihre Gefühle zu gestehen wäre unklug, entschied sie. Wenn er es sich nun anders überlegte, weil sie ihn mit ihrem Geständnis verschreckte? Nein, lieber nichts überstürzen. Zumal der Feiertag bevorstand. Ben musste sich an die guten Zeiten erinnern, ihre besten Zeiten! An einem vierten Juli hatten sie das erste Mal miteinander geschlafen, in der Stadt, in der sie sich ineinander verliebt hatten.

Doch als sie dann zu der Party kamen, lief alles schief.

Ruth hatte sich Cocktails und ein lockeres Beisammensein am Wasser vorgestellt. Amelia, Rachel, Luke und all die anderen, die sich seit Ewigkeiten kannten, würden ungezwungen miteinander plaudern, und Ben, der neu unter ihnen war, würde sich an sie, Ruth, halten. Sie hatte sich Augenblicke inniger Zweisamkeit ausgemalt.

Doch Lidia hatte Picknicktische aufstellen lassen, und als der Abend hereinbrach, suchte sich jeder einen Platz und blieb dort sitzen. Ruth, die sich zwischen Tito und Bianca wiederfand und somit doppelt gestraft war – Ben saß weit weg, und Titos Nähe machte sie befangen –, überlegte, wie sich diese höchst unerfreuliche Sitzordnung ändern ließ.

Nachdem sie ihre Verabredung zum Abendessen abgesagt hatte, hatte sie Tito nur ein einziges Mal getroffen – bei Lidia, die sie auf einen Kaffee eingeladen hatte.

Ruth wusste nicht, ob seine Anwesenheit rein zufällig war oder ob Lidia sie beide verkuppeln wollte, jedenfalls war es für beide eine peinliche Situation gewesen. Als Tito sich verabschiedete, meinte er beim Hinausgehen: »Sagen Sie mir Bescheid, wenn Sie mal wieder Lust haben, mit rauszufahren.«

Doch jetzt war keine Rede mehr von einem Bootsausflug oder einer anderen gemeinsamen Unternehmung. Sie plauderten über Belanglosigkeiten: das Wetter, den Festumzug, Marcos Seetang. Dann, nach dem zweiten oder dritten Glas Sangria, fasste sich Ruth ein Herz und sagte: »Ich muss mich bei Ihnen entschuldigen.«

Er schaute aufs Wasser hinaus. »Ich wüsste nicht, wofür.«

»Auf dem Boot haben Sie gesagt, Sie hätten nie geheiratet, weil das Leben auf See ein egoistisches sei. Eine kluge Erkenntnis. Sie schleppen nicht allzu viele Altlasten mit sich herum, wenn Sie heute jemanden kennenlernen. Ich leider schon.«

»Die meisten Menschen schleppen Altlasten mit sich herum, Ruth. Das ist nicht tödlich.«

»Sicher. Aber mir ist bewusst geworden, dass ich einiges erst aufarbeiten muss, bevor ich weitergehen kann. Ich hatte immer schrecklich viel gearbeitet, da war es leicht, alles wegzupacken, damit es aus den Augen ist. Aber jetzt, wo mein Leben langsamer wird, muss ich mich dem stellen. Ich habe die Stunden mit Ihnen genossen, und so sehr ich gern mehr Zeit mit Ihnen verbringen würde, wäre das Ihnen gegenüber nicht fair, weil ich nicht die Frau sein kann, die Sie verdient hätten. Ergibt das einen Sinn?«

»Ich höre das zwar nicht gern, aber ja, es ergibt einen Sinn.«

Sie streckte ihm die Hand hin. »Freunde?«

Er schlug ein. »Freunde.«

Glühwürmchen schwebten über dem Tisch. Es war dunkel geworden, bald würde das Feuerwerk beginnen.

Bianca stand auf. »Ich geh zum Pier und schau mir das Feuerwerk von dort an.«

»Von hier kannst du es auch sehen«, sagte Tito.

»Vom Pier hat man einen besseren Blick.«

»Der Blick ist von hier genau der gleiche«, brummte Lidia, die auf der anderen Seite des Tischs saß.

»Jeder so, wie er mag.« An Ben gewandt fügte Bianca hinzu: »Hätten Sie Lust, mich zu begleiten?«

Zu Ruths Entsetzen erhob sich Ben. »Sicher, warum nicht?«

Warum nicht? Ruth fiel spontan ein halbes Dutzend Gründe ein, die dagegensprachen, angefangen von dem Umstand, dass er mit seiner Familie hier war. Doch als sie sich umschaute, konnte sie Olivia nirgends entdecken. Offenbar teilte Ben ihre nostalgischen Gefühle für diesen ganz besonderen Tag nicht. Sie hätte sich zum Narren gemacht, wenn sie ihm ihre Gefühle gestanden hätte! Hätte sie ihn doch nur nicht zum Bleiben überredet!

Ihre Hand zitterte, als sie nach ihrem Glas griff. In diesem Moment schob sich Clifford Henry auf den Platz, auf dem Bianca gesessen hatte.

»Ich will schon den ganzen Abend mit Ihnen reden. Ich habe gute Nachrichten.«

Ruth hielt den Blick gesenkt und nickte nur. Wieso

war Ben mit Bianca mitgegangen? Mit dieser grässlichen Person! Sogar ihr eigener Bruder hielt sie für einen furchtbaren Menschen. Und Ben sah das nicht? Fand er sie attraktiv? War sie attraktiv?

»Erde an Ruth!« Clifford schnippte mit den Fingern vor ihrem Gesicht.

Sie schaute auf. »Entschuldigung. Was meinten Sie?«

»Ich glaube, ich habe etwas für Sie. Ein perfektes, grandioses Traumhaus! Wenn Sie das richtige Angebot unterbreiten, können Sie zum Labor Day einziehen.«

»Wirklich?«

Er nickte grinsend und erhob sein Glas, um mit ihr anzustoßen.

»Ich kann es kaum erwarten, es zu sehen!« Wie lautete doch gleich diese alte Weisheit: »Wenn sich eine Tür schließt, öffnet sich eine andere.« Ihr Haus! Sie würde es doch noch bekommen.

Sie schienen ganz allein am Kai zu sein.

Olivia hatte das Gefühl, dass alles andere buchstäblich in den Hintergrund trat, immer öfter, wenn sie mit Marco zusammen war. An einem Abend wie diesem wünschte sie, Provincetown wäre nicht so … Provincetown-mäßig. Alle feierten zusammen, so war es üblich. Sie hatten sich davongestohlen, um wenigstens einen Moment allein zu sein.

So ging das schon die ganze Zeit. Sie trafen sich heimlich, wie zwei Teenager, immer in seiner Wohnung, nie in Shell Haven oder einem Restaurant. Sie hatten sich stillschweigend darauf geeinigt, weil sie den Leuten keinen Gesprächsstoff liefern wollten. Schließlich war das nur eine harmlose Liebelei. Nichts Ernstes. Nichts Weltbewegendes.

Und trotzdem konnten sie ihre Hände nicht voneinander lassen.

Hinter dem Haus, inmitten von Mannys Werkzeug, zog Marco sie an sich und küsste sie. Der Lärm von der Party drang gedämpft zu ihnen. Olivia vergewisserte sich mit einem flüchtigen Blick Richtung Wasser, dass niemand unterwegs war, der sie möglicherweise beobachten konnte.

Marco spürte ihr Unbehagen. »Was hältst du davon, wenn wir zu mir gehen und uns das Feuerwerk von dort aus anschauen?«

Äh … super Idee! »Einverstanden. Geh du vor. Wir treffen uns vor dem Haus.«

Marco hatte sich eine Souterrainwohnung in einem 1870 erbauten Queen-Anne-Haus in der Franklin Street gemietet, das Freunden seiner Familie gehörte. Das Apartment war klein, doch das störte ihn nicht, weil er sich sowieso kaum dort aufhielt. Da seine Mutter jeden Abend für ihn kochte, brauchte er nicht einmal die Miniküche zu benutzen. Olivia zog ihn damit auf.

»Du bist ja nur neidisch«, sagte er.

»Da könntest du recht haben.«

Sie hatte ihm von ihrem komplizierten Verhältnis zu ihrer Mutter erzählt, und er hatte ihr gestanden, dass seine Gefühle von Zuneigung und Loyalität und Verantwortung seinen Eltern gegenüber zuweilen nicht minder kompliziert waren. »Ich möchte, dass mein Vater bald in den Ruhestand gehen kann. Ich sehe es als meine Pflicht an, ihm das zu ermöglichen.«

Aufgrund seines enormen Verantwortungsbewusstseins wirkte Marco älter, als er tatsächlich war. Sie dachte an die Männer, mit denen sie in Manhattan eine Affäre gehabt hatte und an deren Work-hard-play-hard-Mentalität. Dass man nicht nur hart arbeiten, sondern sich auch amüsieren und das Leben genießen sollte, war offenbar noch nicht bis zu Marco durchgedrungen.

Dabei konnte man durchaus Spaß mit ihm haben. Er hatte so viel Freude am Wasser, an seiner Arbeit, der Produktion von Nahrungsmitteln und an der Verwurzelung seiner Familie in dieser Stadt. Er gab Olivia das Gefühl, lebendig zu sein. Durch ihn hatte sie gelernt, wie befriedigend körperliche Arbeit war. Einen Tag lang Austernkäfige zu säubern war eine anstrengende und unangenehme Tätigkeit, aber danach fühlte sie sich weder gestresst noch von Ängsten geplagt wie während ihrer Bürotätigkeit. Sie konnte nachts besser schlafen, und ihre Konzentrationsfähigkeit hatte zugenommen. Manchmal wusste sie nicht, wo ihre Begeisterung für dieses neue Leben aufhörte und ihre Liebe zu Marco begann. Denn sie war tatsächlich im Begriff, sich in ihn zu verlieben, auch wenn sie das nicht zugeben würde. Es spielte ja auch keine Rolle. Provincetown war eine kleine Verschnaufpause von der chaotischen Realität ihres New Yorker Lebens. Provincetown war nicht real. Warum sich also mit realen Gefühlen abgeben?

Marco würde nicht darauf drängen, ihre Beziehung zu vertiefen. Er hatte ihr von jenem Flirt erzählt, der, anstatt mit dem Sommer zu enden, zu einer Verlobung und dann zu einem gebrochenen Herzen geführt hatte. Es war schwer, ihn sich so romantisch, so verletzlich vorzustellen. Er war ein nüchterner, vernünftiger Mensch. Genau das mochte Olivia an ihm.

Das Haus in der Franklin Street lag dunkel und verlassen da. Alle hatten sich aufgemacht, um sich das Feuerwerk anzusehen. Marco ergriff ihre Hand, als er die Stufen zu seiner Wohnung hinunterging. Er steckte den Schlüssel ins Schloss, drehte sich dann aber zu Olivia und sagte: »Wir sollten rauf aufs Dach, von dort haben wir den besten Blick.«

»Und wie kommen wir da hoch?«

»Komm mit.« Er ging mit ihr ums Haus herum zum Vordereingang.

Drinnen stiegen sie die Treppe bis zum dritten Stock hinauf. Ein Witwengang führte rings um das Dach herum. Inzwischen war es Nacht geworden, Sterne funkelten am dunklen Himmel, und vor ihnen lag das von den Lichtpunkten der Boote gesprenkelte schwarze Meer. Olivia hatte das Gefühl, am Rand des Universums zu stehen.

Der erste Feuerwerkskörper fuhr zischend in die Höhe und explodierte in Rot und Weiß und Blau wie Konfetti. Kein günstiger Zeitpunkt für eine Unterhaltung. Ganze Feuerwerksbatterien knallten los, erleuchteten den Himmel in allen Farben und malten fantasievolle Formen in die Dunkelheit. Marco hatte einen Arm um Olivias Schultern gelegt, ihre Hüften berührten sich, während sie dastanden und die Vorstellung bewunderten. Schließlich das große Finale: ein Smiley, ein Herz, eine amerikanische Flagge.

Als Stille einkehrte und der Himmel wieder in Dunkelheit getaucht war, zog Marco spielerisch an ihrer Hand, bis sie ihm das Gesicht zuwandte.

»Und was machen wir jetzt?«, fragte er.

»Wir stehen hier auf dem Dach.«

»Du weißt, was ich meine. Diese ganze Heimlichtuerei …«

Sie trat einen kleinen Schritt zurück. Jetzt kam es also doch, das tiefsinnige Gespräch. Dabei war sie so sicher gewesen, dass man es hätte vermeiden können. Sie amüsierten sich, sie hatten eine heiße Affäre ohne irgendwelche Verpflichtungen, und jetzt …

»Ich habe unheimlich viel Spaß, Marco. Du nicht?«

»Und ob! Und ich bin so froh, dass wir uns einig sind und nicht an die große Glocke hängen, dass wir was miteinander haben.«

Als er das sagte, merkte sie, dass sie sich das tiefsinnige Gespräch doch wünschte. Sie wollte von ihm hören, dass es Zeit war, allen von ihrer Beziehung zu erzählen.

»Ja, wozu auch?«, murmelte sie.

»Eben. Du wirst bald wieder nach Hause fahren. Ich lasse mich nicht mit einer Touristin ein. Kein Mensch würde das verstehen. Meine Mutter, deine Mutter … ich meine, kannst du dir das vorstellen? Die beiden würden sofort unsere Hochzeit planen!«

Er grinste, und sie zwang sich zu einem gequälten Lachen. »Genau!« *Ich lasse mich nicht mit einer Touristin ein.*

Er küsste sie. Irgendwo explodierten noch Feuerwerkskörper. Oder bildete sie sich das nur ein?

Kapitel vierzig

Die Szene in Lidias Küche erinnerte Ruth an ihre eigenen Partys, früher, in dem Haus in Cherry Hill, als Olivia noch klein war und im Sommer Ruths Familie und ihre Schwiegereltern zum Grillen kamen. Genau wie Lidia hatte sie Pappteller benutzt, in der irrigen Annahme, dass es dann weniger Geschirr abzuwaschen gäbe. Und trotzdem hatten sich die schmutzigen Teller jedes Mal in der Spüle und auf der Arbeitsfläche gestapelt.

»Ruth, bitte, lass das doch, ich mach das schon«, sagte Lidia, bis zu den Ellbogen im Spülwasser.

»Das macht mir nichts aus, ich helfe gern.« Auf diese Weise brauchte sie wenigstens nicht mit anzusehen, wie Ben und Bianca sich angeregt unterhielten. Was fand Ben nur an dieser Frau? Hatte er immer noch nicht kapiert, wie unausstehlich sie war? Als sie nach einem fettigen Backblech griff, fiel ihr Blick auf die kleine Wunde an ihrer linken Hand – sie hatte sich bei der Seifenherstellung verbrannt. »Hast du irgendwo ein Pflaster? Ich hab mich verbrannt, ich glaube, es wär besser, wenn ich was drüber klebe, damit die Wunde nicht nass wird.«

Als Lidia daraufhin wieder zu protestieren begann, sie solle sich doch lieber draußen hinsetzen, anstatt ihr hier drin zu helfen, sagte Ruth: »Lidia, bitte! So habe ich wenigstens eine Ausrede, damit ich meinem Exmann aus dem Weg gehen kann. Es war ein Fehler, ihn einzuladen.«

»Na schön. Wenn das so ist. Sieh doch mal im Bad im zweiten Stock nach. Wenn da keins ist, dann bestimmt im Wäscheschrank im Flur.«

Ruth stieg die Treppe hinauf. Sobald es in der Küche nichts mehr für sie zu tun gab, würde sie nach Hause gehen, auch wenn die Party noch in vollem Gange war. Wozu noch bleiben? Olivia war verschwunden, Ben anderweitig beschäftigt. Sie genoss zwar die Gesellschaft ihrer Freunde und die Gespräche mit ihnen – sie hatten beschlossen, sich zu duzen –, aber im Wesentlichen war der Abend eine Enttäuschung gewesen. Nicht ein einziger Moment als Familie. Jedenfalls nicht für sie.

Eine Frauenstimme ließ sie zusammenfahren. Sie kam aus einem der Schlafzimmer. Zuerst dachte sie, ein Pärchen habe sich für ein Schäferstündchen zurückgezogen, weil die Frau sagte: »Ich hab dich so lieb!« Doch dann hörte sie ganz deutlich das Gurren eines Babys, so wie Mira es seit Neuestem machte.

Die Tür war nur angelehnt. Ruth schlich auf Zehenspitzen näher heran, lauschte und spähte dann durch den schmalen Spalt ins Zimmer. Sie sah Jaci mit Mira im Arm auf der Bettkante sitzen und mit einem Finger zärtlich an dem kleinen Gesicht entlangfahren, während sie das Baby liebevoll betrachtete.

So liebevoll, wie nur eine Mutter das tut.

Das Feuerwerk war vorbei, und unter den Gästen war vorübergehend Stille eingekehrt. Jeder hing seinen eigenen Gedanken nach. Elise, die nah am Wasser gestanden hatte, ging langsam zum Haus zurück. Plötzlich hörte sie Fern sagen – zu wem, wusste sie nicht: »Besser spät als nie!«

Elise schaute auf und fragte sich unwillkürlich, ob sie Fern kraft ihrer Gedanken herbeibeschworen hatte.

Minuten vergingen, bis Fern sich ihren Weg durch die Menge gebahnt, alle begrüßt, mit jedem ein paar Worte gewechselt hatte. Dann endlich stand sie vor Elise.

»Das Feuerwerk hab ich anscheinend verpasst«, sagte sie, die Hände in den Taschen ihrer Jeans. Sie trug ihre Arbeitskleidung, das Tea-by-the-Sea-T-Shirt; so würde sie normalerweise nicht auf eine Party gehen.

»Ich hab dich vermisst«, erwiderte Elise spontan. In der verzwickten Situation, in der sie sich befanden, war das nicht besonders hilfreich, aber es war die Wahrheit, auch wenn die Bruchstelle in ihrer Beziehung dadurch nicht gekittet wurde. »Ich dachte, du würdest nicht kommen.«

»Lass uns irgendwohin gehen, wo wir reden können«, sagte Fern.

Sie schlenderten bis ganz ans Ende der Anlegestelle, ohne zu sprechen, ohne sich zu berühren, und Elise dachte: *Das war's. Es ist aus.* Sie dachte an Mira, die sie in Jacis Obhut zurückgelassen hatte, und daran, dass sie es auf zweierlei Arten versucht hatte: Zuerst hatte sie sich für Fern entschieden, dann für das Baby, und beides würde eine riesige Lücke in ihrem Leben hinterlassen. Früher, als sie jung war, hatte sie geglaubt, im Leben gehe es darum zu lernen, wie man etwas erreicht. Aber jetzt fragte sie sich, ob es nicht vielmehr darum ging, wie man sich von so manchem trennte.

Fern griff nach ihrer Hand. »Ich habe dich auch vermisst.«

Die Erleichterung, die Elise überkam, verschlug ihr regelrecht den Atem. »Du hast mir wirklich gefehlt, ich will mit dir zusammen sein.« Aber weil das gesagt werden musste, fügte sie hinzu: »Ich will aber auch Mutter sein.«

Fern nickte. »Das sollst du auch.«

Was genau meinte sie damit? *Das sollst du auch, und du kannst auf mich zählen, damit dein Wunsch in Erfüllung geht*? Oder: *Das sollst du auch, aber nur wenn es unser Leben nicht allzu sehr durcheinanderbringt*? Oder: *Das sollst du auch, aber ich für mich möchte es nicht mehr*?

Elise legte die Arme um sie. »Ich liebe dich. Ich weiß nicht, wie ich das ohne dich schaffen soll.«

»Wir finden eine Lösung«, versicherte Fern.

Diesen Satz hatte sie schon oft von ihr gehört: als ihre Eltern gegen ihre Beziehung waren; als sie ihr Leben in Boston aufgeben wollten, um in P'town neu anzufangen; als sie ein Haus für sich suchten; als sie sich ein Baby wünschten und diesen Traum schließlich begruben. Dieser Satz war für Elise eine Art Talisman gewesen: Wenn Fern sagte, dass sie eine Lösung finden würden, dann fanden sie eine. Doch das Leben hatte gezeigt, dass Fern sich auch irren konnte, und so hatten die Worte ihren Zauber eingebüßt.

Ja, sie wollte, dass Fern wieder nach Hause kam. Und dennoch fragte sie sich, als sie Händchen haltend und von dem Wunsch nach einem Neuanfang beseelt zu den anderen zurückgingen, ob nicht nur die Worte ihren Zauber verloren hatten.

Ruth trat von der Tür zurück und lehnte sich mit klopfendem Herzen an die Wand. Das war doch nicht möglich! Und doch passte plötzlich alles: Jacis Ankunft bei ihren Eltern, und zur gleichen Zeit wurde das Baby auf der Veranda ausgesetzt. Hinzu kam ihr brennendes Interesse an Mira, sodass sie sich lieber in Shell Haven aufhielt als bei ihrer eigenen Familie. Das bedeutete also … was? Dass sie ihre Schwangerschaft verschwiegen hatte, mit dem Säugling nach Provincetown gefahren war und es dann ausgesetzt hatte? Das war doch absurd. Und, falls es sich so zugetragen hatte, unglaublich verantwortungslos. Andererseits war Jaci streng genommen selbst noch ein halbes Kind.

Ruth rechnete kurz nach. Mira war Anfang Mai zur Welt gekommen. Jaci musste also Ende letzten Sommers, bevor sie aufs College ging, oder ganz am Anfang ihres ersten Studienjahrs schwanger geworden sein, ihre Schwangerschaft den Winter über geheim gehalten und ein paar Wochen vor ihrer Rückkehr nach Provincetown entbunden haben.

Mira krähte vergnügt.

»Lächle doch mal«, sagte Jaci leise. »Elise hast du doch auch angelächelt, nicht wahr? So ein süßes Lächeln …«

Ruth holte tief Luft und stieß die Tür auf. Jaci guckte erschrocken auf, fasste sich aber schnell wieder.

»Oh, hey, Ruth. Ich dachte, ich wär allein im Haus.«

Ruth trat ins Zimmer. »Darf ich mich einen Moment zu dir setzen?«

»Äh, ich wollte gerade wieder raus zu den anderen. Ich bin mit der Kleinen nur rein, weil die Feuerwerksknallerei viel zu laut für sie war.«

»Das war sehr rücksichtsvoll von dir.«

»Ach was«, wehrte Jaci ab und zuckte mit den Schultern. »Das Feuerwerk ist doch jedes Jahr das gleiche.«

Ruth setzte sich zu ihr und berührte sie am Arm. »Jaci, ist das dein Baby?«

»Was? Nein, natürlich nicht!«

Ruth schaute ihr in die Augen, und Jaci hielt ihrem Blick stand, äußerlich ganz ruhig und gelassen und überzeugend. Wie jemand, der sich auf diese Frage vorbereitet hatte. Wie jemand, der alles genau durchdacht hatte.

Doch wie stets, wenn die Wahrheit ans Licht kommt, passte plötzlich eins zum anderen. Ruth entdeckte weitere Hinweise. Sie brauchte Mira nur anzusehen, um die Ähnlichkeit mit Lidia zu erkennen. Sie hatte die dunklen Augen der Barros' und Lidias Grübchen am Kinn. Wieso war das niemandem aufgefallen? Sah man nur, was man sehen wollte, selbst wenn die Wahrheit so offenkundig war? »Jaci, ich bin dir nicht böse, aber so kann es nicht weitergehen. Das nimmt sonst ein schlimmes Ende.«

Jacis Augen füllten sich mit Tränen. Ruth nahm sie in die Arme. »Alles wird gut, du wirst sehen«, sagte sie tröstend.

»Nein!« Jaci machte sich los. »Nichts wird gut, wenn Sie irgendjemandem davon erzählen! Ich habe das einzig Richtige getan. Sie sind nicht von hier, Sie verstehen das nicht. Und außerdem geht Sie das nichts an.«

»Du hast deine Tochter auf meiner Veranda zurückgelassen, deshalb geht mich das sehr wohl etwas an.«

»Ich hatte doch keine Ahnung, dass Fern und Elise das Haus vermietet hatten! Das gehörte nicht zu meinem Plan!«

»Und was genau war dein Plan?«

Jaci schniefte. Ruth riss ein Papiertuch aus der Schachtel auf dem Nachttisch und gab es ihr.

»Das liegt doch auf der Hand, oder? Ich meine, ich kann unmöglich ein Baby haben. Nicht jetzt. Ich muss noch drei Jahre aufs College. Ich will nicht bei meinen Eltern wohnen müssen und mein Kind hier großziehen. Ich will wie Olivia sein, ich will nach New York ziehen und Karriere machen. Und Elise und Fern wünschen sich seit Jahren ein Baby. Ich war an dem Nachmittag da, als Elise ihre zweite Fehlgeburt hatte. Sie wünscht sich ein Baby mehr als alles auf der Welt. Also habe ich ihr meins gegeben. Damit ist uns beiden geholfen.«

»Jaci, du kannst ein Baby nicht einfach verschenken. Das hat rechtliche Konsequenzen. Emotionale Konsequenzen. Was ist mit dem Vater? Weiß er davon?«

Jaci wischte sich mit einem Zipfel ihres T-Shirts über die Augen. Ihre Wimperntusche hinterließ einen schmuddeligen Fleck auf dem Stoff. »Ich soll abtreiben, hat er gemeint. Meine Familie ist katholisch, da ist Abtreibung keine Option. Ich könnte nicht damit leben.«

»Nun, er hat eine Verantwortung dem Kind gegenüber. Er kann nicht einfach …«

»Ruth, bitte! Ich werde ihn nie wiedersehen. Das ist alles schon schlimm genug. Ich will nicht mehr darüber reden.«

Ruth seufzte. Schön, das ging sie nun wirklich nichts an. Das war Lidias Aufgabe. »Was ist mit deiner Mutter? Ich kenne sie zwar noch nicht so lange, aber ich bin überzeugt, dass sie sich mit Freuden um ihre Enkelin kümmern würde.«

Jaci schüttelte den Kopf. »Meine Mutter darf nichts davon erfahren. Ich habe mir geschworen, dass ich meine Eltern nicht damit belasten werde. Sie haben ihr ganzes

Leben lang hart gearbeitet, damit sie finanziell abgesichert sind. Mein Dad will bald in den Ruhestand gehen. Ich kann ihnen nicht zumuten, dass sie wegen des Babys praktisch noch mal von vorn anfangen müssen. Versprechen Sie mir, dass Sie meiner Mutter nichts sagen werden! Das würde sie nur verletzen. Und viele andere Menschen auch.«

»Jaci, du hast bereits einige unglücklich gemacht mit deiner Entscheidung! Weißt du, dass Elise und Fern sich so gestritten haben, dass Fern ausgezogen ist?«

Jaci wurde blass. »Elise und Fern kriegen das schon wieder hin«, erwiderte sie, als sie sich gefasst hatte. »Das schaffen sie immer.«

Ruth wusste nicht mehr, was sie noch sagen sollte. Jaci stand auf, legte sich das Baby an ihre Schulter und ging im Zimmer auf und ab.

»Ich geh wieder zu den anderen«, sagte sie nach einer kleinen Weile. In der Tür drehte sie sich noch einmal um. »Bitte, Ruth, ich flehe Sie an – mischen Sie sich da nicht ein! Das würde uns allen nur Kummer bringen. Ich mache das Richtige. Sie werden schon sehen.«

Kapitel einundvierzig

Lag es an der ausgelassenen Stimmung des Feiertags? Oder an Lidias Sangria? Oder wollte Olivia herausfinden, wie es war, neben Marco aufzuwachen? Jedenfalls stahl sie sich zum ersten Mal nicht mitten in der Nacht davon, um nach Shell Haven zurückzukehren.

Es war noch früh, als sie die Augen aufschlug. Sie schaute sich im Zimmer um, dessen spärliche, aber geschmackvoll-funktionelle Einrichtung seinen Bewohner perfekt widerspiegelte. Am Fußende des Betts stand eine antike Truhe, an der Decke hing ein großer Ventilator, und ein mit Taschenbüchern vollgepacktes Regal nahm eine ganze Wand ein.

Marco regte sich im Halbschlaf und streckte die Hand nach ihr aus. Sie rutschte näher an ihn heran und küsste ihn leicht auf die Wange. Auf der einen Seite wünschte sie, er würde aufwachen, damit sie sich unterhalten konnten, und auf der anderen, dass dieser Moment nie vorbeiging, weil sie so tun konnte, als ob jenseits dieser Wände nichts existierte. Es gab nur sie beide in ihrem kleinen Versteck.

Plötzlich klopfte es.

Marco rührte sich nicht. Olivia schüttelte ihn sanft und flüsterte: »Da ist jemand an der Tür.«

»Wie spät ist es?«, murmelte er.

»Keine Ahnung. Früh.«

Er setzte sich auf, küsste sie, stieg in seine Boxershorts, streifte ein T-Shirt über und taumelte verschlafen zur Tür. »Möchte bloß wissen, was das für ein Irrer ist um diese Zeit.«

»Warum gehst du nicht ans Telefon?«, fuhr Lidia ihn an, kaum dass er die Tür geöffnet hatte. Ihre Stimme klang panisch.

Olivia fuhr senkrecht hoch und riss die Bettdecke an sich, sodass sie ihren nackten Oberkörper bedeckte.

»Ich hab geschlafen. Was ist denn los?«

»Kann ich reinkommen? Ich will nicht, dass die Nachbarn mithören.«

Marco warf einen flüchtigen Blick über die Schulter. Olivia riss die Augen auf. Er wandte sich wieder seiner Mutter zu. »Das ist jetzt nicht so günstig, Ma.«

»Nicht so günstig? Es handelt sich um einen Notfall in der Fam … oh. *Oh!* Ist jemand bei dir?«

Olivia sammelte hektisch ihre auf dem Boden verstreuten Sachen auf und zog sich ihr Sommerkleid über.

Marco trat hinaus und schloss die Tür hinter sich.

Olivia blieb einen Moment auf der Bettkante sitzen. Das war doch lächerlich! Sie kam sich vor wie ein Schulmädchen, das dabei ertappt worden war, wie es sich ins Zimmer seines Freundes schlich. Sie hatte es vermutlich verdient, dass sie sich so fühlte. Auf einmal erschien ihr diese ganze Heimlichtuerei kindisch.

Sie stand auf, holte tief Luft, öffnete die Tür und stand barfuß und mit strubbeligen Haaren im hellen Sonnenschein. Lidia klappte der Unterkiefer herunter. »Oh! Guten Morgen, Olivia.«

Marco blickte betreten drein.

»Guten Morgen. Was ist denn passiert?«

»Jaci. Das ist passiert. Sie packt ihre Sachen und will wieder weg.«

»Heute?«, fragte Olivia verdutzt.

»Ja, heute! Sie will nicht sagen, warum sie es auf einmal so eilig hat. Eigentlich wollte sie den Sommer über bleiben. Ich weiß nicht, was in sie gefahren ist.«

»Beruhige dich, Ma. Ich werde mit ihr reden.«

»Dein Vater ist außer sich! Sie will sich auf keine Diskussion einlassen«, fuhr Lidia fort, als hätte sie ihn nicht gehört.

»Vielleicht sollte ich mit ihr reden«, sagte Olivia. Sie hatte immer noch ein schlechtes Gewissen, weil sie Jaci praktisch geraten hatte, ihr eigenes Leben zu leben, ohne Rücksicht auf ihre Familie. Da hatte sie die Barros' noch nicht gekannt. Da hatte sie *Marco* noch nicht gekannt und sich in ihn verliebt. Und, auch das, da hatte sie ihr Verhältnis zu ihrer eigenen Mutter noch anders, unnachgiebiger, bewertet als heute. »Ich meine, ich bin eine objektive Außenstehende, auf mich würde sie vielleicht hören. Sie findet mein, äh, Leben in New York total spannend, und ich habe das Gefühl, dass ihr Entschluss damit zusammenhängt. Sie ist hin- und hergerissen zwischen ihrem Leben hier mit euch und ihrem Wunsch, eines Tages Karriere zu machen.«

Lidia schloss die Augen und rieb sich die Stirn. »Versuchen Sie's. Schaden kann es sicher nicht.«

»Ich weiß nicht, ob das eine gute Idee ist«, sagte Marco zweifelnd.

»Es ist einen Versuch wert«, erwiderte Olivia. »Vertrau mir.«

»Ich wäre Ihnen wirklich dankbar, wenn Sie mit ihr sprechen würden, Olivia«, sagte Lidia. »Wollen Sie mich gleich begleiten?«

»Ma, gib uns eine Sekunde, okay?« Marco nahm Olivia bei der Hand und zog die Tür hinter sich zu, als sie in der Wohnung waren. »Du brauchst dich da nicht einzumischen.«

»Ich möchte es aber.«

»Ich finde es toll, dass du helfen willst, aber …«

»Was soll da schieflaufen, Marco? Ich geh mit deiner Mutter zu euch nach Hause, rede mit Jaci, und dann sehen wir, was geschehen wird.«

Sie sahen sich an. In diesem Blick lag etwas, das nichts mit Jacis Drohung, Provincetown zu verlassen, zu tun hatte, oder mit der Frage, wer von ihnen mit ihr reden sollte. Es war eher die stillschweigende Übereinkunft darüber, dass das, was zwischen ihnen war, mehr war als nur ein amüsanter Urlaubsflirt.

»Also gut«, sagte Marco. »Sprich mit ihr.«

*

Nach einer unruhigen Nacht, in der Ruth hin und her überlegt hatte, was sie mit ihrem brisanten Wissen anfangen sollte, war sie zu dem Schluss gelangt, dass sie mit jemand darüber sprechen musste. Und sie wusste auch schon ganz genau, mit wem.

Das Beach Rose Inn machte einen verschlafenen Eindruck. Niemand saß auf der Veranda, und Molly war auch nirgends zu sehen. Erst als Ruth die Stufen hinaufgegangen war, entdeckte sie den handgeschriebenen Zettel am Eingang: *An die Teilnehmerinnen des Mosaikkurses – kommt direkt ins Atelier im dritten Stock!*

Ruth warf einen Blick auf ihr Handy. Wann fing der Kurs denn noch mal an? So früh jedenfalls nicht. Mit etwas Glück würde sie Amelia allein erwischen.

Drinnen duftete es nach frisch aufgebrühtem Kaffee. Auf einem Beistelltisch standen weiße Thermoskannen und Beach-Rose-Inn-Becher. Ruth hatte sich nicht einmal Zeit für einen Kaffee genommen, als sie Shell Haven in aller Eile verlassen hatte. Sie schenkte sich einen Becher ein und ging in die Küche. Niemand da.

Vielleicht war Amelia bereits oben in ihrem Atelier. Ruth stieg über die hintere Treppe in den dritten Stock hinauf. Sie kam sich wie eine Einbrecherin vor, als sie durch das stille Haus tappte. Es war wie in einem Traum. Sie wünschte in diesem Augenblick, sie hätte die Begegnung mit Jaci Barros nur geträumt.

Die Tür zum Atelier stand weit offen. Amelia saß an dem großen Tisch und ordnete Bruchstücke von Fliesen auf einer Skizze an. Ruth klopfte an den Türrahmen. »Darf ich stören?«

Amelia lehnte sich zurück. »Sie stören überhaupt nicht. Nur hereinspaziert! Schön, dass es noch andere gibt, die um diese Zeit schon frisch und munter sind.«

»Na ja, frisch und munter würde ich es nicht unbedingt nennen.« Ruth zog sich einen Stuhl heran und stellte ihren Becher auf den Tisch, weit genug entfernt von Amelias Materialien. »Wir haben Sie vermisst bei den Barros'.«

Amelia seufzte. »Ich habe nicht mehr so viel Energie wie früher. Rachel besteht darauf, dass ich mich schone.

Ich gebe es zwar nicht gern zu, aber ich bin glücklich, wenn ich mich abends gegen sieben in mein Schlafzimmer zurückziehen kann. Ich stehe vor Tagesanbruch auf, wissen Sie. Da ist der Tag lang, aber produktiv. Habe ich gestern etwas verpasst?«, fragte sie lächelnd.

Das war ihr Stichwort. Warum sollte sie sich zurückhalten? Schließlich war sie deshalb hergekommen – um sich Amelia anzuvertrauen. Das war das einzig Richtige. In einem Punkt hatte Jaci nämlich recht: Sie war nicht von hier. Sie war eine Zugereiste, die weder den Ort noch seine Menschen in allen ihren Feinheiten verstand. Sie kannte die Regeln nicht. Amelia dagegen schon.

»Eigentlich haben wir alle etwas verpasst«, antwortete sie zögernd. »Ich habe gestern Abend herausgefunden, dass Jaci die Mutter von Mira ist.«

Amelia nickte nur, wandte sich wieder ihrer Skizze zu und tauschte einen blauen Stein gegen einen orangenen. Kein überraschtes oder erschrockenes Schnappen nach Luft, keine aufgerissenen Augen, keine Bestürzung, null Empörung.

»Das scheint Sie nicht sonderlich zu überraschen?«, fragte Ruth verwundert.

»Abgesehen von meinen Mosaiken habe ich in den letzten Wochen noch andere Puzzles zusammengesetzt.«

Es dauerte eine Sekunde, bis Ruth begriffen hatte. »Sie haben es gewusst?«

Amelia nickte. »Nicht von Anfang an. Aber ich habe ziemlich schnell eins und eins zusammengezählt.«

»Aber … wie?«

»Nun, erst einmal hatte sich Jaci seit letztem Winter merkwürdig benommen. Sie wollte über Weihnachten nicht nach Hause kommen, weil sie die Festtage angeblich mit der Familie ihrer Mitbewohnerin verbrachte. Lidia war am Boden zerstört. Dann bot sie ihrer Tochter an, sie an ihrem Geburtstag im Februar zu besuchen, aber Jaci hatte alle erdenklichen Ausreden parat, warum das nicht möglich sei. Lidia war überzeugt, dass ihre Tochter sich jetzt, wo sie ein vornehmes College besuchte, für ihre Familie schämte. Was hätte ich sagen sollen? So was passiert schließlich. Und dann tauchte Jaci endlich auf – und am selben Tag haben Sie das Baby auf Ihrer Veranda gefunden.«

»Das könnte Zufall gewesen sein«, wandte Ruth ein.

»Richtig. Wenn das Baby Lidia nicht so ähnlich sehen würde.«

»Das ist mir auch aufgefallen! Ich habe mich gefragt, warum mir das so lange entgangen ist. Und wieso hat es sonst niemand bemerkt?«

»Wir sehen, was wir sehen wollen«, sagte Amelia weise.

»Und wie soll es weitergehen?«

»Ich suche bereits nach einer Lösung, damit der Schaden für alle so gering wie möglich ist. Aber ich brauche noch ein wenig Zeit. Deshalb möchte ich Sie bitten, vorläufig mit keinem Menschen darüber zu sprechen.«

Das war nicht das, was sich Ruth erhofft oder was sie erwartet hatte. Sie würde Amelias Bitte natürlich respektieren, aber als sie zurück nach Shell Haven ging, spürte sie, wie schwer das Geheimnis auf ihr lastete, obwohl sie es noch nicht einmal vierundzwanzig Stunden mit sich herumtrug. Wie sollte sie diesen Druck tage- oder gar wochenlang aushalten?

Zu Hause angekommen tat sie, was sie immer tat, wenn sie Sorgen quälten: Sie stürzte sich in die Arbeit. Sie verpackte ihre selbst hergestellten Produkte, die sich in der Küche stapelten, verzierte sie mit Schleifen und Bändern und fügte jedem ein kleines Kärtchen mit ein paar persönlichen Worten bei. Lavendelöl für Amelia, ein Meersalzpeeling für Rachel, Seifen für Lidia und Manny, eine Zitronengrasduschlotion für Jaci.

Die Zeilen für sie fielen ihr am schwersten. Und doch steckte hinter dieser Aktion einzig und allein der Wunsch, Jaci ein Zeichen der Verbundenheit zu senden.

Als sie fertig war, packte sie alles in eine Tragetasche, verließ das Haus und machte sich auf den Weg zur Werft, ihrer ersten Station.

Kapitel zweiundvierzig

Ausnahmsweise hatte Jaci Barros, das Plappermäulchen, keine Lust zum Reden.

Als Olivia hereinkam, saß sie auf dem Bett, Kopfhörer auf, den Blick auf ihr Smartphone geheftet. Ihr gepackter, aber noch offener Koffer lag mitten im Zimmer auf dem Fußboden. Sie streifte sich die Kopfhörer herunter, als sie Olivia bemerkte. »Hey, was machst du denn hier?«

»Ich hab gehört, du willst wieder weg. Da wollte ich mich von dir verabschieden. Darf ich mich setzen?«

Jaci zuckte mit den Schultern.

Olivia hockte sich auf die Bettkante. »Wieso hast du es denn auf einmal so eilig?«

»Es ist Zeit, dass ich von hier wegkomme. Du müsstest das doch verstehen, oder?«

»Hör mal, deine Mutter macht sich wirklich Sorgen, sie ist ganz durcheinander. Wie wär's mit einem Kompromiss? Bleib doch noch ein, zwei Wochen, damit sie nicht das Gefühl haben, du läufst vor ihnen weg. Was meinst du?«

Jacis Augen wurden schmal. »*Du* hast mir doch gesagt, ich hätte ein Recht auf ein eigenes Leben! Wie hast du es gleich noch mal ausgedrückt? Es tut weniger weh, wenn man das Pflaster mit einem kräftigen Ruck abreißt.«

Olivia nickte. »Stimmt, das hab ich gesagt. Aber …«

»Aber was? Jetzt, wo du was mit meinem Bruder am Laufen hast, gilt das nicht mehr?«

Olivia schaute sie verblüfft an. Dann senkte sie den Kopf und biss sich auf die Lippe. »Woher weißt du das?«

»Ich bitte dich!« Sie grinste. »Ihr beide seid nicht gerade Meister in puncto Geheimhaltung. Aber nur damit das klar ist – ich finde es echt super! Ich freu mich für euch. Es nervt mich nur, dass du jetzt auf seiner Seite bist.«

»Das bin ich nicht. Mir ist nur klar geworden, dass mein Rat falsch war.«

»Also habe ich kein Recht auf ein eigenes Leben?«

»Doch. Natürlich hast du das. Aber ich habe dabei nicht an deine Mutter gedacht, daran, wie sehr du sie verletzen würdest. Und mir ist noch etwas bewusst geworden: Man kommt nie darüber hinweg, wenn man sich mit seiner Mutter zerstritten hat.«

Jacis Augen füllten sich mit Tränen. »Ich muss aber weg von hier! Ich kann nicht bleiben!«

»Okay. Vielleicht findest du ja eine Lösung, die ihnen nicht ganz so wehtut.«

Sie schaute sich um. Ihr Blick fiel auf etwas golden Glitzerndes, das aus dem Papierkorb neben dem Schreibtisch guckte. Jetzt bemerkte sie auch den Goldflitter, der sich in einer schmalen Spur vom Bett zum Schreibtisch zog. Sie deutete mit dem Finger darauf. »Was ist das?«

»Ach, ich hab was für Carnival gebastelt. Aber das brauch ich nun nicht mehr.«

Carnival. Richtig. Das Datum war im Kalender, der in Shell Haven am Kühlschrank hing, angestrichen. Die größte Sommerveranstaltung in der Stadt.

Sie dachte daran, wie ihre Mutter es geschafft hatte, ihren Vater zum Bleiben zu überreden. Sie hatte nicht gesagt: »Bleib doch noch ein paar Wochen«, sondern: »Bleib doch wenigstens bis zum Unabhängigkeitstag« und ihm damit ein Zeitfenster geöffnet. Die Leute mochten das.

Sie stand auf, ging zum Schreibtisch hinüber und zog das Glitzerding aus dem Papierkorb. Es war eine Maske. Der Goldstaub färbte auf ihre Finger ab. »Bleib doch wenigstens bis zum Carnival.«

Jaci schüttelte den Kopf. »Geht nicht. Ich fahre heute noch.«

Olivia setzte sich wieder zu ihr aufs Bett. »Wenn du jetzt wegläufst, wirst du deine Mutter nur vor den Kopf stoßen. Deine Familie wird sich Sorgen machen und sich fragen, was los ist. Gib ihnen ein paar Wochen. Ich werde auch noch eine Weile bleiben. Dann können wir uns über New York unterhalten und darüber, was du nach dem College machen willst.«

Jaci schwieg nachdenklich. »Ich will nicht, dass meine Eltern durchdrehen, weil sie denken, dass was nicht stimmt«, sagte sie dann. »Es ist alles in Ordnung.«

»Na, wenn das so ist, solltest du es ihnen beweisen, indem du dableibst.«

Jaci erwiderte etwas, aber Olivia hörte nur mit halbem Ohr hin. War das nicht ihre Mutter, die sie unten reden hörte?

In den ersten Monaten nach der Eröffnung befand sich jedes Geschäft in der Testphase. Elise und Fern analysierten ständig die Stoßzeiten und die beliebtesten Produkte.

Sie hatten diskutiert, ob sie angesichts des Feiertags später öffnen sollten, aber da sie beide seit Tagesanbruch wach waren und Rachel auf Mira aufpassen konnte, sperrten sie kurz nach neun auf. Außer ihnen war niemand im Laden.

»Du riechst so gut nach Lavendel«, sagte Fern.

»Das ist die Körperlotion von Ruth. Ich bin total begeistert davon. Und dann diese reizenden blauen Gefäße, in die sie alles abfüllt!«

»Ja.« Fern nickte. »Sie stehen überall im Haus herum.«

Elise trat an das Regal mit den Teedosen und ordnete sie neu. Nach einem Augenblick drehte sie sich zu Fern um. »Wie wär's, wenn wir ein paar von ihren Produkten in unser Sortiment aufnehmen würden?«

»Hautpflegeprodukte?« Fern zog zweifelnd die Stirn kraus.

»Warum nicht? Aus welchem Grund haben wir uns ursprünglich für Tee entschieden? Letztlich geht es doch um Wellness, um das körperliche und seelische Wohlbefinden. Und wenn ein Produkt in diese Kategorie passt, könnten wir es doch auch anbieten.«

Fern nickte. »Stimmt. Und sie hat Liv Free auf den Markt gebracht. Sie weiß, was sie tut. Um die Qualität bräuchten wir uns also nicht zu sorgen.«

»Die Frage ist eigentlich nur, was aus *unserer* Marke wird. Sind wir ein reiner Teeladen, oder verkaufen wir neben Tee noch anderes …«

Die Ladenglocke bimmelte. Bianca kam herein. Statt dem gewohnten Schwarz trug sie Weiß.

»Das ist ja ein ganz neuer Look an dir, Bianca«, staunte Elise.

»Ich habe beschlossen, ein neues Kapitel aufzuschlagen«, erwiderte Bianca.

Elise und Fern wechselten einen Blick. »Das ist wunderbar, Bianca«, sagte Fern. »Schön, dich so optimistisch zu hören.«

Bianca trat an den Ladentisch und schaute angestrengt auf die Tagesangebote auf der schwarzen Tafel.

»Kann ich dir behilflich sein?«, fragte Elise.

»Ja.« Bianca sah sie an. »Ich will mein Haus zurück.«

Fern stöhnte hörbar auf. »Das haben wir schon x-mal diskutiert. Das Thema ist durch, findest du nicht?«

»Nein. Ich werde in die Stadt zurückziehen. Zwei Winter in Florida sind genug. Ich will endlich wieder irgendwo zu Hause sein. Ich mache euch ein faires Angebot: Ich werde euch den Preis zahlen, für den ihr das Haus gekauft habt. Das ist mein letztes Wort.«

»Wir verkaufen nicht«, sagte Elise. »Wir haben es nur vorübergehend vermietet.«

»Und wieso seid ihr wieder eingezogen, wenn ihr es vermietet habt?«

»Wir sind nicht wieder eingezogen«, entgegnete Fern.

Bianca verschränkte die Arme über der Brust. »Ich kenne die Wahrheit über das Baby.«

Sie blufft doch nur, dachte Elise. *Sie weiß gar nichts.* Trotzdem schlug ihr das Herz bis zum Hals.

Fern marschierte zur Tür und riss sie auf. »Ich möchte, dass du gehst, Bianca. Du provozierst uns jetzt schon lange genug. Es tut mir leid, dass du unzufrieden bist mit deinem Leben, aber ich werde es nicht mehr hinnehmen, dass du ständig hierherkommst und es an uns auslässt!« Elise sah sie dankbar an. Sie hätte sie umarmen können.

Bianca rührte sich nicht. Eine ganze Weile verharrten sie schweigend und maßen sich mit Blicken. Dann ging Bianca langsam zur Tür, wo sie sich noch einmal umdrehte und sagte: »Das Baby ist auf eurer Veranda ausgesetzt worden. Eigentlich sollte ich die Polizei informieren. Nun gut, ich werde nichts unternehmen. Aber ich will mein Haus zurück.«

Olivia hatte sich nicht getäuscht: Es war tatsächlich ihre Mutter, die mit Lidia in der Küche stand und sich nervös entschuldigte, weil sie sie so früh überfallen hatte. »Ich wollte das nur schnell vorbeibringen. Ich hab gedacht, ihr schlaft alle noch!« Als sie ihre Tochter sah, riss sie verblüfft die Augen auf. »Olivia! Was machst du denn hier?«

Lidia, in Gedanken bei dem Drama mit Jaci, nahm die Tüten mit einem zerstreuten Dankeschön entgegen.

»Komm, wir gehen.« Olivia schob ihre Mutter hastig aus der Küche und nach draußen.

Sie liefen über die Commercial Street, die gerade erst zum Leben erwachte, Richtung Shell Haven.

»Ich habe nicht damit gerechnet, jemanden anzutreffen«, sagte Ruth. »Ich wollte endlich mal in der Küche Ordnung schaffen, und ich brauchte ein bisschen Bewegung. Also zwei Fliegen mit einer Klappe.«

»Alles in Ordnung mit dir?«

»Aber ja, alles bestens«, versicherte Ruth. Jetzt müsse sie nur noch kurz beim Makler vorbeischauen. Ob Olivia nicht mitkommen wolle?

Die schüttelte den Kopf. »Ich will lieber nach Hause.«

Ihre Mutter schlug daraufhin ein gemeinsames Frühstück vor, und Olivias Magen knurrte wie aufs Stichwort.

Vor dem Café Heaven hatte sich bereits eine Schlange bis auf die Straße gebildet. Da es überall gleich voll sein würde, beschlossen sie zu warten. Ruth nannte dem Cafébetreiber ihren Namen, damit er sie aufrufen konnte, wenn ein Tisch frei wurde.

»Das freut mich, dass du dich mit Jaci angefreundet hast«, sagte ihre Mutter. »Ich habe den Eindruck, das Mädchen braucht eine Freundin.« Ihre Augen schienen feucht geworden zu sein, und Olivia dachte nicht zum ersten Mal, dass diese Frau nicht die arbeitswütige, egoistische, zerstreute Person war, die sie in Erinnerung hatte. Konnte der Verkauf ihrer Firma eine derart drastische Veränderung bewirkt haben? Oder hatte sie in ihrer Ichbezogenheit, aufgrund eines mangelnden Einfühlungsvermögens zu streng über sie geurteilt?

Wie auch immer – in diesem Moment wünschte sie sich nichts sehnlicher als eine Mutter, der sie sich anvertrauen konnte.

»Mom, ich war nicht dort, weil ich mit Jaci befreundet bin. Ich bin mit Marco zusammen.«

»Marco Barros?«, fragte Ruth, als ob es noch einen anderen Marco gäbe. Olivia nickte. Ihre Mutter lächelte. »Er ist ein toller Mann.«

»Erzähl mir was, was ich noch nicht weiß«, seufzte Olivia.

»Und wo ist das Problem?«

»Das Problem ist, dass ich nicht hier wohne. Und Marco war noch nie in New York. Wie soll das werden, wenn ich erst wieder arbeite?«

»Ach, Olivia, das sind doch nur Kleinigkeiten! Solche Probleme zu haben ist etwas Gutes. Das Wichtigste ist, dass du jemanden gefunden hast, den du magst. Und der dich mag. Es gibt immer irgendwelche Hindernisse, es braucht einfach Geduld, um sie zu überwinden. Musst du nächste Woche nach New York zurück?«

»Nein.«

»Musst du nächsten Monat nach New York zurück?«

»Nein. Ich muss nicht, aber ich sollte. Ich will deine Gastfreundschaft nicht überstrapazieren. Sag mir bitte, wenn ich …«

»Olivia, für mich ist ein Traum in Erfüllung gegangen! Ich will nur eins – Zeit mit meiner Tochter verbringen.« Sie nahm sie in die Arme und drückte sie, und Olivia empfand die mütterliche Fürsorge als tröstlich. Sie fühlte sich auf einmal geborgen.

Sie dachte an Lidia, die so verzweifelt wegen Jaci war. »Ich war heute Morgen bei Jaci, um mit ihr zu reden. Sie will heute abreisen. Knall auf Fall. Ihre Mutter ist ganz verstört. Und ich habe ein schlechtes Gewissen, weil ich Jaci gesagt habe, dass sie ein Recht auf ein eigenes Leben hat und sich keine Gedanken wegen ihrer Mutter machen soll.«

»Das hat nichts damit zu tun«, sagte Ruth schnell. Zu schnell.

»Woher willst du das wissen?«

Ruth blickte verlegen drein. »Ich kann mir einfach nicht vorstellen, dass das der Grund ist. Und sie will wirklich heute abreisen?«

Olivia zuckte die Achseln. »Gesagt hat sie es. Ich habe ihr geraten, es sich noch einmal zu überlegen.«

Ihre Mutter wirkte angespannt.

»Was ist los, Mom?«

»Nichts. Gar nichts.«

»Wenn du was weißt, musst du es mir sagen. Marco macht sich Sorgen wegen Jaci, und Lidia ist ganz durcheinander. Gibt es etwas, das ich wissen müsste?«

Ruth schüttelte den Kopf. »Sei ihr eine gute Freundin. Mehr kannst du nicht tun.«

Der Cafébetreiber rief Ruths Namen, winkte die beiden Frauen herein und führte sie an einen Tisch am Fenster. Olivia hatte das ungute Gefühl, dass ihre Mutter sie anlog. Es war ein alter Reflex, und sie kämpfte dagegen an. Schließlich hatten sie jetzt ein anderes, ein freundschaftliches Verhältnis.

Sie nahmen einander gegenüber Platz, und ihre Mutter lächelte ihr zu. Nein, natürlich log sie sie nicht an.

Die Zeiten waren vorbei. Jetzt war alles anders zwischen ihnen.

Kapitel dreiundvierzig

Als Ruth das zum Verkauf stehende Haus besichtigte, fragte sie Ben, ob er sie nicht begleiten wolle.

»So entscheidungsfreudig, wie du bist, Ruth, glaube ich nicht, dass du meinen Rat brauchst«, hatte er gemeint.

Natürlich brauchte sie seinen Rat nicht. Aber da sie ihn seit der Party am Unabhängigkeitstag letzte Woche kaum zu Gesicht bekommen hatte, war das ein guter Vorwand, um ein paar Stunden mit ihm zu verbringen. Tagsüber besuchte er seinen Kurs für Bühnenautoren, und abends machte er sich rar. Auf dem Immobilienmarkt schienen sich ihr neue Möglichkeiten zu eröffnen, aber das Zeitfenster, das ihr für einen Neuanfang mit Ben blieb, schloss sich immer mehr.

»Eine zweite Meinung kann nicht schaden«, erwiderte sie. »Olivia ist draußen bei den Austern, ich weiß nicht, ob sie es rechtzeitig zum Besichtigungstermin schafft.«

Olivia verwandelte sich immer mehr in eine Austernzüchterin. Statt trendiger abgeschnittener Shorts, Rippentanktops und Riemchensandalen trug sie zweckmäßige T-Shirts, kniehohe Arbeitsstiefel, Gummilatzhosen und Baseballmütze. Wenn sie nach Hause kam, war sie vom Scheitel bis zur Sohle mit Schlick bedeckt.

Ruth hatte sie noch nie so glücklich gesehen.

Ben willigte ein, sie zu der Besichtigung zu begleiten.

Als sie Richtung West End schlenderten, rang Ruth

mit sich, ob sie das Thema Bianca Barros ansprechen sollte. Es ging sie nichts an. Falsch – es ging sie sehr wohl etwas an. Immerhin wohnte er in ihrem Haus, da hätte er Zeit mit Olivia verbringen sollen. Und … ja, auch mit ihr. Stattdessen pflegte er Umgang mit dem Feind. Na ja, »Feind« war vielleicht übertrieben. Aber sie konnte diese Frau nun mal nicht ausstehen.

»Was läuft da eigentlich zwischen dir und Bianca?«, fragte sie, als sie an der Bibliothek vorbeikamen. Die Hälfte der Strecke hatten sie hinter sich, sie durfte also keine Zeit mehr verlieren.

»Wir sind nur Freunde.«

Sie zog eine Braue hoch. »Nur Freunde?«

»Ruth, findest du diese Unterhaltung angebracht?«

»Wir kennen uns seit vierzig Jahren. Wir haben ein Kind zusammen. Wenn du nicht mit mir offen sprechen kannst, mit wem dann?«

»Das ist ein Argument. Ja, zum gegenwärtigen Zeitpunkt sind wir nur Freunde.«

»Ich an deiner Stelle würde auf Distanz bleiben.« Sie streifte ihn mit einem flüchtigen Blick. »Dieser Frau kann man nicht über den Weg trauen.« Sein schuldbewusster Ausdruck entging ihr nicht, dafür kannte sie ihn zu gut. »Du hast ihr doch hoffentlich nichts Privates über mich erzählt? Ich will nicht, dass sie über meine Angelegenheiten Bescheid weiß.«

Er schüttelte den Kopf. »Ich habe ihr nichts über dich erzählt.«

»Was dann? Was hast du ihr dann erzählt?«

»Nichts über dich«, wiederholte er leicht aggressiv. »Wir haben uns nur unterhalten.«

»Ich frage mich, warum du dich ausgerechnet mit der widerwärtigsten Person in diesem Ort anfreunden musst.«

»Sie ist nicht widerwärtig, Ruth. Sie hat es nicht leicht gehabt im Leben. Sie war noch jung, in den Dreißigern, als ihr Mann starb. Sie hat bei ihren Brüdern auf der Werft gearbeitet, um ihre Tochter allein großziehen zu können.«

»Schön, das mag der Grund für ihre Unfreundlichkeit sein. Aber ich würde behaupten, dass es eine Menge verwitwete, alleinerziehende Mütter gibt, die nette Menschen sind.«

»Nicht jeder hat so viel Glück und den Willen, sein Leben selbst in die Hand zu nehmen, wie du.«

»Was soll das jetzt wieder heißen?«

»Du hast ein erfolgreiches Unternehmen besessen – ja, du hast hart dafür gearbeitet, aber du hast Erfolg gehabt, und der Erfolg hat dir finanzielle Sicherheit und Freiheit beschert. Bianca ist von ihren Brüdern aus dem Geschäft gedrängt worden. Ihr Vater hat sein Haus ihrer Tochter vermacht, und die hat es verkauft und ist nach Florida gezogen. Bianca weiß nicht mehr, wo sie hingehört.«

»Du hast immer schon ein Herz für Streuner und Heimatlose gehabt. Hast du dich deshalb so zu mir hingezogen gefühlt?«

»Ich habe noch nie jemanden kennengelernt, der besser wusste, wo er hingehört, als du, Ruth. Selbst in schlechten Zeiten bist du immer wieder auf deinen Füßen gelandet.«

Sie kamen an der Werft und dem Geschenkartikelladen vorbei. Es war nicht mehr weit bis zur Ecke Nickerson

Street, wo Clifford auf sie wartete. Höchste Zeit, Ben zu sagen, was sie für ihn empfand, ihm zu gestehen, dass sie doch den Boden unter ihren Füßen verloren hatte. Dass sie vor achtzehn Jahren eine Lösung für ein möglicherweise vorübergehendes Problem gewählt hatte und es jetzt bereute.

»Immer überpünktlich! Das liebe ich so an Ihnen, Ruth«, rief Clifford ihnen von der anderen Straßenseite aus zu. Er trug einen babyblauen Seersucker-Anzug und eine pinkfarbene Fliege.

»Sie sehen ja todschick aus, Clifford«, sagte sie.

»Bei Besichtigungen für Kaufobjekte werfe ich mich immer in Schale. Bei Vermietungen gestatte ich mir kleidermäßig ein wenig mehr Spielraum. Freut mich, dass Sie mitgekommen sind, Ben.« An Ruth gewandt fügte er hinzu: »Ich habe Santiago ebenfalls hergebeten, falls Sie Fragen bezüglich Renovierungen oder baulichen Veränderungen haben.«

»Muss es Ihrer Meinung nach denn renoviert werden?«

»Nein, ich finde, es ist absolut perfekt. Aber es ist Ihr Haus«, sagte er augenzwinkernd.

»Wir werden sehen«, sagte Ruth mit einem Seitenblick auf Ben.

Er führte sie einen halben Block weiter zu einem dreigeschossigen Haus im Greek-Revival-Stil mit schindelverkleideter weißer Fassade und grünen Fensterläden. Der Eingang befand sich unter einem Säulenvorbau, auf der linken Seite eine Veranda, auf dem Dach eine kleine Kuppel. Der backsteingepflasterte Weg zum Eingang wurde von rosaroten und blauen Hortensien gesäumt.

»Die Villa heißt Blue Stone, nach den blauen Platten, die früher den Weg eingefasst haben. Ein Schmuckstück, nicht wahr?« Clifford sah sie erwartungsvoll an.

Sie gingen hinein. Das Haus war modernisiert, die Zugänge zu den einzelnen Zimmern verbreitert worden. Obwohl die offene Küche mit den Arbeitsflächen aus Granit mit modernster Technik ausgestattet war, verströmte sie eine ungezwungene Urlaubsatmosphäre. Die vier geräumigen Schlafzimmer im oberen Stock – alle holzgetäfelt und im französischen Landhausstil eingerichtet – waren genauso pflegeleicht wie die übrigen Räume. Ruth überlegte bereits, welche Veränderungen sie vornehmen würde. Sie würde die Inneneinrichtung lediglich ein wenig aufpeppen, nicht zu viel, damit der ursprüngliche Charakter des Hauses erhalten blieb.

»Und jetzt kommen wir zum Glanzstück, dem Garten«, sagte Clifford, als sie wieder hinuntergegangen waren.

Die backsteingepflasterte Terrasse hinter dem Haus war nachträglich angelegt worden. Eine mit üppigem Wilden Wein umrankte Pergola stand darauf. Pflanzen, grüne und blühende, wohin man blickte, dahinter der Rasen und ganz am Ende des Gartens ein klassischer weißer Pavillon.

Ruth stieß einen tiefen Seufzer aus. »Das ist ein absoluter Traum, Clifford! Es ist einfach perfekt!«

»Was soll es denn kosten?«, fragte Ben.

Clifford zog schwungvoll einen kleinen Notizblock aus einer Jackentasche, schrieb ein paar Ziffern darauf, riss den Zettel ab und reichte ihn den beiden. Ben stieß einen leisen Pfiff aus.

»Ich zahle bar«, sagte Ruth. Warum auch nicht? Das Haus war traumhaft schön, und sie hatte das Geld. Je eher sie aus Shell Haven ausziehen konnte, desto besser. Das Geheimnis von Miras Herkunft lastete mit jedem Tag schwerer auf ihr.

»Ihr Stil gefällt mir, Ruth Cooperman«, strahlte Clifford.

Ben fasste sie am Ellbogen. »Wenn Sie uns einen Moment entschuldigen würden.«

»Aber natürlich! Lassen Sie sich Zeit. Ich werde unterdessen Santiago anrufen und ihm sagen, dass er nicht herzukommen braucht.«

Ben führte Ruth über den Rasen zu dem Pavillon. Obwohl sie sich dagegen sträubte, stellte sie sich unwillkürlich vor, dass das ihr gemeinsames Zuhause war und sie einen gemütlichen Nachmittag miteinander verbrachten. »Gefällt dir das Haus nicht?«

»Doch, es ist wunderschön. Aber das ist eine Menge Geld, Ruth.«

»Wie kann man es sinnvoller ausgeben als für ein Zuhause?«

»Dann ist es dir also ernst damit? Du willst tatsächlich hierherziehen?«

Nenn mir einen Grund, warum ich das nicht tun sollte. »Sieht so aus.«

Ben nickte. Dann lächelte er und sagte: »In dem Fall – gratuliere! Ich freue mich für dich, Ruth.«

Sie hätte sich auch freuen sollen. Hätte überglücklich sein sollen. Endlich hatte sie gefunden, was sie seit letztem Winter suchte: ihr Haus am Meer für ihren Ruhestand. Sie dachte an jenen Morgen Mitte Mai zurück, als sie hier ankam, die Hausschlüssel nicht im Briefkasten vorfand und wie eine Touristin, die sich verlaufen hatte, herumgerannt war. Jetzt war sie keine Fremde mehr, jetzt gehörte sie dazu. Sie hatte Freunde, ein neues Verhältnis zu ihrer Tochter und bald auch ein eigenes Haus.

Das würde genügen müssen.

Olivia steckte bis zu den Ellbogen in einem Austernkäfig, als ihr der Termin mit ihrer Mutter in der Nickerson Street einfiel. »Wie spät ist es?« Marco warf einen Blick auf seine wasserdichte Uhr. Es war sehr viel später, als sie gedacht hatte.

»Wieso, hast du mich schon satt?«, neckte er sie.

Sie erzählte ihm von ihrer Mutter und der Hausbesichtigung und dass sie Angst hatte, sie werde einen überhöhten Preis bezahlen, nur damit sie endlich ihr eigenes Haus besaß. »Ich wäre lieber dabei, bevor sie etwas Unüberlegtes macht.«

»Gute Idee«, pflichtete Marco ihr bei. »Manche Leute verlangen horrende Preise für ihre Immobilie.«

Obwohl sie noch nicht alle Käfige kontrolliert hatten, fuhren sie zurück. Sie solle doch bei seinen Eltern duschen, schlug Marco vor, dann müsse sie nicht erst nach Shell Haven zurück. »Es ist keiner da. Sie sind mit Jaci zu Freunden nach Truro gefahren.«

Als Olivia einwandte, sie habe keine sauberen Sachen dabei, meinte er, sie solle sich was von Jaci borgen. Sie habe bestimmt nichts dagegen.

Olivia ließ ihre dreckigen Stiefel auf der Veranda stehen und lief die Treppe in den zweiten Stock hinauf. Ihrer Mutter simste sie:

Bist du noch beim Haus? Warte auf mich, ich will es auch sehen!

Aus Gewohnheit klopfte sie an, bevor sie Jacis Zimmer betrat. Das Bett war gemacht, durch die halb offenen Fenster wehte ein warmer Wind herein. Olivia fühlte sich ein wenig unwohl, als sie auf der Suche nach etwas Passendem in Jacis Sachen wühlte, aber Marco hatte ihr versichert, das sei in Ordnung. Sie schob die Hände unter den Stapel Rundhalsshirts und Tanktops und zog ein Long-Point-T-Shirt heraus. Eine Karte, die ganz zuunterst gelegen hatte, fiel mit heraus. Olivia bückte sich danach. Solche Karten hatte ihre Mutter ihren kleinen Geschenken beigefügt.

Wie süß von Jaci, dass sie sie aufgehoben hatte! Was ihre Mutter ihr wohl geschrieben hatte? Olivia hatte immer noch Mühe, die beiden Frauen miteinander in Einklang zu bringen – auf der einen Seite die egoistische, stets abwesende Person ihrer Kindheit, auf der anderen Seite der fürsorgliche, großzügige Mensch, den sie in den letzten Wochen erlebt hatte.

Vielleicht würden ihr die Zeilen einen weiteren Hinweis darauf liefern, wer ihre Mutter wirklich war. Sie wusste, dass es falsch war, die Karte zu lesen, sie überschritt damit ganz offiziell die Grenze zum Schnüffeln, aber sie konnte einfach nicht anders.

Sie klappte die Karte auf und setzte sich auf Jacis Bett.

Liebe Jaci,
ich weiß, dass das eine schwierige Zeit für dich ist. Ich weiß, dass dir deine Entscheidung jetzt als die ein-

zig richtige vorkommt. Aber, und das sage ich dir von Mutter zu Mutter, du wirst nicht immer der Mensch bleiben, der du heute bist. Du wirst in fünf Jahren, in zehn, in fünfzehn, eine andere sein. Du wirst dich verändern, die Umstände werden sich verändern, aber du wirst immer Mutter bleiben. Ich bin für dich da, wenn du jemand zum Reden brauchst.

Alles Liebe, Ruth

Olivia las die Zeilen wieder und wieder, bis sie sich ihr ins Gedächtnis gebrannt hatten. Dann erst erfasste sie die volle Bedeutung dieser Worte: Jaci war die Mutter des geheimnisvollen Babys.

Und ihre Mutter hatte es die ganze Zeit gewusst.

Kapitel vierundvierzig

Ruth war enttäuscht, dass Olivia nicht wie versprochen zu der Hausbesichtigung gekommen war, aber sie tröstete sich mit dem Gedanken, dass später noch Zeit dafür war. Sie liebte dieses Haus, und sie wünschte sich, dass Olivia ihre Begeisterung teilte. Das Haus würde ihre Beziehung stärken: Es war ein neues Zuhause für dieses neue Kapitel in ihrer beider Leben. Olivia könnte sie besuchen, wann immer sie wollte, und eines Tages würde sie ihre eigenen Kinder mitbringen.

Doch Olivia ließ sich weder am Abend nach der Besichtigung noch an den darauffolgenden Abenden blicken. Sie rief sie nicht zurück und antwortete nicht auf ihre Nachrichten. Sie geriet nur deshalb nicht in Panik, weil Marco ihr versicherte, es sei alles in Ordnung, sie hätten einfach viel um die Ohren.

Aber sie spürte, dass etwas nicht stimmte.

Nach einem weiteren Anruf bei Marco ging sie zum Haus der Barros', wo sie Olivia im Schuppen fand. Sie saß an einem Metalltisch und sortierte Austern nach Größe.

»Was willst du hier?«, begrüßte Olivia sie in einem Ton, wie sie ihn lange nicht mehr von ihr gehört hatte.

»Ich wollte nach dir sehen, weil du nichts mehr von dir hören lässt.«

»Ich habe zu tun, Mutter.« Olivia kritzelte etwas auf

ein weißes Schildchen, das sie dann an einem Beutelnetz befestigte.

»Das sehe ich. Ich bin ja so froh, dass du etwas gefunden hast, das …«

»Oh, verschon mich!«, fauchte Olivia.

Ruth zuckte unwillkürlich zurück und griff sich an den Hals. Bevor sie etwas erwidern konnte, fuhr Olivia fort: »Du hast die ganze Zeit gelogen. Ich weiß, dass Jaci die Mutter von Mira ist.«

Ruth lehnte sich gegen den Tisch. »Sie hat es dir gesagt?«

Olivia schüttelte den Kopf. »Nein. Natürlich nicht. Und Marco weiß es auch nicht. Aber er sollte es wissen! Als ich dir neulich von meiner Beziehung zu ihm erzählt habe und davon, dass sich alle um Jaci sorgen, weil sie abhauen will, hast du einfach dagestanden und genickt und geschwiegen! Dabei hast du längst Bescheid gewusst. Du hast Jacis Geheimnis gekannt. Und du hast es nicht für nötig gehalten, mir das zu erzählen? Du hast es nicht für nötig gehalten, es Lidia zu erzählen?«

Lidia. Der Gedanke an sie bereitete ihr mehr als alles andere schlaflose Nächte. Lidia hatte eine Enkelin, von der sie nichts wusste, eine Enkelin, die nicht bei ihr, sondern in Ruths Haus lebte. Ruth war überzeugt, dass die Barros' das Kind nicht als Belastung empfinden würden, wie Jaci behauptete. Im Gegenteil.

»Ich habe es Jaci versprochen«, erwiderte sie. Doch das stimmte nicht ganz. Sie hatte Amelia versprochen, das Geheimnis zu bewahren. Aber sie wollte Amelia nicht mit hineinziehen.

»Du darfst das nicht für dich behalten! Das ist nicht

richtig! Und du bringst mich damit in eine unmögliche Situation. Wenn Marco herausfindet, dass ich davon gewusst habe …«

»Und wieso hätte ich es dir dann erzählen sollen?«

»Weil es das Richtige gewesen wäre! Du bist eine Erwachsene! Eine Mutter! Du kannst doch nicht zulassen, dass Jaci so verrückt ist, ihr Baby auszusetzen, und nichts dagegen unternehmen. Das machst du *immer*!«

»*Was* mache ich immer?«

»Du gehst den Weg des geringsten Widerstands. Sobald es unbequem wird, trittst du den Rückzug an. Aber dieses Mal lasse ich das nicht zu.«

»Olivia, diese Geschichte geht uns nichts an. Du hast recht – die Wahrheit muss ans Licht kommen. Aber wann oder wie entscheiden nicht wir!«

»Mich geht das sehr wohl etwas an! Ich bin mit Marco zusammen. Ich gehe bei seiner Familie ein und aus. Aber ich kann nicht diejenige sein, die ihnen die Augen öffnet. Jaci würde mir das nie verzeihen, und ich lege Wert auf ein gutes Verhältnis zu ihr. Was, wenn Marco und ich zusammenbleiben?«

Ruth biss sich auf die Lippe. »Ist es so ernst?«

»Ich weiß es nicht! Aber ich will nicht, dass das zwischen uns steht. Du musst etwas unternehmen! Ich werde erst wieder nach Shell Haven zurückkommen oder mit dir reden, wenn du das in Ordnung gebracht hast.«

»Ignoriert Bianca einfach«, sagte Amelia.

Nach einem hektischen Nachmittag im Laden hatte Elise nur noch einen Wunsch gehabt: sich mit Mira und einem guten Glas Wein in Shell Haven zu verkriechen.

Stattdessen saß sie, umgeben von Pailletten, Glitter und Kleber, in Amelias Atelier und half bei den Dekorationen für den Carnival.

Sie sah Fern an, der eine Paillette im Gesicht klebte. »So einfach ist das nicht«, sagte Fern und legte den Kleber aus der Hand. »Sie droht uns.«

Amelia machte eine wegwerfende Handbewegung. »Ich kenne Bianca, seit sie ein kleines Mädchen war. Sie bellt zwar, aber sie beißt nicht.«

Elise betrachtete wieder Fern, die mit ausdrucksloser Miene dasaß. Sie wurde nicht schlau aus ihr. Sie war überzeugt gewesen, dass sie Biancas Drohung als Vorwand nehmen würde, um die Behörden einzuschalten. Doch Fern hatte nichts dergleichen getan. Überhaupt verhielt sie sich merkwürdig: Sie verließ das Zimmer, um Anrufe entgegenzunehmen. Obwohl die Bauernmärkte an den Wochenenden stattfanden, fuhr sie unter der Woche nach Boston. Andererseits zog sie sich nicht von ihr zurück, im Gegenteil: Fern umsorgte sie liebevoller denn je zuvor.

Es war irgendwie beunruhigend.

Während Fern nicht mehr darauf drängte, den legalen Weg zu gehen, was Mira betraf, hatte sie es plötzlich eilig, die Adoption zu beantragen. Die unsichere Situation belastete sie, und der Druck war mittlerweile größer als ihre Angst vor einer Prüfung durch die offiziellen Stellen.

»Ich glaube, wir sollten einen Anwalt einschalten«, hatte sie gestern Abend zu Fern gesagt, bevor sie das Licht ausknipste.

»Wir werden uns doch nicht von Bianca schikanieren lassen«, hatte Fern erwidert.

Elise beschlich allmählich das Gefühl, dass sie offensichtlich die Einzige war, die die Gefährlichkeit der Situation erkannte.

»Ich finde, wir sollten kein Risiko eingehen«, sagte sie mit Bestimmtheit. »Ich kann nachts schon nicht mehr schlafen, vor lauter Angst, dass Bianca den Anruf macht, den *wir* machen sollten. Dann können wir das Ganze nämlich vergessen. Ich kann nicht mehr länger warten!«

Fern und Amelia wechselten einen bedeutungsschweren Blick, der Elise ausschloss. Fern nahm Mira aus der Babyschale und drückte sie zärtlich an sich.

»Was?« Elise schaute von Fern zu Amelia und wieder zurück zu Fern. »Hab ich was verpasst?«

Amelia griff lächelnd über den Tisch und legte ihre Hand auf die von Elise. »Lass dich nicht von deiner Angst leiten.«

Nach ein paar Augenblicken wurde ihr bewusst, dass sie sich seit Wochen von der Angst, Mira zu verlieren, hatte leiten lassen, und genau das hatte sie erst in diese missliche Lage gebracht.

»Ich versuch's ja«, sagte sie und sah Fern Hilfe suchend an. »Deshalb will ich die Sache endlich regeln. Es gibt da nämlich was, was ich euch nicht erzählt habe. Brian Correia war da, vor Wochen schon, weil ihm jemand einen Tipp gegeben hatte wegen des Babys. Ich habe ihm gesagt, dass wir es adoptieren wollen, dass wir schon alles in die Wege geleitet hätten, und er hat mir geglaubt. Aber ich hätte ihm die Wahrheit sagen müssen.«

Amelia tätschelte ihr die Hand. »Ein klein wenig Geduld noch.«

Fern nickte zustimmend.

Und Elise packte unwillkürlich die Angst.

Kapitel fünfundvierzig

Olivia saß am Küchentisch der Barros' und schnitt getrockneten Tang für die Genmaicha-Seetang-Mischung. Marco hatte einen Termin im East End. Es war bald Mittag, und sie wollte fertig sein, bevor Lidia in die Küche kam. Seit sie das Kärtchen gefunden hatte, war sie Jaci und ihrer Mutter aus dem Weg gegangen.

In diesem Moment trat Lidia durch die Tür. »Du bist ja immer noch da, Liebes! Wenn ich gewusst hätte, dass Marco so lange weg ist, hätte ich dir geholfen. Es gibt bald Essen. Du bleibst doch?«

»Sehr gern«, antwortete Olivia. Was hätte sie sonst sagen sollen?

»Was kochst du denn, Ma?« Jaci kam hereingeschlurft. Sie trug das Long-Point-T-Shirt, das sich Olivia geborgt hatte. War das ein Wink des Himmels? Sollte sie diejenige sein, die dieser Heimlichtuerei ein Ende bereitete? Zwei Wochen waren seit der Auseinandersetzung mit ihrer Mutter vergangen, und Ruth hatte bisher nichts unternommen. Olivia war stinksauer deswegen.

»Bifana«, antwortete Lidia.

»Was Leichtes wär mir lieber. Ist noch was Salatiges da?«

»Du sorgst dich hoffentlich nicht wegen deiner Linie? Du bist sowieso dünner geworden, ich würde wetten, dass du in den letzten Wochen zehn Pfund abgenommen hast.« Lidia hatte recht, stellte Olivia fest. Jaci hatte wirklich abgenommen. Schwangerschaftspfunde, die sie verloren hatte.

»Was ist Bifana?«

»Schweineschnitzel im Brot«, antwortete Lidia. »Ich hab einen frischen Laib von Connie's mitgebracht.«

Zum Essen setzten sich die drei auf die Veranda. Sie hatten zwei Krüge Eistee mit hinausgenommen, Schwarztee mit Pfirsich und grünen Tee mit Seetang. Jaci griff nach dem Schwarztee.

»Sorry, aber dieses Seetang-Zeug krieg ich nicht runter. Marco muss übergeschnappt sein.«

»Stimmt, der Geschmack ist gewöhnungsbedürftig«, sagte Lidia lächelnd. »Aber was tut man nicht alles für seine Kinder! Man trinkt sogar Seetang.«

»Du hast einen Knall.«

»Warte nur, bis du selber Mutter bist«, erwiderte Lidia.

Olivia kaute lustlos auf ihrem Sandwich herum.

»Es ist hoffentlich nicht zu scharf?«, fragte Lidia.

Olivia schüttelte den Kopf und griff nach ihrem Glas. »Nein, es schmeckt fantastisch!«

Ihr Handy klingelte. Sie hatte ganz vergessen, dass sie es mitgenommen hatte. Sie vergaß es in letzter Zeit ziemlich oft. Sie warf einen Blick auf das Display. Der Anruf kam von Dakota. »Entschuldigt mich einen Moment.« Sie stand auf und ging nach unten, um ungestört zu sein.

»Ein Glück, dass ich Sie endlich erreiche!«

»Endlich? Wieso endlich?«

»Ich hab Ihnen zwei Nachrichten hinterlassen.«

Dakotas Stimme vertrug sich gar nicht mit ihrem neuen Leben. Sie wusste kaum noch, warum sie sich so bei HotFeed engagiert hatte. Aber als sie Dakotas Geplapper eine Weile zugehört hatte, erinnerte sie sich wieder an alles – an ihren Ehrgeiz, das Gefühl der Kontrolle, ihre Unabhängigkeit.

»Langer Rede kurzer Sinn – ich werde HotFeed verlassen«, sagte Dakota. »Ich werde fünf Accounts mitnehmen, und ich würde Sie gern als meine Partnerin mit an Bord nehmen.«

»Wie bitte? Was?« Das war unfassbar! Vor zwei Monaten hatte sie genau das Gleiche geplant. Wie war es ihrer dreiundzwanzigjährigen Assistentin gelungen, diesen Coup zu landen, während sie selbst gescheitert war?

»Oder machen Sie jetzt Ihr eigenes Ding? Wahrscheinlich nicht, oder? Sonst hätte ich bestimmt davon gehört.«

»Nein, ich mach nicht mein eigenes Ding.« Olivia starrte auf die Boote, die auf den Wellen dümpelten.

»Können wir uns heute Abend auf einen Drink treffen?«

Ein Drink. In New York. Sie sah das Rooftop 93 vor sich und stellte sich den abendlichen Andrang im Clinton Hall vor. »Ich bin nicht in der Stadt.«

»Wie lange bleiben Sie denn weg?«

Olivia wandte sich vom Wasser ab, schloss die Augen und versuchte, ihr altes Leben heraufzubeschwören. Es lockte sie, es rief sie.

»Ich weiß noch nicht genau«, antwortete sie. Sie machte die Augen wieder auf und richtete den Blick auf die Gasse, die von der Commercial zur Werft führte. Sie sah Marco kommen. »Ich melde mich wieder«, sagte sie und beendete das Gespräch.

Marco lächelte ihr zu, und sie zwang sich, sein Lächeln zu erwidern. Sie wollte nicht auf Lidias Veranda zurück, wollte keinen Gedanken an das Dilemma verschwenden, in das sie das Wissen um Jaci und ihr Baby gestürzt hatte. Sie wollte nicht an ihren Frust denken, den sie beim Gedanken an ihre Mutter empfand. Und sie wollte auch nicht länger in diesem seltsamen Schwebezustand leben. Wenn der Sommer vorüber war, würde sie das alles hier hinter sich zurücklassen. All die schönen Tagträumereien von einem Neuanfang waren nur eine Flucht in eine Scheinwelt, damit sie sich nicht mit den Trümmern ihrer Karriere befassen musste. Aber jetzt war ihr ein Weg aufgezeigt worden. Eine Möglichkeit, alles wieder in Ordnung zu bringen. Das hatte sie sich doch die ganze Zeit gewünscht.

»Hey, gehst du schon?« Marco, eine Tragetasche in der Hand, hatte sich für seine Verhältnisse schick angezogen: Er trug Jeans und ein Button-down-Hemd. Und dennoch vermochte sie ihn sich nicht in den Straßen von Manhattan vorzustellen.

»Ich hab mit deiner Mutter und deiner Schwester zu Mittag gegessen, aber dann kam ein Anruf, und da bin ich zum Telefonieren runtergegangen.«

»Alles in Ordnung?«

Sie nickte, aber sie konnte in seinem Gesicht lesen, dass er wusste, dass sie etwas bedrückte.

»Meine frühere Assistentin hat angerufen. Sie will ihre eigene Firma gründen und mich als Partnerin haben.«

»In New York?«

»Ja. Klar.«

Marco nahm ihr das Handy aus der Hand. »Lauf

nicht so schnell weg«, sagte er lächelnd, aber mit ernster Stimme.

»Ich laufe nicht weg. Ich meine, irgendwann muss ich schließlich in mein Leben zurückkehren.«

Sein Blick heftete sich auf sie, durchbohrte sie förmlich, und er hatte die Kiefer aufeinandergepresst, wie er es immer tat, wenn es ihm sehr ernst war. Sie hätte am liebsten den Kopf an seine Schulter gelegt und ihre Arme fest um ihn geschlungen.

»Wenn sich dein Leben in New York abspielt, was ist dann das hier?« Er lächelte nicht mehr.

»Marco, ich bitte dich! Du hast selbst gesagt, du lässt dich nicht mit einer Touristin ein.«

Sein Gesichtsausdruck veränderte sich so schnell, als wäre ein Schalter umgelegt worden. »Du hast recht«, erwiderte er mit einem knappen Nicken. »Tut mir leid. Ich weiß gar nicht, wo das plötzlich hergekommen ist.« Er streckte ihr die Tüte hin.

»Was ist das?«

»Dein Carnival-Kostüm. Fühl dich nicht unter Druck gesetzt, aber ich hoffe, du bleibst noch so lange, dass du es tragen wirst.«

Carnival. Noch drei Wochen. Das war eine schrecklich lange Zeit, um ihr Geheimnis mit sich herumzutragen.

Von Herring Cove Beach aus hatte man einen herrlichen Blick auf Long Point.

Zu Beginn des Sommers war Ruth hier am Strand entlangspaziert, als sie plötzlich von irgendwoher Donna Summers »Last Dance« hörte. Sie schaute sich um und sah einen braun gebrannten Mann, der nackt war bis auf eine limonengrüne knappe Badehose und ein Tuch um den Hals und der auf der linken Schulter einen dieser Ghettoblaster trug, die sie seit einer Ewigkeit nicht mehr gesehen hatte. Sie fühlte sich unwillkürlich in den Sommer 1978 zurückversetzt, sie konnte das Gefühl von Freiheit wieder spüren, diese erregende Aufbruchsstimmung, das Gefühl, dass alles möglich war. Sicher, sie war jung gewesen, aber das war es nicht allein. Es lag auch an der pulsierenden Energie dieser Stadt, der künstlerischen Atmosphäre, dem Wilden, Unvorhersehbaren.

Und es lag daran, dass sie sich in Ben verliebt hatte.

Der Mann schlenderte vorbei, und die Musik ging im Tosen der Brandung unter. Sie erwachte aus ihren nostalgischen Erinnerungen und war fast erschrocken, als sie merkte, dass sie ganz allein war, eine achtundfünfzigjährige Frau, die den Großteil ihres Lebens bereits hinter sich hatte.

An diesem Tag hatte sie ihre Gedanken fest in der Gegenwart verankert. Aber so, wie die Dinge liefen, war das auch kein Zuckerschlecken.

Als sie Ben erblickte, dachte sie im ersten Moment, sie leide an Halluzinationen. Aber nein, er war es tatsächlich. Er saß mit Blick aufs Wasser in einem Klappliegestuhl, eine Baseballmütze der Philadelphia Eagles auf dem Kopf, und las ein Buch. Sie ließ ihr Strandtuch und ihre Tasche in den Sand fallen, rückte ihren Strohhut zurecht und marschierte zu ihm hin.

Er bemerkte sie erst, als sie dicht neben ihm stand. »Ruth! Das ist ja eine Überraschung!«

»Kein Kurs heute?«

»Der Kurs ist zu Ende«, sagte er und klappte sein Buch zu. »Ich dachte, du wüsstest das.«

Sie zeigte hinter sich. »Ich hab meine Sachen dort drüben. Darf ich mich zu dir setzen?« Ohne auf Antwort zu warten, holte sie ihr Strandtuch und ihre Tasche und ließ sich neben ihm nieder. »Ich hatte das genaue Datum nicht mehr im Kopf. Und dich hab ich ja praktisch nicht mehr zu Gesicht bekommen.«

»Ich dachte, Olivia hätte es dir gesagt. Sie weiß, dass ich in ein paar Tagen abreisen werde. Sie bleibt wahrscheinlich auch nicht mehr lange.«

Ihre Stimmung war schlagartig im Keller, ein körperlicher Schmerz durchfuhr sie. »Nein, sie hat nichts gesagt. Sie versteht sich doch so gut mit Marco, deshalb bin ich davon ausgegangen, dass sie bis zum Ende des Sommers hierbleiben wird.«

»Aber jetzt, wo ihre ehemalige Assistentin mit ihr zusammen eine eigene Firma gründen will, sieht die Sache anders aus. Für Olivia ist das der nächste logische Schritt. Das hat sie dir bestimmt erzählt, oder?«

Ruth nickte unverbindlich. Sie wollte nicht zugeben, dass Olivia seit Wochen nicht mehr mit ihr redete. Der Juli neigte sich schnell dem Ende entgegen, und ihr Verhältnis war schlechter als zu Beginn des Sommers.

Ben drehte sich zu ihr. »Habt ihr irgendwelche Probleme? Sie ist ja kaum noch da, und als ich ihr neulich vorschlug, dich zu fragen, ob du nicht mit uns essen gehen willst, hat sie Nein gesagt.«

Er wollte sie dabeihaben, und Olivia hatte Nein gesagt? Eine gute und eine schlechte Nachricht in einem Satz. »Wir haben ein paar Differenzen. Das gibt sich schon wieder.« Sie wechselte das Thema. »Wie war der Kurs? Hat es sich gelohnt, dass du geblieben bist?«

»Ich muss dir danken, dass du mich dazu überredet hast, Ruth.«

Sie strahlte. »Heißt das, du wirst eine zweite Karriere als Bühnenautor starten?«

»Das heißt, dass meine Entscheidung, Medizin zu studieren, richtig war.«

»Ach, Ben, das ist doch nicht wahr! Ich habe deine Stücke gelesen. Sie waren fantastisch!«

Er lächelte ihr zu. »Ich bin zufrieden mit meinem Leben, Ruth. Und ich hoffe sehr, dass du es auch bist. Ich hoffe es wirklich für dich.«

Eine Möwe trippelte fast bis an den Rand ihres Badetuchs. Ruth setzte zu einer Entgegnung an: *Aber ja, natürlich bin ich zufrieden mit meinem Leben.* Stattdessen sagte sie:

»Nein, ich bin nicht zufrieden. Ich glaube, wir haben einen großen Fehler gemacht, als wir uns vor achtzehn Jahren scheiden ließen.« Sie schaute auf, aber weil sie von der Sonne geblendet wurde, konnte sie seine Miene nicht erkennen.

»Ruth …« Er schüttelte bedächtig den Kopf.

»Wir hatten beide schrecklich viel zu tun und waren erschöpft und gestresst. Ich habe zu viel gearbeitet, ich geb's ja zu. Aber wir haben unsere Entscheidung aufgrund der irrigen Annahme getroffen, dass es immer so sein würde. Diese schwere Zeit wäre vorbeigegangen. Sie ist auch vorbeigegangen. Schau uns heute an!«

»Ja, wir haben es geschafft, Freunde zu werden. Und das macht mich sehr glücklich. Aber das bedeutet nicht, dass wir unsere Ehe weitere achtzehn Jahre hätten fortsetzen sollen.«

»Ich empfinde immer noch etwas für dich«, gestand sie.

»Oh, Ruth!«

»Empfindest du denn gar nichts mehr für mich?« Noch vor wenigen Jahren wäre sie zu stolz gewesen, diese Frage zu stellen. Aber jetzt war sie älter, und möglicherweise zählte es zu den wenigen Vorteilen des Alters, dass man ein bisschen weiser und ein bisschen mutiger wurde.

»Doch, Ruth, ich schätze dich sehr. Als Mutter unserer Tochter. Und als Vater unserer Tochter möchte ich dich bitten, deine Energie auf dein Verhältnis zu Olivia zu verwenden, damit aus der Welt geschafft wird, was immer zwischen euch stehen mag.«

Kapitel sechsundvierzig

Der Tag des Umzugs dämmerte heiß und wolkenlos herauf, das perfekte Wetter für den Carnival, der unter dem Motto »Mardi Gras am Meer« stand. Die Commercial Street hatte sich in ein Märchenland verwandelt – Glitter, Tüll, Federn, wohin man auch schaute. In der ganzen Stadt drängten sich Junge und Alte, Einheimische und Touristen, Heterosexuelle und Homosexuelle. Ihre fantasievollen Kostüme boten einen wahren Rausch an Farben. Elise und Fern hatten einen Logenplatz: Sie saßen auf den Stufen vor ihrem Laden, vor den sie ein großes Transparent mit den Worten EINEN SCHÖNEN VIERZIGSTEN CARNIVAL! gespannt hatten. An die Teilnehmer auf den Festwagen verteilten sie kostenlos Eistee.

Eine Stunde nach Umzugsende zogen immer noch Kostümierte vorbei. Eine Gruppe Männer in Café-Du-Monde-T-Shirts, Badehosen und gelben Kniestrümpfen sauste auf Rollschuhen vorüber. Dahinter zwei ältere Frauen in langen schwarzen Kleidern, aufgespannten schwarzen Schirmen, die Gesichter dramatisch mit Bühnenschminke bemalt, die Hälse behängt mit unzähligen Ketten bunter Mardi-Gras-Perlen. Diese Perlen sah man überall, sogar Hunde, die an der Leine mitgeführt wurden, trugen eine oder zwei Ketten um den Hals.

Ein paar Polizisten schlenderten vorbei – als Einzige nicht kostümiert. Brian Correia winkte, als er die beiden vor dem Laden sitzen sah, doch Fern wirkte weder beunruhigt noch peinlich berührt, wie Elise mit einem raschen Seitenblick feststellte. *Kein Grund zur Sorge*, dachte sie. *Heute wird einfach nur gefeiert.*

Fern, die Mira auf dem Arm hielt, bemerkte, wie ihr die Augen zufielen, und legte sie behutsam in die Babyschale zwischen ihnen.

»Sie ist völlig geschafft von der ganzen Aufregung«, sagte sie und schaute zärtlich lächelnd auf Mira hinunter.

Zu Beginn des Umzugs war die Kleine hellwach gewesen, hatte aufgeregt mit den Beinchen gestrampelt und mit den Armen gefuchtelt, wenn eine Kapelle vorbeimarschiert war. Seit einigen Wochen reagierte sie deutlich und auf liebenswerte Weise mehr auf ihre Umwelt.

Zwei Frauen schlenderten Arm in Arm vorbei, beide in funkelnden Bikinioberteilen, die Beine steckten in roten Netzstrümpfen an Glitzerstrumpfgürteln, die Füße in roten Plateauschuhen, hinter sich eine lange rote Schleppe. Auf dem Kopf trugen sie Hummerhüte, und über die Finger hatten sie Hummerscherenhandschuhe gestreift.

»Wow!«, entfuhr es Fern. »Diese Hummerkostüme sind echt klasse! Vielleicht hätten wir auch als Hummer gehen sollen.« Auf Amelias Party heute Abend würden sie als Meerjungfrauen gehen. Zu den grünen, paillettenbesetzten Bustiers hatte Elise im Internet passende Flossen bestellt, die sich über ihre Shorts ziehen ließen und unten offen waren, damit man gut darin laufen konnte. Die ebenfalls mit grünen Pailletten besetzten Augenmasken hatte sie selbst gebastelt. Und für Mira hatte sie sogar einen Meerjungfrauen-Strampler gefunden.

»Sie ist wirklich erledigt«, sagte Elise und zog die Abdeckung höher. »Willst du sie reinbringen? Dann kann sie schlafen, und wir zwei könnten ein bisschen abhängen. Nur wir beide.«

Obwohl alles wieder im Lot schien, hatten sie zu wenig Zeit füreinander. Sie spürte Ferns Zuneigung und hatte das Gefühl, dass sie seit Langem endlich wieder harmonierten und in allen Bereichen auf gleicher Linie lagen. Und doch fehlte etwas Entscheidendes: die körperliche Nähe. An ihr lag es dieses Mal nicht. Fern schlief ein, kaum dass sie den Kopf aufs Kissen gelegt hatte.

Fern lächelte, stand auf und schnippte sich eine lila Feder von ihrem Sommerkleid. Ihre Mardi-Gras-Perlen klackerten. »Ich muss mich auch ein bisschen hinlegen. Sonst schlaf ich heut Abend auf der Party ein.« Sie gab ihr einen Kuss auf die Stirn und ging hinein. Elise schaute ihr nach. Sie hatte ein ungutes Gefühl in der Magengrube, und eine Stimme in ihrem Kopf, die nicht einmal von dem fröhlichen Treiben übertönt wurde, flüsterte, dass etwas nicht in Ordnung war. Ganz und gar nicht in Ordnung.

Ruth hatte eigentlich nichts übrig für Verkleidungen.

Selbst als Olivia noch klein war und an Halloween ein entsprechendes Kostüm von Ruth erwartet wurde, hatte sie sich mit einem schlichten Hexenhut oder Teufelshörnern aus der Affäre gezogen. Deshalb hatte sie lange überlegt, ob sie Amelias Einladung zur Carnival-Party annehmen sollte. Ganz unten auf der Karte stand nämlich: *Kostümzwang!*

»Ich glaube, ich verzichte«, sagte sie zu Ben, als sie die

Einladung mit einem Tea-by-the-Sea-Magnet am Kühlschrank festmachte.

»Das wirst du nicht tun! Wenn ich gehe, gehst du auch.«

»Und wieso gehst du?«, fragte sie leicht gereizt, weil sie vermutete, dass Bianca der Grund sei.

»Olivia hat darauf bestanden. Wenn ich schon in den sauren Apfel beißen muss, dann will ich wenigstens nicht der Einzige sein.«

Ruth hatte im Internet tagelang nach Inspirationen für ein Kostüm gesucht. Zu guter Letzt bestellte sie sich ein doppelreihiges Matrosenkleid im Stil der Vierzigerjahre. Es war marineblau, mit großen weißen Knöpfen, einem weißen Saum und ausgestelltem Rock. Dazu eine Matrosenmütze. Als der große Tag schließlich da war und sie feststellte, dass praktisch alle in der Stadt kostümiert herumliefen, konnte sie kaum nachvollziehen, dass sie sich so sehr dagegen gesträubt hatte. Ben ging als Pirat verkleidet.

Vor nahezu jedem Laden wiesen ein Transparent oder ein Schild darauf hin, dass der Carnival sich zum vierzigsten Mal jährte. Die Tradition hatte demnach in ihrem ersten Sommer in Provincetown ihren Anfang genommen. Das konnte kein Zufall sein. Der Kreis hatte sich geschlossen. Sie würde sich mit ganzem Herzen auf den Carnival einlassen. Das Leben hatte sie hierher zurückgeführt, und jetzt würde ihre Familie für eine letzte, denkwürdige Nacht wieder vereint sein. Sie beschloss, jede Sekunde nach Kräften zu genießen.

Der Eingang des Beach Rose Inn war mit einer stilisierten Lilie und einem aufwendig gearbeiteten Kranz aus goldenem Tüll dekoriert. Molly, ein Tuch in Lila, Grün und Gold um den Hals, lag neben einem Polsterhocker. Rachel begrüßte die Gäste, verteilte Masken und schickte alle nach hinten in den Garten.

Das Haus war geschmückt mit Luftschlangen, Ballons und Hunderten von Perlensträngen, die von der Decke, den Treppen, den Türrahmen baumelten. Im Garten wurde sie von Jazzmusik aus der Lautsprecheranlage empfangen. Obwohl sie früh dran war, war sie nicht die Erste. Ein paar Dutzend Gäste hatten sich bereits eingefunden. Hinter ihnen schimmerte die Bucht im Glanz der Abendsonne.

Da alle kostümiert und maskiert waren, war es nicht ganz einfach, die Leute zu identifizieren. Elise und Fern in ihren Meerjungfrau-Kostümen waren an dem Buggy neben ihnen leicht zu erkennen.

Ihr Magen krampfte sich zusammen, weil sie an ihr Versprechen, Jacis Geheimnis vorerst für sich zu behalten, erinnert wurde. Sie spürte, dass es nicht mehr lange dauern würde, bis sie handeln musste. Ben hatte völlig recht: Ihr Verhältnis zu Olivia hatte absoluten Vorrang. Sie hatte Amelias Wunsch nach Zurückhaltung lange genug respektiert. Und dennoch war es Jacis Aufgabe, nicht ihre, allen die Wahrheit zu sagen. Ruth hatte viele Stunden überlegt, wie sie es ihr leichter machen könnte.

»Ruth!« Lidia Barros winkte ihr. Sie trug ein Kleid mit Seesternmuster, einen Seesternhut aus Schaumgummi und eine Seesternbrille. »Mir kommt es vor, als hätten wir uns wochenlang nicht gesehen!«

Das liegt daran, dass ich dir aus dem Weg gegangen bin. »Ja, ich weiß – ich hab gerade viel um die Ohren.«

»Ich bin ganz begeistert von deiner Handcreme und dem Lavendelöl. Du bist wirklich unglaublich! Du solltest diese Sachen verkaufen.«

Ruth nickte zerstreut und blickte sich suchend um. »Hast du Olivia zufällig gesehen?«

»Ja, dort drüben ist sie. Mit Marco. Die beiden kleben wie üblich aneinander.« Sie beugte sich näher zu Ruth und zwinkerte verschwörerisch. »Ich freue mich wahnsinnig für die zwei!«

Ruth lächelte. »Geht mir genauso. Ich muss nur kurz mit ihr reden. Bin gleich wieder da.«

»Ruth! Was für ein entzückendes Ensemble!« Amelia, in einem Schaumstoffkostüm, das an einen Krapfen erinnerte, fing sie auf halbem Weg zu Olivia ab. Amelia als süßer Seelentröster. Wie passend. Sie hatte immer für jeden ein Wort der Ermutigung.

»Danke, Amelia.« Sie empfand eine herzliche Zuneigung zu ihr. Amelia hatte ihr am Strand, am ersten Tag des Mosaikkurses, eine besondere Weisheit mit auf den Weg gegeben: *Man kann etwas Kaputtes nehmen und etwas Ganzes daraus machen.*

Vielleicht wäre Amelia nicht mit dem Gespräch einverstanden, das sie mit ihrer Tochter führen wollte. Dennoch war sie überzeugt, dass Amelia, wäre sie an ihrer Stelle, genauso handeln würde. Schließlich war auch sie eine Mutter und obendrein Großmutter und Urgroßmutter.

Amelia würde es verstehen.

Ruth ging weiter. Sie bemerkte zwei Männer in rosafarbenen Shorts und T-Shirts, die durchsichtige, mit aufgemalten großen Glubschaugen und von den Rändern herabhängenden Bändern dekorierte Schirme aufgespannt hatten. Es dauerte einen Augenblick, bis sie Clifford und Santiago erkannte – sie hatten sich als Quallen kostümiert.

»Ruth Cooperman!« Clifford winkte.

»Ich hätte Sie beide fast nicht erkannt!«

»Dann haben wir gute Arbeit geleistet«, sagte Santiago und senkte seinen Schirm. »Wir haben nur nicht einkalkuliert, dass es ziemlich anstrengend sein würde, die Dinger die ganze Nacht mit uns herumzuschleppen.«

»Wer schön sein will, muss leiden«, bemerkte Clifford. »Ruth, ich weiß, Geschäftliches hat auf einer Party nichts zu suchen, aber …« Er griff in eine Tasche seiner Shorts, zog einen Schlüsselbund heraus und reichte ihn ihr.

Sie schaute ihn fragend an.

»Das sind die Schlüssel für Blue Stone. Meinen Glückwunsch!«

Sie hielt die Schlüssel einen Moment in der Hand und steckte sie dann in ihre Handtasche. Der Kauf des Hauses kam ihr noch unwirklich vor. »Danke, Clifford.«

»Ich danke Ihnen! Sie haben es mir anfangs nicht leicht gemacht, Ruth, das muss ich ja sagen. Aber inzwischen kommt es mir so vor, als ob Sie immer schon hier gewohnt hätten. Anscheinend hat es so sein sollen, was meinen Sie?«

Sie lächelte. »Das denke ich auch, Clifford.«

Sie hätte das ernste Gespräch, das ihr bevorstand, gern verdrängt, um die zwanglose Plauderei mit den beiden Männern fortzusetzen, doch das ging nicht.

»Wenn Sie mich eine Minute entschuldigen würden? Ich muss unbedingt mit meiner Tochter reden.«

»Aber sicher, gehen Sie nur«, sagte Clifford und machte sich mit Santiago auf den Weg zum Buffet.

Ruth ließ ihren Blick über die Gäste schweifen, die immer zahlreicher zur Bar drängten. Diese war ganz am Ende des Gartens aufgebaut worden, dort, wo der schmale Streifen Gras in Sand überging. Hier entdeckte sie auch Olivia, in eine Unterhaltung mit Marco vertieft, der einen Dreizack in der Hand hielt und sich offensichtlich als Poseidon verkleidet hatte.

Die beiden hatten nur Augen für sich. Es war offenkundig, dass alles andere rings um sie herum nicht zu existieren schien.

Ruth holte tief Luft und steuerte auf sie zu. Na dann los.

Sie tat das Richtige. Diese Unterhaltung musste sein. Als sie mitten in der Nacht aufgewacht war, hatte sie nicht daran gezweifelt. Noch ganz unter dem Einfluss ihrer Träume war sie um vier Uhr früh überzeugt gewesen, dass ihre Idee, wie alles wieder ins Lot kommen könnte, sich umsetzen ließ. Bei Tageslicht betrachtet war sie sich da nicht mehr so sicher gewesen. Aber sie konnte diesem Drama unmöglich auch nur einen Tag länger zuschauen.

Olivia bemerkte sie, tat aber so, als wäre sie Luft. Es war Marco, der sie herzlich begrüßte.

»Poseidon?«, fragte Ruth.

»Erraten. Das Matrosenkleid ist wirklich hübsch, steht Ihnen fantastisch.«

»Danke. Und du, Olivia, du siehst zauberhaft aus als …« Ja, als was? Sie trug ihre Haare offen, und der Tellerrock ihres meergrünen Kleids mit dem eng anliegenden Oberteil war allem Anschein nach mit Muscheln verziert. In einer Hand hielt sie den gleichen Dreizack wie Marco. »Meerjungfrau?«

»Ich bin Amphitrite«, sagte Olivia.

Amphitrite. So hatte das Boot geheißen, auf dem sie ihre Unschuld verloren, das erste Mal mit Ben geschlafen hatte.

Auf einmal war ihr unerträglich heiß. Sie schwankte ein wenig. Marco fasste sie besorgt am Arm. »Alles in Ordnung?«

»Ja, mir geht's gut.« Sie riss sich zusammen und versuchte sich zu konzentrieren. »Marco, darf ich Olivia kurz unter vier Augen sprechen? Dauert nicht lange.«

Olivia protestierte, behauptete, sie hätten gerade zum Buffet gehen wollen, aber Marco meinte, er werde sehen, was es Gutes gebe, und ihr ein paar kleine Häppchen mitbringen.

Als sie allein waren, fragte Olivia schroff: »Was willst du, Mutter?«

Kapitel siebenundvierzig

Olivia folgte ihrer Mutter widerwillig ans andere Ende des sandigen Abschnitts und näher ans Wasser.

»Ich weiß, dass du sauer auf mich bist, weil ich Jacis Geheimnis für mich behalten habe. Und mir ist klar, dass es so nicht weitergehen kann, aber sie ist diejenige, die mit der Wahrheit herausrücken muss – nicht ich, nicht du, nicht Amelia.«

»Amelia weiß Bescheid?«

Upps. »Egal. Was ich sagen will: Jaci muss erkennen, dass es eine Alternative zu ihrer Entscheidung gibt. Auf der einen Seite will sie ihren Collegeabschluss machen und einen Beruf ergreifen, auf der anderen will sie ihre Eltern, die bald in den Ruhestand gehen, nicht mit einem Baby belasten, weil sie dann praktisch von vorn anfangen müssten.«

»Mira ist Lidias Enkelin. Ich kann mir nicht vorstellen, dass sie sie als Belastung empfinden würde.«

»Emotional nicht, nein, aber denk daran, was der Alltag mit einem Kleinkind mit sich bringt. Das kann nur jemand verstehen, der selbst Mutter ist.«

Olivia sah sie an und verschränkte die Arme über der Brust. Sie hatte sich die Wimpern dick mit blauer Mascara getuscht und türkisgrüne Pailletten auf ihre Brauen geklebt. Sie boten bestimmt einen merkwürdigen Anblick – eine Matrosin aus den Vierzigerjahren in ein ernstes Gespräch mit einer griechischen Meeresgöttin vertieft. Und dennoch war sie überzeugt, dass in Provincetown wichtige Unterredungen schon unter ausgefalleneren Bedingungen stattgefunden hatten. Das war mit ein Grund, warum sie sich in diesen Ort verliebt hatte – hier schien jederzeit alles möglich zu sein.

War sie nicht deshalb zurückgekehrt – um diesem Gefühl nachzuspüren?

»Worauf willst du hinaus, Mutter?«

Ruth zuckte die Achseln. »Nun, du bist da, und du bist mit Jacis Bruder zusammen. Ihr beide könntet doch einspringen …«

»Tut mir leid, Mutter, aber das ist absurd! Ich will nicht irgendein idealisiertes Leben führen, das du dir in deiner Fantasie ausmalst! Du hast mich gebeten, deine Entscheidungen zu respektieren, und ich verlange von dir, dass du auch meine Pläne respektierst.«

»Was für Pläne?«

»Mir ist ein Job in New York City angeboten worden, ich hab die Chance, meine eigene Firma zu gründen – so wie du.«

Ruth wurde hellhörig. Irgendwo in ihrem Inneren schrillte eine Alarmglocke. Sie berührte Olivia am Arm. »Lass nicht zu, dass sich dein Leben ausschließlich um die Arbeit, um eine Firma dreht. Nicht einmal um deine eigene.«

»Was für eine Ironie, dass ausgerechnet du mir diesen Rat gibst!«

»Das ist keine Ironie. Ich habe bis zu diesem Sommer geglaubt, ich hätte den Fehler gemacht, dass ich zu jung geheiratet habe. Jetzt weiß ich, was mein Fehler war: dass ich viel zu viel Zeit in meine Karriere investiert habe. Ich kann das nicht ungeschehen machen. Aber du musst meinen Fehler nicht wiederholen.«

Olivias Züge wurden weicher. Einen Augenblick lang schwiegen sie beide. Ruth hätte sich gewünscht, dass Olivia ihr vergab, dass sie so etwas sagte wie: *Schon okay, ich weiß, du hast dein Möglichstes getan.* Aber sie wäre schon dankbar, wenn ihre Tochter ihren Rat nicht rundweg ablehnte.

Marco, zwei Pappteller in der Hand, kam durch den Garten auf sie zu. Er ließ sich auf kein Gespräch ein, sondern ging geradewegs auf Olivia zu, den Blick fest auf sie gerichtet.

Ruth wandte sich ihr zu. »Dieser Mann liebt dich«, sagte sie sanft. »Das ist mehr wert als jede Karriere. Denk wenigstens über meinen Vorschlag nach.«

Cynthia Wesson trug das kunstvollste Kostüm des Abends: eine lila Korsage und einen bodenlangen Rock aus Pfauenfedern. Lange Federn zierten auch den oberen Rand ihrer Maske, am unteren hingen Perlen, die bis unter ihr Kinn reichten. Elise erkannte sie nur, weil sie auffallend groß war, zumal sie auch noch Plateauschuhe in Lila trug.

In ihrer Begleitung befand sich ein älterer, glatzköpfiger Mann in Leinenhose und mit Fliege – der einzige Partygast, der sich nicht verkleidet hatte.

Cynthia winkte ihr und bahnte sich, ihren Begleiter im Schlepptau, einen Weg durch die Menge. Elise wechselte Mira auf den anderen Arm und wischte ihr den Schweiß von der Stirn. Ob sie sie lieber in den Buggy legen sollte, damit sie es kühler hatte? Oder noch besser: ins Haus bringen?

»Schön, dass Sie hier sind, Elise! Ich hab im Laden vorbeigeschaut, aber da war niemand mehr. Ich würde Ihnen gern meinen Dad vorstellen, Mitt Wesson.«

Elise erstarrte. Sie hatte oft überlegt, ob sie sich mit diesem Mann in Verbindung setzen sollte. Sie hatte nur deshalb noch nichts unternommen, weil Fern sich auf einmal so merkwürdig verhalten hatte. Sie hatte sich mit dem Gedanken getröstet, dass sie es schon spüren würde, wenn der richtige Zeitpunkt gekommen war. Und jetzt stand der Mann vor ihr. »Freut mich sehr, Sie kennenzulernen, Mr Wesson. Ihre Tochter ist uns diesen Sommer eine große Hilfe.«

»Das Vergnügen ist ganz meinerseits, Mrs Douglas«, sagte er mit dröhnender Stimme und unverkennbarem Südstaatenakzent. Elise erinnerte sich, dass Cynthia erzählt hatte, ihre Eltern seien aus Georgia. *Gutes zu tun ist Tradition bei den Südstaatlern.*

»Und wer ist dieses reizende kleine Wesen?« Er beugte sich ein bisschen näher zu dem Baby.

»Das ist Mira.« Elise zögerte eine Sekunde. »Cynthia hat mir erzählt, dass Sie Anwalt für Adoptionsrecht sind. Hier ist weder der Ort noch die Zeit, aber ich bräuchte Ihren Rat. Vielleicht könnten wir einen Termin für nächste Woche ausmachen?«

»Sie möchten die Kleine adoptieren?«

Elise schluckte schwer und nickte.

»Ich stehe jederzeit für ein Gespräch zur Verfügung.«

»Bei mir sind die Umstände ein bisschen ungewöhnlich«, fügte Elise kleinlaut hinzu.

»Das sind sie meistens. Wenn ich in vierzig Jahren Berufserfahrung eins gelernt habe, dann das.« Er hatte seine Brieftasche aus seinem Jackett gezogen, nahm eine Visitenkarte heraus und reichte sie ihr.

Elise steckte sie mit zitternden Fingern ein. Sie hatte den ersten Schritt unternommen, damit Mira ihr Kind wurde.

Das Buffet erstreckte sich über die gesamte Länge des Eingangsbereichs. Ruth erinnerte sich, dass Clifford ihr an jenem ersten hindernisreichen Nachmittag in Provincetown von Amelias Kochkünsten vorgeschwärmt hatte. An diesem Abend hatte sie ihr portugiesisches Repertoire um Cajun-Gerichte erweitert, wie sie typisch für Louisiana waren: Jambalaya, Po'boy-Sandwiches und Gumbo. Alles, was Ruth probiert hatte, schmeckte einfach köstlich.

Mit einem Po'boy-Sandwich in der einen Hand und einem Drink in der anderen saß sie nun auf einem der runden Polsterhocker in der Lobby. Luke hatte ihr den Cocktail gemixt, einen hellroten Hurricane aus Fruchtsaft und zwei verschiedenen Rumsorten. Sie hatte ein paarmal daran genippt, und schon war ihr der Alkohol zu Kopf gestiegen.

»Man müsste das Zeug mit einem Warnhinweis versehen«, meinte Ben, der mit einem Teller Gumbo neben ihr saß.

»Das ist mir auch gerade klar geworden.« Sie stellte ihr Glas auf den Boden. Es war so schon genug los, da musste sie nicht auch noch betrunken sein. »Ich glaube, ich stell das lieber irgendwo anders hin, wo es nicht umgestoßen werden kann. Hältst du den mal kurz?« Sie gab ihm den Teller mit ihrem Sandwich, stand auf und deponierte ihren Drink auf einen Tisch. Als sie sich umdrehte, war Ben verschwunden.

»Ich bin hier.« Er stand neben ihr.

Ihr Blick fiel auf Bianca, die am anderen Ende der Lobby stand und sie finster anstarrte. »Lass uns rausgehen«, sagte Ruth. »Hier ist es mir zu voll.«

»Gute Idee.« Er reichte ihr ihren Teller, und sie traten durch einen Perlenvorhang und gingen weiter Richtung Hintertür, wo sich die Gäste regelrecht stauten. Als sie es endlich nach draußen geschafft hatten, suchten sie sich ein ruhiges Plätzchen.

»Ich hab gesehen, dass du dich vorhin mit Olivia unterhalten hast«, sagte Ben. »Das ist ein gutes Zeichen.«

Ruth blickte sich suchend nach ihrer Tochter um. Es dauerte eine Weile, bis sie sie am Rand der Menge entdeckte, wo sie sich mit jemandem unterhielt: Jaci Barros.

»Ben, ich habe Olivia geraten, hierzubleiben und nicht nach New York zurückzukehren, um diese Firma zu gründen.«

Er schien nicht sonderlich erfreut über diese Neuigkeit. »Ich kann ja verstehen, dass du die verlorene Zeit nachholen willst, aber der Sommer kann nun mal nicht ewig dauern.«

»Das hat gar nichts damit zu tun. Ich denke, sie sollte ihrer neuen Beziehung eine Chance geben. Ich habe ihr erzählt, dass ich es heute anders machen würde, wenn ich die Zeit zurückdrehen könnte.«

»Das ist nicht wahr, Ruth.«

»Doch, Ben. Es ist wahr«, widersprach sie mit brüchiger Stimme.

Sie sahen sich in die Augen. Nach einigen Sekunden fragte Ben:

»Erinnerst du dich an den Abend vor ungefähr einem Jahr, als wir uns zufällig im Scarpetta trafen?«

Sie nickte stumm, weil sie fürchtete, ihr könnte die Stimme versagen. Sie hatte sich damals ohnehin nur halbherzig auf das Date eingelassen, aber nach dem Wiedersehen mit Ben war es aus und vorbei gewesen.

»Ich musste die ganze Zeit an dich denken«, fuhr er fort. »Die Frau, mit der ich ausging, war eine wirklich nette Person, aber mir wurde in dem Moment klar, dass ich für sie nie das empfinden würde, was ich für dich empfunden hatte. Also wozu das Ganze fortsetzen?«

Ruth spürte, wie ihr Herzschlag sich beschleunigte. »Warum hast du mir das nicht gesagt?«, flüsterte sie.

»Wieso hätte ich das tun sollen?«

»Weil ich vielleicht genau das Gleiche empfunden habe.«

Ihre Ehe aufzugeben war ein schwerer Fehler gewesen.

»Ruth, du hast die Scheidung eingereicht. Ich bin nicht mehr zornig deswegen. Aber ich lebe auch nicht in der Vergangenheit. Was vorbei ist, ist vorbei.«

Sie machte einen Schritt auf ihn zu, legte ihm die Arme um den Hals und küsste ihn im letzten Licht der untergehenden Sonne. Ben erwiderte ihren Kuss. Für einen Augenblick war es wieder Sommer 1978, und sie befanden sich auf einem Boot, das vor Long Point vor Anker gegangen war. Dann machte Ben sich los.

»Was war das denn?«

»Das war die Geschichte, die sich wiederholt.«

Kapitel achtundvierzig

Elise war es wichtig, dass Fern noch an diesem Abend die Bekanntschaft mit Cynthias Vater machte. Das würde den ganzen Prozess beschleunigen. Sie wusste nicht, worauf Fern wartete oder was diesen ungewöhnlichen Wechsel ihrer Strategie und ihres Zeitrahmens verursacht hatte. Aber sie legte Wert darauf, jetzt die Reset-Taste zu drücken.

Das Problem war nur, dass sie Fern nirgends finden konnte. Sie ging hinein, ließ ihren Blick über die Gäste am Buffet schweifen, ging wieder nach draußen, dorthin, wo die Bar aufgebaut war. Sie hatte Mühe, den Buggy zwischen all den Menschen hindurchzumanövrieren.

Lidia warf einen Blick in den Kinderwagen. »Was für ein süßes Gesichtchen! Wie ein kleiner Engel. Und die vielen dunklen Haare! Genau wie Jaci damals.«

»Ich würde sie gern nach oben bringen, damit sie schlafen kann, aber ich hab Angst, dass ich sie nicht höre, falls sie aufwacht«, sagte Elise.

»Keine Sorge, ich werde immer mal wieder nach ihr sehen«, versicherte Lidia.

Die Jazzmusik, die den ganzen Abend gespielt hatte, verstummte abrupt. Stattdessen war lautes Geklirre zu hören. Elise drehte sich verwundert um.

»Was hat meine verrückte Schwägerin denn jetzt wieder vor?«, grummelte Lidia.

Bianca Barros, eine dunkle Gestalt in einem schwarzen Westenkleid und auf dem Kopf einen Zylinder, war auf einen Tisch geklettert und klopfte mit einem Löffel an ein Glas. Ihr schwarz-rot-weiß bemaltes Gesicht ähnelte einer mexikanischen Totenkopfmaske. Doch das überraschte wahrscheinlich niemanden.

»Alle mal herhören!«, rief sie. »Ich möchte einen Toast ausbringen! Das ist mein vierzigster Carnival, und einige von euch sind seit jenem ersten glücklichen Fest mit dabei. ›Ein Tag in Rio‹ lautete das Motto damals, dem im Lauf der Jahre so viele spannende Themen gefolgt sind. Viele von uns erinnern sich bestimmt noch an ›Broadway Musicals‹, ›Helden und Schurken‹ …«

»›Frieden, Liebe und Gogo-Stiefel‹«, schrie jemand dazwischen.

Bianca nickte. »Aber das diesjährige Motto ist das bisher beste – ›Mardi Gras am Meer‹. Der Mardi Gras, eigentlich der Dienstag vor dem Aschermittwoch, heißt auch Shrove Tuesday, und *shrove* bedeutet ›beichten‹. Wenn das nicht zum Ende des Sommers passt! Vor allem dieses Sommers.«

Bildete sich Elise das nur ein, oder sah Bianca sie aus ihren dick mit Kajal umrandeten, gespenstischen Augen an?

»Lasst uns die Masken ablegen und beichten! Jetzt, hier, heute Abend! Wer meldet sich freiwillig?« Ein Raunen ging durch die Menge, ein paar Gäste klatschten. Ermutigt drehte sich Bianca langsam um die eigene Achse, trat dann an die Tischkante und zeigte mit dem Finger. Auf Elise. Dieses Mal gab es keinen Zweifel.

»Elise Douglas, warum kommst du nicht hier herauf

und erzählst uns, woher dein geheimnisvolles Baby stammt? Nur nicht so schüchtern! Du bist das doch sonst auch nicht! Warum sagst du uns nicht, was es mit diesem Neuzugang in unserer Stadt auf sich hat?«

Elise kam sich vor wie in einem bösen Traum. Passierte das wirklich? Sie wollte weglaufen, aber eingekeilt von der Menge, noch dazu mit dem Buggy, war an Flucht nicht zu denken. Panisch schaute sie sich nach Fern um.

Inzwischen hatte sich Amelia einen Weg zu dem Tisch gebahnt, auf dem Bianca stand. »Das reicht jetzt!«, sagte sie scharf.

»Wieso, ich möchte lediglich wissen, wer die Mutter des Babys ist«, erwiderte Bianca ungerührt.

In ihrem Alter konnte Amelia nicht auf den Tisch klettern und Bianca herunterholen, das war Elise klar. Aber jemand musste es tun, und zwar schnell.

»Das ist einfach unglaublich, wie sie sich aufführt!« Lidia war neben Elise getreten und legte einen Arm um sie. »Es tut mir so leid!«

Elise brachte kein Wort heraus. Wo steckte Fern denn bloß? Wieder verrenkte sie sich den Hals, um besser sehen zu können. Dann entdeckte sie Jaci, die sich energisch zu Bianca durchkämpfte, und ein paar Schritte hinter ihr Fern. Endlich! Fern zögerte eine Sekunde, steuerte dann aber auf Elise zu. »Da ist Jaci!«, sagte Lidia. »Sie wird diesem Spuk ein Ende machen, du wirst sehen.« Sie legte die Hände trichterförmig um den Mund und schrie: »Hol sie von dem Tisch runter, Jaci!«

Jaci hätte sich fast in ihrem Kostüm verheddert, als sie auf den Tisch kletterte. Jetzt eilten auch Marco und

Manny herbei. Sie packten Bianca an den Armen, der eine rechts, der andere links, und zerrten sie herunter.

»Ich kann nicht glauben, dass das wirklich passiert«, stammelte Elise.

»Ich muss mit dir reden«, sagte Fern. »Lass uns reingehen.«

Jaci stand immer noch auf dem Tisch. Die Musik setzte wieder ein, aber sie rief Amelia zu, sie solle sie abstellen. Dann riss sie sich ihre Perücke und ihre Maske herunter und schleuderte beides weg. Stille war eingekehrt. Alle starrten Jaci an. Die Vorstellung war anscheinend noch nicht vorbei.

»Meine Tante Bianca hat recht«, sagte Jaci laut. »Es ist Zeit für eine Beichte, und da alle heute Abend hier versammelt sind, werde ich ein Geständnis ablegen, dann brauche ich es nur ein einziges Mal zu sagen: Ich bin die Mutter des Babys.«

Lidia stieß einen Schrei aus. Fern griff nach Elises Hand.

Und Elise hatte das Gefühl, dass ihr der Boden unter den Füßen weggezogen wurde.

Kapitel neunundvierzig

Als Olivia aufwachte, war die andere Seite des Betts leer.

Acht Uhr. Sie hatte ungefähr fünf Stunden geschlafen, unruhig geschlafen, weil Marco sich in einem fort hin und her gewälzt hatte. Sie hatten beide zu viel getrunken.

Nach dem Zwischenfall auf Amelias Party hatte sich die ganze Familie Barros zerstreut. Lidia und Manny nahmen Jaci mit nach Hause, Marco flüchtete ins Old Colony Tap. Olivia folgte ihm und versuchte, mit ihm zu reden, aber er wehrte ab: Er brauche erst mal ein paar Wodka.

Von der Bar zogen sie weiter zu Spiritus Pizza, wo sie noch um ein Uhr morgens saßen. Marco weigerte sich immer noch, über die Bombe zu reden, die Jaci hatte platzen lassen. Olivia drängte ihn nicht, weil jede eingehende Diskussion über das Thema zur Folge gehabt hätte, dass sie gestehen musste, die Wahrheit seit Wochen gekannt zu haben. Sie konnte nicht zulassen, dass eine Lüge zwischen ihnen stand.

Neuer Tag, neue Wirklichkeit. Sie schlüpfte in eine Jogginghose, streifte sich Marcos Long-Point-Kapuzenshirt über den Kopf und zog ihre Flip-Flops an. Sie fand Marco auf der Terrasse hinter dem Haus mit einem Becher Take-out-Kaffee.

»Hey. Du hast dir einen Kaffee *gekauft*?«

»Ich wollte dich nicht wecken.« Er bückte sich nach

einem zweiten Becher neben ihm auf dem Boden. Er hielt ihn ihr hin mit den Worten: »Dürfte inzwischen kalt sein.«

»Bist du schon lange auf?«

»Ein paar Stunden. Komm, setz dich.« Sie zog sich einen Stuhl heran. »Geht's dir gut?«

»Na ja, ich hätte wissen müssen, dass ich beim Trinken nicht mit dir mithalten kann«, erwiderte sie trocken.

»Sorry. Das gestern Abend war sogar für mich eine ganze Menge.«

»Kann man ja verstehen.« Sie griff nach seiner Hand.

»Ich kann nicht fassen, dass sich Jaci in so eine Lage bringt und dann auf so unglaubliche Weise mit der Situation umgeht.« Er schüttelte den Kopf. »Ich bin regelrecht geschockt! Ich bin … ich bin maßlos enttäuscht.«

»Ach, Marco. Sie ist doch noch ein halbes Kind. Und dann die Sache mit Elise und Fern, die sich so sehr ein Baby wünschen … Sie hat es bestimmt nur gut gemeint.«

»Wenn ich daran denke, wie sehr sie sich gegen die Arbeit auf der Austernfarm gesträubt hat und wie sie immer wieder betont hat, dass sie Karriere machen will! Sie ist die erste Frau in unserer Familie, die aufs College geht. Hast du das gewusst? Und nicht irgendein College, nein, Princeton! Und jetzt? Was soll jetzt werden?«

Olivia atmete tief durch. »Jetzt wird sie wie geplant aufs College zurückkehren.«

»Mit einem Baby?«

Olivia schüttelte den Kopf. »Nicht unbedingt.«

»Richtig. Meine Eltern. Der einzige Weg, das zu umgehen, ist, dass meine Eltern, die ihr Leben lang hart gearbeitet und ihren Ruhestand weiß Gott verdient haben, sich in Vollzeit um das Baby kümmern. Das ist einfach nicht fair!«

»Oder aber …« Sie wusste, wenn sie es jetzt aussprach, gab es kein Zurück mehr. »Ich könnte eine Weile hierbleiben und mich zusammen mit dir um Mira kümmern.«

Er wandte sich ihr zu und nahm seine Sonnenbrille ab.

»Olivia«, sagte er schließlich, »das ist wirklich großzügig von dir. Und selbstlos. Ich weiß nur nicht, ob es realistisch ist. Ich meine, wir sind erst relativ kurze Zeit zusammen, und als wir das letzte Mal geredet haben, hast du ernsthaft erwogen, nach New York zurückzukehren und diese Firma zu gründen. Ich kann mir nicht vorstellen, dass du deine Meinung praktisch über Nacht geändert hast.«

»Das habe ich auch nicht. Ich war hin- und hergerissen zwischen meinen Gefühlen für dich und meiner Überzeugung, dass sich mein richtiges Leben in Manhattan abspielt. Und wenn ich wählen müsste, nun, dann würde ich mich für dich entscheiden.«

Marco stand auf und zog sie in seine Arme. Er hielt sie ganz fest, als er sagte: »Ich liebe dich. Ich liebe dich wirklich. Aber wir können eine Krise im Leben meiner Schwester nicht als Grundlage für eine Entscheidung dieser Tragweite nehmen.« Er löste sich von ihr, nahm ihre Hände in seine und sah ihr in die Augen. »Lass uns das Ganze ein paar Tage überdenken.«

Olivia nickte stumm. Sie fürchtete, die Stimme könnte ihr versagen, wenn sie jetzt den Mund aufmachte. Was Marco sagte, war vernünftig. Und dennoch … Vielleicht stand sie noch unter dem Einfluss der eindringlichen Worte ihrer Mutter und der dramatischen Ereignisse im weiteren Verlauf des Abends, aber es kam ihr wie eine Zurückweisung vor.

Es kam ihr wie ein Abschied vor.

Elise wollte nicht ins Bett. Die Zeit, die sie schlief, konnte sie nicht mit Mira verbringen. Die Zeit mit ihr war nur geborgte Zeit. War es von Anfang an gewesen.

Sie blieb die ganze Nacht in dem Arbeitszimmer sitzen, aus dem niemals ein Kinderzimmer werden würde. Sie betrachtete Mira in ihrem Stubenwagen, gab ihr um drei Uhr früh das Fläschchen und hielt sie selbst dann noch, als sie längst wieder eingeschlafen war, in ihren Armen.

In ihrem Kopf spulten sich immer wieder die Ereignisse der letzten Wochen ab. Es war wie ein fremdsprachiger Film, der plötzlich Untertitel bekommen hatte. Jaci war ungewollt schwanger geworden, hatte das Kind zur Welt gebracht und auf der Veranda von Shell Haven ausgesetzt, weil sie von Elises verzweifelten Versuchen, Mutter zu werden, gewusst hatte. Nach ihrer Logik war auf diese Weise jedem geholfen.

Das erklärte, weshalb sie sich ständig bei ihr und Fern herumgetrieben und so oft angeboten hatte, auf die Kleine aufzupassen, anstatt mit ihrem Bruder aufs Meer rauszufahren. Auch wenn sie noch so jung war, hatte sie doch mütterliche Liebe zu ihrem Kind empfunden.

Hätte sie es sehen müssen? Hatte sie bewusst die Augen vor der Realität verschlossen? Sie glaubte es nicht. Sie hatte Cynthia verdächtigt, die Mutter des Babys zu sein. Nicht im Traum wäre sie auf Jaci Barros gekommen, die sie kannte, seit sie hierhergezogen waren.

Doch was spielte es letztendlich für eine Rolle? Auch diese Chance, Mutter zu sein, war ihr genommen worden.

»Elise.« Fern stand in der Tür. »Wein bitte nicht. Quäl dich nicht so!«

Sie trug eine lavendelfarbene Tunika und hatte sich schon gekämmt. Wie spät war es denn?

Fern nahm ihr Mira ab, legte sie in den Stubenwagen und kniete sich dann vor den Schaukelstuhl. »Alles wird gut, du wirst sehen.«

Elise schlug sich schluchzend die Hände vors Gesicht. »Nein, es wird nicht wieder gut.«

»Doch, ganz bestimmt. Glaub mir. Alles wird gut«, wiederholte sie mit Nachdruck. »Du musst Geduld haben. Reiß dich zusammen!«

Es klingelte an der Haustür. Wer konnte das sein?

»Ich geh schon«, sagte Fern. »Ich bin gleich zurück, okay?« Sie verließ das Zimmer und schloss die Tür hinter sich.

Elise war froh, dass sie wieder allein war. Sie hatte keine Lust, sich »zusammenzureißen«. Sie hatte sich lange genug zusammengerissen. Von diesem Schlag würde sie sich nie mehr erholen.

Sie hörte, wie sich Fern mit jemand unterhielt, einer Frau. Sie hätte die Tür öffnen und lauschen können, aber es interessierte sie nicht.

Mira gab einen kleinen, seufzenden Laut von sich. Elise erhob sich, trat an den Stubenwagen und beobachtete, wie Mira am Daumen nuckelte. Das machte sie erst seit Kurzem. Sie würde sich so sehr verändern im Lauf der nächsten Wochen und Monate, und Elise würde es nicht mehr miterleben.

Es klopfte.

»Elise, wir haben Besuch«, rief Fern. Besuch? Um diese Uhrzeit? Und Fern hatte ihn auch noch hereingebeten? Elise zog ihren Morgenrock fester um sich und öffnete die Tür.

Vor ihr stand Lidia Barros.

Miras Großmutter. Natürlich.

Elise spürte Wut in sich aufsteigen. Aber Lidia konnte nichts für diese Situation, sie war ein Opfer der Umstände, nicht anders als Elise. Und dennoch – Lidia würde Mira mitnehmen. Sie hatte eine Enkelin bekommen, und Elise würde mit leeren Armen dastehen. Wieder einmal.

»Ich hoffe, ich störe nicht«, sagte Lidia und trat ein. Fern folgte ihr.

»Nein, nein. Ich … wir hätten dich anrufen sollen. Entschuldige«, sagte Elise. Sie sah Fern an, und die nickte.

Lidia schüttelte den Kopf. »Ich bin hier, um mich zu entschuldigen. Jaci hat mir alles erzählt. Sie hat es wahrscheinlich gut gemeint, aber ich mag mir gar nicht vorstellen, wie viel Kummer und Schmerz sie euch damit bereitet. Ihr braucht Mira nicht sofort zu uns rüberzubringen. Lasst euch Zeit.«

Aber ihr Blick huschte zu dem Stubenwagen hinüber.

Elise, ganz benommen vom Schlafmangel, die Augen gerötet vom Weinen, ging mit schleppenden Schritten zu dem Stubenwagen. Mira war wach und guckte zu dem Mobile hinauf. Elise hob sie heraus und legte sie sich an die Schulter. Einen Augenblick blieb sie reglos stehen, die Augen geschlossen, und prägte sich diesen Moment für alle Ewigkeit in ihr Gedächtnis ein.

Dann drehte sie sich zu Lidia um und gab ihr das Baby, die es überrascht, aber mit geübtem Griff entgegennahm.

Mira schaute zu ihr auf und lächelte. Sie lächelte jetzt sehr oft, und jeder, der dieses bezaubernde Lächeln sah, war entzückt.

Elise wandte sich von Großmutter und Enkelin ab, unterdrückte mühsam die Tränen und flüchtete in Ferns Arme.

Kapitel fünfzig

Ruth wurde von der Türklingel geweckt, und ihr erster Gedanke war: *Wer kann das denn sein um diese Zeit?* Der zweite: *Das ist nicht mein Schlafzimmer.* Und der dritte: *Mein Körper fühlt sich irgendwie anders an.*

Es war sehr lange her, dass sie Sex gehabt hatte.

Sie setzte sich auf und schaute sich in dem Zimmer im dritten Stock von Shell Haven um, das sie zu Beginn des Sommers liebevoll für Olivia eingerichtet hatte. Auf dem Nachttisch eine der nach Rosen und Schwarzer Johannisbeere duftenden Kerzen von Good Scents und *Land's End*, das Buch von Michael Cunningham. Und neben ihr Ben.

Schlagartig fielen ihr die Ereignisse vom Vorabend wieder ein. Sie hatte Ben im Garten geküsst und sich wieder wie der Teenager von vor vierzig Jahren gefühlt. Doch bevor sie länger über ihre Gefühle nachdenken konnte, hatte Bianca ihre theatralische Vorstellung gegeben und Jaci ihre öffentliche Beichte abgelegt. Danach entstand ein unglaublicher Tumult. Sie selbst eilte Amelia und Rachel und ein paar anderen Frauen zu Hilfe, die sich um Lidia kümmerten. Olivia verließ die Party mit einem völlig verstörten Marco, und Manny übernahm es, seine Schwester aus dem Garten zu eskortieren.

»Ich muss dir ein Geständnis machen«, sagte Ben, als sie später bei einer Flasche Wein im Wohnzimmer von

Shell Haven saßen. Auf den Straßen war der Carnival noch in vollem Gange. Vermutlich würden sie Musik und Feuerwerksraketen bis zum Sonnenaufgang hören. »Ich bin schuld an diesem Desaster.«

Ruth schenkte ihm nach. »Heute Abend, meinst du? Wieso das?«

Ben nahm ihr die Flasche ab und stellte sie hin. »Olivia hat mir erzählt, dass das Baby ausgesetzt wurde. Und ich habe es Bianca gegenüber erwähnt«, sagte er sichtlich zerknirscht.

»Aber warum?«

Er schüttelte den Kopf. »Sie hat gemeint, es sei Olivias Baby. Ich habe ihr gesagt, das sei ausgeschlossen, es sei auf der Veranda ausgesetzt worden.«

»Bianca hat gewusst, dass es nicht von Olivia ist! Das Baby war schon da, bevor Olivia hierherkam. Bianca hat ins Blaue geschossen und prompt einen Treffer gelandet.«

»Tut mir leid.«

Ruth konnte ihm nicht böse sein. Es waren so viele Fehler gemacht worden. »Ob sie geahnt hat, dass Jaci die Mutter ist? Und hat sie mit ihrem Auftritt ihre Nichte nur provozieren wollen, die Wahrheit zu sagen?«

»Möglich. Ich meine, die Ähnlichkeit mit ihrer Familie ist kaum zu übersehen. Und wenn man erst einmal ein, zwei Puzzleteile hat …«

Sie presste sich die Fingerspitzen an die Schläfen. »Ich habe dich vor Bianca gewarnt.«

»Ich weiß«, erwiderte er bedrückt. »Ich fühle mich ganz schrecklich.«

Eine tiefe Erschöpfung übermannte sie. Es musste fast

ein Uhr sein. »Irgendwann hätte Jaci sowieso mit der Sprache herausrücken müssen. Wir haben keinen Einfluss mehr auf den Lauf der Dinge. Ich schlage vor, dass wir das für uns behalten. Dass du Bianca das Geheimnis verraten hast, meine ich.«

»Kannst du mir verzeihen?«

Sie sah ihn an. Trotz der späten Stunde und dem vielen Alkohol war sein Blick fest auf sie gerichtet. Redeten sie immer noch von dem Baby?

»Kannst du *mir* verzeihen?«, flüsterte sie.

Statt einer Antwort beugte er sich zu ihr und küsste sie. Schnell wurde klar, dass sie ihre kleine Party zu zweit nach oben verlegen mussten.

»Hey«, sagte Ben jetzt und setzte sich auf. Ohne Brille, mit den zerzausten Haaren und dem grauen T-Shirt sah er genauso aus wie damals als Collegestudent.

»Hey«, sagte sie. Wie war es möglich, dass so viele Jahre vergangen waren und sie nebeneinander aufwachten, als wäre überhaupt nichts geschehen?

Das musste doch eine Bedeutung haben.

»Was für eine Nacht«, meinte er lächelnd.

Wenn sie nun vorschlug, dort weiterzumachen, wo sie aufgehört hatten? Oder besser gesagt, dort, wo sie am glücklichsten gewesen waren. Sie war einmal gefragt worden, welches Alter sie sich aussuchen würde, um für immer in diesem zu bleiben. Das hier war so ähnlich. Gab es eine Idealversion des Paars, das sie gewesen waren und zu der zurückzufinden sie anstreben konnten? Oder würden sie sich völlig neu erfinden müssen? Waren sie dazu in der Lage?

»Geh nicht nach Cherry Hill zurück«, sagte sie.

»Ach, Ruth, du musst die Dinge immer vorantreiben, nicht wahr?«

»Ist das denn so schlimm?«

Er legte seinen Arm um sie, und sie lehnte sich an ihn. »Nein, ist es nicht. Aber in unserem Alter muss man realistisch sein. Mein Leben spielt sich dort ab.«

»Und ich habe hier gerade ein Haus gekauft«, sagte sie leise. Blue Stone. Das ihr endgültiges Zuhause werden sollte. Zudem würden Elise und Fern künftig ihre neuen, handgefertigten Produkte in ihrem Laden verkaufen. Sie war im Begriff, ein kleines Unternehmen auf die Beine zu stellen, nichts in der Größenordnung ihrer alten Firma, aber immerhin. Sie erzählte Ben vorsichtshalber nichts davon, um ihn nicht an die karrierebesessene Frau zu erinnern, die sie gewesen war. Heute war alles anders. Zumindest wünschte sie sich das.

Ben legte den Arm fester um sie. »Wir sollten die letzten Wochen – und die letzte Nacht – als das ansehen, was es war.«

»Und das wäre?«

»Ein wunderschönes Ende unserer Geschichte.«

Wunderschön war es, da hatte er recht. »Es muss nicht das Ende sein.«

Er küsste sie aufs Haar. »Ich werde dich immer lieben, Ruth. Und ich bin dankbar für diesen Sommer mit dir. Aber lass uns vernünftig sein.«

War es denn unvernünftig zu glauben, dass sie in dieser völlig anderen Phase ihres Lebens die Chance auf ein zweites Glück miteinander hatten? Es ging nicht um Vernunft oder Unvernunft. Er traute ihr einfach nicht. Warum sollte er auch?

Er war derjenige, der Opfer für ihr gemeinsames Leben gebracht hatte. Nicht sie.

Sie musste einen Weg finden, um ihm zu beweisen, dass auch sie dazu bereit war.

Elise kauerte zusammengekrümmt auf dem Bett, während Fern Miras Sachen zusammenpackte und nach unten trug.

Manny kam, um alles abzuholen. Als Elise hörte, wie die Haustür geschlossen wurde und Fern die Treppe heraufstieg, zog sie sich die Decke über den Kopf. Sie wollte mit niemandem reden, nicht einmal mit Fern. Sie wollte, dass die Welt sie in Ruhe ließ.

Fern setzte sich auf die Bettkante. »Ich muss mit dir sprechen, Elise.«

Elise schüttelte den Kopf. »Nein«, klang es dumpf unter der Decke hervor.

»Es ist aber wichtig. Hör mich an, danach werde ich dich in Ruhe lassen. Versprochen.« Fern zog langsam die Decke zurück und streichelte sie zärtlich.

»Ich will schlafen«, murmelte Elise. *Für den Rest des Jahres.*

»Eigentlich wollte ich dir noch nichts sagen, aber die Ereignisse kamen mir zuvor und zwingen mich dazu.« Nach einer Pause fügte sie hinzu: »Amelia hat mir letzten Monat erzählt, dass das Baby Jaci gehört.«

»Was?« Elise fuhr hoch. »Aber woher …?«

Fern zuckte die Achseln. »Sie hat zwei und zwei zusammengezählt.«

»Ich verstehe nicht … Wann hat sie dir das gesagt?«

»Erinnerst du dich, als Amelia im Laden war und darauf bestand, dass ich am Abend auf einen Drink vorbeikomme?«

Natürlich erinnerte sie sich. Und sie wusste auch noch, dass Fern am anderen Morgen nach Boston gefahren war.

»An dem Abend meinte sie, sie sei sicher, dass Jaci die Mutter sei. Sie bat mich, es dir schonend beizubringen. Sie wusste ja, wie sehr du an Mira hängst und dass du sie gern behalten würdest. Ich habe sie gebeten, mir ein bisschen mehr Zeit zu geben.«

»Ich verstehe das nicht! Wieso hast du mir das verheimlicht? Du hast die ganze Zeit gesagt, ich würde mich emotional zu sehr an Mira binden, und dann verschweigst du mir das und machst alles nur noch schlimmer?«

»Ich habe überlegt, was ich tun könnte. Mir war klar, dass wir Mira nicht würden behalten können, und ich wollte dir den Kummer ersparen, noch ein Baby zu verlieren. Und deshalb bin ich zu Dr. Sparrow gefahren.«

Dr. Sparrow. In Boston. Elise hielt unwillkürlich den Atem an. »Warum?«, hauchte sie.

»Ich habe mir unsere letzten Embryonen einpflanzen lassen. Ich wollte dir das eigentlich noch nicht sagen, aber … wir bekommen ein Baby.«

Kapitel einundfünfzig

Die Ebbe setzte kurz vor halb sieben Uhr morgens ein. Die Sonne war vor knapp zwanzig Minuten aufgegangen, als Olivia und Marco auf das Boot kletterten.

Die gemeinsamen Stunden auf dem Wasser waren eine willkommene Verschnaufpause von dem Drama in Marcos Familie. Manny hatte Bianca ohne viel Federlesens hinausgeworfen, weil sie seine Tochter in aller Öffentlichkeit blamiert hatte, und ihr nahegelegt, nach Florida zurückzufliegen. Mit Jaci hatte er seit jenem Abend kein Wort mehr gesprochen, aber Lidia meinte, er brauche einfach Zeit. Dass Lidia sich hingebungsvoll um das Baby kümmerte, verwunderte niemanden, aber das frostige Verhältnis zwischen seiner Mutter und seiner Schwester erstaunte Marco dann doch.

»Sie hat ein paar schlechte Entscheidungen getroffen«, sagte er zu seiner Mutter. »Aber sie ist ein anständiges Mädchen. Das kommt alles wieder in Ordnung, du wirst sehen. Das schaffen wir schon.«

»Sie hat mich belogen, monatelang. Das belastet mich am meisten«, erwiderte Lidia. »Sie hat sich mir nicht ein einziges Mal anvertraut! Hat alles allein durchgestanden. Und dann das Baby weggegeben, ohne mir die Chance zu geben, ihr zu helfen. Was habe ich bloß falsch gemacht? Ich bin so maßlos enttäuscht von ihr.«

Marco und Olivia kümmerten sich so oft wie möglich

um Mira, damit Jaci und ihre Eltern Zeit füreinander hatten. Und viel Zeit, um ihre Beziehung zu kitten, blieb ihnen nicht mehr: Jaci würde im Lauf des Tages aufs College zurückkehren.

Da Marcos Junggesellenbude alles andere als ideal war für das Leben mit einem Säugling, übernachteten sie immer öfter im Haus seiner Eltern.

»Tut mir echt leid«, hatte er gerade erst am Morgen zu ihr gesagt, als sie in Lidias Küche saßen, Kaffee tranken und Mira ihr Fläschchen gaben. Sie hofften, dass sie wieder einschlief und auch nicht wieder aufwachen würde, während sie ein paar Stunden draußen auf dem Meer waren. »So hast du dir das bestimmt nicht vorgestellt.«

Im Gegenteil: Genau das hatte sie ihm schließlich angeboten, an jenem Morgen nach der Mardi-Gras-Party, als er argumentiert hatte, es sei noch zu früh für sie beide, eine solche Verpflichtung einzugehen.

Als sie jetzt hinter ihm durch das Seegras zu den Austernkäfigen watete, fiel ihr auf, wie kühl der Morgen war. Ein eindeutiger Hinweis darauf, dass der September schon in den Startlöchern stand. Der Sommer würde nicht ewig dauern.

Seit sie Dakotas Angebot, in ihre Firma mit einzusteigen, abgelehnt hatte, überlegte sie, wie es weitergehen sollte. Egal wie sich die Dinge zwischen ihr und Marco entwickelten, egal wie lange sie noch in Provincetown blieb, eins wusste sie mit Sicherheit: Sie würde ihre Zeit nie wieder mit etwas so Sinnentleertem, Oberflächlichem wie Social Media verschwenden. Trotz all ihrer Fehler hatte ihre Mutter immerhin etwas hergestellt, das Frauen ein gutes Gefühl gab, weil es sie pflegte und schön machte. Marco züchtete Austern und versorgte die Menschen mit Nahrung. Es musste doch auch für sie etwas Sinnvolles geben, mit dem sie ihr Leben ausfüllen konnte.

Sie setzten sich nebeneinander auf die Kisten, streiften sich ihre Handschuhe über, hakten die Käfige auf. Olivia schob alle Austern auf eine Seite, damit sie Platz hatte, jede einzelne zu kontrollieren. Sie hielt die erste hoch, um sie zu messen, eine Bewegung, die sie innerhalb der nächsten Stunde ungefähr hundertmal ausführen würde.

Sie liebte diese Stunden mit Marco. Manchmal plauderten sie über alles Mögliche, angefangen von ihrem Leben in New York über Bücher und Filme bis hin zu Marcos Kindheitserinnerungen in Provincetown. Es gab aber auch Tage, da arbeiteten sie in behaglichem Schweigen nebeneinander und konzentrierten sich auf ihr Tun. Heute schien einer dieser Tage zu sein. Marco wirkte nachdenklich. Sie schaute ein-, zweimal zu ihm hin und wollte etwas sagen, ließ es dann aber, weil er tief in Gedanken versunken war.

Schließlich war er es, der das Schweigen brach und sie aus ihrer eigenen kleinen Welt zurückholte. Seine Stimme klang irgendwie merkwürdig, als er fragte:

»Was hältst du von der hier?« Er reichte ihr eine Auster.

Er fragte *sie* nach ihrer Meinung? »Du musst heute wirklich weggetreten sein.« Sie nahm die Auster, wog sie in der Hand. Sie fühlte sich zu leicht an, so als wäre es nur eine leere Schale.

»Schau sie dir an«, beharrte er. »Was meinst du?«

»Da ist keine Auster drin.«

»Ja, das glaube ich auch. Aber etwas anderes.«

Sie klappte die Schale auf. Eine große Perle befand sich darin. Nein, ein Perlen*ring*.

Was hatte das zu bedeuten? Marco nahm ihr die Schale ab, fingerte den Ring heraus und griff nach ihrer Hand.

»Ich weiß nicht, Olivia … vielleicht wär dir ein Diamant lieber. Aber ich dachte, etwas aus dem Meer passt besser, wenn ich dich frage, ob du mich heiraten willst.«

»Dich heiraten?«, stammelte sie.

»Olivia, willst du meine Frau werden?«

Und da, auf dieser Sandbank, umgeben vom Meer und von der Sonne geküsst, wusste sie plötzlich, was sie aus ihrem Leben machen sollte.

»Ja! Ja, ich will deine Frau werden.«

Er streifte ihr den Ring über den Finger. Ihr Herz hatte seine Heimat auf dieser kleinen Sandinsel im Wasser gefunden.

*

Ruth hatte Elise vorgeschlagen, gemeinsam zu den Barros' zu gehen, um sich von Jaci zu verabschieden, und Elise hatte eingewilligt.

Hätten sie und Fern nicht ihr kostbares Geheimnis, wäre sie nicht dazu imstande gewesen. Sie vermisste Mira noch jede einzelne Minute. Nachts wachte sie auf und lauschte, ob sie weinte. Die Leere war kaum auszuhalten; nur die Hoffnung hielt sie aufrecht.

Sie hatten beschlossen, niemandem von der Schwangerschaft zu erzählen. Es war einfach zu früh. Sie würden noch ein paar Wochen warten und bis dahin inständig hoffen, dass das winzige Leben, das Fern eingesetzt worden war, heranwuchs.

Die Tatsache, dass Fern so viel auf sich genommen hatte, um sie glücklich zu machen, spendete ihr Kraft und Trost. Verflogen war der Groll, den sie in den letzten zwölf Monaten gehegt hatte. An der Selbstlosigkeit und der Zuneigung ihrer Partnerin konnte kein Zweifel mehr bestehen. Sie schwor sich, dass diese Erkenntnis ihr auch in schwierigen Zeiten Halt geben würde, ganz egal, ob sich ihr Kinderwunsch erfüllte oder nicht.

»Jaci ist oben in ihrem Zimmer«, sagte Lidia, als sie den beiden Frauen die Hintertür geöffnet hatte. Die Ringe unter ihren Augen waren noch dunkler als gewöhnlich.

»Wie geht's Mira?«, fragte Elise. Sie konnte einfach nicht anders. Die Barros' hatten den Namen des Babys bislang nicht geändert. Vielleicht würde Elises kleiner Beitrag im Leben des Kindes ja bestehen bleiben.

»Sie ist ein richtiger kleiner Engel! Und ständig hungrig. Aber da erzähle ich dir sicher nichts Neues. Olivia und Marco sind mir eine große Hilfe. Wenn ich ehrlich bin, leisten sie die meiste Arbeit.«

Elise nickte. Ihr war, als schnürte ein eisernes Band ihre Brust zusammen. Warum tat es immer noch so weh?

»Wir möchten uns von Jaci verabschieden«, sagte Ruth und hielt die Papiertragetasche in ihrer Hand hoch. »Ich habe ihr ein bisschen was für ihr neues Studienjahr mitgebracht.«

»Das ist aber nett! Geht nur rauf, ihr kennt ja den Weg.«

Elise stieg die Treppe hinauf, und Ruth versuchte noch, Lidia zu einem gelegentlichen Kaffeeplausch zu überreden. »Du musst dir unbedingt ein bisschen Zeit für dich nehmen«, sagte sie. Anscheinend war auch ihr aufgefallen, wie erschöpft Lidia aussah.

Die Tür zu Jacis Zimmer stand offen. Sie hatte schon die Koffer gepackt und saß auf ihrem Bett, ihr Handy in der Hand. Elise klopfte an den Türrahmen.

»Oh, hey!« Jaci richtete sich auf und legte ihr Handy weg. »Komm rein.«

»Ich wollte mich von dir verabschieden.«

»Setz dich zu mir.«

Elise nahm auf der Bettkante Platz. »Ich kann nicht lange bleiben. Ruth ist unten, sie wird gleich raufkommen.«

»Elise, dieses ganze Chaos, das ich angerichtet habe, tut mir schrecklich leid. Ich hab wirklich geglaubt, dass uns *beiden* geholfen wäre. Ich hab das einfach nicht zu Ende gedacht. Es war eine emotionale Entscheidung, keine rationale, und du warst praktisch die Hauptleidtragende. Glaubst du, dass du mir je verzeihen kannst?« Tränen traten in ihre großen dunklen Augen, die denen von Mira so sehr ähnelten. Elise fragte sich einmal mehr, wie sie das hatte übersehen können. Aber was hatte es für einen Sinn, alles noch einmal durchzukauen. Es war Zeit loszulassen.

Und so griff sie in die Tasche ihrer Jeans und zog das kleine Perlenkettchen heraus, das Mira am Fuß getragen hatte, als Ruth sie auf der Veranda gefunden hatte.

»Natürlich verzeihe ich dir. Ich möchte, dass du das bekommst.« Sie drückte Jaci das Kettchen in die Hand.

Jaci schloss ihre Finger um die kleinen, auf ein Gummiband aufgezogenen Plastikperlen und sagte leise: »Das hab ich selbst gemacht. Ich wollte, dass du ihr Geburtsdatum weißt und dass sie geliebt wurde.«

Elise beugte sich näher zu ihr und drückte ihre Hand. »Du bist nicht nur deshalb so oft bei uns gewesen und hast angeboten, auf sie aufzupassen, weil du Marco nicht bei der Austernernte helfen wolltest, hab ich recht?«

Jaci nickte. »Es ist so viel schwerer, als ich gedacht habe«, schniefte sie.

»Mutter zu sein ist nie leicht.« Ruth stand in der offenen Tür.

Sie betrat das Zimmer und stellte die Tragetasche auf das Nachttischchen. Jaci schniefte wieder und zog die Knie bis an die Brust. Elise rutschte ein Stück, damit Ruth sich setzen konnte. Eine Zeitlang sagte keiner etwas.

»Jaci, so etwas wie die perfekte Mutter gibt es nicht«, bemerkte Ruth schließlich. »Wir alle machen Fehler, große und kleine.«

»Aber ich kann nicht ihre Mutter sein«, beharrte Jaci. »Deswegen hab ich das alles doch getan!«

»Deine Gefühle – und die Umstände – werden sich ändern. Und glaub mir, es ist nie zu spät.«

Es ist nie zu spät, wiederholte Elise im Stillen. *Hoffentlich hat sie recht.*

Zwei Stockwerke unter ihnen stieß Lidia einen schrillen Schrei aus. Ruth sprang auf und lief auf den Flur hinaus. »Alles in Ordnung, Lidia?«

»Du musst sofort runterkommen, Ruth!«

Ruth hastete die Treppe hinunter. Elise und Jaci sahen sich an und rannten ihr hinterher.

Marco und Olivia, beide über und über mit Schlick bedeckt, standen in der Küche. Olivia hatte ihre linke Hand ausgestreckt.

»Was ist denn los?«, fragte Ruth ganz außer Atem.

Olivia strahlte. »Wir haben uns verlobt, Mom!«

Kapitel zweiundfünfzig

Es gab keinen besseren Platz als Lidias langen Küchentisch, um den getrockneten Tang zu zerkleinern und zu sortieren. Dank Lidias Organisationstalent konnten sie die gesamte Küche mit Beschlag belegen. Olivia liebte diesen Teil ihrer wöchentlichen Tätigkeit, weil sie dann das Baby dabeihaben konnte. Heute vertrieb sich Mira die Zeit mit den Ringen an der neuen Babywippe, die Lidia ihr gekauft hatte. Olivia und Marco arbeiteten in behaglichem Schweigen. Außer dem Surren von Mannys Bohrmaschine in der Ferne war kein Laut zu hören.

»Dein Handy klingelt«, sagte Marco.

»Wirklich?« Sie lauschte und hörte den schwachen Dreiton eines eingehenden Anrufs. Sie fischte ihr Handy aus ihrer Tragetasche; auf dem Display war das Gesicht ihrer Mutter zu sehen. »Hey, wir sind gerade dabei, Tang klein zu hacken. Kann ich dich zurückrufen?«

»Ich bin im neuen Haus in der Nickerson«, sagte Ruth. »Könntet ihr beide vorbeikommen, du und Marco? Es dauert nicht lange.«

Oh, das Haus. Ihre Mutter würde in ein paar Wochen umziehen, und Olivia hatte es noch immer nicht gesehen. Schon komisch, wie ihr Zeitgefühl sich verändert hatte, seit sie sich um das Baby kümmerte. Während sie noch vor wenigen Wochen spontan einen Besuch machen oder etwas erledigen konnte, musste jetzt alles geplant werden wie eine militärische Operation.

»Okay. Vielleicht vor dem Abendessen? Miras Abendessen, meine ich. So gegen …«

»Nein, jetzt gleich. Geht das?«

Olivia schaute zu Marco hinüber, der konzentriert arbeitete. »Ich rede mit Marco und ruf dich dann zurück, okay?« Als sie das merkwürdige Gespräch mit ihrer Mutter wiedergab, seufzte er, warf einen Blick auf die Uhr und meinte: »Also gut, sehen wir nach, was sie will. Vielleicht braucht sie bei irgendwas Hilfe.«

Bis zur Nickerson Street waren es zu Fuß nur zwei Minuten. Sie legten Mira in den Buggy und beschlossen, den Spaziergang als Mittagspause anzusehen.

Marco war guter Dinge und nahm die Unterbrechung gelassen hin. Sein Seetang-Geschäft war hervorragend angelaufen, was ihn optimistisch stimmte. Es war, als wäre ihm eine Last von den Schultern genommen worden. Spindler's bot den Seetang-Tee jetzt auf seiner Karte an, und Marco hatte das Gefühl, eine eigene Nische geschaffen zu haben und nicht nur einer von vielen zu sein, die sich bereits auf diesem Sektor versuchten. Das bedeutete einen großen Schritt nach vorn für sein Geschäft.

Trotzdem würde es noch eine Weile dauern, bis sie sich eine eigene größere Wohnung oder ein Haus leisten konnten. Obwohl sie bei Lidia und Manny willkommen waren, konnte das keine Lösung auf Dauer sein. Jedenfalls nicht für Olivia, die seit der Zeit in Shell Haven genug von Wohngemeinschaften hatte.

»Ich glaube, meine Mutter will sich bloß ablenken, weil mein Vater heute Abend zurückfährt«, sagte sie.

Ein paar Tage nach der Mardi-Gras-Party hatten ihre Eltern sie zum Essen eingeladen und verkündet, dass sie wieder »Zeit miteinander verbrachten«. Olivia wusste nicht, wer von dieser Entwicklung überraschter war – sie selbst oder ihr Vater, der einen völlig verdatterten Eindruck machte. Nichtsdestoweniger hatte er seine Abreise erneut verschoben. Aber heute war es so weit. Olivia konnte sich vorstellen, wie schwer das für ihre Mutter war, die sich bei dem gemeinsamen Abendessen wie ein verknallter Teenager aufgeführt hatte. Aber ein Urlaubsflirt war nun mal ein Urlaubsflirt – auch wenn es sich um den eigenen Exmann handelte.

»Sie wird schon eine Beschäftigung finden«, sagte Marco. »In dieser Stadt findet sich für jeden etwas, selbst wenn der Sommer vorbei ist, du wirst sehen.«

Das Haus, das sie suchten, war dreigeschossig.

»Ich kenne das Haus«, sagte Marco.

»Wirklich?«

»Na klar. So ein Prachtstück fällt einem doch auf.«

Ruth stand winkend auf der Veranda. Olivia wandte sich Marco zu. »Das machen wir kurz«, sagte sie, als sie den Buggy auf den gepflasterten Gartenweg schob.

»Schön, dass ihr kommen konntet«, sagte Ruth.

»Scheint ja wichtig zu sein. Aber wir haben nicht viel Zeit, Mom.«

»Ich auch nicht.« Ruth hielt ihr einen Schlüsselbund hin.

»Was sind das für Schlüssel?«

»Die gehören zu eurem neuen Haus!«, erwiderte Ruth mit weit ausgebreiteten Armen.

Olivia sah Marco an. Marco sah Ruth an.

»Ich glaube, ich kann dir nicht ganz folgen.«

»Ich habe dieses Haus gekauft, aber jetzt brauche ich es nicht mehr. Ihr zwei – ihr *drei* dagegen schon. Deshalb möchte ich es euch schenken. Betrachtet es als vorzeitiges Hochzeitsgeschenk.«

»Mom, das ist total lieb von dir, aber du musst doch irgendwo wohnen«, sagte Olivia und bückte sich dann nach dem Schnuller, den Mira hatte fallen lassen. Manchmal benahm sich ihre Mutter wirklich merkwürdig. Als ob sie ohne Melodram nicht leben könnte!

»Nicht mehr«, erwiderte Ruth. »Ich werde heute Abend mit deinem Vater zurückfahren.«

Olivia richtete sich auf. Ihre Mutter strahlte.

»Wie bitte?«

»Du hast richtig gehört. Ich ziehe zurück nach Cherry Hill!«

*

Das Licht war das gleiche, auch wenn der Sommer in Provincetown schon drei Monate alt war. Es faszinierte Ruth noch immer.

Sie saß mit Ben auf einer Bank am Wasser. Sie warteten auf die Fähre. Das Tageslicht schwand, und der Himmel verwandelte sich am Horizont in einen blassen Regenbogen, von Blau zu Gelb zu Orange zu Rosa und Lavendel. Einen lavendelfarbenen Himmel hatte sie das erste Mal im Sommer in Provincetown gesehen. Es war eines der vielen Dinge, die sie vermissen würde.

Der Abschied von ihren neuen Freunden fiel ihr besonders schwer. Alle waren sie zum MacMillan Wharf gekommen, um Lebewohl zu sagen: Amelia und Rachel, Elise und Fern, Clifford und Santiago, Lidia und Manny. Und natürlich ihre Tochter, die Mira auf dem Arm hielt und von Marco begleitet wurde. Sie ließ Olivia hier zurück, aber es war eine lächelnde, eine glückliche Olivia.

Amelia berührte sie am Arm. »Ein kleines Abschiedsgeschenk. Eigentlich war es für dein neues Haus gedacht.« Sie reichte ihr eine braune Papiertüte, in der sich etwas Schweres, in Luftpolsterfolie Verpacktes befand.

»Ach, Amelia, das wäre doch nicht nötig gewesen!« Ruth riss die mit Klebeband versehene Folie auf und hielt das Päckchen schräg nach unten. Etwas Rechteckiges, Flaches rutschte heraus.

Sie schnappte nach Luft. Es war ein Seesternmosaik aus Bruchstücken von Fliesen und Muschelschalen nach der Skizze, die sie selbst angefertigt hatte. In der Mitte des Seesterns die vom Meer geschliffene blaue Glasscherbe vom Strand.

Amelia beugte sich näher zu ihr und raunte: »Habe ich dir nicht gesagt, dass man etwas Kaputtes nehmen und etwas Ganzes daraus machen kann?«

Ruth kamen die Tränen.

Sie hatte die richtige Entscheidung getroffen, als sie ihrem Instinkt gefolgt und an diesen magischen Ort zurückgekehrt war. Eigentlich hatte sie ein Haus gesucht, das ihr Zuhause werden sollte. Einen Platz, wo sie hingehörte. Sie hatte geglaubt, ganz von vorn anfangen zu müssen, weil von der Vergangenheit nichts übrig geblieben war. Doch Provincetown hatte sie zum Anfang zurückgeführt und ihr gezeigt, dass die Fundamente des Lebens nicht einfach zerbröckelten und sich auflösten –

es war noch alles da und stabil genug, dass man darauf aufbauen konnte.

Die Fähre legte am Kai an. Für jeden eine letzte Umarmung zum Abschied, dann schnappte sich Ben ihre Koffer, und sie gingen an Bord. Ruth kämpfte gegen die Tränen an, als sie ihm auf das Oberdeck folgte.

»Das alles wird mir so fehlen«, flüsterte sie.

Ben legte seinen Arm um sie. »Mir auch.«

Das Abfahrtssignal ertönte. Die Fähre legte ab. Ben schaute nach vorn, aber Ruth drehte sich um und beobachtete, wie das Pilgrim Monument langsam immer kleiner wurde. Das Seesternmosaik hielt sie unter ihren verschränkten Armen fest an sich gepresst.

Regeneration. Erneuerung.

Ich komme wieder.

Dank

Als ich im Frühjahr 2015 das erste Mal nach Provincetown kam, kannte ich dort keine Menschenseele. Heute zählen etliche Einwohner dieser ganz besonderen Stadt zu meinen besten Freunden. Wie war das möglich in dieser relativ kurzen Zeit? Das ist die Magie von Provincetown.

Den Schriftsteller A.C. Burch lernte ich auf jener ersten Reise im Provincetown Bookshop kennen. Er ist nicht nur ein wundervoller Freund geworden, er ist auch eine unerschöpfliche Quelle der Stadtgeschichte und hat mir enorm bei diesem Roman geholfen. Danke, A.C., dass du die erste Fassung durchgelesen hast! (Etwaige Fehler habe ich allein zu verantworten.) A.C. war es, der mich mit Lory Santos bekannt gemacht hat, die sich mit ihrer Austernzucht und ihrer Firma, Detail Fish, ein zweites Standbein schuf. Danke, Lory, dass du mich aufs Wasser mitgenommen, mir deine Geschichten erzählt und mir Stadtkind gezeigt hast, wie man sich die Hände schmutzig macht. Ich danke Manny Correia und seinem Mann Tom Harvey, die mir die Türen ihres wunderschönen Hauses geöffnet haben, damit ich immer einen Platz zum Schreiben habe. (Manny, so einen wie dich gibt es nicht oft, und ich kann mich wirklich glücklich schätzen, dich in meinem Leben zu haben.) Ich habe Manny im East End Books kennengelernt, womit ich zu einem weiteren besonderen Menschen komme, dem Besitzer von East End Books, Jeff Peters. Jeff, du bist ein unschätzbarer Fürsprecher meiner Bücher, und ich bin dankbar für jede Unterhaltung, jede spontane Dinnerparty, jedes Treffen, das du arrangiert hast. Die Bücherwelt kann sich glücklich schätzen, dich zu haben. Ich danke der Bibliothekarin der Provincetown Public Library, Nan Cinnater, sowie Deborah Karacozian vom Provincetown Bookshop für ihr leidenschaftliches Engagement für Schriftsteller und die Literatur; dazu gehört auch die Organisation des alljährlichen Provincetown Book Festival. Dieses Festival brachte einen weiteren großartigen Menschen in mein Leben, Clayton Nottleman. Ein besonderes Dankeschön an Mary Alice Wells und Cass Benson, weil ich zwei Jahre hintereinander Gast in eurem einzigartigen Zuhause sein durfte.

Zu dem Teeladen in diesem Buch und den fantasievollen Namen der Teemischungen wurde ich inspiriert von Provincetowns The Captain's Daughters, gegründet von Meghan O'Conner und Dani Niedzielski. Ein herzliches Dankeschön an Meghan und Dani, weil sie mich mit der faszinierenden Welt des Tees vertraut gemacht haben. Euer Laden ist etwas ganz Besonderes.

Einmal mehr danke ich dem Anchor Inn Beach House, einem Hotel, in dem man sich immer wie zu Hause fühlt. Es diente sowohl in diesem Roman als auch in *Der Sommer der Dünenrosen* als Inspiration für das Beach Rose Inn.

Ich danke Olga Cohen von Grohen Technologies, weil sie mir von ihrer bemerkenswerten Karriere in der Kosmetikindustrie erzählt hat, und Robert Rave, der mir wertvolle Einblicke in die Welt des Socia-Media-Managements gab.

Bei Little, Brown kann ich mich auf die Unterstützung eines exzellenten Teams verlassen, darunter meine Lektorin Judy Clain, Reagan Arthur, Craig Young, Terry Adams, Alexandra Hoopes, Ashley Marudas, Shannon Hennessey und Lauren Hess. Ich danke meiner hervorragenden Presseagentin Maggie Southard Gladstone.

Zuletzt – und das ist mir besonders wichtig – möchte ich mich bei meinem Agenten Adam Chromy bedanken. Du sorgst dafür, dass jede Geschichte noch besser wird.